Schlaflos: das Buch der hellen Nächte

»Ich möchte schlafen; aber du mußt tanzen.«

Schlaflos

: das Buch der hellen Nächte

Ein literarisches Notturno
für Schlafsuchende und Wache
zusammengestellt von
Manfred Koch und Angelika Overath

Libelle

für Ute,

acquainted with the night

Inhaltsverzeichnis

Prolog *Charles Simic* Der Kongreß der Schlaflosen *11*

Nachtgeräusche

Wolfgang Hildesheimer Hahnennacht (I) *14*

Patrick Leigh Fermor Hahnennacht (II) *16*

Theodor Storm Schlaflos *20*

Marie Luise Kaschnitz Römischer Nachtvogel *21*

Konstantin Bal'mont Regen *23*

Rainer Maria Rilke Der Nachbar (I) *24*

Hermann Hesse Der Nachbar (II) *28*

Charles Simic Hotel Insomnia 38

Pascal Mercier Der Nachbar (III) *39*

Frühes Leid der Nacht

Marcel Proust Lange Zeit bin ich früh schlafen gegangen *45*

Thomas Mann Der Mond der scheint, das Kindlein weint *47*

Peter Weiss Nachtgespenster *50*

Erika Burkart Der Jäger vor der Tür *52*

Garrison Keillor / Jenny Lind Nilsson Mädchennacht (I) *54*

Marie Luise Kaschnitz Mädchennacht (II) *57*

Max Herrmann-Neiße Angst der Nächte *59*

Adolf Muschg Knabennacht (I) *60*

Witold Gombrowicz Knabennacht (II) *62*

Jochen Schimmang Lange Zeit *64*

Lutz Seiler müde bin ich *67*

Ausgesetzt

Josephine Tey Im Schlafwagen *69*

Marcel Proust Im fremden Zimmer *72*

Marie Luise Kaschnitz In der Hitze der Nacht *74*

Sylvia Plath Im Krankenhaus *76*

Christine Lavant In der Irrenanstalt *77*

Joseph Roth Der Kaiser an der Grenze *79*

Hugo von Hofmannsthal Soldatenlager (I) *81*

Ernest Hemingway Soldatenlager (II) *85*

Alfred Döblin Unter Emigranten (I) *91*

Klaus Mann Unter Emigranten (II) *93*

Max Herrmann-Neiße Nacht in der Emigration *95*

Schlafbewusst

F. Scott Fitzgerald Wachen und Schlafen *97*
Wislawa Szymborska Vier Uhr am Morgen *103*
John Cheever Nächtliche Inventur *105*
Marina Zwetajewa Heut nacht bin ich in dieser Nacht allein *107*
Samuel Beckett Mein Gebet an den Schlaf *108*
Christine Lavant Mein Schlaf ist ins Wasser gegangen *112*
Fernando Pessoa Der Tag danach *113*
Annette von Droste-Hülshoff Durchwachte Nacht *115*

Liebeswach

Sappho Hinabgetaucht ist Selene *120*
Djuna Barnes Meine Robin *121*
Francesco Petrarca So viele Fische leben nicht im Meer *124*
William Shakespeare Sonette um Schlaf und Wachen *126*
Christian Weise Als er vor betrübten Liebes-Grillen *128*
Eduard Mörike Lied eines Verliebten *130*
Gertrud Kolmar Märchen *131*
Dara Horn Nachtgeheul *132*
Jochen Schimmang Mit Max geht der Schlaf *137*
Mascha Kaleko Nacht ohne Schlaf *139*
Robert Musil In der Nacht dann war sie aufgewacht *140*
Patricia Highsmith Agnies Fall *145*
Giuseppe Ungaretti Juni *148*

Nächtliche Paare

Theodor Storm Hyazinthen *151*
Marguerite Duras Ruhegeld *152*
Albert Camus Nachts bricht sie auf *156*
Raymond Carver Ich konnte die kleinsten Dinge erkennen *159*
Luigi Pirandello Er lacht *164*
Anton Tschechow Eine langweilige Geschichte *168*
Saul Bellow Rest der Nacht *172*
Werner Koch Die Nacht vorher *175*
Marie-Luise Scherer Machnow und sein Hund *179*
François Villon Eine kleine Ballade von der Mäusefrau *180*

Mittel und Listen

John Irving Radfahren *183*
John Updike Schlaftabletten *186*
Anne Sexton Süchtig *191*
Lars Gustafsson Freundschaft mit dem Poolreiniger *193*
Leon de Winter Essen *196*
Silvia Overath Malen *201*

Hans Sahl Nacht mit einem Schlaflosen *203*
Werner Bergengruen Bedenken und Ergeben *207*
Ernst Jandl von schlafkunst *210*
Robert Burton Heilung von Schlaflosigkeit und Alpträumen *213*
Carl Gustav Carus Von den Bedingungen des Schlafes *216*
Jean Paul Die Kunst, einzuschlafen *219*
Giuseppe Ungaretti Überdruss *224*

Schreiber der Nacht
Durs Grünbein Schlaflos in Rom *226*
Ossip Mandelstam Schlaflosigkeit. Homer. *230*
André Gide Von der Arbeit des Einschlafens und des Schreibens (I) *231*
Franz Kafka Von der Arbeit des Einschlafens und des Schreibens (II) *237*
Hans-Erich Nossack Aus den Tagebüchern 1950/51 *241*
Michael Chabon Die Mitternachtskrankheit *246*
Charles Dickens Wachliegen *249*
Christoph Meckel Schlaflos *255*

Furien
Homer Odysseus allein mit so vielen *257*
Elsa Morante Die Nachtmaschine *259*
Jorge Luis Borges Schlaflosigkeit *264*
Christine Lavant Alter Schlaf, wo hast du deine Söhne? *266*
Hugo von Hofmannsthal Die schlaflose Mörderin *267*
William Shakespeare Der schlaflose Mörder *269*
Georg Büchner Lenz *272*
Gertrud Kolmar Legende *276*
August Strindberg Inferno *278*
Philip Roth Desintegration *284*

Erscheinung gegen Morgen
Gerhard Tersteegen Andacht bei nächtlichem Wachen *288*
Eduard Mörike In der Frühe *289*
Friedrich Nietzsche Das nächtliche Geheimniss. *290*
Richard Frost Der Nachtmensch *291*
Fernando Pessoa Der dankbare Kuß der Dinge *292*
E. M. Cioran Die letzte Nacht *294*
Giuseppe Ungaretti Wache *295*

Epilog *Velimir Chlebnikov* Das Eine Buch *297*

Gute Nacht, Insomnia!
Ein Nachwort von *Manfred Koch* und *Angelika Overath* *298*

Dank *309*
Quellenverzeichnis *310*

Prolog

Charles Simic

Der Kongreß der Schlaflosen

Heilige Mutter Gottes, alle sind eingeladen:
Sternguckende peruanische Schäfer,
Alte Männer auf den Gehsteigen von New York.
Auch du, Puppe mit den offenen Augen,
die dem Regen zuhört, neben einem schlafenden Kind.

Ein großer verspiegelter Ballsaal in einem Hotel.
Denk daran, wenn du im Dunkeln liegst.
Engel an seinen prunkvollen Decken,
Nackte Nymphen dort, wo das Paradies sein muß.

Da ist eine Bühne, ein Lesepult,
Ein Platzanweiser mit einer Taschenlampe.
Irgendwer wird diese Versammlung noch begrüßen.
Von seinem Nagelbett aus.
Schlaflosigkeit ist Metaphysik.
Sei da.

Nachtgeräusche

Wolfgang Hildesheimer

Hahnennacht (I)

Nun kräht er, der Hahn. Zweimal, dreimal. Jetzt beginnt er, der Freund, den ich allnächtlich erwarte, der meine Nächte belebt, mein Gefährte, mein ferner guter Gesell.

Er ist auf einem nachbarlichen Hof. Sein Ruf klingt dem Kikeriki des Kinderverses ähnlicher als die meisten Hahnenrufe, die ich gehört habe, und ich habe viele Hahnenrufe gehört. Er klingt, als sei er am Kinderbuch-Hahn modelliert. Wie dieser betont er die ersten drei Silben mit gleicher Stärke, um dann auf die vierte Nachdruck und eine Fermate zu legen, auf das letzte Ki. Dieses klingt auf einem diminuendo aus und verklingt. Sein Ruf gleicht demnach im Rhythmus – und übrigens auch in der pathetischen Kraft des Vortrags – dem Anfang der fünften Symphonie von Beethoven. Gegen Morgen wird er dann ein wenig heiser, ohne aber an Lautstärke wesentlich zu verlieren. Manchmal, wenn der Wind aus Südost kommt, höre ich noch einen zweiten Hahn, der ihm antwortet. Er ist weiter entfernt, ihn höre ich leise, zwischen Windstößen, die seinen Ruf tragen, bis er sich auflöst, eine Schaumkrone zwischen zwei Wellen. Den Hahn oder, im Fall der entsprechenden Windlage, die Hähne, höre ich also die ganze Nacht, wenn ich nicht schlafe, aber sie stören mich nicht. Wenn ich schlafe, wecken sie mich nicht, und wenn ich erwache, beunruhigen sie mich nicht. Daß Hähne nur bei Morgengrauen oder bei Sonnenaufgang krähen, ist, wie ich allerdings erst allmählich festgestellt habe, eine dichterische Lüge, wenn auch – wahrhaftig – eine der geringsten. Ich zähle dann, während die langen Stunden sich dehnen, die Sekunden zwischen Ruf und Gegenruf. Die Länge der Pause ist immer verschieden, manchmal erfolgt die Antwort erst viel später, und oft denke ich, daß die beiden Hähne vielleicht gar nichts miteinander zu tun haben, einander gar nicht hören, einzig ich, der ich sie beide höre, sei das stumme, passive Bindeglied zwischen zwei Kreaturen, die der Einsamkeit zäher nächtlicher Zeit ausgesetzt sind, und eine jede krähe für sich, in ihrem eigenen toten, dunklen Raum, und jeder Raum sei

durch die Dichte der Dunkelheit vom anderen getrennt. Aber so ist es nicht: sie haben sich, der Entfernung trotzend, zusammengetan, um Angst und Einsamkeit gemeinsam zu überwinden, die sie wach hält, während ihre Hennen schlafen oder nächtliche Eier legen. Diese Angst verleiht ihnen sogar eine Würde, eine nächtliche Würde, die sie tagsüber nicht haben. Denn tagsüber, wenn sie, geschwollen und gestutzt, zwischen Hennen stelzen, um wahllos irgendeine, die ihnen über den Weg läuft, beiläufig zu begatten, sind sie bar aller Würde, sie begeben sich der Größe eines einsamen aufrechten nächtlichen Rufers, sie sind von männlicher Lächerlichkeit.
Aber aller Trieb weicht der Nacht, und mit ihr einer menschlichen Angst. So steht denn mein Hahn, einsam, auf seinem Hof und tut sich mit einem anderen zusammen, um der Angst Herr zu werden –, und wahrscheinlich schließen sich diesem Zwiegespräch andere Hähne an, die ich nicht mehr höre, entstehen sich weitende Kreise, Ringe von vielen Hähnen, die über große Entfernungen wirken, ja, ich bin sogar sicher, daß es sich so verhält, seit ich die Hähne Attikas gehört, seit ich mein großes griechisches Konzert entfacht habe, um meine Angst zu überwinden –

Patrick Leigh Fermor

Hahnennacht (II)

Wir blieben in der kühlen Stille des schwebenden Gartens sitzen und sprachen von diesen Phantom-Hahnschreien, und aus einem besonderen Grund. Wenn der Leser Henry Millers Buch über Griechenland »Der Koloß von Maroussi« (das ich bescheiden empfehle), kennt, wird er sich eines Anhangs erinnern, eines Briefes von Lawrence Durrell an den Autor bald nach dessen Abreise; er beschreibt, wie Durrell und dessen Tischgenossen, nach einem gewaltigen Abendgelage in Athen, zur Akropolis hinaufstiegen, aber die Tore geschlossen fanden; Katsimbalis, plötzlich angeregt, holte tief Atem und (nun spricht Durrell) »gab ein Krähen von sich, wie ich es noch nie gehört habe; es ließ einem das Blut gerinnen. Kikeriki!« und dann, nach einer Pause, »antwortete aus der Ferne, die silberklar gegen das Dunkel schimmerte, schläfrig ein Hahn – dann noch einer, dann wieder einer«. Bald hallte die ganze Nacht von Hahnschreien wider: ganz Attika und vielleicht ganz Griechenland.

Die Entfernung zwischen Kythera und Kap Matapan auf der zerfetzten Karte in meiner Tasche betrug etwa zwischen zwanzig bis dreißig Meilen. Dies erweiterte enorm den möglichen Umkreis von Georg Katsimbalis' Anfangs-Hahnschrei. Wenn die Manioten mit Hilfe eines Winds die Hähne von Kythera hören konnten, konnte die Verbindung mit einem anderen Wind sich rückwenden und von Mani (oder noch besser von Kap Malea) nach Kythera überspringen, von Kythera nach Antikythera, und von Antikythera zu den Seeräuberhalbinseln des westlichen Kreta; nur um südlich von der großen Insel in einem letzten einsamen Schrei auf dem Inselchen Gavdos im Libyschen Meer hinzusterben … Aber ein rechtzeitiger Westwind konnte ihn zu den östlichen Kaps von Kreta tragen, über die Meerenge von Kasos, durch die Inseln des Dodekanes und dann zur Halbinsel Halikarnassos und zu den Bergen des Taurus … Plötzlich wurden die Möglichkeiten ungeheuer, und in unserem geistigen Ohr wanderte das geisterhafte Krähen südwestlich nach Ägypten, südöstlich zum Persischen Golf;

den Nil aufwärts, an den Dörfern der störcheliebenden Dinkas vorbei; durch die großen Wälder, von Kraal zu Kraal der Zulus, die schlaftrunkenen Buren von Transvaal weckend und aushauchend auf einem Hühnerhof am Tafelberg über dem Kap der Guten Hoffnung. Nordwärts von Athen ging alles glatt vor sich; der Schrei würde den Eisernen Vorhang überwinden, über den Großen Balkan und über die Donau innerhalb einer Stunde wandern, von nichts behindert, breitet er sich aus über die Ukraine und Groß-Rußland – der plötzliche Lärm in ein paar hundert Kollektiven wird den NKWD alarmieren und eine Anzahl von Verhaftungen auf Verdacht hin verursachen –, bis er die Rentierwälder Lapplands erreicht hat und sich über das Eis nach Nowaja Semlja wendet, um unter den Iglus zu ermatten. Wie weit nordwärts könnte Federvieh wandern? Wir wissen es nicht, aber jeden Augenblick wurde der Wind ein zuverlässigerer Überbringer und Weiterwerfer, und die Hähne wurden robuster. Während der nördliche Schrei unter den arktischen Eisbergen in Stille versank, kulminierte der westliche Schwung, nachdem er den einsamen magyarischen Hirten mit dem unzeitigen Aufschrei erschreckt und den Normannen unter der Nachtmütze mit Gedanken an Diebe alarmiert hatte, in allerletzten unbeantworteten Anrufen von John O'Groats und den Blasket-Inseln, Kap Finisterre und Kap Trafalgar, aber ein Regimentsmaskottchen auf Gibraltar rüttelte bereits die Berber von Tanger aus dem Schlaf... Dem neuen Impetus Leghorns zufolge – genug, um ein Beben durch die abgelegte Kopfbedeckung der Bersaglieri in zugigen Barackenräumen zu schicken – war das sizilische Hausgeflügel lang auf den Beinen gewesen.

Inzwischen hatte der südöstliche Nebenstrom, nachdem er über Belutschistan geglitten war, ein Geschrei über Dekkan entzündet und hatte Kap Komorin erreicht, die Meerengen überspringend wie die Zauberbrücke Hanumans, um die Dachfirste von Kandy schallend zu besetzen; er wanderte ostwärts nach Burma und erweckte geflügelte Meutereien auf Celebes und Malakka. Hier gab es keine Probleme. Dank der Mengen weitwandernder Dschunken der vögelliebenden Chinesen übertönten bald schrille Rufe das Geschützfeuer von Malaya; nach ihren Blasrohren tappend, rieben sich Kopfjäger auf Borneo ihre Augen; Samoaner streckten sich und gähnten auf den Bambusstäben ihrer Pfahlbau-Fußböden; hieratische glitzernde Vögel, auf Ästen schwebend, die schwer von Mandelblüten waren, blähten ihre hellen Kehlen über dem entfernten Dreieck des Fudschijama …

… Und was ist von der langen Reise ostwärts von Kleinasien zu berichten? Jene vereinzelten Schreie über den Oxus, jene lärmenden Aufstände unter den schwarzen Jurten der Kirgisen und Karakalpaken? Dem ansteckenden Getöse des Nomaden-Federviehs, das über Steppe und Tundra läuft, die sehnigen Mongolen aufweckend und verzweifelt über die Große Mauer Chinas schwebend; sich nordwärts nach Kamtschatka wendend, und nach den Aleuten streichend? Was aber nun mit der niederschmetternden, aufgeregten Vereitelung der Beringstraße?

Ja, was denn wirklich?

Da sie uns mit einiger Erregtheit sprechen hörte, war die mondlichtbeschienene Gestalt unsrer Wirtin oben auf der Leiter mit einer neugefüllten blau-emaillierten Halb-Oka-Kanne erschienen; und ehe wir ein Drittel vertilgt hatten, waren wir hinüber; eine Walfischfängerflottille nahm in den Nebeln Gestalt an: jedes Schiff, von einem exzentrischen Ahab kommandiert, trat in einen Federvieh-Zuchtwettbewerb mit seinen Kollegen, und es war ganz ihren abgehärteten Lieblingen zu verdanken, die mit ihren eiszapfenbeschwerten Flügeln schlugen und über das dunkle Meer schrien, daß ihre athenische Botschaft je Alaska und die Neue Welt erreichte, die Rocky Mountains überquerte und daß sie weiter über die Hudson Bay nach Baffin Land riefen. Ohne sie hätten die Mormonen-Hähne von Utah weitergeschlafen; nie hätte es der plötzlichen Nachhilfe von Rhode Island bedurft, das den Schrei sicher weiterzutragen hatte über die Mangrovensümpfe von Louisiana und durch die Mayatempel, durch die Nachtmahre nicaraguanischer Revolutionen und über den Panamakanal. Jetzt breitete er sich wie ein Dschungelfeuer über die südliche Hemisphäre hin aus, und der Funke eines schneidenden Lauts übersprang die schnellströmende Enge von Trinidad, um die ganze karibische Kette anzuzünden, um die von Rum durchweichten, verschlafenen Leute auf Barbados aufzurütteln und in den Kehlen heiliger Vögel von Haiti, die die schwarzen Finger von Voodoo-Priestern bald als Opfer zum Schweigen bringen sollten, ein trotziges morituri te salutant auszulösen. In den feuchten unerforschten Tiefen des Amazonas-Hinterlandes sandte ureingesessenes, noch nicht klassifiziertes Federvieh schrille und unheimliche Schreie aus, während hoch im kalten Sternenlicht der Anden glänzende Vögel ihre Flügel spreizten und ihre Brüste auf den großen umgestürzten Blöcken der Inkapaläste hoben. Nun schwoll der Umfang des Schreis an, südlich über die Pampas schweifend, über den Gran Chaco, den Rio Grande; und schrumpfte dann ein, da die zwei großen Ozeane unerbittlich eindrangen, dabei die abergläubischen Riesen Patagoniens veranlassend, von ihren rauhen Lagerstätten aufzuspringen und in ihre geflochtenen Hühnerkörbe zu spähen. Jetzt kam der furchtbare Augenblick, der Bühnenschluß und Endpunkt jener großartigen Katsimbalis-Stimme; die leere verzweifelte Feuersbrunst von Laut und Schall in Tierra del Fuego mit den allerletzten Kikeriki-Schreien und Schreien und Schreien, unbeantwortet, aber unverzagt, gegen die Mahlströme und Stürme, die Hagelwetter, Finsternisse und zerschmetternden Wogen von Kap Hoorn...

Denn hier gab es keine Hoffnung mehr. Es war das Ende. In Sorge gedachten wir der schweigenden Pole und der ungeheuer hilflos verwaisten Antipoden, der verstreuten Inselchen und Archipele, die außer Reichweite lagen; der Hahnenkamm-Häupter, die, im Schlaf unter vielgesprenkelte Flügel gesteckt, niemals ein Gruß vom Parthenon erreichen würde: die prächtigen Hähne der Oster-, Ellice- und Gilbertinseln, der Marquesas, Melanesiens und Trobriand-Inseln, von Tristan da Cunha und St. Helena. Diese sanfte Melancholie wurde schüchtern durch unsere Wirtin unterbrochen: sie wollte zu Bett gehen, aber wenn wir lieber weiter hier sitzen möchten und uns des Mondscheins erfreuen, würde sie die Tür zur Straße offenlassen, wir sollten dann nur abschließen und den Schlüssel unter die Türe stecken.

Theodor Storm

Schlaflos

Aus Träumen in Ängsten bin ich erwacht;
Was singt doch die Lerche so tief in der Nacht!

Der Tag ist gegangen, der Morgen ist fern,
Auf's Kissen hernieder scheinen die Stern'.

Und immer hör' ich den Lerchengesang;
O Stimme des Tages, mein Herz ist bang.

Marie Luise Kaschnitz

Römischer Nachtvogel

Rom, 12. Dezember

Was das ist, denke ich, dieses Geräusch, das sich wiederholt in ungleichen Abständen, ein seltsames Schnarren, metallisch, aber endend in einem fetten Schmatzlaut, was das nur ist. Ich bin allein in der Dachwohnung, die Gasheizung könnte solche Töne von sich geben, ich bin mit ihrem Mechanismus nicht vertraut, es kann etwas mit ihr nicht in Ordnung sein, möglich, daß sie explodiert, und was wäre dann, die Wohnung ein Flammenmeer und ich mitten drin. Die 145 Stufen-Treppe, die wegen Renovierungsarbeiten im Augenblick kein Geländer hat, könnte ich nicht hinunterlaufen, flüchtete aufs Dach, stünde dort oben schreiend, von Rauchwolken umhüllt. Also stehe ich lieber auf, gehe in die Küche, das Geräusch ist dort nicht zu hören, die Gasheizung ist klein gestellt, ein blaues Licht unter dem Kessel, also alles in Ordnung, zurück ins Bett.

Kaum daß ich mich ausgestreckt und das Licht ausgemacht habe, kommt das Geräusch wieder, hell, bösartig und das fette Schmatzen am Schluß. Merkwürdig, daß man so etwas nicht hingehen lassen kann, vielmehr seinen Ursprung feststellen muß, ehe man das nicht getan hat, findet man keine Ruhe, keinen Schlaf. Von draußen könnte es kommen, ein Vogel, der über die Dächer streicht, so daß ich nun, aber ohne das Licht anzumachen, ans Fenster gehe, von Fenster zu Fenster und hinaushorche, zuerst nach Osten hinüber, zum Dachpavillon der Accademia di Santa Cecilia, wo morgens der Trompetenunterricht gegeben wird. Durch irgendwelche stehengebliebenen Instrumente mag da der Wind streichen, aber nichts, es bleibt alles still. Aus dem Südfenster beuge ich mich hinunter auf die kleine Gasse, Kinder könnten dort mit Ratschen umherlaufen, Kinder mitten in der Nacht, aber warum nicht? Hier bleiben Kinder lange auf, sehen das ganze Fernsehprogramm, sollen vielleicht danach noch an die Luft, und der Weihnachtsmarkt mit all seinen Lärminstrumenten steht vor der Tür. Es sind aber dort unten keine Kinder und wie das Schnarren, weiß Gott aus welcher Richtung – wiederkommt, erinnert es auch nicht an das fröhliche Weihnachten der Piazza Navona, sondern an die Ratschen, die in der Kirche verwendet werden, am Gründonnerstag, wenn das Licht hinter den Altar getragen wird, wenn die Glocken schweigen. Die Wohnungstüre öffne ich noch, im Treppenhaus ist es hell, der Aufzug setzt sich in Bewegung, bringt einen Hausbewohner in den dritten oder vierten Stock, hat gesummt wie immer, kein schnarrendes Geräusch hervorgebracht.

In dem kleinen Höfchen vor dem Badezimmer sind Drähte gespannt, an den Drähten ist Wäsche aufgehängt, die reißt der Wind, wenn er weht, an ihren Metallringen von Mauer zu Mauer, oft, aber nicht heute, heute blähen sich die Laken lautlos und sinken lautlos in sich zusammen, und vor dem Nordfenster, in meinem Schlafzimmer, in dem Gewirr von Höfen, Dachterrassen, ist vollends alles still. Also zurück ins Bett und Licht aus, da ist er wieder, der Schnarrvogel, der Totenvogel, läßt mich nicht einschlafen, lange nicht, dann endlich doch. Am Morgen zeigt mir Costanza, deren Heimkommen ich schon nicht mehr wahrgenommen habe, ein Tablett aus Metall, das, gegen den Kühlschrank gelehnt, ab und zu in Schwingungen gerät und dabei eben dieses wunderliche Geräusch hervorbringt. Ich nehme das zur Kenntnis, mit meinem Nachtvogel, meiner Nachtangst hat es nicht zu schaffen, die wird, ich weiß es, wiederkommen, mit einer anderen Stimme, einem andern Gesicht.

Regen

In der Ecke raschelten die Mäuse, / das ganze Haus war im Schlaf erstarrt. / Es fiel Regen – und die Tropfen vom Dach / rannen an der Wand herab.

Es fiel Regen, träge, kraftlos, /und das Pendel schlug. / Und mit müder Seele / konnte ich mich selbst nicht mehr unterscheiden.

Ich verschmolz mit dieser schläfrigen / schweren Stille. / Vergessen, übergangen / war ich ganz nächtliche Finsternis.

Und rege, wie ein Totengräber, / in mir das Dunkel aufrührend,/ wiederholte das Bohrkäferchen in der Wand / immer wieder: »Tick-tack. Tick-tack.«

Seine Laute Punkten angleichend, / dem Urprinzip aller Prinzipien, / klopfte es mit feinem Hämmerchen, / klopfte und klopfte.

Und die Atome seiner Melodie, / sich in der Stille verknüpfend,/ wiederholten mir ruhig und ohne Zorn / immer wieder: »Stirb!«

Und tot, ohne Atem,/wie der Leichnam ausgeblasener Kerzen,/ hörte ich in eigenartigem Schmerz / die kündende Rede.

Und leiser, leiser / flüsterte sich jemand über mich etwas zu./ Und die Tropfen vom Dach / rannen an der Wand herab.

Der Nachbar (I)

Es giebt ein Wesen, das vollkommen unschädlich ist, wenn es dir in die Augen kommt, du merkst es kaum und hast es gleich wieder vergessen. Sobald es dir aber unsichtbar auf irgendeine Weise ins Gehör gerät, so entwickelt es sich dort, es kriecht gleichsam aus, und man hat Fälle gesehen, wo es bis ins Gehirn vordrang und in diesem Organ verheerend gedieh, ähnlich den Pneumokokken des Hundes, die durch die Nase eindringen.
Dieses Wesen ist der Nachbar.
Nun, ich habe, seit ich so vereinzelt herumkomme, unzählige Nachbaren gehabt; obere und untere, rechte und linke, manchmal alle vier Arten zugleich. Ich könnte einfach die Geschichte meiner Nachbaren schreiben; das wäre ein Lebenswerk. Es wäre freilich mehr die Geschichte der Krankheitserscheinungen, die sie in mir erzeugt haben; aber das teilen sie mit allen derartigen Wesen, daß sie nur in den Störungen nachzuweisen sind, die sie in gewissen Geweben hervorrufen.
Ich habe unberechenbare Nachbaren gehabt und sehr regelmäßige. Ich habe gesessen und das Gesetz der ersten herauszufinden versucht; denn es war klar, daß auch sie eines hatten. Und wenn die pünktlichen einmal am Abend ausblieben, so hab ich mir ausgemalt, was ihnen könnte zugestoßen sein, und habe mein Licht brennen lassen und mich geängstigt wie eine junge Frau. Ich habe Nachbaren gehabt, die gerade haßten, und Nachbaren, die in eine heftige Liebe verwickelt waren; oder ich erlebte es, daß bei ihnen eines in das andere umsprang mitten in der Nacht, und dann war natürlich an Schlafen nicht zu denken. Da konnte man überhaupt beobachten, daß der Schlaf durchaus nicht so häufig ist, wie man meint.
Es sei zu meiner Ehre gesagt, daß ich viel geschrieben habe in diesen Tagen; ich habe krampfhaft geschrieben. Allerdings, wenn ich ausgegangen war, so dachte ich nicht gerne an das Nachhausekommen. Ich machte sogar kleine Umwege und verlor auf diese Art eine halbe Stun-

de, während welcher ich hätte schreiben können. Ich gebe zu, daß dies eine Schwäche war. War ich aber einmal in meinem Zimmer, so hatte ich mir nichts vorzuwerfen. Ich schrieb, ich hatte *mein* Leben, und das da nebenan war ein ganz anderes Leben, mit dem ich nichts teilte: das Leben eines Studenten der Medizin, der für sein Examen studierte. Ich hatte nichts Ähnliches vor mir, schon das war ein entscheidender Unterschied. Und auch sonst waren unsere Umstände so verschieden wie möglich. Das alles leuchtete mir ein. Bis zu dem Moment, da ich wußte, daß es kommen würde; da vergaß ich, daß es zwischen uns keine Gemeinsamkeit gab. Ich horchte so, daß mein Herz ganz laut wurde. Ich ließ alles und horchte. Und dann kam es: ich habe mich nie geirrt.
Beinah jeder kennt den Lärm, den irgendein blechernes, rundes Ding, nehmen wir an, der Deckel einer Blechbüchse, verursacht, wenn er einem entglitten ist. Gewöhnlich kommt er gar nicht einmal sehr laut unten an, er fällt kurz auf, rollt auf dem Rande weiter und wird eigentlich erst unangenehm, wenn der Schwung zu Ende geht und er nach allen Seiten taumelnd aufschlägt, eh er ins Liegen kommt. Nun also: das ist das Ganze; so ein blecherner Gegenstand fiel nebenan, rollte, blieb liegen, und dazwischen, in gewissen Abständen, stampfte es. Wie alle Geräusche, die sich wiederholt durchsetzen, hatte auch dieses sich innerlich organisiert; es wandelte sich ab, es war niemals genau dasselbe. Aber gerade das sprach für seine Gesetzmäßigkeit. Es konnte heftig sein oder milde oder melancholisch; es konnte gleichsam überstürzt vorübergehen oder unendlich lange hingleiten, eh es zu Ruhe kam. Und das letzte Schwanken war immer überraschend. Dagegen hatte das Aufstampfen, das hinzukam, etwas fast Mechanisches. Aber es teilte den Lärm immer anders ab, das schien seine Aufgabe zu sein. Ich kann diese Einzelheiten jetzt viel besser übersehen; das Zimmer neben mir ist leer. Er ist nach Hause gereist, in die Provinz. Er sollte sich erholen. Ich wohne im obersten Stockwerk. Rechts ist ein anderes Haus, unter mir ist noch niemand eingezogen: ich bin ohne Nachbar.
In dieser Verfassung wundert es mich beinah, daß ich die Sache nicht leichter nahm. Obwohl ich doch jedesmal im voraus gewarnt war durch mein Gefühl. Das wäre auszunutzen gewesen. Erschrick nicht,

hätte ich mir sagen müssen, jetzt kommt es; ich wußte ja, daß ich mich niemals täuschte. Aber das lag vielleicht gerade an den Tatsachen, die ich mir hatte sagen lassen; seit ich sie wußte, war ich noch schreckhafter geworden. Es berührte mich fast gespenstisch, daß das, was diesen Lärm auslöste, jene kleine, langsame, lautlose Bewegung war, mit der sein Augenlid sich eigenmächtig über sein rechtes Auge senkte und schloß, während er las. Dies war das Wesentliche an seiner Geschichte, eine Kleinigkeit. Er hatte schon ein paar Mal die Examen vorbeigehen lassen müssen, sein Ehrgeiz war empfindlich geworden, und die Leute daheim drängten wahrscheinlich, sooft sie schrieben. Was blieb also übrig, als sich zusammenzunehmen. Aber da hatte sich, ein paar Monate vor der Entscheidung, diese Schwäche eingestellt; diese kleine, unmögliche Ermüdung, die so lächerlich war, wie wenn ein Fenstervorhang nicht oben bleiben will. Ich bin sicher, daß er wochenlang der Meinung war, man müßte das beherrschen können. Sonst wäre ich nicht auf die Idee verfallen, ihm meinen Willen anzubieten. Eines Tages begriff ich nämlich, daß der seine zu Ende sei. Und seither, wenn ich es kommen fühlte, stand ich da auf meiner Seite der Wand und bat ihn, sich zu bedienen. Und mit der Zeit wurde mir klar, daß er darauf einging. Vielleicht hätte er das nicht tun dürfen, besonders wenn man bedenkt, daß es eigentlich nichts half. Angenommen sogar, daß wir die Sache ein wenig hinhielten, so bleibt es doch fraglich, ob er wirklich imstande war, die Augenblicke, die wir so gewannen, auszunutzen. Und was meine Ausgaben betrifft, so begann ich sie zu fühlen. Ich weiß, ich fragte mich, ob das so weitergehen dürfe, gerade an dem Nachmittag, als jemand in unserer Etage ankam. Dies ergab bei dem engen Aufgang immer viel Unruhe in dem kleinen Hotel. Eine Weile später schien es mir, als trete man bei meinem Nachbar ein. Unsere Türen waren die letzten im Gang, die seine quer und dicht neben der meinen. Ich wußte indessen, daß er zuweilen Freunde bei sich sah, und, wie gesagt, ich interessierte mich durchaus nicht für seine Verhältnisse. Es ist möglich, daß seine Tür noch mehrmals geöffnet wurde, daß man draußen kam und ging. Dafür war ich wirklich nicht verantwortlich.

Nun an diesem selben Abend war es ärger denn je. Es war noch nicht sehr spät, aber ich war aus Müdigkeit schon zu Bett gegangen; ich hielt es für wahrscheinlich, daß ich schlafen würde. Da fuhr ich auf, als hätte man mich berührt. Gleich darauf brach es los. Es sprang und rollte und rannte irgendwo an und schwankte und klappte. Das Stampfen war fürchterlich. Dazwischen klopfte man unten, einen Stock tiefer, deutlich und böse gegen die Decke. Auch der neue Mieter war natürlich gestört. Jetzt: das mußte seine Türe sein. Ich war so wach, daß ich seine Türe zu hören meinte, obwohl er erstaunlich vorsichtig damit umging. Es kam mir vor, als nähere er sich. Sicher wollte er wissen, in welchem Zimmer es sei. Was mich befremdete, war seine wirklich übertriebene Rücksicht. Er hatte doch eben bemerken können, daß es auf Ruhe nicht ankam in diesem Hause. Warum in aller Welt unterdrückte er seinen Schritt? Eine Weile glaubte ich ihn an meiner Tür; und dann vernahm ich, darüber war kein Zweifel, daß er nebenan eintrat. Er trat ohne weiters nebenan ein.

Und nun (ja, wie soll ich das beschreiben?), nun wurde es still. Still, wie wenn ein Schmerz aufhört. Eine eigentümlich fühlbare, prickelnde Stille, als ob eine Wunde heilte. Ich hätte sofort schlafen können; ich hätte Atem holen können und einschlafen. Nur mein Erstaunen hielt mich wach. Jemand sprach nebenan, aber auch das gehörte mit in die Stille. Das muß man erlebt haben, wie diese Stille war, wiedergeben läßt es sich nicht. Auch draußen war alles wie ausgeglichen. Ich saß auf, ich horchte, es war wie auf dem Lande. Lieber Gott, dachte ich, seine Mutter ist da. Sie saß neben dem Licht, sie redete ihm zu, vielleicht hatte er den Kopf ein wenig gegen ihre Schulter gelegt. Gleich würde sie ihn zu Bett bringen. Nun begriff ich das leise Gehen draußen auf dem Gang. Ach, daß es das gab. So ein Wesen, vor dem die Türen ganz anders nachgeben als vor uns. Ja, nun konnten wir schlafen.

Der Nachbar (II)

Ein Hotelzimmer zu nehmen, ist für normale Menschen eine Kleinigkeit, ein alltäglicher, in keiner Weise affektbetonter Akt, mit dem man in zwei Minuten fertig ist. Für unsereinen aber, für uns Neurotiker, Schlaflose und Psychopathen wird dieser banale Akt, mit Erinnerungen, Affekten und Phobien phantastisch überladen, zum Martyrium. Der freundliche Hotelier, die sympathische Empfangsdame, welche uns, auf unsre zaghaft inständige Bitte, ihr »ruhiges Zimmer« zeigen und empfehlen, ahnen den Sturm von Assoziationen, von Befürchtungen, von Ironien und Selbstironien nicht, den dies fatale Wort in uns erregt. O wie gut, o wie schauerlich genau, wie grauenhaft profund kennen wir diese ruhigen Zimmer, diese Stätten unsrer qualvollsten Leiden, unsrer schmerzlichsten Niederlagen, unsrer heimlichsten Schmach! Wie falsch und tückisch, wie dämonisch blicken uns diese freundlichen Möbel, diese wohlgemeinten Teppiche und heiteren Tapeten an! Wie fatal, wie vernichtend grinst jene verriegelte Verbindungstür zum Nachbarzimmer, die sich unseligerweise in den meisten dieser Zimmer befindet, häufig ihrer eigenen üblen Rolle bewußt und darum schamhaft hinter einem Tuchbehang verborgen! Wie schmerzlich und ergeben blicken wir zur weiß getünchten Zimmerdecke empor, welche stets im Augenblick der Besichtigung in schweigender Leere grinst, um dann abends und morgens von den Schritten der Obenwohnenden zu dröhnen – ach, und nicht nur von Schritten, das sind bekannte und also nicht die schlimmsten Feinde! Nein, über diesen harmlos weißen Plan rollen in der Stunde des Verhängnisses, ebenso wie durch die dünne Tür und Wand, ungeahnte Geräusche und Vibrationen, weggeworfene Stiefel, zu Boden fallende Spazierstöcke, mächtige rhythmische Erschütterungen (auf hygienische Turnübungen deutend), umgeworfene Stühle, ein vom Nachttisch stürzendes Buch oder Glas, das Rücken von Koffern und Möbelstücken. Dazu die Menschenstimmen, die Gespräche und Selbstgespräche, das Husten, das Lachen, das Schnarchen! Und weiter, schlimmer als dies alles, die unbekannten, unerklärlichen Geräusche, alle jene seltsamen, geisterhaften Laute, die wir nicht deuten, deren Herkunft und vermutliche Dauer wir nicht ahnen können, jene Klopf- und Wühlgeister, all jenes Knacken, Ticken, Flüstern, Blasen, Saugen, Rauschen, Seufzen, Knarren, Picken, Sieden – weiß Gott, welch reiches unsichtbares Orchester sich in den paar Quadratmetern eines Hotelzimmers verbergen kann!

Das Wählen eines Schlafzimmers ist also für unsereinen eine äußerst heikle, wichtige und dabei ziemlich hoffnungslose Unternehmung, an zwanzig Dinge, an hundert Möglichkeiten ist dabei zu denken. In einem Raume ist der Wandschrank, im andern die Heizröhre, im dritten der okarinablasende Nachbar die Quelle akustischer Überraschungen. Und da erfahrungsgemäß bei keinem einzigen Zimmer der Welt jene so innig ersehnte Ruhe und Schlafsicherheit feststellbar ist, da das anscheinend ruhigste Zimmer Überraschungen birgt (wohnte ich nicht schon, um ja keinen Störenfried über oder neben mir zu wissen, in einer einsamen Dienstbotenkammer im fünften Stock und fand über mir, statt des vermiedenen Zeitgenossen, den klappernden Dachboden von Ratten toll belebt?!) – sollte man da nicht am Ende auf jede Wahl verzichten, einfach kopfvoran ins Schicksal springen und den Zufall walten lassen? Statt sich zu quälen und abzusorgen und nach wenigen Stunden dennoch enttäuscht und traurig dem Unvermeidlichen gegenüberzustehen, ist es nicht klüger, das blinde Geschick walten zu lassen und wahllos das erste angebotene Zimmer zu nehmen?

Als ich vor vierzehn Tagen mit Vorsicht und Sorgfalt mein Hotelzimmer Nummer 65 aussuchte, hatte ich im ganzen keine schlechte Wahl getroffen. Das Zimmer, hell und freundlich tapeziert, hat einen Alkoven, in dem das Bett steht, und erfreute mich durch seinen nicht alltäglichen, originellen Grundriß, es hat ein schönes Licht und etwas Aussicht auf Fluß und Weinberge. Ferner liegt es zuhöchst im Hause, es wohnt also niemand über mir, und von der Straße her sind kaum Störungen möglich. Ich hatte gut gewählt. Ich hatte damals auch nach den Zimmernachbarn gefragt und beruhigende Auskunft erhalten. Auf der einen Seite wohnte eine alte Dame, von der ich in der Tat nie etwas hörte. Auf der andern Seite, in Nummer 64, aber wohnte der

Holländer! Im Lauf von zwölf Tagen, im Lauf von zwölf bitteren Nächten ist mir dieser Herr überaus wichtig geworden, ach allzu wichtig, er ist eine mythische Figur, ein Götze, ein Dämon und Gespenst für mich geworden, das ich erst vor wenigen Tagen besiegt habe.

Niemand, dem ich ihn zeigen würde, würde es mir glauben. Dieser Herr aus Holland, der mich seit so vielen Tagen am Arbeiten, seit so vielen Nächten am Schlafen gehindert hat, ist weder ein tollwütiger Berserker noch ein enthusiastischer Musiker, weder kommt er zu unerwarteten Zeiten betrunken nach Hause noch schlägt er seine Frau oder schimpft mit ihr, er pfeift und singt nicht, ja er schnarcht nicht einmal, wenigstens nicht so laut, daß es mich störte. Er ist ein solider, gesitteter, nicht mehr junger Mann, lebt regelmäßig wie eine Uhr und hat keinerlei auffallende Untugenden – wie ist es möglich, daß dieser ideale Bürger mich so leiden machte?

Es ist möglich, es ist leider Tatsache. Die beiden Hauptpunkte, die Grundpfeiler meines Unglücks, sind diese: zwischen den Zimmern Nummer 64 und 65 ist eine Tür, eine zwar verriegelte und mit einem Tisch verstellte, aber keineswegs dichte Tür. Dies ist das eine Unglück, es läßt sich nicht beheben. Das zweite, schlimmere: der Holländer hat eine Frau. Auch sie ist mit erlaubten Mitteln nicht aus der Welt oder doch aus Nummer 64 zu bringen. Und dann habe ich noch das ungewöhnliche Pech, daß meine Nachbarn, gerade wie ich selber, zu den verhältnismäßig seltenen Hotelgästen gehören, die den größern Teil ihres Tages auf ihren Zimmern zubringen.

Hätte ich nun ebenfalls eine Frau bei mir oder wäre ich Gesanglehrer oder hätte ich ein Klavier, eine Geige, ein Waldhorn, eine Kanone oder Pauke, so könnte ich den Kampf gegen meine holländischen Nachbarn mit der Hoffnung auf Erfolg aufnehmen. So aber ist die Lage diese: das Holländerpaar bekommt von mir während der vierundzwanzig Stunden des Tages keinen Ton zu hören, es wird von mir behandelt wie man Könige und Schwerkranke behandelt, wird von mir unaufhörlich mit der unausdenklichen Wohltat einer vollkommenen, absoluten Stille überschüttet. Und wie erwidern sie diese Wohltat? Sie gewähren mir, indem sie jede Nacht von zwölf bis sechs Uhr schlafen, eine tägliche Schonzeit von sechs Stunden. Ich habe die Wahl, ob ich diese Stunden zur Arbeit oder zum Schlaf, zu Gebet oder Meditation ver-

wenden will. Über die übrigen achtzehn Stunden des Tages habe ich keine Verfügung, sie gehören nicht mir, diese täglichen achtzehn Stunden finden gewissermaßen überhaupt nicht bei mir, sondern nur in Nummer 64 statt. Achtzehn Stunden des Tages wird in Nummer 64 geplaudert, gelacht, Toilette gemacht, Besuch empfangen. Es wird nicht mit Schießwaffen hantiert noch wird Musik gemacht noch finden Schlägereien statt, dies muß ich anerkennen. Es wird aber auch nicht nachgedacht, nicht gelesen, nicht meditiert, nicht geschwiegen. Immerzu fließt der Fluß der Gespräche, oft sind vier und sechs Personen dort drüben beisammen, und abends plaudert das Ehepaar bis halb zwölf Uhr. Dann kommt das Klirren von Glas und Porzellan, das Feilen der Zahnbürsten, das Rücken einiger Stühle und die Melodien des Gurgelns. Dann krachen die Betten, und dann wird es still und bleibt still (das sei nochmals anerkannt) bis in der Frühe etwa um sechs Uhr, um welche Stunde einer der Ehegatten, ich weiß nicht ob er oder sie, sich erhebt und den Fußboden erbeben macht, er geht zum Bade, kehrt bald wieder; inzwischen ist auch für mich die Badestunde gekommen, und von meiner Wiederkehr an reißt der Faden der Gespräche, der Geräusche, des Lachens, des Stuhlrückens und so weiter nicht mehr ab bis wieder kurz vor Mitternacht.
Wäre ich nun ein vernünftiger, normaler Mensch wie andere, so würde ich mich leicht in die Lage schicken. Ich würde nachgeben, da nun einmal zwei stärker sind als einer, und würde meinen Tag irgendwo anders als in meinem Zimmer hinbringen, im Lese- oder Rauchzimmer, in den Korridoren, im Kursaal, in Restaurants, wie die meisten Kurgäste es tun. Und nachts würde ich eben schlafen. Statt dessen bin ich von der mühsamen, törichten und aufreibenden Leidenschaft besessen, tagsüber viele Stunden allein am Schreibtisch zu sitzen, angestrengt nachzudenken, angestrengt zu schreiben, oftmals nur, um das Geschriebene nachher wieder zu vernichten; und des Nachts habe ich zwar eine große, eine glühende Sehnsucht nach Schlaf, aber mein Einschlafen ist ein komplizierter Dämmerungsvorgang, welcher Stunden dauert, und dann ist der Schlaf sehr leise, sehr dünn und spröde, ein Hauch genügt, um ihn zu zerreißen. Und wenn ich um zehn, um elf Uhr noch so todmüde und noch so nahe am Einschlummern bin, es hilft nichts, es reicht nicht bis zum Schlafe, solange nebenan die

Holländer ihre Geselligkeit pflegen. Und während ich erschöpft und sehnsüchtig warte, bis die Mitternacht kommt, bis der Mann aus dem Haag mir die Erlaubnis gewährt, eventuell einzuschlafen, bis dahin bin ich durch Warten, Zuhören und Denken an die morgige Arbeit wieder so wach und erregt geworden, daß der größte Teil der mir zugebilligten sechs Ruhestunden vorübergeht, ehe ich ein wenig Schlaf finde.

Es liegt in der literarischen Arbeit eine so heftige Nötigung zur Konzentration, daß man bei stark gespanntem Produktionstrieb recht wohl äußere Behinderungen und Störungen überwinden kann. Der Autor, welchem nur an einem bequemen Tisch, bei bestem Licht, mit seinem eigenen gewohnten Schreibmaterial, auf besonderem Papier und so weiter seine Arbeit möglich scheint, ist mir verdächtig. Wohl sucht man instinktiv alle äußeren Erleichterungen und Bequemlichkeiten auf, wo sie aber nicht zu haben sind, geht es auch ohne sie. Und so gelang es mir oft, zwischen mich und Nummer 64 eine Distanz oder Isolierwand hinein zu schreiben, die mich für eine produktive Stunde schützte. Sobald ich aber zu ermüden begann, und dazu trug der angehäufte Schlafmangel mächtig bei, waren die Störungen wieder da.

Viel schlimmer als mit der Arbeit stand es mit dem Schlafen. Ich will hier meine rein psychologisch begründete Theorie der Schlaflosigkeit nicht darlegen. Ich sage nur, daß jene vorübergehende Immunität gegen Holland, mein Hinweg-Konzentriertsein von Nummer 64, wohl je und je bei der Arbeit gelang, mit Hilfe beflügelnder Kräfte, daß meine Schlafversuche aber dieses Glück nicht teilten.

Der Schlaflose nun, wenn er seinem Leiden eine längere Weile preisgegeben ist, richtet, wie die meisten Menschen es in Zuständen nervöser Übermüdung tun, Gefühle der Ablehnung, des Hasses, ja der Vernichtungslust sowohl gegen sich selbst wie gegen die nächste Umgebung. Da die nächste Umgebung für mich nun einzig aus Holland bestand, häuften sich in mir während der schlaflosen Nächte langsam gegen Holland Gefühle der Abneigung, der Erbitterung, des Hasses an, die sich tagsüber nicht zerstreuen konnten, da die Spannung und Störung ja beständig fortbestand. Lag ich im Bette, durch den Holländer am Schlaf verhindert, fiebernd vor Übermüdung und ungestilltem

Verlangen nach Ruhe, und hörte ich nebenan den Nachbar seine satten, festen, soliden Schritte tun, seine festen, strammen Bewegungen machen, seine markigen Töne bilden, dann empfand ich gegen ihn einen ziemlich vehementen Haß.
Immerhin aber blieb mir während dieser Situation stets bis zu einem gewissen Grade die Dummheit meines Hasses bewußt, ich konnte zwischenein immer wieder für Augenblicke über meinen Haß lächeln und ihm dadurch die Spitze abbrechen. Fatal aber wurde es mir, als dieser an sich unpersönliche, nur gegen die Störungen meines Schlafes, gegen meine eigene Nervosität, gegen die undichte Türe gerichtete Haß sich im Laufe der Tage immer weniger neutralisieren und verteilen ließ, als er allmählich immer törichter, immer einseitiger und persönlicher wurde. Es half am Ende nichts mehr, daß ich mir die persönliche Unschuld des Holländers vorhielt und bewies. Ich haßte ihn einfach, und zwar nicht nur etwa in den Augenblicken, wo er mir tatsächlich lästig war, wo mitten in tiefer Nacht sein lautes Schreiten, Reden und Lachen vielleicht in der Tat rücksichtslos war. Nein, ich haßte ihn jetzt ganz richtig, mit dem richtigen, naiven, dummen Haß, mit welchem ein erfolgloser kleiner christlicher Kaufmann die Juden oder ein Kommunist die Kapitalisten haßt, mit jener dummen, tierischen, vernunftlosen und im Grunde feigen oder neidischen Art von Haß, die ich an anderen stets so sehr bedaure, der die Politik, das Geschäft, die Öffentlichkeit vergiftet und dessen ich mich nicht für fähig gehalten hätte. Ich haßte nicht mehr bloß sein Husten, seine Stimme, sondern ihn selbst, seine reale Person, und wenn er mir, vergnügt und ahnungslos, tagsüber irgendwo begegnete, war es für mich die Begegnung mit einem ausgemachten Feind und Schädling, und all meine Philosophie reichte nur so weit, daß ich meinem Gefühl keine Äußerung gestattete. Sein glattes, frohes Gesicht, seine dicken Augendeckel, seine dicken, frohen Lippen, sein Bauch in der modischen Weste, sein Gehen und Benehmen, alles zusammen war mir zuwider und verhaßt, und am meisten haßte ich alle die unzähligen Anzeichen seiner Kraft, Gesundheit und Unverwüstlichkeit, sein Lachen, seine guter Laune, die Energie seiner Bewegungen, die überlegene Apathie seines Blickes, alle diese Anzeichen seiner biologischen und sozialen Überlegenheit. Natürlich, auf diese Art war es leicht, gesund und gu-

ter Laune zu sein und den befriedigten Herrn zu spielen, wenn man Tag und Nacht vom Schlaf, von der Kraft anderer zehrte, wenn man die Rücksicht, das stille Betragen, die Beherrschung seiner Nachbarn immerzu genoß und schluckte, selber aber keine Hemmungen kannte, nach Belieben bei Tag und Nacht Luft und Haus mit Tönen und Vibrationen erschütterte. Möge der und jener ihn holen, diesen Herrn aus Holland! Dunkel erinnerte ich mich auch des fliegenden Holländers – war nicht auch der ein verfluchter Dämon und Quälgeist gewesen? Namentlich aber erinnerte ich mich jener Holländer, welche einst der Dichter Multatuli gezeichnet hat, jener fetten Genießer und Geldsammler, deren Reichtum und satte Bonhomie die Aussaugung der Malaien zur Basis hatte. Braver Multatuli!

Es war in einer langen, quälend langen Nacht, daß ich diese Gedanken dachte. Ich lag als Opfer des Holländers, der nebenan hustete, spuckte und auf und nieder lief, heiß und übermüdet im Bett, die Augen von langem Lesen (was wollte ich andres tun?) überanstrengt, und fühlte, daß jetzt diesem Zustand, dieser Qual und Schmach unbedingt ein Ende gemacht werden mußte. Kaum war diese Klarheit, diese Überzeugung oder Entschließung in mir aufgeblitzt, kalthell wie Morgenschein, kaum stand es klar und fest vor meiner Seele: »Dies muß alsbald zu Ende gelitten und zur Lösung gebracht werden«, da tauchten zuerst die üblichen vulgären Phantasien in mir auf, wie sie in Augenblicken besonderer Pein jedem Nervösen wohlbekannt sind. Nur zwei Wege, so schien es, konnten aus dieser jämmerlichen Lage herausführen; einen davon mußte ich wählen: entweder mich umbringen oder mich mit dem Holländer auseinandersetzen, ihn an der Gurgel nehmen und besiegen. (Eben hustete er wieder mit imponierender Energie.) Beide Vorstellungen waren schön und erlösend, wenn auch etwas kindlich. Schön war der Gedanke, sich auf irgendeine der üblichen, öfters erwogenen Arten beiseitezubringen, mit dem typischen kindlichen Selbstmördergefühl. »Es geschicht euch recht, wenn ich mir jetzt die Gurgel durchschneide.« Schön war auch die andre Vorstellung, statt meiner den Holländer zu packen, ihn zu erwürgen oder totzuschießen, als Sieger über seine brutale, undifferenzierte Vitalität übrigzubleiben.

Diese naiven Phantasien vom Auslöschen entweder meiner selbst

oder des Feindes waren indessen schon bald erschöpft. Man konnte sich ihnen eine Weile hingeben, sich in Wunschbilder flüchten, welche aber schnell welkten und ihren Zauber verloren, denn nach kurzem Schweifen durch diesen Irrgarten war der Wunsch entkräftet, und ich mußte mir gestehen, daß diese Wünsche lediglich Exaltationen des Augenblicks waren, daß ich ja weder meine noch des Holländers Vernichtung wirklich und ernstlich wünsche. Seine Entfernung hätte vollkommen genügt. Ich suchte nun diese Entfernung in Bilder zu kleiden, ich machte Licht, nahm das Kursbuch aus der Nachttischschublade und unterzog mich der Mühe, einen lückenlosen Reiseplan zusammenzustellen, nach welchem der Holländer morgen in aller Frühe abreisen und so rasch wie möglich seine Heimat erreichen sollte. Diese Beschäftigung machte mir ein wenig Vergnügen, ich sah den Mann in unheimlicher, kühler Morgenfrühe aufstehen, sah und hörte ihn zum letztenmal in Nummer 64 seine Toilette verrichten, die Stiefel anziehen, die Tür zuknallen, sah ihn fröstelnd zum Bahnhof fahren und abreisen, sah ihn morgens um acht Uhr in Basel mit französischen Zöllnern schelten, und je weiter mein Wunschbild ihn fortspediert hatte, desto leichter ward mir. Aber schon in Paris versagte meine Vorstellungskraft, und das ganze Bild ging wieder in Trümmer, lang, ehe ich meinen Mann an der holländischen Grenze hatte.
Das waren Spielereien. Auf so einfache, so wohlfeile Art war der Feind, der Feind in mir selbst, nicht zu überwinden. Es galt ja nicht, an dem Holländer irgendeine Rache zu nehmen, es galt lediglich eine wertvolle, positive und meiner würdige Einstellung zu ihm zu gewinnen. Meine Aufgabe war ganz klar: ich hatte meinen wertlosen Haß abzubauen, ich hatte den Holländer zu lieben. Dann mochte er spucken und dröhnen, ich war ihm überlegen, ich war gefeit. Wenn es mir gelang, ihn zu lieben, dann half ihm alle Gesundheit, alle Vitalität nichts mehr, dann war er mein, dann widerstrebte sein Bild nicht mehr dem Gedanken der Einheit. Wohlan denn, das Ziel war würdig, es galt, meine schlaflose Nacht gut anzuwenden. Nun, es gelang, er blieb mir nicht im Halse stecken, er wurde umgeschmolzen. Aber es ging nicht leicht, es kostete Schweiß und Arbeit, es kostete zwei oder drei Nachtstunden heftigster Anspannung. Dann aber war es getan.
Ich machte den Anfang damit, mir die Gestalt des Gefürchteten in

möglichst scharfer Deutlichkeit vor die Seele zu zwingen, bis keine Hand und kein Finger an der Hand, bis kein Schuh, keine Augenbraue, keine Wangenfalte mehr fehlte, bis ich ihn ganz und gar vor mir sah, ihn innerlich völlig besaß, ihn gehen, sitzen, lachen und schlafen machen konnte. Ich stellte ihn mir vor, wie er morgens sich die Zähne bürstete und wie er nachts auf dem Kissen einschlief, ich sah das Müdewerden der Augendeckel, sah den Hals sich entspannen und den Kopf weich hinabwelken. Wohl eine Stunde dauerte es, bis ich ihn soweit hatte. Damit war viel gewonnen. Etwas lieben, das bedeutet für den Dichter: es in seine Phantasie aufnehmen, es dort wärmen und hegen, damit spielen, es mit der eigenen Seele durchdringen, mit dem eigenen Atem beleben. So tat ich mit meinem Feinde, bis er mir gehörte und in mich eingegangen war. Ohne seinen etwas zu kurzen Hals wäre es wohl nicht geglückt, aber der Hals kam mir zu Hilfe. Ich mochte den Holländer aus- oder anziehen, ihn in Kniehosen oder Gehrock, in ein Ruderboot oder an einen Mittagstisch setzen, ich mochte ihn zum Soldaten, zum König, zum Bettler, zum Sklaven, zum Greis oder zum Kind machen, in jeder noch so veränderten Gestalt hatte er einen kurzen Hals und ein klein wenig vorstehende Augen. Dies Zeichen war sein schwacher Punkt, hier mußte ich ihn angreifen. Lange brauchte ich, bis es mir gelang, den Holländer jünger zu machen, bis ich ihn als jungen Ehemann, als Bräutigam, als Studenten und Schüler vor mir sehen konnte. Als es mir endlich gelungen war, ihn zum kleinen Knaben zurückzuverwandeln, da gewann der Hals zum erstenmal meine Teilnahme. Auf dem sanften Wege des Mitleids eroberte er mein Herz, als ich diesen kräftigen und energischen Knaben seinen Eltern durch diese leisen Anzeichen einer asthmatischen Anlage Sorge machen sah. Auf dem sanften Wege des Mitleids ging ich weiter, und es gehörte wenig Kunst mehr dazu, auch die künftigen Jahre und Stufen zu produzieren. Als ich soweit war, den ganzen Mann, um zehn Jahre gealtert, seinen ersten Schlaganfall erleiden zu sehen, da sprach plötzlich alles an ihm so rührend mit, die dicklichen Lippen, die schweren Augendeckel, die wenig biegsame Stimme, alles gewann Werbekraft, und noch ehe er in meiner intensiven Vorstellung den imaginären Tod erlitten hatte, war sein Menschliches, seine Schwäche, sein Sterbenmüssen mir schon so brüderlich nahe gekommen, daß ich längst keine Widerstände mehr gegen ihn hatte. Da war ich froh, drückte ihm die Augen vollends zu und schloß meine eigenen, denn es war schon Morgen, und ich hing, von meiner langen nächtlichen Dichtung völlig erschöpft, wie ein Gespenst in den Kissen.

Charles Simic

Hotel Insomnia

Mir gefiel mein kleines Loch.
Das Fenster ging auf eine Mauer.
Nebenan stand ein Klavier.
Ein alter Krüppel kam jeden Monat
ein paarmal und spielte
»So blau ist mein Himmel«.

Meistens allerdings war es still.
Die Spinne, eine in jedem Zimmer,
in ihrem schweren Mantel fing ihre Fliege
in einem Netz aus Zigarettenrauch und Reverie.
So dunkel war es,
daß ich mein Gesicht nicht sehen konnte im Rasierspiegel.

Um fünf Uhr früh, eine Treppe höher,
die Schritte der Wahrsagerin, barfuß,
aus dem Laden an der Ecke, der »Zigeunerin«,
die ihr Wasser ließ nach einer Liebesnacht.
Einmal auch das Schluchzen eines Kindes,
so nah, daß ich einen Augenblick lang
dachte, ich wärs, der schluchzte.

Pascal Mercier

Der Nachbar (III)

Der hochangesehene Sprachwissenschaftler Philipp Perlmann hält mit seinen nicht minder berühmten Kollegen Millar, Ruge und von Levetzov eine Tagung in einem Hotel an der ligurischen Küste ab. Schon nach dem ersten gemeinsamen Abendessen gerät er in zunehmende Verwirrung.

Er legte die Kette vor, zog im Dunkeln die schmerzenden Schuhe aus und ließ sich aufs Bett fallen. Sofort begannen die Sätze im Kopf zu kreisen, Sätze, die beim Abendessen und vorhin in der Veranda gefallen waren, Sätze über den Preis, über Princeton, über faule spanische Professoren, über versäumte Hausaufgaben. Sie kehrten immer wieder, diese Sätze, aufdringlich wie ein nicht enden wollendes, nie abflachendes Echo.
Perlmann kannte es nur zu gut, dieses quälende Kreisen von Sätzen, diese Sucht, sich an einmal geäußerte Sätze zu klammern, und jedesmal, wenn er wieder in diesen Sog geriet, kam es ihm vor, als habe er den größten Teil seines Lebens damit zugebracht, auf diese Weise Sätzen nachzuhorchen, die ihn verletzt oder geängstigt hatten. Agnes hatte darunter gelitten, daß er manchmal nach Tagen, sogar Wochen, plötzlich mit einem solchen Satz kam und ihm ein Gewicht, eine Dramatik beimaß, die er nie gehabt hatte – einfach weil er nun so lange an ihm gekaut hatte, auf Spaziergängen oder während schlafloser Stunden. Oftmals konnte sie sich gar nicht mehr daran erinnern, etwas Derartiges gesagt zu haben. Das wiederum kam ihm vor wie Hohn und machte ihn auf hilflose Art wütend. Er war verbittert, fühlte sich von allen allein gelassen und verkroch sich. Agnes erklärte ihm, wie gefährlich dieses Satzgedächtnis sei, wie gehemmt es einen machen konnte, so daß man sich gar nicht mehr traue, spontane Dinge zu sagen, wenn das Gesagte dann auf die Goldwaage gelegt und einem später vorgehalten werde wie ein Verbrechen. Er hatte das eingesehen, für dieses Mal hatte die Einsicht geholfen. Doch beim nächstenmal war er von neuem in die Falle gelaufen.

Er richtete sich auf und machte Licht. Morgen früh bei der ersten Arbeitssitzung in der Veranda würde er Regie führen müssen. Er mußte das mit Geschick und Übersicht tun, um zu erreichen, daß er mit seinem Beitrag möglichst spät drankam. Dazu brauchte er einen klaren, ausgeschlafenen Kopf. Doch mit dem Dunkel würden auch die Sätze wiederkommen. Er ging ins Bad und sah dabei den langen Blick vor sich, den ihm der Arzt zugeworfen hatte, bevor er das Rezept für die zwanzig starken Schlaftabletten ausschrieb. *Er ist ein patenter Mann und ein guter Arzt; aber dafür, daß einer nicht einschlafen kann, hat er kein Verständnis, das kennt er nicht.* Perlmann nahm eine halbe Tablette, *mehr auf keinen Fall.* Dann stellte er den Wecker auf sieben. Die Sitzung sollte um neun beginnen. Ruge, Millar und von Levetzov hatten sich in dem scherzhaften Geplänkel, das es zu dieser Frage gegeben hatte, gegen die anderen durchgesetzt, obwohl diese Stunde für Millars biologische Uhr noch mitten in der Nacht war.
Perlmann löschte das Licht und wartete auf die Wirkung der Tablette. Unten auf der Uferstraße fuhr ein Motorrad mit Vollgas vorbei. Sonst war es still. Plötzlich schneuzte sich Ruge im Nebenzimmer, drei Trompetenstöße. Es war, als gäbe es überhaupt keine Wand zwischen ihnen, Ruge schien mit seiner körperlichen Gegenwart auch Perlmanns Zimmer ganz auszufüllen. Schlagartig stand Perlmann wieder alles vor Augen: der spiegelbildliche Schreibtisch, dahinter Ruge mit seinem Bauernschädel und den wäßrig grauen Augen hinter der geflickten Brille, und auf der anderen Seite Millar mit seinem Bach.
Er stand auf und lauschte mit dem Ohr an der Wand. Nichts. Wieder im Bett, ging er noch einmal die möglichen Begründungen für einen Zimmerwechsel durch. Mitten im zweiten Durchgang hatte er es plötzlich: *Das Bett, der Rücken; das können sie nicht überprüfen, das müssen sie mir einfach glauben.* Er entspannte sich und spürte einen ersten Anflug von Taubheit in den Lippen und Fingerspitzen.
Jetzt konnten ihm die Sätze nichts mehr anhaben. Und Ruge mochte an seinem Schreibtisch soviel Klavier spielen, wie er wollte, auf dieser Seite war ab morgen niemand mehr. Ruge schüttelte sich vor Lachen, gluckste, rülpste und mußte Luft holen. Sein Flügel kam unaufhaltsam näher, er dehnte sich aus, während Perlmanns Klavier schrumpfte wie schmelzendes Zellophan. Jetzt war es Millar, der spielte, *Das Wohl-*

temperierte Klavier, ich sage euch, es ist langweilig, auch wenn ihr das schockierend findet, Millar stand neben dem ockerfarbenen Flügel, und während Evelyn Mistral vor Vergnügen quietschte, verbeugte er sich ununterbrochen, bis er schließlich vom Klingeln des Telefons unterbrochen wurde.

»Ich wollte nur schnell fragen, ob du gut angekommen bist«, sagte Kirsten. Eine dünne Schicht von Taubheit lag auf Perlmanns Gesicht, und die Zunge hatte eine pelzige Schwere.

»Warte einen Moment«, murmelte er und ging mit unsicheren Schritten ins Bad, wo er kaltes Wasser übers Gesicht laufen ließ. In der Hand, mit der er dann den Hörer wieder aufnahm, kribbelte es.

»Tut mir leid, wenn ich dich geweckt habe«, sagte Kirsten, »ich bin einfach so daran gewöhnt, daß wir um diese Zeit telefonieren.«

»Schon gut«, sagte er und war froh, daß es nicht zu verwaschen klang. Die Sache mit der Wohngemeinschaft habe sich gut angelassen, erzählte sie; nur die eine Frau sei etwas schwierig. »Und stell dir vor: Heute habe ich mich für mein erstes Referat gemeldet. Über Faulkners *The Wild Palms*, den Doppelroman. Und dann stellte sich heraus, daß ich schon heute in vierzehn Tagen dran bin! Es wird mir ganz anders, wenn ich daran denke. Hoffentlich muß man da nicht auch noch vorne sitzen!«

Perlmann war einsilbig und sammelte immer wieder Speichel gegen die trockene Zunge. Ja, sagte er am Schluß, es sei alles in Ordnung; auch das Hotel und das Wetter.

»Und hast du auch die Russisch-Sachen mitgenommen?« fragte sie noch.

Eine halbe Stunde nach der anderen verrann, ohne daß Perlmann in den Schlaf zurückfand. Inmitten einer vergifteten Müdigkeit blieb eine Insel von trockener, nie erlöschender Wachheit. Um halb zwei telefonierte er hinunter zum Empfang und bat zur Sicherheit darum, um sieben geweckt zu werden. Dann nahm er die zweite Hälfte der Schlaftablette.

***

»Es ist überhaupt kein Problem, Ihnen ein anderes Zimmer zu geben«, sagte Signora Morelli leichthin, nachdem Perlmann seine Geschichte mit dem Bett und den Rückenschmerzen in stockendem Italienisch voller Fehler vorgebracht hatte. »Um diese Jahreszeit sind wir längst nicht mehr voll belegt.« Sie sah sein Zögern und hielt in der Bewegung inne, mit der sie sich zum Schlüsselbrett hatte umdrehen wollen. Da nahm Perlmann allen Mut zusammen und sagte mit fester Stimme: »Es wäre mir recht, wenn das neue Zimmer auf der anderen Seite des Hauses läge. Zwischen leeren Zimmern, wenn es geht.«

Auf Signora Morellis strengem Gesicht erschien die Spur eines Lächelns, und ihre Augen wurden ein bißchen schmaler. Sie blätterte in ihren Unterlagen, nahm einen Schlüssel vom Brett und sagte: »Va bene, probieren Sie dieses.«

Als er sich auf der Treppe noch einmal zu ihr umdrehte, hatte sie beide Arme auf die Ablage hinter der Theke gestützt und sah ihm mit leicht geneigtem Kopf nach.

Das neue Zimmer lag im obersten Stock des Südflügels, weit entfernt von den Zimmern der anderen. Der Flur war hier düster, denn von den drei Jugendstillampen an der Decke brannten nur zwei, die mittlere blieb dunkel, und in den beiden anderen war jeweils eine der beiden Birnen kaputt. Im ersten Augenblick erschrak Perlmann über das Zimmer. Es war zwar größer und höher als das bisherige, fast war es schon ein Saal, aber der Stuck an der Decke bröckelte, der Teppich war abgetreten und der große Wandspiegel halbblind. Dazu roch es so muffig, als sei hier seit Jahren nicht mehr gelüftet worden. Nur das Badezimmer war vollständig neu gemacht worden, mit einer Wanne aus Marmor und Armaturen aus blitzendem Messing. Er öffnete das Fenster und blickte an der Fassade hinunter: Das Zimmer lag in der einzigen Reihe ohne Balkone. Drüben beim Schwimmbecken hatte sich Giorgio Silvestri auf einem der gelben Liegestühle ausgestreckt. Er hatte Schuhe und Socken ausgezogen, und über dem Gesicht lag die geöffnete Zeitung. *Wie ein Clochard. Ein Mann ohne Angst, ein freier Mann. – Und was ich mir da zusammendenke, ist der reine Kitsch.*

Perlmann setzte sich in den großen, roten Ohrensessel aus abgewetztem Plüsch, der beim Fenster stand. Er begann, den Raum mit den Augen auszumessen, und noch bevor er ganz damit fertig war, mochte er ihn bereits. Er legte sich aufs Bett. Plötzlich war es ganz leicht, sich

zu entspannen. Das neue Zimmer ließ ihn vergessen, was in der Sitzung geschehen war. Von weit her kamen das Tuten einer Schiffssirene und das Knattern eines Motorboots. Er dachte daran, daß die beiden angrenzenden Zimmer leer waren. Deren Nachbarzimmer wiederum schienen ebenfalls nicht belegt zu sein, und in seiner Phantasie entstanden endlose Fluchten von leeren, stillen Räumen. Dann schlief er ein.
Es war kurz vor drei, als er fröstelnd und mit trockenem Mund erwachte, zunächst verwirrt über den Raum, dann erleichtert. Auf dem Weg nach unten in das alte Zimmer umklammerte er den Schlüssel wie einen Rettungsanker. Die Musik aus Millars Zimmer vermochte ihm nichts mehr anzuhaben, als er nun die Kleider und Bücher einpackte, die er nachts in aller Stille nach oben schaffen würde.

Frühes Leid
der Nacht

Lange Zeit bin ich früh schlafen gegangen

Lange Zeit bin ich früh schlafen gegangen. Manchmal fielen mir die Augen, wenn kaum die Kerze ausgelöscht war, so schnell zu, daß ich keine Zeit mehr hatte zu denken: »Jetzt schlafe ich ein.« Und eine halbe Stunde später wachte ich über dem Gedanken auf, daß es nun Zeit sei, den Schlaf zu suchen; ich wollte das Buch fortlegen, das ich noch in den Händen zu haben glaubte, und mein Licht ausblasen; im Schlafe hatte ich unaufhörlich über das Gelesene weiter nachgedacht, aber meine Überlegungen waren seltsame Wege gegangen; es kam mir so vor, als sei ich selbst, wovon das Buch handelte: eine Kirche, ein Quartett, die Rivalität zwischen Franz dem Ersten und Karl dem Fünften. Diese Vorstellung hielt zuweilen noch ein paar Sekunden nach meinem Erwachen an; meine Vernunft nahm kaum Anstoß an ihr, aber sie lag wie Schuppen auf meinen Augen und hinderte mich daran, Klarheit darüber zu gewinnen, daß das Licht nicht brannte. Dann wurde sie immer weniger greifbar, wie nach der Seelenwanderung die Gedanken einer früheren Existenz; der Gegenstand meiner Lektüre löste sich von mir ab, ich konnte mich damit beschäftigen oder nicht; gleichzeitig kehrte mein Sehvermögen zurück, und ich war erstaunt, rings um mich her eine Finsternis wahrzunehmen, die für meine Augen sanft und ausruhend war, mehr aber vielleicht sogar noch für meinen Geist, dem sie grundlos, unbegreiflich, wahrhaft »dunkel« erschien. Ich fragte mich, wie spät es wohl sei, ich hörte das Pfeifen der Eisenbahnzüge, das – mehr oder weniger weit fort wie ein Vogellied im Wald – die Entfernungen markierte und mich die Weite der öden Landschaft erraten ließ, durch die sich der Reisende zur nächsten Station begibt; der kurze Weg, dem er folgt, wird in sein Gedächtnis eingegraben bleiben durch die erregende Neuheit der Stätten, die ungewohnten Dinge, die er tut, ein Gespräch, das er eben geführt hat, oder den Abschied unter einer fremden Lampe, der ihm noch nachgeht in der Stille der Nacht, die nahe Süße der Heimkehr.

Zärtlich drückte ich meine Wange an die schönen Wangen des Kopfkissens, die in ihrer Fülle und Kühle wie die Wangen unserer Kindheit sind. Ich strich ein Zündholz an und schaute auf die Uhr. Bald Mitternacht. Dies ist der Augenblick, da der Kranke, der verreisen mußte, der in einem unbekannten Hotel die Nacht verbringt und dort von einem Anfall aufgeweckt wird, sich freut, wenn er unter der Tür einen Lichtstreifen entdeckt. Gottlob, der Morgen ist da! Gleich wird das Personal aufgestanden sein, er kann schellen, es wird jemand kommen und ihm Hilfe bringen. Die Hoffnung auf Erleichterung gibt ihm Mut zu leiden. Schon glaubt er Schritte zu hören: die Schritte kommen näher, dann entfernen sie sich. Und der Streifen Tageslicht unter der Tür ist verschwunden. Es ist Mitternacht; das Gaslicht ist ausgelöscht worden; der letzte Hausbediente ist fort, und er wird nun die ganze Nacht unerlöst leiden müssen.

Der Mond der scheint, das Kindlein weint

»Pst«, sagte Ida; »ja, er schläft.« Und Frau Permaneder trat auf den Zehenspitzen an das Bettchen, lüftete vorsichtig die Gardinen und lugte gebückt in das Gesicht ihres schlafenden Neffen.
Der kleine Johann Buddenbrook lag auf dem Rücken, hatte aber sein von dem langen, hellbraunen Haar umrahmtes Gesichtchen dem Zimmer zugewandt und atmete mit einem leichten Geräusch in das Kopfkissen hinein. Von seinen Händen, deren Finger kaum aus den viel zu langen und weiten Ärmeln seines Nachthemdes hervorsahen, lag die eine auf seiner Brust, die andere neben ihm auf der Steppdecke, und dann und wann zuckten die gekrümmten Finger leise. Auch an den halb geöffneten Lippen war eine schwache Bewegung bemerkbar, als versuchten sie, Worte zu bilden. Von Zeit zu Zeit ging, von unten nach oben, etwas Schmerzliches über dieses ganze Gesichtchen, das, mit einem Erzittern des Kinnes beginnend, sich über die Mundpartie fortpflanzte, die zarten Nüstern vibrieren ließ und die Muskeln der schmalen Stirn in Bewegung versetzte... Die langen Wimpern vermochten nicht die bläulichen Schatten zu verdecken, die in den Augenwinkeln lagerten.
»Er träumt«, sagte Frau Permaneder gerührt. Dann beugte sie sich über das Kind, küßte behutsam seine schlafwarme Wange, ordnete mit Sorgfalt die Gardine und trat wieder an den Tisch, wo Ida, im gelben Schein der Lampe, einen neuen Strumpf über die Stopfkugel zog, das Loch prüfte und es zu schließen begann.
»Du stopfst, Ida. Merkwürdig, ich kenne dich eigentlich gar nicht anders!«
»Ja, ja, Tonychen... Was das Jungchen alles zerreißt, seit er zur Schule geht!«
»Aber er ist doch ein so stilles und sanftes Kind?«
»Ja, ja... Aber doch.«
»Geht er denn gern zur Schule?«
»Nein, nein, Tonychen! Hätt' lieber noch bei mir weiterlernen wollen.

Und ich hätt's auch gewünscht, mein Kindchen, denn die Herren kennen ihn ja nicht so von klein auf wie ich, und wissen es nicht so, wie man ihn nehmen muß beim Lernen… Das Aufmerken wird ihm oft schwer, und er wird rasch müde…«

»Der Arme! Hat er schon Schläge bekommen?«

»Aber nein! Mei boje kochhanne… sie werden doch nicht so hartherz'g sein wollen! Wenn das Jungchen sie ansieht…«

»Wie war's denn eigentlich, als er zum ersten Male hinging? Hat er geweint?«

»Ja, das hat er. Er weint so leicht… Nicht laut, aber so in sich hinein… Und dann hat er deinen Herrn Bruder am Rock festhalten wollen und immer wieder gebeten, er möchte dableiben…«

»So, hat mein Bruder ihn hingebracht?… Ja, das ist ein schwerer Moment, Ida, glaube mir. Ha, ich weiß es wie gestern! Ich heulte… ich versichere dich, ich heulte wie ein Kettenhund, es wurde mir entsetzlich schwer. Und warum? Weil ich es zu Hause so gut gehabt hatte, gerade wie Hanno. Die Kinder aus vornehmen Häusern weinten alle, das ist mir sofort aufgefallen, während die anderen sich gar nichts daraus machten und uns anglotzten und grinsten… Gott! was ist ihm, Ida –?«

Sie vollendete ihre Handbewegung nicht und wandte sich erschrokken nach dem Bettchen um, von wo ein Schrei ihr Plaudern unterbrochen hatte, ein Angstschrei, der sich im nächsten Augenblick mit noch gequälterem, noch entsetzterem Ausdruck wiederholte und dann drei-, vier-, fünfmal rasch nacheinander erklang… »Oh! oh! oh!«, ein vor Grauen überlauter, entrüsteter und verzweifelter Protest, der sich gegen etwas Abscheuliches richten mußte, was sich zeigte oder geschah… Im nächsten Augenblick stand der kleine Johann aufrecht im Bette, und während er unverständliche Worte stammelte, blickten seine weitgeöffneten, so eigenartig goldbraunen Augen, ohne etwas von der Wirklichkeit wahrzunehmen, starr in eine gänzlich andere Welt hinein…

»Nichts«, sagte Ida. »Der *pavor.* Ach, das ist manchmal noch viel ärger.« Und in aller Ruhe legte sie die Arbeit beiseite, ging mit ihren langen, schweren Schritten auf Hanno zu und legte ihn, während sie mit tiefer, beruhigender Stimme zu ihm sprach, wieder unter die Decke.

»Ja, so, der *pavor*...«, wiederholte Frau Permaneder. »Wacht er nun?« Aber Hanno wachte keineswegs, obgleich seine Augen weit und starr blieben und seine Lippen fortfuhren, sich zu bewegen.
»Wie? So... so... Nun hören wir auf zu plappern... Was sagst du?« fragte Ida; und auch Frau Permaneder trat näher, um auf dies unruhige Murmeln und Stammeln zu horchen.
»Will ich... in mein... Gärtlein gehn...«, sagte Hanno mit schwerer Zunge, »will mein' Zwiebeln gießen...«
»Er sagt seine Gedichte her«, erklärte Ida Jungmann mit Kopfschütteln. »So, so! Genug, schlaf nun, mein Jungchen!...«
»Steht ein... bucklicht Männlein da, ... fängt als an zu niesen...«, sagte Hanno und seufzte dann. Plötzlich aber veränderte sich sein Gesichtsausdruck, seine Augen schlossen sich halb, er bewegte den Kopf auf dem Kissen hin und her, und mit leiser, schmerzlicher Stimme fuhr er fort:

»Der Mond der scheint,
Das Kindlein weint,
Die Glock schlägt zwölf,
Daß Gott doch allen Kranken helf!...«

Bei diesen Worten aber schluchzte er tief auf, Tränen traten hinter seinen Wimpern hervor, liefen langsam über seine Wangen... und hiervon erwachte er. Er umarmte Ida, sah sich mit nassen Augen um, murmelte befriedigt etwas von »Tante Tony«, schob sich ein wenig zurecht und schlief dann ruhig weiter.

Peter Weiss

Nachtgespenster

Doch abends kam das Unfaßbare und lähmte mich. Grausiges kam und blies mich an. Ich verbarg meine Hände unter der Bettdecke. Da aber konnte meine Mutter kommen und meine Hände wieder hervorheben. Gebieterisch drückte sie meine Hände auf die Decke nieder. Die Hände mußten draußen im Kalten liegen, gespenstischen Angriffen ausgesetzt. Erstarrt vor Furcht lag ich, preisgegeben den Erscheinungen von Riesen und großen Tieren. Ich starrte in die Dämmerung des Zimmers, die immer tintiger wurde, bis sich die Gegenstände darinnen zu schwarzen, schwimmenden Flecken auflösten, ich strengte meine Augen bis aufs äußerste an, um noch Erkennbares zu finden, und es regte sich schon überall in den Schatten, in den Schatten hockten und lauerten schon die Figuren, hinter den Gardinen krochen sie hervor, vom Boden stiegen sie auf, mit leisem Knacken und Pfeifen. Der Schweiß strömte über mich hin. Die Angriffe hatten noch kaum begonnen, und ich war schon vernichtet. Ich rührte mich nicht, um nicht die Aufmerksamkeit der Geister zu wecken. Ich hielt den Atem an, nur mein Herz hämmerte, und jetzt kam es auf mich zu, von allen Seiten, ich stellte mich tot, wenn nur das Herz nicht so dröhnen würde, ich lag mitten zwischen den kauernden Unwesen, die meine Ermordung planten. Schreien konnte ich nicht, krampfhaft versuchte ich, einen Laut hervorzupressen, doch es gelang nicht, es war als wisse meine Stimme nicht mehr, wie sie nach außen dringen könne, erst aus der völligen Ermattung würgte sich ein Ton hervor, der blieb dann im Zimmer hängen und ballte sich zusammen, um sich wieder auf mich zu stürzen. Jede Nacht starb ich, erwürgt, erdrückt. Doch manchmal gelang es, daß ich, nach dem Erreichen der Bewußtlosigkeit, hinter die Furcht vorstieß, daß ich das Grauen, nachdem es seine äußerste Gewalt erreicht hatte, durchbrach, da erhob ich mich aus dem Bett, das Grauen hatte sich zu einer wollüstigen Schwerelosigkeit verwandelt, auf den Zehenspitzen glitt ich durch das Zimmer, öffnete die Tür, sprang über den großen gelben Löwen der vor meiner Tür lag, und bewegte mich mit schwebenden und doch wie von einem zähen, schleimigen Widerstand zurückgehaltenen Schritten den Korridor entlang, auf die Tür zum Schlafzimmer meiner Eltern zu. Es war ein unendlich langer Flur, hinter mir ragte die Treppe zum Dachgeschoß empor und neben mir erstreckte sich das Geländer, unter dem der dunkle Treppenschacht zur Halle lag, vor mir, in der Nische neben dem Schlafzimmer meiner Eltern, standen, leise knackend und knarrend, ein paar Korbstühle, die weißen Teile des geblumten Musters der Kissen traten scharf aus dem Dunkel hervor. Von unten kam das langsame, schwere Ticken der Standuhr, langsame, schwere Schritte schleppten sich die Treppe hinauf, es war der Sandmann der da kam, mit seinem Sack. Hinter dem Fenster lag der Garten, in tiefes Violett getaucht, das Fenster stand offen, der Garten dehnte sich und atmete, vom Graben her tönten die halb erstorbenen Schreie eines ertrinkenden Kindes. Die Tür zum Schlafzimmer meiner Eltern stand angelehnt, ich schob sie vorsichtig auf und trat ein. In ihrem großen Bett, das von der Wand abstand und sich mitten ins Zimmer hinein erstreckte, lagen meine Eltern, links mein Vater, leise schnarchend, rechts meine Mutter, ihr Gesicht von der Dunkelheit des Haares umrahmt. Beide lagen auf dem Rücken und über ihnen, an der Wand am Kopfende des Bettes, hingen drei Bilder, links ein Gemälde vom Gesicht meines Vaters, der Kopf wie abgeschnitten im Oval des Kartons, rechts der Kunstdruck: vom Bild eines nackten Jünglings, der, im Profil gesehen, die Arme um die Knie und das Gesicht auf die Knie gelegt, hoch über einer einsamen Berglandschaft saß, und in der Mitte das Bild von der nackten Göttin, die, von Schaumflocken umflogen, steif vorgeneigt, ohne je das Gleichgewicht zu verlieren, mit der einen Hand die Brust bedeckend, mit der andern Hand eine Strähne des langen gewellten Haars vor den Schoß haltend, auf dem Rand einer großen Muschel stand. Auf den Stühlen neben den Nachttischen zur Seite meines Vaters und zur Seite meiner Mutter lagen die Kleidungsstücke sorgfältig übereinandergelegt, und unter den Stühlen verharrten die Schuhe dicht nebeneinander wie geduldige Tiere. Im Spiegel des großen Wäscheschranks, an der Wand gegenüber dem Bett, sah ich mich selbst, sah mich im violetten Mondlicht in der Tiefe des verstellten Zimmers.

Erika Burkart

Der Jäger vor der Tür

Am Abend vor Weihnachten, der auch der Heilige Abend genannt wird, liegen zu Bündeln geschnürte tote Hasen im Eingangsflur. Gestreckte, starre Läufe, blutverkrustete Pelze. Die paarweise zusammengeknoteten Läufe der Rehe sind mit einem Strick verbunden. Wie Taschen haben die Treiberburschen die toten Rehe geschultert. Niemand hindert die kleinen Töchter des Wirts, der oben die Jagdherren unterhält, auf die gläsernen Augen zu schauen, die unberührbaren Körper in den glänzenden Fellen, die nach Wald riechen und Blut. Zwei Stunden später stehen die Kinder vor dem Lichterbaum in der Jagdstube, den das Christkind gebracht hat, nachdem die frohen, mit Schnaps aufgeheizten Jäger in der weißen Nacht verschwunden sind, ihnen voraus, beutebeladen, die Burschen, »unter denen auch ich war«, erzählte mir Waldo, als ich ihm, sechs Jahre später, zu erklären versuchte, weshalb die Festfreude der Kinder eine gedämpfte und das mit stillem Grauen vermischte Lichterstaunen eine der zwei prägendsten Verunsicherungen war.
Vor dem von innen verriegelten Kinderschlafzimmer, wo wir uns unter den Betten versteckt halten, die Mutter, die Kinder, Elfis Vorgängerin, patrouilliert der betrunkene Jäger, das Gewehr an der Schulter. »Ich schieße«, lautete das im Erinnern isolierte Wort. Periodisch kehrt sie wieder, jahrein, jahraus, die traumatische Nachtstunde, auf die Vater am Morgen nicht anzusprechen ist; »öffnet, oder ich schieße«, vorgebracht mit drohender und zugleich so nüchterner Stimme, daß am Vorhaben des Jägers nicht zu zweifeln ist, der sich, wer weiß, in Südamerika vor der Sumpfhütte glaubt, in welche der Mann, der auf ihn schoß, um die Jagdbeute an sich zu bringen, nach mißlungenem Anschlag geflohen ist.
Bis der Morgen graute, patrouillierte der Vater. Als er gegen Mittag in voller Jagdmontur unter den Flinten erwachte, noch brannte die Nachtlampe, erinnerte er sich an gar nichts und verlangte nach Milch. Alle Erinnerung ist bei uns. Uns hat er getroffen, »seine Nächsten«,

der Schuß, der dann doch ausblieb. Täter erinnern sich ungern, haben ein schlechtes Gedächtnis, darauf beruht ihr Mut zur nächsten Tat. Diese Nachtstunden, die einen wachhielten bis zum Morgen, an den man nicht mehr geglaubt hatte, haben Rückstände hinterlassen: schwarze Kapseln im Gemüt, Samen, aus denen taubes krauses Gewächs hervorgeht. Zivile kleine Feigheiten und neurotische Ängste lassen sich auf sie zurückführen. Etwa die Angst, im *falschen Zug* zu sitzen, nicht zu meistern, auch wenn man die Karte vorgewiesen, sich erkundigt und im Schutz des eigenen Mantels bequem gemacht hat in der Ecke des Raucherabteils. Die Zigarette beruhigt. Mit jedem Zug sauge ich auch das vorüberziehende Schneeland ein. Die Tanne neben dem Feldschuppen erkenne ich wieder, die Erlengruppe am Bach: Der Schaffner hat sich nicht geirrt.

Mädchennacht (I)

An diesem Abend ging Rachel zu Carol hinüber, um dort zu übernachten, und es war ganz toll. Sie waren wieder wie Schwestern. Bis halb zwei morgens sahen sie sich *My Fair Lady* an und aßen Käsepopcorn, und dann kuschelten sie sich in ihr Bett und flüsterten miteinander. – »Du siehst genau wie Audrey Hepburn aus«, sagte Carol. »Ist echt wahr.«

Rachel streckte ihr die Zunge heraus. »Du lügst wie gedruckt.«

»Aber es stimmt. Du hast genau ihre Haare und ihre Augen.«

Rachel schaute zur Decke hoch. »Was mir Angst macht, ist die Vorstellung, wie meine Mutter zu werden. Ich kann sie nicht ausstehen. Ständig liegt sie mit jemandem im Clinch, nie kann sie einen in Ruhe lassen. Dauernd ist sie hinter einem her: ›Hast du deine Hausaufgaben gemacht? Was liest du gerade? Ich habe dich heute noch nicht üben gehört.‹ Und so weiter. Sie ist so von sich selbst überzeugt. Sie kann sich absolut nicht vorstellen, dass andere Leute, so wie ich zum Beispiel, die Welt vielleicht völlig anders sehen als sie. Sag mir mal ganz ehrlich – wenn du auf einer Skala von eins bis zehn ankreuzen könntest, für wie verrückt du meine Mutter hältst, was würdest du ihr geben? Eine neun?«

»Nein. Vielleicht eine sechs, oder eine sieben. Aber ich mag sie trotzdem.«

»Tatsächlich?« Rachel rollte sich auf die andere Seite und starrte Carol an.

»Deine Mutter ist unheimlich gescheit. Ich finde sie ganz schön cool.«

»Du musst mir versprechen, dass du es mir sagst, wenn ich je über vier hinauskomme. Machst du das?«

»Du meinst, ich soll dich mal am Ärmel zupfen, wenn du anfängst, lange Briefe an die Zeitung zu schreiben?«

»Genau das«, sagte Rachel. »Versprich es mir.«

»Valeries Vater sagt, deine Mutter sei der klügste Mensch, den er kennt.«

Rachel schaute wieder an die Decke. Die Erwähnung von Valerie versetzte ihr einen Stich. Es war albern, aber so war es halt. Sie wünschte, Valerie würde wegziehen. Nach Madagaskar zum Beispiel. Oder krank werden. Nichts wirklich Ernstes, vielleicht eine Sumachallergie. Oder sie könnte etwas essen, wovon ihr die Eingeweide anschwellen würden, so dass sie in der Mayo-Klinik eine Dünndarmtransplantation erhielte, und wenn sie nach Hause käme, müsste sie sechs Monate lang still liegen.

»Ist was?«, fragte Carol.

»Nein, nichts. Ich habe nur nachgedacht über das, was du gesagt hast.«

Sie kuschelten sich aneinander, ihre Köpfe berührten sich. Carol legte einen Arm um Rachel und flüsterte: »Weißt du was? Selbst wenn wir beide mal wegziehen, wenn wir groß sind, und uns kaum noch sehen, dann werden wir trotzdem immer Freundinnen sein. Das weiß ich genau.«

Rachel schämte sich. »Bitte sag niemandem, was ich über meine Mutter gesagt habe«, flüsterte sie.

Carol versprach es.

Unten bei Angie und Fred war es schon lange still. Rachel lag da und hörte zu, wie Carol einschlief. Ihre Lippen öffneten sich, ihr Atem wurde tief und langsam. Carol war ein ganz normales Mädchen – sie konnte einen Softball gerade werfen, alle mochten sie gern, sie hatte hübsches blondes Haar und einen Busen, und nachts lag sie nicht schlaflos da wie die verrückte Rachel.

Manchmal half es, sich vorzustellen, wo man auf dem Schulweg überall vorbeikam am Laden von Wymans, dann an Western Auto, an der Bäckerei Hilliard mit der grellen Geburtstagstorte, auf der riesige grüne Zuckergussfische von der Glasur hochsprangen, an der Bank und dem Musikgeschäft Bon Ton, an Downings Farben- und Tapetengeschäft, an der Short Stop Bar, dann an Harrys Schuhgeschäft und schließlich am River View Café. In anderen Nächten half es, die Namen aller Staaten, die die USA bildeten, aufzusagen, angefangen mit Washington, Idaho, Montana, North Dakota, Minnesota, Wisconsin, Michigan – einmal quer oben rüber –, und sich dann an die Namen der Hauptstädte zu erinnern: Olympia, Boise, Helena, Bismarck,

St. Paul, Madison, Lansing, und wenn das alles noch nicht half, konnte sie noch sehen, wie oft sie das ganze Alphabet durchgehen konnte mit den Namen von Komponisten: Albinoni, Bach, Chopin, Debussy, Elgar, Franck, Grieg, Händel, Ives, Joplin, Khachaturian, Liszt… ihr Rekord lag bei drei Mal, wobei sie sich bei jeder Runde fünf Auslassungen zugestand, weil es einfach keine Komponisten mit Q oder X oder Z gab, die man kennen musste, und auch nicht sehr viele mit I, J oder K.

Rachel schmiegte sich dicht an Carol. Bitte, bitte, hab Valerie nicht lieber als mich, dachte sie.

Marie Luise Kaschnitz

Mädchennacht (II)

Eine Frau mittleren Alters beginnt, immer intensiver ihre Kindheit zu erinnern. Sie beschreibt dies als Besuch im »Haus der Kindheit« (»Hadeka«).

Wie schon in der ersten Nacht, die ich in dem kleinen Zimmer im oberen Stock des Kaffeehauses verbrachte, hatte ich auch heute nacht das Gefühl, im Hadeka zu sein. Ich wachte nämlich ganz plötzlich, ohne jede äußere Veranlassung, auf und sah das Zimmer verändert, größer, mit drei eisernen, weißlackierten Betten, in deren einem ich selber lag. Ich wußte sofort, daß ich mich nicht rühren durfte, vielmehr so tun müsse, als ob ich schliefe oder gar nicht vorhanden wäre. Meine Schwestern nämlich, deren Betten nahe beieinander standen, waren noch wach und hatten statt des elektrischen Lichts zwei kleine Kerzen angezündet, die, wie ich gleich feststellte, von meinem Geburtstagskuchen stammten. Beim Schein dieser kleinen roten Kerzen nun lasen meine Schwestern sich gegenseitig vor, wobei sie nebeneinander auf dem Bauche lagen und die Köpfe zusammensteckten. Ihre Gesichter hatten einen Ausdruck, den sie am Tage nie hatten, und ihre Stimmen klangen ganz anders als sonst. Obwohl sie ganz offensichtlich aus einem vor ihnen aufgeschlagenen Buche ablasen, taten sie so, als hätten sie selbst das Gelesene in diesem Augenblick erfunden, als käme es aus ihnen selber hervor. Meine älteste Schwester sagte, »der einen Engel vor der Pforte hat, ich trage seinen großen Flügel gebrochen schwer am Schulterblatt und in der Stirne seinen Stern als Siegel«. Und meine zweite Schwester sagte, »und wandle immer in der Nacht, ich habe Liebe in die Welt gebracht«, und meine erste Schwester sagte, »o Gott, schließ um mich Deinen Mantel fest, ich weiß ich bin im Kugelglas der Rest, und wenn der letzte Mensch die Welt vergießt«, und so fort, alles unverständlich und hinreißend, eine fremde Stimme, die den Eingang in unser Zuhause gefunden hatte, ohne mit meinen Eltern im geringsten im Zusammenhang zu stehen. Eine betörende Stimme, von der man mich ausschließen wollte und die ich doch erhorchte, mit Herzklopfen, zwischen Schlaf und Schlaf.

Max Herrmann-Neiße

Angst der Nächte

So lag ich einst, vor ach wievielen Jahren,
in einer Kammer im Großvaterhaus.
Am Dorf vorbei hört' ich die Züge fahren,
und unterm Schranken nagte eine Maus,
die Räucherschinken hingen an der Decke,
es rüttelte der Wind am Schindeldach.
Ich lag sehr klein in meinem Bettverstecke
und lauerte und hielt mich krampfhaft wach.
Vom nahen Sumpf kam das Gequak der Unken,
im Hofe bellte altersschwach der Hund.
Ich sah des Ofenfeuers letzte Funken,
und bald verdunkelte sich Stund' um Stund'.
Der Garten stöhnte vor den Fensterscheiben
und rang mit einem Feind in stummem Streit,
in allen Büschen war ein fremdes Treiben,
die Nacht schien mir wie eine Ewigkeit.
Auch heut fühl' ich mich wieder so verloren,
als läg' ich in der ganzen Welt allein,
als wäre Feindesland vor meinen Toren
und morgen müßte ich sein Opfer sein.
Doch hier hält nahe meiner Schlummerstätte
nicht Nahverwandtes friedlich seinen Schlaf,
als ob ich mich entfernt von allem hätte,
was mein ist, als der Fluch der Zeit uns traf,
als wäre ich vom Schicksal eingefangen
in etwas, das der Totenkammer gleicht,
als wäre meiner Kindheit Angst vergangen,
daß nun die letzte sichrer uns erreicht.

Adolf Muschg

Knabennacht (I)

Er erwacht an einem Gefühl der Unlust: der Tag ist ihm gestohlen, bevor er angefangen hat. Es ist wieder passiert; er stößt die Hände von seinem Körper weg und dreht die Handflächen nach außen. Er sieht nach der Uhr, dem Batteriewecker, den ihm Pat geschenkt hat, weil er bei Ticken nicht mehr einschlafen kann. Er verträgt nicht einmal mehr seine Armbanduhr im Zimmer. Er ist schon mit dem Ohr auf ihr Ticken gestoßen, ohne es wiederzuerkennen: aus einer echolosen Tiefe pulste ihm eine heftige Nachricht entgegen, ein Lispeln wie ein Befehl, der immer dringender wurde und nicht zu entziffern war, als poche da ein Science-Fiction-Herz auf Ablösung des seinen, das in der Dämmerung des Entsetzens zu jagen begann. Er darf die Uhr nicht mehr unters Kopfkissen legen… Die Verschwörung der Dinge beginnt, sich um ihn zu schließen. Was er am meisten fürchtet, ohne es zu kennen, rückt ihm näher auf seinen Leib, der neuerdings fremdartige Symptome produziert: Druckgefühl in der Lende, ein Taubwerden der halben Lippe, hemmungslosen Hunger. Der neue Wecker ist häßlich, jedoch nicht zu hören, nicht einmal in der Einbildung. Er braucht aber auch nie zu wecken, nur einmal im Tag anzuzeigen, daß es zu früh ist zum Aufwachen, schon wieder viel zu früh. Kaum sechs Uhr, und die Jagd schon wieder im Gange. Nochmals an Einschlafen zu denken, scheucht die letzte Ruhe aus den Gliedern. Der Tag liegt grau und in Stücken auf dem Fußboden; niemand wird ihn aufheben.

***

Er wirft verstohlen einen Blick auf Pat, die Schläferin; sie schläft von ihm weg, wie seit Anfang ihrer Ehe, atmet ihm etwas zu unhörbar, möglicherweise ist sie wach und sucht es ihm zu verbergen, oder sich selbst. Sie braucht neun Stunden Schlaf, gestern haben sie bis zwei Uhr geredet, mein Gott, Pat wird bis elf Uhr schlafen müssen. Kinderhaß und -neid steigt in ihm hoch, er ist ein Einzelkind gewesen, seine Eltern ließen ab und zu einen Schulkameraden bei ihm schlafen, im unheizbaren Gastzimmer, er wünschte es, obwohl er wußte, daß er seinem Wunsch nicht gewachsen war. Er wartete auf den vereinbarten Abend wie auf einen festlichen Schrecken, und wenn er dann kam und das Nebenbett bewohnt war, meldete sich hinter jedem ausgetauschten Satz, jedem nervösen Gelächter die Angst, nicht einschlafen zu können, nie mehr. Sie redeten sich im halbdunklen Raum die Köpfe heiß, bis der andere keine Antwort mehr gab; dann war der Schrecken, mit einem gelben Streifen Straßenlicht an der Wand zusammen, da. Stunde um Stunde, von einem Viertelschlag der Glocke zum andern, kämpfte er mit ihr, er setzte sich Fristen, bis ein Uhr, bis zwei Uhr. Plötzlich faßte ihn Panik vor der Zeit, die ihm da gestohlen wurde, vor einer unfaßbaren Bedrohung hinter der Zeit, er kroch aus dem Bett, tappte hinunter zu seinen Eltern, hatte er nicht eben noch keine Eltern mehr gehabt?, weckte sie, laßt mich in *meinem* Zimmer schlafen, sagte er mit hartem kleinem Gesicht, laßt mich in mein Zimmer! als ob es die Eltern gewesen wären, die ihn vom Leben ausgesperrt hätten. Erst wenn er in seinem, seinem Bett lag, konnte er sich räkeln, beschämt und schadenfroh an den Freund im Gastzimmer denken, ohne vor Neid zu zittern; dann hatten die Stundenschläge keine Gewalt mehr über ihn. – Und schon damals war er früh erwacht, früh genug, um ins schon helle Gastzimmer hinaufzuschleichen (was sage ich, wenn er mich vermißt hat? ein neuer Schrecken…), an der geplusterten Decke vorbei, die den offenbar arglosen, nicht mehr gefährlichen Freund verbarg, es war wieder der Freund… vorbei ins ausgekühlte Bett, das er bezog wie ein Dieb. Er hatte ein Buch mitgenommen, ein gutes Buch, von dem er erstaunt aufblicken konnte, wenn der andere erwachte und fragte: liest du schon? – Schon lange, konnte Karl sagen, du bist komisch, du schläfst ja noch wie ein Kind. – Endgültig gerettet fühlte er sich erst, wenn der Freund wieder aus dem Haus war.

Witold Gombrowicz

Knabennacht (II)

Am Dienstag erwachte ich zu jener seelenlosen und unwesentlichen Zeit, da die Nacht eigentlich schon zu Ende ist und die Morgendämmerung noch nicht recht begonnen hat. Plötzlich wach geworden, wollte ich mit einer Taxe zum Bahnhof jagen, da mir schien, daß ich verreise – erst in der folgenden Minute machte ich mir mühsam klar, daß gar kein Zug für mich auf dem Bahnhof stand, gar keine Stunde gekommen war. Ich lag in trübem Lichte da, und mein Körper fürchtete sich unerträglich, bedrängte mit seiner Angst meinen Geist, der Geist bedrängte den Körper, und jede kleinste Fiber krampfte sich in der Erwartung, daß nichts geschehen, nichts sich verändern, nichts jemals erfolgen werde, und was man auch immer unternehmen würde, nichts und nichts beginnen werde. Es war die Angst vor dem Nichtvorhandensein, die Furcht vor dem Nichtsein, die Unruhe des Nichtlebens, die Befürchtung der Unwirklichkeit, der biologische Schrei aller meiner Zellen gegen inneres Zerreißen, Zerpulvern und Zerstäuben. Die Angst unanständiger Kleinheit und Winzigkeit, der Schrekken der Entkonzentrierung, die Panik auf dem Grunde eines Bruchteils, das Entsetzen vor der Vergewaltigung, die ich in mir hatte, und vor der, die von außen drohte – und das Wichtigste war: fortwährend begleitete mich, nicht einen Schritt von mir weichend, etwas, das ich als das Selbstgefühl eines inneren, zwischenzelligen Nachäffens und Verspottens, eines Selbstverlachens der unbändigen Teile meines Körpers und der analogen Teile meines Geistes nennen könnte.
Der Traum, der mich in der Nacht geängstigt und geweckt hatte, war die Ausgeburt der Angst. Durch eine Umkehr der Zeit, wie sie der Natur verboten sein sollte, erblickte ich mich so, wie ich mit fünfzehn und sechzehn Jahren gewesen war – ich versetzte mich in die Jugendzeit –, und im Wind stehend auf einem Stein, dicht bei einer Mühle am Fluß, sagte ich etwas, vernahm meine längst begrabene, piepsende Junghähnchenstimme, sah meine unausgewachsene Nase im unausgebildeten Gesicht und die zu großen Hände – empfand die

unangenehme Konsistenz dieser Phase vorübergehender Übergangsentwicklung. Ich erwachte in Angst und Lachen, denn es kam mir vor, als verhöhnte und äffte ich Dreißigjähriger, der ich nun heute war, selber den grünschnäbeligen Bengel nach, der ich gewesen war, und dieser äffte wiederum mich nach, und wir äfften – mit gleichem Recht – einander nach. O unglückseliges Erinnern, das du zu wissen befiehlst, auf welchen Wegen wir zum jetzigen Besitzstand gelangt sind! Und weiter schien es mir im Halbschlaf, doch schon nach dem Erwachen, daß mein Körper nicht einheitlich sei, daß manche Teile noch knabenhaft seien, und daß mein Kopf die Wade verspotte und verhöhne, die Wade ihrerseits den Kopf, daß der Finger sich über das Herz lustig mache, das Herz über das Hirn, die Nase über das Auge, das Auge über die Nase meckere und zetere – und all diese Teile vergewaltigten einander wild in einer Atmosphäre allumfassenden und durchdringenden, allgemeinen Hohnes. Und als ich mein Bewußtsein völlig wiedererlangt hatte und über mein Leben nachzudenken begann, verminderte sich meine Angst nicht um ein Jota, sondern wurde noch mächtiger, obwohl sie zeitweilig von einem kleinen Lachen unterbrochen (oder verstärkt) wurde, dessen der Mund sich nicht erwehren konnte. Auf der Hälfte meines Lebensweges fand ich mich inmitten eines finsteren Waldes. Und dieser Wald war – was noch schlimmer ist – *grün.*

Jochen Schimmang

Lange Zeit bin ich nicht mehr früh schlafen gegangen

Lange Zeit bin ich nicht mehr früh schlafen gegangen. Die ersten Schlafstörungen traten mit fünfzehn auf. Als Kind war ich ein ruhiger, ausdauernder Schläfer, nur dann und wann von Angstzuständen am Einschlafen gehindert oder von Alpträumen aus dem Schlaf gerissen, jedoch nicht über das normale Maß hinaus. Einmal, ich mag sieben oder acht gewesen sein, bettelte ich meine Mutter an, bei ihr im Bett schlafen zu dürfen, nachdem ich nachmittags im Kino allein Chaplins *Moderne Zeiten* gesehen hatte. Ich konnte die Schlußszene nicht vergessen, in der Chaplin und Paulette Goddard auf einer endlos erscheinenden Straße einer ungewissen Zukunft entgegengingen, dem Elend vielleicht oder gar der Vernichtung. Das Bild hatte mir schon beim Verlassen des Kinos große Angst eingejagt, und diese Angst steigerte sich bis zum Herzrasen, als ich auf dem langen Heimweg vom Kino fast ans andere Ende der Stadt an einem Gasometer vorbei mußte, in beachtlicher Entfernung, für mich aber an diesem Nachmittag viel zu nah. Beim Abendessen, das meine Mutter und ich allein einnahmen, weil mein Vater auf einer Dienstreise und mein älterer Bruder bei Freunden war, war ich bedrückt, und schließlich bat ich meine Mutter um diesen Gefallen. Mein Bruder, inzwischen nach Hause gekommen, fand meinen Wunsch sehr merkwürdig, und auch meine Mutter gab ihm erst nach, mit einem sichtbar schlechten Gewissen, als sie gesehen hatte, wie verschreckt und unglücklich ich war.

Sonst war ich ein guter Schläfer, der sich vielleicht dagegen sträubte, zu früh ins Bett zu müssen, den Schlaf am Ende aber als verdienten Lohn für die Aufregungen, die Schwierigkeiten, die Widerwärtigkeiten und die Quälereien des Tages empfand. Und nie habe ich, wie manchmal einige meiner Freunde, die Angst gehabt, nicht wieder zu erwachen. »Dann würde ich mich furchtbar erschrecken«, sagte einer dieser Freunde zu mir, als wir auf dem Deich lagen und uns von der Sonne bescheinen ließen. Ich machte ihm klar, daß man sich nicht mehr erschrecken kann, wenn man nicht mehr aufwacht, und er

stimmte mir zu und sagte: »Ich würde mich aber trotzdem erschrecken.«
Als andere Freunde an seine Stelle traten, als ich Molloy und Malone, Murphy und Watt, Mercier und Camier kennenlernte, setzte die Schlaflosigkeit ein, der Kampf zuerst gegen das Einschlafen und dann, wenn es zu spät war, drei vier Uhr nachts und später, die verzweifelte Suche danach, bis ich aufgab und mich der Schlaf plötzlich überfiel, ohne daß ich es noch wahrnahm und ohne daß ich einen Genuß davon hatte. Zwei Stunden später weckte mich meine Mutter, weil ich zur Schule mußte, und ich hatte das Gefühl, gerade zehn Minuten geschlafen zu haben, unruhig und an der Grenze des Wachseins. Nur eine Minute später, dachte ich, und ich wäre im Tiefschlaf angelangt, endlich, und meine Mutter hätte mich nicht mehr wachbekommen und am Ende auch von allen Versuchen abgesehen und mich ausschlafen lassen.
So sehnte ich mich ein Jahr lang nach dem tiefen Schlaf und schob zugleich den Augenblick, da ich ins Bett ging, immer mehr hinaus. Wenn ich mir weniger Zeit gebe, dachte ich, dann gelingt es mir vielleicht schneller, endlich einzuschlafen, und insgesamt gewinne ich zwei oder drei Stunden hinzu. Aber ich lag nur kürzer wach, weil ich mich später hingelegt hatte, dachte an Molloy und Malone, an Murphy und Watt, an Mercier und Camier und sah den Mond durch den Vorhang scheinen und schlief doch erst gegen fünf Uhr ein. In der Schule war ich entsetzlich müde. Manchmal sank mein Kopf aufs Pult und ich nickte für eine Minute ein, doch selbstverständlich ließ man mich nicht schlafen, und einige der Lehrer machten sich ein Vergnügen daraus, mich nicht nur einfach zu wecken, sondern auf schmerzhafte Weise, indem sie mich an den Haaren zogen oder an den Ohren. Bleich lief ich durch dieses Jahr und hatte Ringe unter den Augen, und einer der Lehrer zumindest stellte über meine Nächte die allerschlimmsten Vermutungen an und hatte nicht einmal Unrecht damit.

Meine Schlaflosigkeit schwand, abgesehen von einzelnen Nächten, wie sie selbst der gesündeste Schläfer kennt, als ich sechzehn geworden war. Was mir den Schlaf geraubt hatte im Jahr zuvor, das waren die für diese Zeit drängenden Fragen *Wer bin ich? Was wird aus mir?*

Wer liebt mich?, von denen nun mit sechzehn keine einzige beantwortet war, was mich aber nicht beunruhigte. Mit sechzehn, so dachte ich, ist man erwachsen, mit sechzehn bekommt man sein Leben in den Griff.

Lutz Seiler

müde bin ich

vorm schlafen sprach ich leise mit
dem haarteil meiner mutter ich
kann mich nicht erinnern wie

es sang von seinem bleichen
kopf aus styropor so leise
lieder loreleyn es sang

man müsste nochmal
zwanzig seyn & sagte dass
ich schlafen soll

Ausgesetzt

Im Schlafwagen

Es war ein Märzmorgen, sechs Uhr früh, und es war noch dunkel. Behäbig rollte der lange Zug in den spärlich beleuchteten Bahnhof, glitt schlängelnd mit einem sanften Klicken über die Weichen. In den Lichtkegel des Stellwerks und wieder ins Dunkel. Vorbei an den Signalmasten, an dem einsamen Smaragd unter funkelnden Rubinen. Weiter zur leeren grauen Öde des Bahnsteigs, der im Licht der Bogenlampen harrte.

Alan Grant betrachtete die Lichter des Bahngeländes, die an seinem beschlagenen Fenster vorbeizogen, und lauschte dem sanften Geräusch der Räder, die über die Weichen klickten. Er war erleichtert, denn das Ende der Reise bedeutete für ihn zugleich das Ende seiner nächtlichen Qualen. Grant hatte die Nacht damit zugebracht, die Tür zum Gang nicht zu öffnen. Hellwach hatte er auf seiner teuren Pritsche gelegen und Stunde um Stunde abgeschwitzt. Der Schweiß war ihm nicht etwa ausgebrochen, weil es zu heiß im Abteil gewesen wäre – die Belüftung vollbrachte wahre Wunder –, sondern (Welch Elend! Welche Schande! Welche Demütigung!), weil es sich bei dem Abteil um einen KLEINEN ABGESCHLOSSENEN RAUM handelte. Für das ungeübte Auge war es nichts weiter als ein schmuckes kleines Zimmer mit Bett, Waschbecken, Spiegel, verschiedenen Gepäckablagen, Regalbrettern, die man nach Belieben hervorholen oder wieder verschwinden lassen konnte, einer hübschen kleinen Schublade für die Wertsachen, sofern man welche hatte, und einem Haken für die Uhr, sofern sie nicht gerade beim Pfandleiher war. Der Eingeweihte hingegen, der beklagenswerte, gejagte Eingeweihte erkannte es als KLEINEN ABGESCHLOSSENEN RAUM.

Der Arzt hatte von Überarbeitung gesprochen.

»Legen Sie die Hände in den Schoß, und gehen Sie die Sache locker an«, hatte er in seiner Praxis in der Wimpole Street gesagt, ein elegant gekleidetes Bein über das andere geschlagen und sich an der Erlesenheit des Tuches ergötzt.

Grant konnte sich nicht vorstellen, daß er die Hände in den Schoß legen sollte; und ›locker angehen‹ schien ihm als Formulierung abscheulich und als Lebensweise verachtenswert. Locker angehen. Fett ansetzen und dann zu Tisch. Eine geistlose Befriedigung niederer Instinkte. Locker angehen! Der Klang des Wortes selbst war ja schon eine Beleidigung. Hörte sich wie ein Schnarchen an.

»Haben Sie irgendwelche Hobbies?« hatte der Doktor gefragt, während sein bewundernder Blick sich seinen Schuhen zuwandte.

»Nein«, hatte Grant kurz angebunden erwidert.

»Was machen Sie denn im Urlaub?«

»Ich angle.«

»Sie angeln?« fragte der Seelenkundler, für einen Augenblick aus seinen narzißtischen Betrachtungen gerissen. »Und das ist für Sie kein Hobby?«

»Ganz und gar nicht.«

»Wie würden Sie es denn sonst nennen?«

»Eine Mischung aus Sport und Religion.«

Und da hatte der Mann aus der Wimpole Street gelächelt und plötzlich geradezu menschlich ausgesehen; seine Gesundung, hatte er ihm versichert, sei nur eine Frage der Zeit. Der Zeit und der Entspannung. Nun, zumindest hatte er es geschafft, die Nacht über die Tür nicht zu öffnen. Aber es war ein schwer erkämpfter Triumph. Er fühlte sich leer und ausgelaugt; ein Nichts auf zwei Beinen. »Wehren Sie sich nicht dagegen«, hatte der Doktor gesagt. »Wenn Sie meinen, Sie müssen ins Freie, dann gehen Sie ins Freie.«

Aber wenn er in der vergangenen Nacht diese Tür geöffnet hätte, wäre das für ihn eine so vernichtende Niederlage gewesen, daß er sich nie wieder davon erholt hätte, davon war er überzeugt. Eine bedingungslose Kapitulation vor den Mächten des Irrationalen. Also hatte er auf seiner Pritsche gelegen und vor sich hin geschwitzt. Und die Tür war verschlossen geblieben.

Aber nun, in der unerbittlichen Dunkelheit des frühen Morgens, im freud- und gesichtslosen Dunkel, da kam er sich so wenig heldenhaft vor, als habe er eine Niederlage erlitten. »So muß Frauen nach einer schweren Geburt zumute sein«, dachte er, mit jener Distanz zu sich selbst, die Wimpole Street anerkennend vermerkt hatte. »Aber die haben wenigstens hinterher das Balg zum Vorzeigen. Und was habe ich?«

Seinen Stolz wahrscheinlich. Stolz darauf, daß er eine Tür nicht geöffnet hatte, die zu öffnen es nicht den geringsten Grund gegeben hatte. Soweit war es also gekommen!

Nun aber öffnete er sie. Er öffnete sie widerwillig, und die Ironie dieses Widerwillens blieb ihm nicht verborgen. Es war ihm zuwider, sich dem Morgen, dem Leben zu stellen. Er wünschte, er könne sich von neuem auf das zerwühlte Lager werfen und schlafen, schlafen, schlafen.

Im fremden Zimmer

Ich war gebrochen vor Müdigkeit, und ich hatte Fieber; ich wäre gern schlafen gegangen, aber mir fehlte alles, was ich dazu brauchte. Ich hätte mich gern wenigstens einen Augenblick auf meinem Bett ausstrecken mögen, aber wozu, da ich dort doch nicht jener Vielheit der Empfindungen hätte Ruhe gebieten können, in denen für jeden von uns das Körperbewußtsein enthalten ist, wenn nicht der Körper selbst; da aber die unbekannten Gegenstände rings umher diesen zwangen, seine Wahrnehmungen im Zustand permanenter Abwehrbereitschaft zu halten, wurden mein Gesicht und Gehör, alle meine Sinne zu einer so gedrückten und unbequemen Lage (selbst bei ausgestreckten Beinen) verurteilt, wie die des Kardinals La Balue in dem Käfig es war, in dem er weder stehen noch sich setzen konnte. Unsere Aufmerksamkeit füllt ein Zimmer mit Gegenständen an, doch unsere Gewohnheit läßt sie wieder verschwinden und schafft uns selber darin Platz. Platz aber gab es für mich in meinem Zimmer in Balbec (das meines nur dem Namen nach war) nicht; es war voll von Dingen, die mich noch nicht kannten und mich so mißtrauisch anstarrten, wie ich es mit ihnen tat, und ohne von meiner Anwesenheit sonst irgendwie Kenntnis zu nehmen, mir zu verstehen gaben, daß ich ihr Dasein störe. Die Wanduhr – während ich zu Hause die meine nur ein paar Sekunden in der Woche hörte, nämlich dann, wenn ich aus tiefem Nachdenken auffuhr – hielt mit Schwatzen keinen Augenblick inne und tat in unbekannter Sprache allerlei Äußerungen, die offenbar gegen mich Unfreundlichkeiten enthielten, denn die großen violetten Vorhänge hörten sie, zwar ohne darauf zu reagieren, aber doch mit der gleichsam achselzuckenden Haltung von Personen an, die dadurch zeigen wollen, daß der Anblick gewisser Dritter sie stört. Diese gaben dem besonders hohen Zimmer einen historischen Zug, der es für die Ermordung des Herzogs von Guise und spätere Besichtigung durch Touristen unter Führung eines Cook-Angestellten geeignet machte, doch keineswegs dafür, daß ich darin schlief. Quälend wirkten auf mich auch die niederen, rings an den Wänden entlanglaufenden glasverkleideten Regale, besonders aber ein großer Spiegel, der schräg im Zimmer stehengeblieben war und vor dessen Verschwinden aus dem Raum mir keine Entspannung für mich denkbar schien. Unaufhörlich hob ich meine Blicke – für die die Gegenstände in meinem Pariser Zimmer keine ärgere Störung bedeuteten als meine eigenen Augäpfel, denn sie waren nichts anderes mehr als Anhängsel meiner Organe, ein erweitertes Ich – zu der Höhe des Aussichtsturmes im Dachstuhl empor, den meine Großmutter für mich ausgewählt hatte; und bis in jene Sphäre hinein, die intimer ist als die des Sehens und Hörens, bis in jene Region, in der wir die Art der Düfte unterscheiden, drang der Geruch von Vetiver in mein Bewußtsein ein und zwang es, seine letzten Rückzugspositionen auch noch aufzugeben; ermüdet vermochte ich dem nichts entgegenzusetzen als den nutz- und ruhelosen Protest aufgeregten Schnüffelns. Ohne Welt, ohne Zimmer, ohne Leib, die nicht von den mich umgebenden Feinden bedroht worden wären, bis ins innerste Gebein von Fieber heimgesucht, war ich ganz allein und hatte Lust zu sterben.

In der Hitze der Nacht

2. Juli

Inzwischen ist es Sommer geworden, Stadtsommer, die Linden haben bereits, aber enttäuschend, ohne ihren überwältigenden Duft zu verströmen, geblüht. Hitzewellen, eine nach der andern, jede schön trocken, mit nächtlicher Abkühlung und schönen frischen kräftigen Sommerfarben beginnend, aber bald rheinmainisch verwandelt, verschleiert in lastende Schwüle, in Gewitter, die auftauchen, wieder abziehen, ohne kräftige Blitze und Donnerschläge, ohne Regen und kühlen Wind. Unter den Bäumen des Parks steht die Luft dick wie Pudding, mit offenem sauerstoffgierigen Munde schleicht der Feierabend um die Springbrunnen, die nicht mehr nach Wasser, sondern nach Jauche riechen. In den Schwimmbecken haben die Badenden keinen Platz, um sportliche Stöße zu machen oder kindische Scherze zu treiben, stehen unter dem Wetterleuchten bewegungslos, Kopf an Kopf. In die Kiesgruben vor der Stadt springen Knaben, tauchen nicht wieder auf, müssen mit dem Schleppnetz gesucht und herausgehoben werden, unversehrten Leibes, mit erstauntem gebrochenem Blick. Die Petunien auf den Balkonen sind hoch und wild aufgeschossen, werfen sich nach innen, weg von der Sonne, ihre blauen Blüten verderben schon in der Knospe, rollen sich zusammen, graufaltige Larven, die wir ablesen, ganze Hände voll in den Mülleimer Tag für Tag. Tag für Tag der Blick auf die Wetterkarte, nach der Zackenlinie, der Regenfront, die von Westen heranziehen soll, aber nicht heranzieht, nach den Windfähnchen, die nicht auftauchen, die Gardinen hängen schlaff herunter, die grünen Segel der Bäume blähen sich nicht. Still aus dem schmelzenden Asphalt ziehen wir schwere Füße, berühren in den Geschäften schweißige Schultern, häufen Verdorbenes in den Drahtkorb über dem wir hängen, dösenden Blicks. Wer am Rande der Stadt wohnt, sieht den Weizen reif werden am schmutzigen Flüßchen, geht da am Abend in keiner Kühle, keiner Stille, kriecht unter staubigen Kastanien, setzt sich zum Bier. Gegen Mitternacht sollte die

Temperatur sinken, sinkt aber nicht, so daß, wer schlafen will, keinen Schlaf findet, nackt auf dem bloßen Laken liegend, manchmal den nackten Arm wie einen Flügel bewegt. Nächte des Stadtsommers, Nächte der großen Halluzinationen, von Stränden ohne Strandkörbe, Wasserfällen ohne Aussichtsbänke, Berggipfeln ohne greinende Kinder, leere Autobahnen, über die man hinrast, allein. Fleisch, an das sich kein Fleisch klebt, Atem, der keinen fremden Atem einzieht, eisiges Eden, Eisblumen, Früchte aus Eis. Die Fenster zu Häupten des Schläfers, Nichtschläfers stehen offen, über die Zimmerdecke fliegen die Wagenlichter, kleine heiße Sonnen, die will er nicht sehen, dreht sich auf den Bauch. Wühlt sich ins Bett, Bachbett altes der Kindheit, schattig, gebüschüberwachsen, legt die Stirn auf den eilig überronnenen Stein. Seine rissigen Lippen, seine geschwollene Zunge lecken und saugen, um die Lenden spielen ihm Fische, glänzende, nackte, kühl.

Sylvia Plath

Im Krankenhaus

Das Allergrauenhafteste. Ich liege neben der Schnarcherin der Station. Als sie die erste Nacht hier war, hörte ich sie nicht, weil ich so betäubt war, aber Mittwoch morgen machte eine Schwester lachend eine Bemerkung darüber. In dieser Nacht lag ich da, wälzte mich herum & hatte bis tief in die Nacht Schmerzen: das donnernde Geschnarche hallte nach & vervielfältigte sich. Die Schwester mit der Taschenlampe sagte, jetzt könne ich nicht noch eine Schlaftablette bekommen – sie zog den Blumenvorhang zu, weckte die Schnarcherin, drehte sie auf die andere Seite, machte mir heiße Ovomaltine. Dann kam die Nachtschwester vorbei mit einer zweiten großen blauen Tablette, die mich trotz all dem banalen Treiben und dem Lärm zwischen 5 und 10 Uhr ins selige Glück entführte. (Jetzt wird die Krankenbahre mit den zwei grünen Plastikkissen wieder gebracht für die Nachbarin der ersten Frau in Bett 9. Grüne Decken. Sie sieht genau aus wie die andere Frau – die Augen starr zur Decke gerichtet.) Gestern nacht schlief ich ein, bevor die alte Frau anfing zu schnarchen, doch es war noch nicht 3 Uhr, da schreckte mich ihr Geschnarche aus dem Schlaf. Stand auf, ging benommen auf die Toilette und stöhnte. Nichts geschah. Schließlich kriegte ich Ovomaltine und zwei Codeintabletten, die linderten den scharfen Narbenschmerz und die stechenden, von den Gasen im Darm herrührenden Bauchschmerzen. Ich zog mir das Kissen über den Kopf, um den Lärm abzuhalten, und so erwachte ich um 7 Uhr. Zudem nervt es, daß es keine Glocken gibt, mit denen man die Schwestern herbeiklingeln kann – man muß sich auf einen Ellenbogen stützen – meine sind vom dauernden Aufstützen rot und wundgescheuert – und heiser »Schwester« rufen. Wie eine Schwerkranke das macht, weiß ich nicht.

In der Irrenanstalt

Trotzdem schlief ich diese Nacht zum ersten Mal ein wenig hier, weil–. Ach nein, ich darf mich nicht zu dem Unrecht verführen lassen, dies mit einem kleinen »Weil-Satz« abzutun. Es war ja doch größer. Ich lag – die Augen und das Gesicht überhaupt von meinen Armen verdeckt – lange schon und so wie jedesmal irgendwelche sinnlosen, nein zusammenhanglosen Worte in mich hineindenkend. Zum Beispiel »Stein«. Es ist dies eine Methode, ganz und richtig das Wort »Stein« auszudenken, bis es in einem wie etwas Schweres ist. Und wenn man dies so weit hat, daß irgendeine Stelle in einem davon abgedeckt ist, dann kommt ein anderes, eventuell »Blume«. Nicht eine bestimmte Art von Blumen, das führte zu weit und könnte einen zerstreuen. Aber einfach »Blume«, bis wieder etwas seinen Raum dazu hergab, denn eine Blume muß Raum haben, aus dem sie aufblühen kann. Und so geht es dann weiter. Wenn [man] eine ganze Nacht bis zum Morgen dafür hergenommen hat, dann ist es möglich, daß man schließlich, gerade wenn die Weckglocke aufschrillt, soweit ist, daß man innen keine leere Stelle mehr hat und so schwer geworden ist, daß man einschlafen könnte. Überzeugt, daß es wieder so würde, trieb ich also langsam, langsam auf diese wachsende Schwere zu, als Schwester Marianne vor meinem Bett stand.

»Sitz auf!« befahl sie. Ja, so war es, sie gebrauchte als erste das hier so gebräuchliche »Du« auch für mich. Es schnitt mir ins Herz, wenn man so sagen darf, nein, ich kann diesen kleinen, aber immerhin ausgiebigen Schreck-Schmerz nicht anders bezeichnen. Freilich saß ich auf, wir müssen hier ja alle so gehorchsam sein. »Da nimm!« … Es war Wasser in einer Blechschale und eine ovale, ziemlich große Pille in ihrer Handfläche, was ich zu nehmen hatte. Da mein Selbstmordversuch mit solch ähnlich geformten Pillen vor sich gegangen war, hatte ich eigentlich gedacht, nie in meinem Leben mehr Pillen überhaupt nehmen zu können, weil sich jeder Nerv in mir bei der bloßen Vorstellung dieser Mittel aufs Äußerste wehrte. Sie aber hatte Augen wie blanke Steine, und ihr Lächeln war so sehr auf der Kante, wo sich jedes Lächeln in eine Drohung verkehren kann, daß meine Abwehr darunter zusammenbrach wie nichts. Ja, ich war auf einmal so willig wie ein Tier und nicht nur willig, sondern überhaupt vielleicht nur mehr ein bebendes Tier, das sich nicht mehr bewußt war, Hände zu besitzen, und alles, das Wasser und die Pille, einfach mit dem Munde aufnehmen wollte …

»Mein Gott.«, sagte sie und stellte die Blechschale auf dem Rand des Leibstuhles ab, um eine Hand für mich frei zu haben, mit der sie meinen Kopf zurückbog, die andere ließ mir ohne Berührung die Pille in den Mund fallen. Dabei sahen wir uns sehr an. »Bitte trinken Sie das, und dann schlafen Sie.« …

Es ist mir jetzt noch völlig ungewiß, ob das dann wirklich »Schlaf« war. Möglich, daß es beides war, tiefster Schlaf und schärfstes Wachen. Lange fort hatte ich nur das Gefühl, auf Wellen zu treiben, aber nicht etwa mit dem bloßen Leib, sondern so, wie ich war, mit dem weißgestrichenen, da und dort schon abgeblätterten Gitterbett, ja, ich konnte deutlich immerfort die durch allerlei Mal-Flecken eigentümlich verunstaltete Bettdecke mit den eingewebten Aufschriften: »Landeswohltätigkeitsanstalt« wahrnehmen.

Der Kaiser an der Grenze

Der greise Habsburger Kaiser Franz Joseph I. nimmt an einem Manöver seiner Truppen nahe der russischen Grenze teil.

Man schloß die Fenster in seinem Schlafzimmer. In der Nacht, er konnte nicht schlafen, rings um ihn aber schlief alles, was ihn zu bewachen hatte, stieg der Kaiser im langen, gefalteten Nachthemd aus dem Bett und sachte, sachte, um keinen zu wecken, klinkte er die hohen, schmalen Fensterflügel auf. Er blieb eine Weile stehen, den kühlen Atem der herbstlichen Nacht atmete er, und die Sterne sah er am tiefblauen Himmel und die rötlichen Lagerfeuer der Soldaten. Er hatte einmal ein Buch über sich selbst gelesen, in dem der Satz stand: »Franz Joseph der Erste ist kein Romantiker.« Sie schreiben über mich, dachte der alte Mann, ich sei kein Romantiker. Aber ich liebe die Lagerfeuer. Er hätte ein gewöhnlicher Leutnant sein mögen und jung. Ich bin vielleicht keineswegs romantisch, dachte er, aber ich möchte jung sein! Wenn ich nicht irre, dachte der Kaiser weiter, war ich achtzehn Jahre alt, als ich den Thron bestieg. Als ich den Thron bestieg – dieser Satz kam dem Kaiser sehr kühn vor, in dieser Stunde fiel es ihm schwer, sich selbst für den Kaiser zu halten. Gewiß! Es stand in dem Buch, das man ihm mit einer der üblichen, ehrfurchtsvollen Widmungen überreicht hatte. Er war ohne Zweifel Franz Joseph der Erste! Vor seinem Fenster wölbte sich die unendliche, tiefblaue, bestirnte Nacht. Flach und weit war das Land. Man hatte ihm gesagt, daß diese Fenster nach dem Nordosten gingen. Man sah also nach Rußland hinüber. Aber die Grenze war selbstverständlich nicht zu erkennen. Und Kaiser Franz Joseph hätte in diesem Augenblick gern die Grenze seines Reiches gesehen. Sein Reich! Er lächelte. Die Nacht war blau und rund und weit und voller Sterne. Der Kaiser stand am Fenster, mager und alt, in einem weißen Nachthemd und kam sich sehr winzig vor im Angesicht der unermeßlichen Nacht. Der letzte seiner Soldaten, die vor den Zelten patrouillieren mochten, war mächtiger als er. Der letzte seiner Soldaten! Und er war der Allerhöchste Kriegsherr! Jeder Soldat schwor bei Gott, dem Allmächtigen, Kaiser Franz Joseph dem Ersten Treue. Er war eine Majestät von Gottes Gnaden, und er glaubte an Gott, den Allmächtigen. Hinter dem goldgestirnten Blau des Himmels verbarg er sich, der Allmächtige – unvorstellbar! Seine Sterne waren es, die da am Himmel glänzten, und Sein Himmel war es, der sich über die Erde wölbte, und einen Teil der Erde, nämlich die österreichisch-ungarische Monarchie, hatte Er Franz Joseph dem Ersten zugeteilt. Und Franz Joseph der Erste war ein magerer Greis, stand am offenen Fenster und fürchtete, jeden Augenblick von seinen Wächtern überrascht zu werden. Die Grillen zirpten. Ihr Gesang, unendlich wie die Nacht, weckte die gleiche Ehrfurcht im Kaiser wie die Sterne. Zuweilen war es dem Kaiser, als sängen die Sterne selbst. Es fröstelte ihn ein wenig. Aber er hatte noch Angst, das Fenster zu schließen, es gelang vielleicht nicht mehr so glatt wie früher. Seine Hände zitterten. Er erinnerte sich, daß er vor langer Zeit schon Manöver in dieser Gegend besucht haben mußte. Auch dieses Schlafzimmer tauchte aus vergessenen Zeiten wieder empor. Aber er wußte nicht, ob zehn, zwanzig oder mehr Jahre seit damals verflossen waren. Ihm war, als schwämme er auf dem Meer der Zeit – nicht einem Ziel entgegen, sondern regellos auf der Oberfläche herum, oft zurückgestoßen zu den Klippen, die er schon gekannt haben mußte. Eines Tages würde er an irgendeiner Stelle untergehen. Er mußte niesen. Ja, sein Schnupfen! Nichts rührte sich im Vorzimmer. Vorsichtig schloß er wieder das Fenster und tappte mit seinen mageren, nackten Füßen zum Bett zurück. Das Bild vom blauen, gestirnten Rund des Himmels hatte er mitgenommen. Seine geschlossenen Augen bewahrten es noch. Und also schlief er ein, überwölbt von der Nacht, als läge er im Freien.

Soldatenlager (I)

Er richtete sich auf. Helles Mondlicht lag über den 2 langen Reihen gleichförmiger Betten, und dunkle starke Schatten trennten wie Abgründe die Leiber der Schlafenden. Ihren Gesichtern gaben die dunklen Stellen, die unter den Augen und Lippen lagen, etwas Fremdes, Vergrößertes. Schwendar hatte sich aufgesetzt. Die Hände, deren Schwere er fühlte, als wenn sie tot wären, hatte er vor sich auf der Decke liegen. Seine Augen liefen mit einem unruhigen und leeren Ausdruck über die Schlafenden hin. Das Wachsein war nicht besser als der Halbschlaf mit geschlossenen Augen. Es war als schwebe der schwere Stein, der auf seiner Brust gelegen war, in einiger Entfernung vor ihm, rechts in der Gegend der halbdunkeln Ecke, wo die Zugtrompete hing, als schwebe er dort regungslos in der Dämmerung und beängstige von dort her seine Brust mit derselben lähmenden Last wie früher. Er wandte den Kopf nach der Seite, um ihn nicht zu sehen, und spannte seine ganze Kraft an, um sein Denken auf das zu drängen, was er vor Augen hatte. Es war ihm, als müsse es möglich sein, mit einer übermenschlichen Anstrengung die Gedanken nach außen zu drücken, so daß sie dem, was ihn im Innern ängstigte, den Rücken wenden mußten. Der Mann, welcher ihm zunächst lag, war der Korporal Taborsky. Er war im Zivil ein Schuster. Er lag kerzengerade auf dem Rücken. Die Arme hatte er auch gerade ausgestreckt, einen rechts einen links. Er war ein gutmütiger Mensch, der etwas auf Manieren hielt. Aus dem zufrieden aussehenden Gesicht stand das strohgelbe Schnurrbärtchen unter der Stumpfnase freundlich empor und bewegte sich bei den ruhigen Atemzügen. In der gewissermaßen wohlwollenden Regelmäßigkeit der Atemzüge lag das ausgedrückt, was ihn auch beim Dienste auszeichnete. Niemand sah mit soviel Wohlwollen einem Pferd fressen zu, niemand hörte mit einem so freundlichen überlegenen Gesicht Schimpfen und Klagen an. Er konnte stundenlang im Stall auf- und abgehen, jedesmal in jede der Spiegelscherben, die, zum Richten der Halsstreifen an den Holzpfeilern angebracht, einen freundlichen Blick werfen, gleichmütig aber nicht ohne Ironie nicken und wieder weitergehen. Unter seinem Kopfkissen lag ein zusammengefaltetes Taschentuch, das er nie benützte, und einige Blätter eines Kolportageromans. In diesen liebte er gern und mit einer gewissen Ostentation zu lesen, noch mehr liebte er es aber, gefragt zu werden, warum er denn gar so gern lese, und darüber Auskunft zu geben und im allgemeinen über den Unterschied von gebildeten Menschen und solchen, die sind wie das liebe Vieh, zu reden. Auf einmal, und mit einem Schlag, wußte Schwendar, daß nun alles zu Ende gedacht war, was er im Stande wäre, über diesen Mann zu denken und daß ihn länger anzuschauen ebenso nutzlos wäre wie für einen Durstenden einen Krug zu haben, der keinen Tropfen Wasser mehr in sich hält. Und schon spürte er im Innern, wie aus großer Entfernung unaufhaltsam näherkommend das Wiederkehren der Angst, welche diesen elenden aus Sand aufgeführten Damm, dieses Denken an den Mann, der neben ihm lag, unaufhaltsam fortspülen würde, wenn er ihn nicht schnell schnell verstärkte. Aber er hatte kaum den Mut, seinen Blick von dem Korporal weg und nach dem nächsten Bett hin zu drehn, denn dabei mußte er den dunkeln Raum zwischen diesen beiden Betten streifen, und in diesem mit Schatten gefüllten Abgrund schien ihm die Bestätigung des Entsetzlichen zu liegen, die Unabwendbarkeit des Wirklichen und die lächerliche Nichtigkeit der scheinbaren Rettungen. Wie ein feiger Dieb zwischen zwei Atemzügen über den Schlafenden den Fuß hebt, vom eignen Herzklopfen so umgeben, daß ihm der Boden weit weit weg vorkommt und die Möglichkeit seine Füße zu beherrschen unendlich gering. Er hob verstohlen und bebend den Blick über den dunklen Streifen und ließ ihn wie liebkosend mit aller Kraft über das Gesicht des nächsten Mannes gleiten, der beide Arme unter dem Kopf hatte, und mit offenem Mund schlief, daß man die starken hübschen Zähne seines Mundes sehen konnte und die Nustern seiner aufgeworfenen Nase. Es war der Dragoner Cypris, ein kindischer Mensch, in dessen braunen Wangen Grübchen erschienen, wenn er lachte. Und er lachte überaus gerne. Schwendar versuchte, sich den Klang seines leisen und unerschöpflichen Lachens ins Gedächtnis zu rufen: es war wie das silberhelle Glucksen im Hals einer Glasflasche. Dieser Cypris war in seine Decke eingerollt wie ein Kind. Ihm gegenüber in der anderen Bettreihe lag der starke Nekolar. Er war zwanzigjährig, aber riesengroß und der stärkste Mann im Zug. Sein Haar war fein kurz und dicht wie das Fell eines Otters und von der Farbe wie glänzendes Strahlen. Er lag, das Gesicht in dem Kopfpolster eingegraben, und seine großen Glieder waren über das Bett geworfen, als wäre es ein großes, mißfärbiges Tier, mit dem er ränge und das er mit der Spannkraft seines jungen riesigen Körpers gegen den Boden drückte. Mit düsterer Verwunderung wandte Schwendar den Blick von ihm ab und sah seinen Nachbar an. Der Mann hieß Karasek. Häßlich und gemein war sein Gesicht und häßlich lag er im Bett, die Decke unter sein fettes Kinn hinaufgerissen, die Knie in die Höh gezogen, gleichzeitig feig und unverschämt. Von ihm zogen sich Schwendars Blicke traurig und mit Ekel zurück und blieben auf der leeren Schlafstelle liegen, die unmittelbar neben seiner eigenen war, der Schlafstelle seines Freundes, des Riemers Thoma, der im Stockhaus saß. Da kam das Gefühl seiner Verlassenheit unendlich stark über ihn: verraten und verkauft hatte ihn sein Freund, seine Mutter war unter die Erde gegangen, seine Kehle verschnürte sich gegen das Essen, seine Glieder wollten ihn nicht mehr tragen und der Schlaf warf ihn aus. Stumpfsinnig stützte er sich erst auf einen Arm dann auf den andern. Dann mehr in einem Fieberdrang die Stellung zu verändern, als mit einer inneren Absicht, warf er die Decke ab und kniete in seinem Bette nieder. Mein Gott mein Gott mein Gott stöhnte er halblaut vor sich hin und drehte die Augen in den Höhlen wie ein leidendes Tier. Immer heller wurde das Zimmer, immer mehr beklemmte ihn die Nähe dieser Menschen, die eingehüllt in ihren schlafenden Leib dalagen und seiner Qualen nicht achteten. Eine dunkle Erinnerung gab ihm die Worte in den Mund. Mein Gott, mein Herr, laß du diesen Kelch an mir vorübergehn! Er wiederholte sie 3 oder 4mal, bis sich plötzlich etwas Unbegreifliches ereignete. In dem Licht, das das ganze Zimmer mit stiller Helle erfüllte, ging eine Veränderung vor sich. Es währte nur einen Augenblick lang: es schien von innen, es mochte von außen gekommen sein. Es war nichts als ein Aufzucken, wie das Winken eines fernen Lichtes. Dann sank das stille Licht wieder in sich zusammen, und alles war wie früher. Aber seiner Seele bemächtigte sich mit übernatürlicher Schnelligkeit die Ahnung, die Gewißheit, daß es ein Zeichen gewesen war, ein Zeichen für ihn, der Widerschein des geöffneten Himmels, der Abglanz eines durch das Haus gleitenden Engels. Mit offenem Mund und gelösten Gliedern drehte er sich auf den Knien dem Fenster zu.

Soldatenlager (II)

In jener Nacht lagen wir im Zimmer auf dem Fußboden, und ich hörte dem Fressen der Seidenraupen zu. Die Seidenraupen fraßen Maulbeerblätter auf den Hürden, und die ganze Nacht über hörte man sie fressen und ein fallendes Geräusch in den Blättern. Ich für mein Teil wollte nicht schlafen, weil ich schon sehr lange mit dem Wissen lebte, daß meine Seele, falls ich je im Dunkeln die Augen zumachte und mich gehenließ, meinen Körper verlassen würde. So war ich schon sehr lange, seit damals, als ich nachts in die Luft gesprengt worden war und gefühlt hatte, wie sie aus mir herausgefahren und weg und dann wieder zurückgekehrt war. Ich versuchte, niemals daran zu denken, aber sie pflegte jetzt immer nachts aus mir herauszufahren, gerade in dem Augenblick, wenn ich am Einschlafen war, und ich konnte es nur mit sehr großer Anstrengung verhindern. Und während ich jetzt ziemlich sicher bin, daß sie meinen Körper nicht wirklich verlassen hätte, wollte ich es damals in jenem Sommer nicht auf den Versuch ankommen lassen.

Ich hatte verschiedene Arten, mich zu beschäftigen, während ich so wach dalag. Ich dachte an einen Forellenstrom, in dem ich vor langer Zeit als Junge geangelt hatte, und fischte ihn in Gedanken seiner ganzen Länge nach sorgfältig ab, fischte sehr sorgfältig unter all den Baumstämmen, allen Uferbiegungen nach, in allen tiefen Stellen und den klaren, flachen Strecken, und manchmal fing ich Forellen und manchmal entkamen sie auch. Mittags machte ich eine Pause, um meine Brote zu essen, manchmal auf einem Baumstamm über dem Strom, manchmal an einem hohen Ufer unter einem Baum, und ich aß meine Brote immer sehr langsam und beobachtete, während ich aß, den Strom unter mir. Oft ging mir der Köder aus, weil ich immer nur zehn Würmer in einer Tabaksbüchse mitnahm, wenn ich losging. Hatte ich sie alle aufgebraucht, mußte ich neue Würmer finden, und manchmal war es sehr schwierig, am Ufer des Stromes zu graben, wo die Zedern die Sonne abhielten und es kein Gras, sondern nur kahle, feuchte Erde gab, und oft fand ich keine Würmer. Aber ich fand immer irgendeine Art Köder, nur an einem Tag im Sumpf konnte ich überhaupt keinen Köder finden und mußte eine der Forellen, die ich gefangen hatte, in Stücke schneiden und sie als Köder benutzen.

Aber in manchen Nächten konnte ich nicht fischen, und in diesen Nächten war ich frierend-wach und sagte meine Gebete wieder und wieder her und versuchte, für alle Leute, die ich je gekannt hatte, zu beten. Das nahm eine Menge Zeit in Anspruch, denn wenn man versucht, sich an alle Leute, die man je gekannt hat, zu erinnern, und man zu den frühesten Dingen, an die man sich erinnern kann, zurückgeht – was bei mir der Dachboden in dem Haus war, in dem ich zur Welt kam und wo der Hochzeitskuchen meiner Eltern in einer Blechbüchse von einem Sparren herabhing, und auf dem Dachboden unzählige Gläser mit Schlangen und anderem Zeugs standen, die mein Vater als Junge gesammelt und in Alkohol präpariert aufgehoben hatte – und der Alkohol war in manchen Gläsern so weit gesunken, daß die Rücken einiger Schlangen und anderer Tiere freilagen und weiß geworden waren –, wenn man so weit zurückdachte, erinnerte man sich an eine Menge Leute. Wenn man für sie alle betete und für jeden ein Ave Maria und ein Vaterunser sagte, nahm es viel Zeit, und schließlich wurde es hell, und dann konnte man einschlafen, wenn man an einem Ort war, wo man bei Tageslicht schlafen konnte.

Aber in manchen Nächten konnte ich mich nicht einmal an meine Gebete erinnern. Ich kam nur so weit »Wie im Himmel also auch auf Erden«, und dann mußte ich von neuem anfangen und war völlig unfähig, darüber hinauszugelangen. Dann mußte ich mir eingestehen, daß ich mich nicht daran erinnern konnte, und mußte es aufgeben, in jener Nacht meine Gebete herzusagen, und irgend etwas anderes versuchen. So versuchte ich in manchen Nächten alle Tiere der Erde bei Namen zu nennen, und dann die Vögel und dann die Fische und dann Länder und Städte und dann die verschiedensten Lebensmittel und die Namen aller Straßen, an die ich mich in Chicago erinnern konnte, und wenn ich mich überhaupt an nichts mehr erinnern konnte, dann lag ich nur so da und lauschte. Und ich erinnere mich an keine Nacht, in der man nicht etwas hören konnte. Wenn ich ein Licht haben konnte, hatte ich keine Angst vorm Einschlafen, weil ich wußte,

daß meine Seele nur im Dunkeln aus mir herausfahren würde. Und natürlich war ich viele Nächte an Orten, wo ich ein Licht haben konnte, und dann schlief ich ein, denn ich war beinahe immer müde und oft sehr schläfrig. Und ich bin auch überzeugt, daß ich sehr oft einfach, ohne es zu wissen, schlief – aber ich schlief nie wissentlich, und in dieser Nacht hörte ich den Seidenraupen zu. Nachts kann man ganz deutlich hören, wie die Seidenraupen fressen, und ich lag mit offenen Augen da und hörte ihnen zu.
Außer mir war nur noch ein anderer Mensch im Zimmer, und auch er war wach. Ich hörte seinem Wachsein eine ganze Zeitlang zu. Er konnte nicht so still liegen wie ich, vielleicht weil er nicht soviel Übung im Wachsein hatte. Wir lagen auf Wolldecken, die über das Stroh gebreitet waren, und wenn er sich bewegte, raschelte das Stroh, aber die Seidenraupen hatten vor keinem Geräusch, das wir machten, Angst und fraßen unbeirrt weiter. Man hörte draußen, sieben Kilometer hinter der Front, die nächtlichen Geräusche, aber sie waren anders als die kleinen Geräusche in der Dunkelheit in unserem Zimmer drinnen. Der andere Mann im Zimmer versuchte, still zu liegen. Dann bewegte er sich wieder. Ich bewegte mich auch, damit er wußte, daß ich wach war. Er hatte zehn Jahre in Chicago gelebt. Man hatte ihn 1914 eingezogen, als er gerade zurückgekommen war, um seine Familie zu besuchen, und man hatte ihn mir als Burschen zugeteilt, weil er Englisch sprach. Ich hörte, wie er lauschte, deshalb bewegte ich mich wieder zwischen meinen Decken.
»Können Sie nicht schlafen, Signor Tenente?« fragte er.
»Nein.«
»Ich kann auch nicht schlafen.«
»Was ist denn los?«
»Ich weiß nicht. Ich kann nicht schlafen.«
»Fühlen Sie sich auch nicht wohl?«
»Doch, ganz. Ich kann nur nicht schlafen.«
»Wollen wir 'n bißchen reden?« fragte ich.
»Gern. Worüber kann man sich aber in diesem gottverfluchten Ort unterhalten?«
»Dieser Ort ist nicht schlecht«, sagte ich.
»Gewiß doch«, sagte er.

»Erzählen Sie mir von drüben, von Chicago«, sagte ich.

»Ach«, sagte er. »Das hab ich Ihnen alles schon einmal erzählt.«

»Erzählen Sie mir, wie Sie sich verheiratet haben.«

»Das hab ich Ihnen schon erzählt.«

»War der Brief, den Sie Montag bekamen – von ihr?«

»Gewiß. Sie schreibt mir regelmäßig. Sie verdient ganz anständig mit dem Geschäft.«

»Sie werden ein gutgehendes Geschäft vorfinden, wenn Sie zurückkommen.«

»Gewiß, sie führt es ausgezeichnet. Sie verdient eine Masse Geld.«

»Glauben Sie nicht, daß wir die anderen mit unserem Sprechen aufwecken?« fragte ich.

»Nein. Sie können nichts hören. Die schlafen sowieso wie die Schweine. Ich bin anders«, sagte er. »Ich bin nervös.«

»Sprechen Sie leise«, sagte ich. »Wollen Sie rauchen?«

Wir rauchten vorsichtig in der Dunkelheit.

»Sie rauchen nicht viel, Signor Tenente?«

»Nein, ich hab's mir beinahe abgewöhnt.«

»Nun«, sagte er, »es tut einem nicht gut, und ich nehme an, daß man es nachher gar nicht entbehrt. Haben Sie schon gehört, daß Blinde nicht rauchen, weil sie den Rauch nicht sehen können?«

»Das glaube ich nicht.«

»Ich halt's auch für Stuß«, sagte er. »Ich hab's mal irgendwo gehört. Sie wissen ja, wie man so Sachen hört.«

Wir waren beide still, und ich hörte den Seidenraupen zu.

»Hören Sie diese verdammten Seidenraupen?« fragte er. »Man kann sie knabbern hören.«

»Es ist komisch«, sagte ich.

»Sagen Sie, Signor Tenente, ist wirklich etwas mit Ihnen los, daß Sie nicht schlafen können? Ich sehe Sie nie schlafen. Sie haben nachts, solange ich bei Ihnen bin, noch nicht geschlafen.«

»Ich weiß nicht, John«, sagte ich. »Vorigen Frühling ist es mir ziemlich dreckig gegangen, und nachts quält's mich.«

»Genau wie ich«, sagte er. »Ich hätte nie in diesen Krieg reingeraten sollen. Ich bin zu nervös.«

»Warum versuchen Sie nicht, einzuschlafen?«

»Nein. Ich kann jetzt nicht schlafen. Ich bin jetzt ganz wach, Signor Tenente. Aber wissen Sie, ich mach mir Sorgen, daß Sie nicht schlafen.«
»Wird schon wieder werden, John.«
»Wenn man sich vorstellt, so 'n junger Kerl wie Sie, der nicht schläft.«
»Es wird schon wieder werden. Es braucht einfach seine Zeit.«
»Sie müssen wieder in Ordnung kommen. Man kann doch nicht ohne Schlaf existieren. Sorgen Sie sich um etwas? Bedrückt Sie irgendwas?«
»Nein, John, ich glaube nicht.«
»Sie sollten heiraten, Signor Tenente. Dann würden Sie sich keine Sorgen machen.«
»Ich weiß nicht.«
»Sie sollten heiraten. Warum suchen Sie sich denn nicht irgendeine nette Italienerin mit viel Geld? Sie können jede kriegen, die Ihnen gefällt. Sie sind jung, und Sie haben 'ne Reihe Orden und Auszeichnungen und sehen nett aus. Sie sind mehrere Male verwundet gewesen.«
»Ich spreche die Sprache nicht gut genug.«
»Sie sprechen sie glänzend. Zum Teufel mit der Sprache! Sie brauchen doch nicht mit ihnen zu reden. Heiraten sollen Sie sie.«
»Ich werd's mir überlegen.«
»Sie kennen doch ein paar Mädchen, nicht?«
»Natürlich.«
»Also dann heiraten Sie die mit dem meisten Geld. Wissen Sie, hier sind alle so erzogen, daß sie gute Ehefrauen werden.«
»Ich werd's mir überlegen.«
»Überlegen Sie sich's nicht, Signor Tenente. Tun Sie's.«
»Schön.«
»Jeder Mann sollte verheiratet sein. Sie werden es niemals bereuen. Jeder Mann sollte verheiratet sein.«
»Schön«, sagte ich. »Wir wollen jetzt mal versuchen, ein bißchen zu schlafen.«
»Schön, Signor Tenente. Ich werd's noch mal versuchen. Aber denken Sie an das, was ich gesagt habe.«
»Ich werde daran denken«, sagte ich. »Jetzt wollen wir aber mal ein bißchen schlafen, John.«

»Schön«, sagte er. »Hoffentlich werden Sie schlafen, Signor Tenente.« Ich hörte, wie er in seinen Decken auf dem Stroh herumrollte, und dann war es ganz still, und ich hörte, wie er regelmäßig atmete. Dann begann er zu schnarchen. Ich hörte eine lange Zeit zu, wie er schnarchte, und dann hörte ich auf, zuzuhören, wie er schnarchte, und hörte zu, wie die Seidenraupen fraßen. Sie fraßen unentwegt, und die Blätter raschelten.

Unter Emigranten (I)

Schwer waren im Lager die Nächte. Nach acht, spätestens halb neun legte sich in meiner Kabine die alte Frau hin. Wenn ich die Box betrat, drehte sie das Gesicht zur Wand. Meine Sachen legte ich wegen der Kälte zum größten Teil auf meine Decken, auch beide Mäntel. Eine Decke war zum Zudecken. Die andere breitete ich über den dünnen Strohsack aus, um nicht zu rasch meine Knochen zu fühlen. Die Unruhe im Raum, das Kindergeschrei dauerte noch bis halb zehn. Die Ruhe war aber auch nachher nicht komplett. Kindergeschrei läßt sich auch in der tiefsten Nacht nicht verbieten. Man hörte die Mütter flüstern und sich mühen, ihre Kleinen zu beruhigen. Aber die Kleinen und die Kleinsten hatten ihre Beschwerden, sie lagen nicht gut, sie hatten nicht richtig und nicht ausreichend gegessen. Und die Mütter, die sich schon bei Tag mit ihnen geplagt hatten, wurden noch um ihre Nachtruhe gebracht.
In der Nachbarbox, neben meiner, schlief ein älterer Mann aber herrlich. Sein sonores Schnarchen bewies es. Ich konnte alle Stadien seines gesunden Schlafes durch die Bretterwand, die uns trennte, verfolgen. Gelegentlich gab es auch ein Flüstern. Dann stieß ihn seine Frau an. Er wachte auf. Aber es war hoffnungslos. Es war ein Buchhalter.
In meiner Koje die alte Frau litt an ihrem Emphysem, sie war kurzatmig, und die schlechte Witterung verbesserte ihre chronische Bronchitis nicht. Bei Tag ging es. Wenn sie sich aber hinlegte und kaum eingeschlafen war, setzten die Hustenanfälle ein. Sie zogen sich, in wechselnder Stärke, manchmal stundenlang hin, eine Marter für die Frau, schwer auch für ihren Nachbarn. Sie warf große Massen aus. Ich interessierte mich dafür, besonders wohin sie auswarf. Es war eine Konservenbüchse unter ihrem Bett, sie mußte sie auch bei Tag mehrmals ausleeren.
Sonntag ist über das Lager gekommen. In der Nacht gab es ein Hin und Her in der Baracke. Eine Schar Radfahrer besetzte die leeren Bet-

ten. Als sie Ruhe gaben, fingen die Kinder zu husten an, fast alle hatten Keuchhusten. Bald beginnt in der einen, bald in der anderen Box ein Anfall. Ich liege wach und ringe um Beruhigung. Gedanken von Tod und Sterben haben mich befallen. Ich suche gegen den Tod eine gute, bejahende Haltung einzunehmen. Furchtbar langsam verlaufen die Stunden. Morgens auf der Straße. Ich folge Kirchgängern, sitze in der Kathedrale.
Ich betrachte das Kruzifix. Ich suche festzuhalten: ›Herr, dein Wille geschehe.‹ Und dann denke ich darüber nach, was die Predigt gesagt hat und was die Messe verkündet: ›Die Welt ist unglücklich und mangelhaft, durch unsere Schuld und unsere Schwäche. Aber die Gnade, die Liebe, die Erlösung wurde in die Welt geschickt. Gott kennt unsern Zustand. Er nimmt sich unserer an. Wir müssen nur kommen und wollen.‹ Ich spreche mir das vor. Nur kommen, nur wollen. Ich – möchte schon. Ich möchte. Aber es – gelingt mir nicht. Das Öl der Beruhigung fließt nicht in mich.

Unter Emigranten (II)

Der Schriftsteller, der nach mir an die Reihe kam, war Ernst Toller; auf der Fahrt von New York nach Washington hatte ich ihn im Pullman-Wagen neben mir gehabt, wir verbrachten den Tag zusammen. Ein reicher, bunter Fest- und Reisetag! Toller, empfänglichen Herzens, dankbaren Gemüts, schien den Besuch im Weißen Haus zu genießen. Ein paarmal klagte er freilich über Müdigkeit. »Wenn ich nur heute nacht etwas schlafen könnte!« Es war ein leiser Seufzer, nur für mich bestimmt, denn wir waren Freunde. Die Kollegen um uns herum lachten und schwatzten in vielen Zungen, englisch, spanisch, französisch, chinesisch, portugiesisch. Toller sagte zu mir, sehr leise und auf deutsch: »Es ist schlimm, wenn man nicht schlafen kann. Es ist das Schlimmste.« Er sah plötzlich verfallen aus; aber bald beteiligte er sich wieder mit etwas zu lauter Munterkeit am allgemeinen Gespräch.

Es war unser letztes Beisammensein. Ein paar Tage später berichteten die Blätter, Ernst Toller habe sich in seinem New Yorker Hotelzimmer erhängt.

Warum? Kein letzter Brief war da, um uns sein Motiv zu erklären. Wer ihn gekannt hatte, verstand ihn wohl, auch ohne schriftliche Unterweisung. Ein alternder Freiheitskämpfer sehnt sich nach dem Schlaf, den keine Nacht hienieden ihm gewährt. Die Nächte bringen nicht Vergessen, sondern Erinnerung ... – Das München von 1919, 1920, die Räterepublik, die Tage der Aktion, der Jugend, des gläubigen Überschwangs; die lange Festungshaft, Arbeit (wie leicht man schreibt!), die Schwalben vor der Zelle (wie zärtlich man sie liebt! wie jung man ist!), dann die Berliner Zeit, Theatererfolge, Ruhm, Frauen, Geld, mehr Aktion, aber kein Schlaf; Kongresse, Versammlungen, Premieren, mehr Frauen, mehr Erfolge, auch Niederlagen (läßt das Talent nach? ist die Kraft dahin?) – und kein Schlaf; immer neue Kämpfe, neue Enttäuschung, man bleibt zur Tat verpflichtet, die doch vergeblich ist; immer neuer Aufschwung, und kein Schlaf; schließlich das Exil – und immer noch der Ruhm, der Kampf, die revolutionäre

Geste (und kein Schlaf). Das Leben fällt immer schwerer, auch das Schreiben; zum Reden langt es noch. Die kühne Gebärde, immer wieder, die schöne Versammlungsstimme, der geübte Schrei: »Genossen! Kameraden! Der Fortschritt… das Proletariat… unbesiegbar… nicht aufzuhalten… Seid einig! Glaubt! Seid stark!« – Ach, man ist's nicht mehr. Kein Schlaf, kein Schlaf… Die Tat, vergeblich: das große Umsonst, immer wieder – und niemals Schlaf… Endlich erzwingt man ihn. Die Sekretärin, der man gerade noch etwas diktiert hat, wird zur Lunchzeit listig weggeschickt. Mit dem Strick bewaffnet schleicht der erschöpfte Freiheitskämpfer sich ins Badezimmer. Zwitschern die Schwalben drüben im Central-Park? Selbst sie will man nicht mehr hören.

Ich mußte an seinem Sarge sprechen. Er lag hinter mir, das Würgemal am Hals gnädig verdeckt. Ich wagte nicht, ihm ins Gesicht zu schauen. Ich hatte Angst. Ich schämte mich meiner Tränen. Wem galten sie? Doch nicht ihm, der endlich schlafen durfte?

Max Herrmann-Neiße

Nacht in der Emigration

Nachts bin ich ganz allein im Weltenraum,
fern allen Freunden, die mich längst vergaßen.
Die sieben Stock hoch über Londons Straßen
verlocken leicht zu manchem Selbstmord – Traum.

Die Katze mir zu Füßen hat die Ruh
als ihr Gehäus. Die Frau an meiner Seite
schloß sich im Schlaf wie eine Blume zu,
ihr Atem nur gibt sanft mir das Geleite.

Da draußen sind die Sterne und der Mond
und werden unser Leben überdauern.
Nachtwandlerisch umschleicht mein Wunsch die Mauern,
dem Frieden fremd, der hinter ihnen wohnt.

Und alle Laute, die das Dunkel haucht,
verwandeln jäh sich in ein kurzes Schweigen.
Dann taumle ich benommen und verbraucht
ins Frühlicht, dessen Züge bleich sich zeigen.

Schlafbewusst

F. Scott Fitzgerald

Wachen und Schlafen

Als ich vor Jahren ein Prosastück von Hemingway las mit dem Titel »Müde bin ich, geh zur Ruh«, dachte ich, daß sich zum Thema Schlaflosigkeit weiter nichts mehr sagen ließe. Nun sehe ich ein, daß dies an meinem Mangel an Erfahrung lag. Offensichtlich ist die Schlaflosigkeit eines jeden von der seines Nachbarn so verschieden wie die Hoffnungen und Wünsche des Tages.

Wenn nun Schlaflosigkeit zu unseren natürlichen Anlagen gehört, dann beginnt sie in den späten Dreißigern. Jene kostbaren sieben Stunden Schlaf brechen plötzlich in zwei Hälften auseinander. Es gibt dann, wenn man Glück hat, den ›ersten süßen Nachtschlaf‹ und den letzten tiefen Schlaf am Morgen, aber zwischen den beiden taucht eine finstere, immer größer werdende Lücke auf. Dies ist die Zeit, von der im Psalm geschrieben steht: *Scuto circumdabit te veritas eius: non timebis a timore nocturno, a sagitta volante in die, a negotio perambulante in tenebris.*

Bei einem Mann, den ich kannte, fing der Kummer mit einer Maus an; in meinem Fall führe ich alles gerne auf eine einzige Mücke zurück. Mein Freund war damit beschäftigt, ohne weitere Hilfe sein Landhaus bewohnbar zu machen und entdeckte am Ende eines ermüdenden Tages, daß das einzig brauchbare Bett eines für Kinder war – lang genug, aber kaum breiter als ein Kinderbett. Dahinein warf er sich und war augenblicklich von tiefer Ruhe umfangen. Aber ein Arm strebte unaufhaltsam seitlich über die Bettkante hinaus. Stunden später weckte ihn etwas wie ein Nadelstich in einen seiner Finger. Schläfrig verlagerte er seinen Arm und schlummerte wieder ein nur um durch dasselbe Gefühl wieder geweckt zu werden. Diesmal knipste er die Bettlampe an – und da, an seiner blutenden Fingerspitze, hing eine kleine, gierige Maus. Mein Freund – ich benutze seine eigenen Worte – »stieß einen Ruf aus«, höchstwahrscheinlich war es ein wilder Schrei. Die Maus ließ den Finger los. Sie war mit der Vertilgung des Mannes so gründlich beschäftigt gewesen, als währte sein Schlafen ewig. Von

da an war zu fürchten, der Schlaf werde sich nicht einmal mehr zeitweise einstellen. Das Opfer saß zitternd da und war todmüde. Er dachte daran, einen Käfig machen zu lassen, der über das Bett paßte, und darin zu schlafen für den Rest seines Lebens. Aber für diese Nacht war es zu spät, den Käfig anfertigen zu lassen, und schließlich dämmerte er ein, um immer wieder aus Träumen hochzuschrecken, in denen er ein Rattenfänger war, dessen Ratten sich gegen ihn wendeten und ihn verfolgten.
Seitdem war er nie mehr in der Lage, ohne einen Hund oder eine Katze im Zimmer zu schlafen.

Meine eigene Erfahrung mit nächtlichen Lieblingstieren fiel in eine Zeit äußerster Erschöpfung – zu viel Arbeit aufgeladen, sich verkettende Umstände, die die Arbeit doppelt so anstrengend machten, Krankheiten innen und außen herum, die alte Geschichte von Schwierigkeiten, die niemals allein auftreten. Und ah!, wie hatte ich mich auf jenen Schlaf vorbereitet, der das Ende all dieser Kämpfe krönen sollte, wie hatte ich mich gefreut auf das Sich-fallen-Lassen in ein Bett, so weich wie eine Wolke und so dauerhaft wie ein Grab. Eine Einladung zu einem intimen Abendessen mit Greta Garbo hätte mich völlig kalt gelassen.
Doch hätte es eine solche Einladung gegeben, ich hätte gut daran getan, sie anzunehmen. Statt dessen dämmerte ich alleine vor mich hin oder, genauer gesagt, eine einsame Stechmücke machte mich zu ihrem Nachtessen.
Es ist erstaunlich, wieviel schlimmer eine einzige Mücke sein kann als ein ganzer Schwarm. Gegen einen Schwarm kann man sich wappnen, aber *eine* Mücke wird zur Persönlichkeit – erfüllt mit Haß, der finsteren Qualität eines Kampfes bis auf den Tod. Diese Persönlichkeit tauchte ganz auf eigene Veranlassung an einem Septembertag im 20. Stock eines New Yorker Hotels auf, wo sie sowenig am Platz war wie ein Gürteltier. Sie war das Ergebnis der abnehmenden Bereitschaft des Staates New Jersey, seine Sümpfe trockenzulegen, was sie und ihre jüngeren Geschwister zur Nahrungssuche in benachbarte Staaten getrieben hatte.
Die Nacht war warm – aber nach dem ersten Zusammentreffen, den

ziellosen Schlägen in die Luft, der vergeblichen Suche, der Bestrafung meiner eigenen Ohren einen Sekundenbruchteil zu spät, folgte ich der alten Formel und zog die Bettdecke über den Kopf.

Und so ging die alte Geschichte weiter: die Bisse durch die Decke hindurch, das Herabschießen auf die entblößten Teile der Hand, die das Leintuch festhält, das Heraufziehen der Decke mit nachfolgender Erstickungsnot – gefolgt von Verwandlung meiner psychischen Verfassung, zunehmender Wachheit, wilder, ohnmächtiger Wut – schließlich eine zweite Jagd.

Damit wurde die manische Phase eröffnet – das Kriechen unters Bett mit der zur Taschenlampe umfunktionierten Stehlampe, die Reise durchs Zimmer mit der abschließenden Entdeckung, daß das Insekt sich an die Zimmerdecke zurückgezogen hatte, der Angriff mit zusammengeknoteten Handtüchern, die dabei erlittenen eigenen Verletzungen – mein Gott!

Danach kam eine kurze Erholungsphase, die mein Gegner zu bemerken schien, denn er ließ sich mit anmaßender Frechheit neben meinem Kopf nieder – und ich schlug wieder daneben.

Schließlich, nach einer weiteren halben Stunde, die meine Nerven bis zur äußersten Wachheit aufpeitschte, kam der Pyrrhussieg, und der kleine, miese, klumpige Blutfleck, *mein* Blut, am Kopfende des Bettes.

Wie ich bereits sagte, ich halte diese Nacht von vor zwei Jahren für den Beginn meiner Schlaflosigkeit – sie vermittelte mir einen Eindruck davon, wie Schlaf durch ein winziges, unberechenbares Element gestört werden kann. Sie machte mich, in heute archaischer Ausdrucksweise, ›schlaf-bewußt‹. Ich machte mir Sorgen, ob er mir gegönnt sein würde oder nicht. Ich trank, mit Unterbrechungen, aber großzügig, und an den Abenden, an denen ich keinen Alkohol zu mir nahm, verfolgte mich das Problem, ob nun Schlaf angesagt sei oder nicht, schon lange vor der Schlafenszeit.

Eine typische Nacht (und ich wünschte, ich könnte sagen, solche Nächte gehörten der Vergangenheit an) kommt nach einem weitgehend im Sitzen verbrachten Arbeits- und Zigarettentag. Dieser endet, sagen wir ohne Erholungspause, wenn es Zeit ist, zu Bett zu gehen. Alles ist vorbereitet, die Bücher, das Glas Wasser, ein weiterer Schlafanzug, falls ich in Schweißbädern aufwache, die Luminol-Tabletten in einer kleinen Röhre, das Notizbuch und der Bleistift für den Fall eines Nachtgedankens, der des Festhaltens wert ist. (Wenige waren das – gewöhnlich scheinen sie recht dünn am Morgen, was ihre Kraft und Dringlichkeit bei Nacht nicht schmälert.) Ich lege mich hin, vielleicht mit einem Gutenachttrunk – ich bin mit einiger vergleichsweise wissenschaftlichen Lektüre für eine gleichzeitige Arbeit beschäftigt, so nehme ich etwas Leichteres zum selben Thema und lese, bis eine letzte Zigarette mich schläfrig macht. Wenn ich anfange zu gähnen, schlage ich das Buch über dem Buchzeichen zu, werfe die Zigarette in den Kamin, betätige den Knopf der Lampe. Ich drehe mich zuerst auf die linke Seite, denn das, so hörte ich, verlangsamt den Herzschlag, und dann – Koma.

So weit, so gut. Von Mitternacht bis zwei Uhr dreißig Friede im Zimmer. Dann plötzlich bin ich wach, geplagt von einer der Krankheiten oder Funktionen meines Körpers, einem allzu lebhaften Traum, einem Wetterwechsel zum Warmen oder Kalten.

Die Anpassung findet schnell statt, in der vagen Hoffnung, daß die Fortdauer des Schlafs gesichert werden kann, aber nein – so knipse ich mit einem Seufzer das Licht an, nehme eine winzige Tablette Luminol und schlage mein Buch wieder auf. Die *richtige* Nacht, die dunkelste Stunde hat begonnen. Ich bin zu müde, um zu lesen, es sei denn, ich hole mir einen Drink und fühle mich infolgedessen am nächsten Tag schlecht. So stehe ich auf und laufe herum. Ich gehe vom Schlafzimmer durch die Diele in mein Arbeitszimmer und wieder zurück, und wenn es Sommer ist, in die hintere Veranda. Es liegt Nebel über Baltimore, ich kann die Hand nicht vor den Augen sehen. Wieder zurück im Arbeitszimmer fällt mein Blick auf einen Stapel nicht erledigter Arbeit: Briefe, Korrekturfahnen, Notizen etc. Ich bewege mich darauf zu, aber nein!, das wäre tödlich. Nun fängt das Luminol an, geringfügig zu wirken. So versuche ich es mit dem Bett, diesmal forme ich das Kopfkissen zum Halbrund um meinen Nacken.

»Es war einmal«, erzähle ich mir, »da brauchten sie in Princeton einen Spielmacher, und sie hatten niemanden und waren verzweifelt. Der Cheftrainer sah mich kicken und am Spielfeldrand entlanglaufen und rief: ›Wer ist *dieser* Mann, warum haben wir mit *dem* bisher nichts gemacht?‹ Der Assistenztrainer antwortete: ›Er war noch nicht draußen‹, und die Antwort war: ›Bring ihn her zu mir!‹ … und dann der Tag des Yale-Spiels. Ich wiege nur 135 Pfund, so sparen sie mich bis zum dritten Viertel auf, beim Stande von …«

– Aber es hilft nichts – ich habe den Traum eines zerstörten Traums zwanzig Jahre lang benutzt, um Schlaf hervorzurufen, aber schließlich ist er fadenscheinig geworden. Ich kann mich nicht auf ihn verlassen, obwohl er immer noch, in leichteren Nächten, eine gewisse beruhigende Wirkung zeigt …

Dann der Kriegstraum: Die Japaner siegen überall – meine Division ist zerschlagen und liegt in der Defensive in einem Teil von Minnesota, wo ich jeden Zentimeter Boden kenne. Der Stab vom Hauptquartier und die Bataillonskommandeure sind von einer einzigen Bombe getötet worden, während sie zu einer Besprechung beisammensaßen. Das Kommando geht an Captain Fitzgerald über. Mit herausragender Geistesgegenwart

– Aber genug, auch das ist durch den Gebrauch vieler Jahre abgenutzt. Die Figur, die meinen Namen trägt, ist inzwischen verwischt. Tief in der Nacht bin ich nur einer unter jenen dunklen Millionen, die in schwarzen Bussen ins Unbekannte fahren.

Zurück auf die rückseitige Veranda, bestimmt durch die intensive Müdigkeit des Geistes und die perverse Wachheit des Nervensystems – wie ein zerrupfter Bogen auf einer zitternden Geige –, sehe ich den wirklichen Schrecken sich entwickeln über den Dächern, im grellen Hupen der Nachteulen-Taxis und in den schrillen Arien heimkehrender Säufer auf der anderen Straßenseite. Schrecken und Verlust – Verlust und Schrecken – was ich hätte sein und tun können, das ist verloren, verbraucht, vergangen, vergeudet, unwiederbringlich. Ich hätte dies und jenes tun können, dies und jenes unterlassen, hätte kühn sein können, wo ich ängstlich war, vorsichtig, wo ich voreilig war.

Ich hätte sie nicht auf diese Weise verletzen dürfen.

Und ich hätte dies nicht zu ihm sagen dürfen.

Und ich hätte mich auch nicht selbst zerbrechen dürfen beim Versuch zu zerbrechen, was unzerbrechlich war.

Der Schrecken ist nun angekommen wie ein Sturm – was, wenn diese Nacht die Nacht nach dem Tod präfigurierte, alles danach ein ewiges Zittern am Rand des Abgrunds wäre, und alles Niedrige und

Boshafte in einem würde einen vorandrängen, und die Niederträchtigkeit und Bösartigkeit der Welt lägen vor einem? Keine Wahl, keine Straße, keine Hoffnung – nur die endlose Wiederholung des Gemeinen und des Halbtragischen. Oder vielleicht für immer auf der Schwelle zum Leben zu stehen, unfähig, sie zu überschreiten und zurückzukehren. Ich bin ein Geist, nun, da die Uhr vier schlägt.

Vier Uhr am Morgen

Die Stunde von Nacht zu Tag.
Die Stunde von einer Seite auf die andre.
Die Stunde, die sich auf das Krähen der Hähne bereitet.

Die Stunde der Dreißigjährigen, fiebrig.
Die Stunde, da wir uns von der Erde entfernen.
Die Stunde des Winds von erloschenen Sternen.
Die Stunde bleibt-denn-nach-uns-nichts-mehr-übrig.

Die hohle Stunde.
Die dumpfe, beschimpfte.
Der Stunden allertiefster Stollen.

Um vier Uhr am Morgen geht's niemandem gut.
Geht's den Ameisen gut um vier Uhr am Morgen
– sie seien beglückwünscht. Dann komme die fünfte,
sofern wir noch weiter leben sollen.

John Cheever

Nächtliche Inventur

Kaum wirkt die Stadt fremd oder unansehnlich, schon bin ich deprimiert. Es ist durchaus möglich, daß mein Gleichgewicht eine derart heikle Apparatur ist, daß ich nur meine Zeit vergeude, wenn ich versuche, sie zu kontrollieren. Aber diese halbe Portion von einem Jüngling, der da mit seinen Einkäufen über die Park Avenue geht, trägt er die nach Hause zu seiner Frau oder ist er eine Edelnutte? Kurzum, ich habe nicht das, was ich so oft habe – Kraft in Herz und Unterleib, ein angenehmes Gefühl der Selbstachtung, welches die Warte ist, von der aus ich sicherlich zu den praktischsten, glücklichsten und barmherzigsten Urteilen über Fremde gelange. Ich sehe mir »Moby Dick« an, der ein paar großartige Stellen hat und viele Klischees. Überblendung einer dramatischen Szene durch Wellen, die sich am Bug brechen. Ich denke an den armen Jim Agee, der es besser gemacht hätte. Ich esse ein Sandwich im Reuben's und meine, in der Nische nebenan einen alten Schulkameraden zu sehen. Eine Gruppe Ehepaare mittleren Alters kommt herein – alle schwarz von der Sonne –, die Damen tragen Schmuck und Pelz, Frisuren und Kleider mit viel Bedacht gewählt, aber irgendwie ist da eine Diskrepanz zwischen diesem Aufwand und ihrem Reiz, jedenfalls für mein Gefühl. Vielleicht bin ich deprimiert. Vor dem Hotel sehe ich eine schlanke Frau mit freien Schultern und nackten Beinen, aber sie gefällt mir nicht. Ich finde sie nicht so hübsch wie das Mädchen in dem Waschsalon in Waldeboro. Ich gehe mit einer Flasche Bier ins Bett, aber ich kann nicht schlafen, und ich weiß nicht warum. Ich kann die Geister meiner Lenden nicht allein dafür verantwortlich machen, also veranstalte ich einen öden Rückblick auf meine sexuelle Autobiographie. Es läuft alles darauf hinaus, daß ich sehr großzügig mit einer Lebenskraft ausgestattet wurde, die allen Trivialitäten des Lebens Proportionen verleiht. Ich lese Auszüge aus einem schlechten Roman und schalte um zwei Uhr morgens den Fernseher an, in dem mir ein Pfarrer eine gute Nacht wünscht. Ich lese Auszüge aus einem weiteren schlechten Roman – meine Knochen, meine Augen und mein Kopf sind müde, und ich kann nicht schlafen. Es muß vier Uhr sein. Am Morgen ist die Luft abgestanden. Ich sage meine Gebete in St. Thomas, frühstücke im Longchamps und komme hierher zurück.

***

Ich fahre in die Stadt; ich gehe zum italienischen Konsulat und warte und warte. Es ist meine erste Berührung mit diesem klassischen Bürokratismus. Das Vestibül ist voller Menschen, die darauf warten, daß ihnen irgendein Fetzen oder Partikel ihre Identität bestätigt oder zurückgegeben wird. Wir sind alle mit Photos von uns beladen und warten und warten. Der Bürokrat hat Lacklederhaare, Lacklederschuhe und einen Anzug so schwarz wie der des Advokaten des Todes. Es bereitet ihm Vergnügen, uns warten zu lassen. Wir – diese fröhliche Generation – bemerken die Vielfalt und die Geduld in den Gesichtern.
Ich gehe und gehe. Auf der Dreiundfünfzigsten Straße spreche ich ein Gebet. Ich esse zu Mittag und sehe mir das Ballspiel an. Ich fahre mit dem Zug nach Hause, trinke etwas Gin und lerne Italienisch. Ich wache um drei Uhr morgens auf, gelähmt von dem Gedanken an all das, was unerledigt geblieben ist, etwa meine Zähne. Und dann meine ich, ganz klar diesen Fortgang menschlicher Beziehungen sehen zu können, wo die Linie zwischen Kreativität und Licht und Dunkelheit und Katastrophe haarfein ist. Und ich glaube, daß dies eine Last ist, die mir vererbt wurde, eine, die Mutter viel getragen hat, und daß, wie überall, das Licht triumphieren wird. Aber ich meine auch, das verführerische Gesicht der Weisheit, Artikuliertheit und Poesie zu sehen, daß es kultiviert und zum Erblühen gebracht werden kann wie ein perverses Lockmittel, eine Reihe zärtlicher falscher Versprechungen, ein künstliches Land von Milch und Honig. Also sage ich, daß ein Wurm in der Rose ist, aber er ist nicht tödlich. Doch ich möchte, daß mir diese Vision der Katastrophe erspart bleibt, und ich bete darum, oder um ein umfassenderes und leichteres Verständnis der Tatsache, daß die Kraft des Lebens angefochten ist.

***

Seht also diesen Mann, der um drei Uhr morgens von seiner Blase geweckt wird und, als er wieder ins Bett geht, feststellt, daß er hellwach ist; viel wacher, als er um sieben sein wird, wenn der Wecker klingelt. Er schwitzt etwas unter den Achselhöhlen. Irgendwas passiert, denkt er, und er meint, Schritte draußen auf dem Kies zu hören. Es sind die Schritte eines Drogenabhängigen, der, mit einem Eispickel bewaffnet, gekommen ist, um seine Kinder zu ermorden, doch während er auf das Geräusch an der Haustür und die Schritte auf der Treppe lauscht, aber nichts hört, schweifen seine Gedanken zu einer Schiffsreise, die er in Kürze antreten wird. Das Schiff geht unter, und er ist in einem Rettungsboot, zusammen mit seiner Frau und seinen Kindern – eins in einem ganzen Konvoi, der von einem Navigationsoffizier geführt wird –, doch der Wind und die Dünung trennen sie vom Rest des Konvois, und ihm wird klar, daß er so wenig von Navigation versteht, daß er, selbst wenn er sich nur fünf Meilen vor den Azoren befände, nicht in der Lage wäre, seine geliebte Familie in Sicherheit zu bringen. Er dreht sich auf den Rücken, und an dieser Stelle schiebt sich, ganz Nützlichkeit und Aufgeblasenheit, sein Glied in den Mittelpunkt, aber da die Nacht keine Aussicht auf Erfüllung bietet, erscheint dies ein törichtes Verhalten. Ihm gehen derart lüsterne Gedanken durch den Kopf, daß er sich auf die Seite dreht und ein ernsthaftes Gebet um besseres Verständnis der Reinheit gen Himmel schickt. Er ist jetzt wieder im Rettungsboot. Er liegt auf dem Bauch und betet noch einmal, diesmal um das einfache Geschenk des Schlafs, und er scheint eingehüllt, aber eingehüllt in den Flügeln irgendeines gemieteten Engelskostüms, das unsauber riecht. Er dreht sich auf den Rücken, und plötzlich ist Weihnachten. Es ist Heiligabend, und er ist wieder ein Junge, geliebt, nackt und eingekuschelt zwischen den sauberen Laken. Erneut geht sein Schwanz hoch, gefolgt von seinen Gebeten, und so weiter und so fort, bis zum Überdruß.

Heut nacht bin ich in dieser Nacht allein –
Im schwarzen Kleid die Nonne, schlaflos, hauslos! –
Für heute nacht sind alle Schlüssel mein
Zu allen Toren der alleinigen Hauptstadt.

Fort auf den Weg stößt mich Schlaflosigkeit.
Mein Kreml, lichtes Grau, wie stehst du herrlich! –
Und heute in der Nacht küß ich den Leib,
Die ganze runde, Krieg führende Erde.

Zu Berge stehn die Haare nicht, der Pelz.
Der schwüle Wind bläst mitten in die Seele.
Und gleich sind in der Trauer, die mich hält,
Die, die man küßt, mit jenen, die sich quälen.

Samuel Beckett

Mein Gebet an den Schlaf

in deiner Huld mögen sie schlafen von Zeit zu Zeit die großen Verdammten hier unlesbare Worte in den Falten dann träumen vielleicht von der guten Zeit die sie ihren Irrungen verdankten während dieser Zeit werden die Dämonen sich ausruhen zehn Sekunden fünfzehn Sekunden

Schlaf einziges Gut kurze Bewegungen der unteren Gesichtshälfte keinerlei Laut einziges Gut komm und lösche diese beiden alten Kohlen die nichts mehr zu sehen haben und diesen alten vom Feuer zerstörten Ofen und in diesem ganzen Lumpen

diesem ganzen Lumpen von einem Ende zum anderen von den Haaren zu den Nägeln der Füße und der Finger das geringe Gefühl das er noch von dem bewahrt was er in jedem seiner Teile ist und Traum

Traum komm von einem Himmel einer Erde einem Untergrund wo ich undenkbar wäre oh weh keinerlei Laut im Arsch ein glühender Pfahl an jenem Tage beteten wir nicht weiter

***

tief in diesen Gedanken fühle ich nicht meine Müdigkeit sie äußert sich nichtsdestoweniger mühsamerer Wechsel von einer Seite auf die andere Verlängerung der Bauchlage auf halbem Wege Vermehrung der stummen Flüche

plötzliche Quasigewißheit daß es nur noch eines Zentimeters bedarf damit ich in eine Schlucht falle oder an eine Mauer pralle obgleich nichts wer wüßte es besser als ich zu hoffen ist von dieser Seite das reißt mich aus meiner Träumerei ich bin angelangt

die Leute dort oben die sich beklagten nicht zu leben seltsam in solchem Moment eine solche Blase im Kopf alle tot jetzt andere jetzt für die es kein Leben ist und die sehr seltsame Fortsetzung nämlich daß ich sie begreife alles begriffen immer außer zum Beispiel die Geschichte die Geographie alles begriffen und nichts zu verzeihen gewußt niemals etwas wirklich mißbilligt nicht einmal die Grausamkeit gegen Tiere nichts geliebt

eine solche Blase dann sie platzt der Tag kann mir nicht mehr viel anhaben

es darf nicht zu schwach sein einverstanden wenn man es noch schwächer machen will nein es soll möglichst schwach sein dann noch schwächer ich sage es wie ich es höre jedes Wort immer

mein Tag mein Tag mein Leben so immer die alten Worte die wiederkehren nicht mehr viel nur daß ich mich wieder akklimatisiere dann dauere bis zum Schlaf nicht im Wahnsinn einschlafen oder aber es ist nicht der Mühe wert

***

Frage ob immer gute alte Frage ob immer so seitdem die Welt Welt für mich aus dem Gemurmel meiner Mutter in das unglaubliche Tohuwabohu geschissen

so daß ich keinen Schritt gehen könnte vor allem nachts ohne auf einem Fuß stehenzubleiben mit geschlossenen Augen angehaltenem Atem lauernd auf Verfolger und Hilfe

ich schließe die Augen immer die gleichen und sehe mich aufgerichteter Kopf Weh im Nacken Hände verkrampft im Dreck da ist etwas das nicht stimmt ganz zurückgehaltener Atem es dauert ich dauere so einen guten Moment bis zum kurzen Beben der unteren Gesichtshälfte Zeichen dafür daß ich mir etwas sage dazu gekommen bin mir etwas zu sagen

was kann man sich wohl sagen in solchen Momenten eine kleine hoffnungslose Trostperle umso besser umso schlimmer diese Art nur nicht so kalt recht so leider diese Art nur nicht so warm Freud und Leid diese beiden die Summe dieser beiden geteilt durch zwei und lauwarm wie in der Vorhölle

es ist schnell gesagt wenn es mal gefunden es ist schnell gesagt die

Lippen erstarren und alles Fleisch rundherum die Hände öffnen sich der Kopf fällt wieder hinunter ich sinke ein wenig mehr dann nicht mehr es ist das gleiche Königreich wie immer wie vorhin und immer bin ich nie aus ihm hinausgelangt es ist grenzenlos

Gott weiß ob ich oft glücklich bin aber nie glücklicher nie so glücklich wie in diesem Augenblick Glück Unglück ich weiß ich weiß aber man kann darüber plaudern

dort oben wenn ich dort oben wäre die Sterne schon und auf den Glockentürmen die kurze Stunde es bleibt nun nur noch wenig auszuhalten ich würde gerne so bleiben immer aber das geht nicht

den Strick lösen am Sack am Hals ich tue es es muß sein man ist so eingestellt meine Finger tun es ich fühle es im Dreck im Dunkel das Gesicht im Dreck die Hände irgendwie da ist etwas das nicht stimmt der Strick in der Hand der ganze Körper irgendwie es ist bald so als ob ich da an dieser einzigen Stelle gelebt ja immer gelebt hätte

Gott irgendwo manchmal in diesem Augenblick aber ich habe einen guten Tag getroffen ich würde wohl ein bißchen essen aber ich werde nicht essen der Mund öffnet sich die Zunge kommt nicht heraus der Mund schließt sich bald wieder

links begleitet mich der Sack ich lege mich auf die rechte Seite und nehme den so leichten in meine Arme die Knie erheben sich wieder der Rücken krümmt sich der Kopf hat sich gerade auf den Sack gelegt wir haben sie schon haben müssen diese Bewegungen irgendwo wenn sie die letzten sein könnten

nun ja oder nein eine Falte des Sacks zwischen den Lippen das kommt vor nicht im Mund zwischen den Lippen in der Vorhalle

ungeachtet des Lebens das man mir gab bin ich dicklippig geblieben zwei dicke Lippen für die Küsse gemacht denke ich mir scharlachrot denke ich mir sie strecken sich noch ein wenig vor öffnen sich und schließen sich über einer Runzel des Sacks es ist etwas vom Pferd daran

ja oder nein man sagt nicht ich sehe nicht andere Möglichkeiten mein Gebet an den Schlaf wiederholen und darauf warten daß er herabsinkt daß er sich unter mir öffnet endlich in den ruhigen Wassern und mehr denn je in Gefahr da am Ende der Paraden eins immer aus dem anderen

noch Worte finden da sie doch alle verschwendet sind noch kurze Bewegungen der unteren Gesichtshälfte er würde gute Augen brauchen der Zeuge wenn es einen Zeugen gäbe gute Augen eine gute Lampe er würde sie haben die guten Augen die gute Lampe

dem abseits sitzenden Schreiber würde er verkünden Mitternacht nein zwei Uhr drei Uhr Ballast Office Zeit kurze Bewegungen der unteren Gesichtshälfte keinerlei Laut es sind meine Worte die das machen es ist das was meine Worte macht ich werde wieder in der Menschheit einschlafen mit knapper Not

Christine Lavant

Mein Schlaf ist ins Wasser gegangen.
Seinen Mantel und seine Schuhe
hat mir die Nacht durch das Fenster geworfen,
gebunden an einen Stein.
Nun muß ich schlafwandeln gehen,
auf und nieder in meiner Stube,
und meine Augen sich füllen sehen
mit dem Bildnis des Wassers.
Mein Schlaf ist vorausgegangen.
Ich muß noch seinen bleiernen Mantel
und seine glühenden Schuhe abtragen,
muß den Stein seines letzten Traumes zerkauen,
dann darf ich ihm folgen.

Der Tag danach

2. 7. 1931

Nach einer schlecht durchschlafenen Nacht kann uns niemand recht ausstehen. Der verpaßte Schlaf hat etwas von unserer Menschlichkeit mit sich genommen. Eine latente Gereiztheit scheint sogar in der uns umgebenden Luft zu liegen. Letztlich sind wir selbst es, die nicht mit uns einverstanden sind und zwischen uns selbst wird die Diplomatie der geräuschlosen Schlacht ausgetragen.

Heute habe ich meine Füße und meine Müdigkeit durch die Straßen geschleppt. Meine Seele ist auf ein verknüpftes Gewebe zusammengeschrumpft, und was ich bin und war, mein Ich, hat seinen Namen vergessen. Sollte ich ein morgen besitzen, so weiß ich nur, daß ich nicht geschlafen habe, und die Konfusion mehrerer Zwischenräume legt ein großes Schweigen in meine innere Rede.

Ihr großen Parks der anderen Leute, ihr Gärten für viele Benutzer, ihr wundervollen Alleen derjenigen, die nie Notiz von mir nehmen werden! Ach, ich stagniere zwischen mehreren Nachtwachen wie jemand, der es nie gewagt hat, überflüssig zu sein, und was ich mir überlege, schrickt mit einem abschließenden Traum aus dem Schlaf.

Ich bin ein verwaistes, klosterähnliches Haus, von scheuen, verstohlenen Gespenstern in Schatten getaucht. Ich bin immer im Zimmer daneben, oder die Gespenster sind dort, und laut rauschen die Bäume um mich her. Ich streife einher und finde; ich finde, weil ich einherstreife. Meine Kindertage, ihr sogar tragt eine Spielschürze.

Und bei alledem gehe ich auf der Straße weiter und bin ganz verschlafen von meinem wie ein Blatt dahintaumelnden Vagabundentum. Irgendein träger Wind hat mich vom Erdboden hochgewirbelt, und ich irre wie das Ende des Abenddämmerns zwischen den Ereignissen der Landschaften einher. Ich möchte gern schlafen, weil ich gehe. Mein Mund ist geschlossen, als geschehe das, damit die Lippen aufeinanderkleben. Mein Umherschlendern ist ein Schiffbruch.

Jawohl, ich habe nicht geschlafen, aber so, wenn ich nie geschlafen habe noch schlafe, ist mir richtiger zumute. Ich bin wirklich ich in dieser zufälligen und symbolischen Ewigkeit des halbseelischen Zustands, in dem ich mir Illusionen mache. Der eine oder andere Passant schaut mich an, als kenne er mich und wundere sich über mich. Ich fühle, daß ich sie gleichfalls aus Augenhöhlen anstarre, die ich unter meinen Lidern spüre, und ich will nichts davon wissen, daß es die Welt gibt.

Mich schläfert, mich schläfert heftig, schläfert allumfassend.

Annette von Droste-Hülshoff

Durchwachte Nacht

Wie sank die Sonne glüh und schwer!
Und aus versengter Welle dann
Wie wirbelte der Nebel Heer,
Die sternenlose Nacht heran!
– Ich höre ferne Schritte gehn, –
Die Uhr schlägt Zehn.

Noch ist nicht alles Leben eingenickt,
Der Schlafgemächer letzte Türen knarren
Vorsichtig in der Rinne Bauch gedrückt
Schlüpft noch der Iltis an des Giebels Sparren,
Die schlummertrunkne Färse murrend nickt,
Und fern im Stalle dröhnt des Rosses Scharren,
Sein müdes Schnauben, bis, vom Mohn getränkt,
Es schlaff die regungslose Flanke senkt.

Betäubend gleitet Fliederhauch
Durch meines Fensters offnen Spalt,
Und an der Scheibe grauem Rauch
Der Zweige wimmelnd Neigen wallt.
Matt bin ich, matt wie die Natur! –
Elf schlägt die Uhr.

O wunderliches Schlummerwachen, bist
Der zartren Nerve Fluch du oder Segen? –
's ist eine Nacht vom Taue wach geküßt,
Das Dunkel fühl ich kühl wie feinen Regen
An meine Wange gleiten, das Gerüst
Des Vorhangs scheint sich schaukelnd zu bewegen,
Und dort das Wappen an der Decke Gips,
Schwimmt sachte mit dem Schlängeln des Polyps.

Wie mir das Blut im Hirne zuckt!
Am Söller geht Geknister um,
Im Pulte raschelt es und ruckt
Als drehe sich der Schlüssel um,
Und – horch! der Seiger hat gewacht,
's ist Mitternacht.

War das ein Geisterlaut? so schwach und leicht
Wie kaum berührten Glases schwirrend Klingen,
Und wieder, wie verhaltnes Weinen, steigt
Ein langer Klageton aus den Syringen,
Gedämpfter, süßer nun, wie tränenfeucht
Und selig kämpft verschämter Liebe Ringen; –
O Nachtigall, das ist kein wacher Sang,
Ist nur im Traum gelös'ter Seele Drang.

Da kollerts nieder vom Gestein!
Des Turmes morsche Trümmer fällt,
Das Käuzlein knackt und hustet drein.
Ein jäher Windesodem schwellt
Gezweig und Kronenschmuck des Hains; –
– Die Uhr schlägt Eins. –

Und drunten das Gewölke rollt und klimmt;
Gleich einer Lampe aus dem Hünenmale
Hervor des Mondes Silbergondel schwimmt,
Verzitternd auf der Gasse blauem Stahle,
An jedem Fliederblatt ein Fünkchen glimmt,
Und hell gezeichnet von dem blassen Strahle
Legt auf mein Lager sich des Fensters Bild,
Vom schwanken Laubgewimmel überhüllt.

Jetzt möcht' ich schlafen, schlafen gleich,
Entschlafen unterm Mondeshauch,
Umspielt vom flüsternden Gezweig,
Im Blute Funken, Funk' im Strauch,
Und mir im Ohre Melodei;
– Die Uhr schlägt Zwei. –

Und immer heller wird der süße Klang,
Das liebe Lachen, es beginnt zu ziehen,
Gleich Bildern von Daguerre, die Deck' entlang,
Die aufwärts steigen mit des Pfeiles Fliehen;
Mir ist als seh' ich lichter Locken Hang,
Gleich Feuerwürmern seh' ich Augen glühen,
Dann werden feucht sie, werden blau und lind,
Und mir zu Füßen sitzt ein schönes Kind.

Es sieht empor, so froh gespannt,
Die Seele strömend aus dem Blick,
Nun hebt es gaukelnd seine Hand,
Nun zieht es lachend sie zurück,
Und – horch! des Hahnes erster Schrei!
Die Uhr schlägt Drei.

Wie bin ich aufgeschreckt – o süßes Bild
Du bist dahin, zerflossen mit dem Dunkel!
Die unerfreulich graue Dämmrung quillt,
Verloschen ist des Flieders Taugefunkel,
Verrostet steht des Mondes Silberschild,
Im Walde gleitet ängstliches Gemunkel,
Und meine Schwalbe an des Frieses Saum
Zirpt leise, leise auf im schweren Traum.

Der Tauben Schwärme kreisen scheu,
Wie trunken, in des Hofes Rund,
Und wieder gellt des Hahnes Schrei,
Auf seiner Streue rückt der Hund,
Und langsam knarrt des Stalles Tür,
– Die Uhr schlägt Vier. –

Da flammts im Osten auf, – o Morgenglut!
Sie steigt, sie steigt, und mit dem ersten Strahle
Strömt Wald und Heide vor Gesangesflut,
Das Leben quillt aus schäumendem Pokale,
Es klirrt die Sense, flattert Falkenbrut,
Im nahen Forste schmettern Jagdsignale,
Und wie ein Gletscher, sinkt der Träume Land
Zerrinnend in des Horizontes Brand.

Liebeswach

Sappho

Hinabgetaucht ist Selene,
Das Siebengestirn ... Nun Mitte
Der Nacht ... Es verstreicht die Stunde ...
Und ich, ich liege allein.

Meine Robin

In den Jahren ihres Zusammenlebens wurden Robins Ausgänge zu einem allmählich anwachsenden Rhythmus. Anfangs ging Nora mit Robin; doch mit der Zeit erkannte sie, daß die Spannung in Robin wuchs. Als sie das Bewußtsein nicht mehr ertrug, im Wege oder vergessen zu sein, als sie Robin von Tisch zu Tisch gehen sah, von Glas zu Flasche, von Person zu Person, als sie erkannte, daß, wenn sie selbst nicht dabeisei, Robin zu ihr zurückkehren könne, als der einzigen, die fern der ganzen ungestümen Nacht noch nicht von ihr verbraucht war, blieb Nora zu Hause, lag wach oder schlief. Robins Abwesenheit wurde mit fortschreitender Nacht zu einem körperlichen Verlust, unerträglich und unersetzlich. Wie eine amputierte Hand nicht verleugnet werden kann, weil sie eine Zukünftigkeit erfährt, deren Opfer ihr Vorfahr ist, so war Robin eine Amputation, von der sich Nora nicht lossagen konnte. Wie das Handgelenk sich sehnt, so sehnte sich ihr Herz. Sie kleidete sich an, ging hinaus in die Nacht, um ›außer sich‹ zu sein, und schlich um das Café, wo sie Robin flüchtig zu sehen bekam.

Wenn Robin ins Freie trat, nahm sie – in formlose Gedanken verloren, die Hände in die Ärmel des Mantels geschoben – die Richtung auf jenes Nachtleben zu, das eine bekannte Einheit auf dem Weg zwischen Nora und den Cafés darstellte. Ihre Betrachtungen beim Gehen waren ein Teil des Vergnügens, das sie am Ende des Wegs zu finden hoffte. Diese genaue Entfernung war es, was die beiden Enden ihres Lebens – Nora und die Cafés – davon abhielt, ein Ungeheuer mit zwei Köpfen zu bilden.

Ihre Gedanken waren in sich selbst eine Form der Fortbewegung. Sie schritt mit erhobenem Haupt, schien jeden Vorübergehenden anzusehen und doch war ihr Auge starr, in Erwartung und Leid verankert. Ein Blick von Zorn, heftig und flüchtig, beschattete ihr Gesicht und zog ihren Mund hinab, wenn sie sich ihrer Gesellschaft näherte; und doch, wenn ihre Augen die Fassaden der Gebäude entlangglitten und nach dem steinernen Kopf suchten, den beide – sie und Nora – liebten (ein griechischer Kopf mit entsetzten, hervortretenden Augäpfeln, um die der tragische Mund Tränen zu vergießen schien), strahlte eine stille Freude auch in ihren Augen; denn dieser Kopf war Andenken an Nora und ihre Liebe, er machte die Erwartung der Leute, die sie treffen würde, starr und freudlos. Und so nahm sie, ohne zu wissen, daß sie es tat, die Richtung in diese Straße. Wurde sie zu Umwegen gezwungen, wie es manchmal der Fall war, etwa vom Dazwischentreten einer Kompanie Soldaten, einer Hochzeit oder einem Begräbnis, so wurde sie so aufgeregt, daß die Leute, gegen die sie stieß, sie als einen Teil des Vorgangs betrachteten; wie eine Motte, eben durch ihre Verstrickung in die todbringende Hitze, mit dem Gedanken an die Flamme als Bestandteil ihrer Funktion assoziiert wird. Es war dieses Merkmal, das sie vor der allzu eindeutigen Frage bewahrte, ›wohin‹ sie gehe. Der Fußgänger, dem es bereits auf der Zunge lag, wandte sich, wenn er die tiefe Versunkenheit und Verwirrung erkannte, und tauschte seinen Blick mit einem anderen.

Der Doktor, der Nora da draußen allein gehen sah, sagte zu sich, als die hohe schwarzumhüllte Gestalt vor ihm unter den Lampen entlangschritt: ›Da geht sie, entwaffnet – Liebe, von ihrer Ummauerung gestürzt. Eine religiöse Frau‹, dachte er bei sich, ›ohne die Freude oder die Sicherheit des katholischen Glaubens, der im Notfall die Flecken an der Wand bedeckt, wenn die Familienbildnisse rutschen. Nimm einer Frau diese Sicherheit‹, sagte er zu sich und beschleunigte seine Schritte, um ihr zu folgen, ›und die Liebe macht sich los und verzieht sich ins Dachgebälk. Sie sieht überall nur sie‹, sprach er weiter und warf einen Blick auf Nora, als sie ins Dunkel glitt. ›Immer unterwegs nach dem, was sie zu finden fürchtet: Robin. Da geht sie, Mutter des Unheils, rennt herum und versucht, die Welt mit nach Hause zu nehmen.‹

Sie sah auf jedes Paar, das vorüberging, in jede Kutsche und in jedes Auto, hinauf zu den erleuchteten Fenstern der Häuser, und es war nicht mehr Robin, die sie aufzuspüren suchte, sondern Spuren von Robin, Einflüsse in ihrem Leben (und solche, die sich noch verraten würden): so prüfte Nora jede sich bewegende Gestalt auf irgendeine Gebärde hin, die in Robins Bewegungen erscheinen mochte. Sie mied das Viertel, wo sie Robin wußte, wo die Kellner, die Leute auf den Ter-

rassen an ihren eigenen Bewegungen erkennen könnten, daß sie an Robins Leben teil hatte.
Sie kehrte nach Hause zurück, und es begann die grenzenlose Nacht. Während sie auf die gedämpften Klänge der Straße horchte, auf jedes Murmeln im Garten, das kaum entstehende, kaum hörbare Summen, Künder von zunehmendem Geräusch, das die Heimkehr Robins zu bedeuten hätte, lag Nora und schlug kraftlos auf ihr Kopfkissen, unfähig zu weinen, die Beine angezogen. Zuweilen stand sie auf und lief umher, um etwas in ihrem äußeren Leben schneller zu überstehen, um Robin durch Beschleunigung im Herzschlag zurückzubringen. Hoffnungslos irrte sie herum, und plötzlich setzte sie sich auf einen der Zirkusstühle vor dem hohen Fenster, das über den Garten blickte, beugte sich vor, legte die Hände zwischen ihre Beine und begann zu rufen: »Mein Gott – mein Gott – mein Gott«, so oft wiederholt, daß es die Wirkung aller vergeblich gesprochenen Wörter enthielt. Sie nickte ein und erwachte wieder, begann zu weinen, bevor sie die Augen öffnete, ging zurück ins Bett und fiel in einen Traum, den sie wiedererkannte; wenn ihr auch anhand der Endgültigkeit dieser Version klarwurde, daß der Traum zuvor nicht ›gut geträumt‹ gewesen war.

So viele Fische leben nicht im Meer

So viele Fische leben nicht im Meer
noch sah ich je am Himmel überm Mond
so viele Sterne in der dunklen Nacht
noch so viel Vögel bergen tiefe Wälder
und so viel Gräser je auf Feld und Hügel,
als ich Gedanken trage jeden Abend.

Von Tag zu Tag hoff auf den letzten Abend
ich, der in mir die Erde trennt vom Meer,
mich schlafen läßt auf irgendeinem Hügel,
denn solchen Kummer niemand unterm Mond
noch je erlitt, dies wissen meine Wälder,
die ich allein durchwandre Tag und Nacht.

Ich hatte nie noch eine ruhige Nacht,
am Morgen ging ich seufzend und am Abend,
durch Amor wurde Bürger ich der Wälder.
Bevor ich ruh, ist wellenlos das Meer,
erhält die Sonn' ihr Licht geschenkt vom Mond,
wird im April verdorrn der Blumenhügel.

Ich geh von einem fort zum andern Hügel,
am Tage trauernd, wein ich in der Nacht
und hab so viel Bestand wie dort der Mond:
Kaum seh ich, daß sich dunkler färbt der Abend,
entstürzt den Augen mir ein Tränenmeer,
das Gras zu überschwemmen, ja die Wälder.

Die Städte sind mir feind und lieb die Wälder,
wenn in Gedanken ich am Rand der Hügel
begleitet bin vom leisen Wellenmeer
und schweigend mich umgibt die süße Nacht.
So sehn ich jeden Tag mich nach dem Abend
und daß der Sonne folg der stille Mond.

O könnt ich doch, wenn sanft verströmt der Mond,
hier schlafen in dem Schoß der grünen Wälder,
und jene, die zu früh mir bringt den Abend,
gefolgt von Mond und Amor auf den Hügel,
käm' zu mir einmal nur allein zur Nacht,
und ewig blieben Tag und Sonn' im Meer.

Auf harten Wellen und wenn hell der Mond,
mein Lied, geboren in der Nacht der Wälder,
wirst du ein schönes Land erblicken morgen abend.

Sonette um Schlaf und Wachen

XXVII

Der Mühen müd, werf ich aufs Bett mich nieder,
Doch hat der Leib sein Tagewerk getan
Und finden Ruh die wandermatten Glieder,
Dann fängt mein armer Geist zu wandern an;
Er will auf Pilgerfahrt, er ist bereit;
Dir fern, zieht es ihn hin zu dir geschwind;
Die schweren Lider bleiben offen weit,
Nur Dunkel sieht mein Aug, als wär ich blind.
Doch da erscheint vor meiner Seele Schaun,
Vor meinem blinden Schaun wie ein Juwel
Dein Schatten mir im nächtlich schwarzen Graun;
Das Schwarz wird schön, die Nacht scheint neu und hell.
  Sieh doch, wie tags mein Leib und nachts mein Geist
  Um dich und mich sich martert und zerreißt.

XXVIII

Wie soll mein Zustand sich zum Guten wenden,
Bleibt mir der Ruhe Labsal so verwehrt?
Nacht kann des Tages Last nicht milde enden,
Weil Nacht den Tag und Tag die Nacht beschwert,
Und beide, zwar im Streit schon um die Macht,
Die Hand sich reichen, zweifach mich zu plagen:
Des Tages Müh entfernt mich dir, die Nacht
Zwingt mich, dir fern, mein Fernsein zu beklagen;
Dem Tag zu schmeicheln, sag ich, du bist Licht,
Du zierst ihn, wenn den Himmel Wolken dunkeln;
Der Nacht lüg ich ins schwärzliche Gesicht,
Du seist ihr Glanz, wenn keine Sterne funkeln.
  Und doch, mein Kummer wächst mit jedem Tage,
  Und Nacht um Nacht scheint düstrer meine Lage.

LXI

Ist es dein Wunsch, daß mir dein Bild die Lider,
Bleischwer, in müder Nacht läßt offenstehn?
Dein Wille, daß im Schlaf ich auffahr wieder,
Gefoppt von Schatten, die dir ähnlich sehn?
Ist es dein Geist, den du mir schickst von weit,
Daß er mich in den Nächten observiert,
Ausschnüffelt, was ich tu mit meiner Zeit,
Weil deine Eifersucht nach Nahrung giert?
Nein, deine Lieb ist stark, doch nicht so groß.
Den Schlaf raubt mir ja meine eigne Liebe.
Sie läßt mich nächtens harren ruhelos,
Damit ich deinethalben Wache schiebe.
  Ich wach für dich, wachst du mir fern, o ja:
  Zu weit von mir, und andre dir zu nah.

Als er vor betrübten Liebes-Grillen nicht schlaffen konte.

1. Itzt ruht und schläft die gantze Welt
Was See und Feld
In den verliebten Armen hält
Nur ich empfinde keine Ruh
Und bringe nicht ein Auge zu.
Dann weil der Tag zu Ende geht
Eh meine Sonne vor mir steht
So bricht der Abend auch herein
Und muß gedoppelt finster seyn.

2. Ich habe manche lange Nacht
Umsonst gewacht
Und meinem Schmertzen nachgedacht
Wiewol je mehr ich dencken muß
Jemehr empfind ich Überdruß
Weil niemand die erwünschte Bahn
Zu meiner Hofnung finden kan
Und dannoch hab ich diesen Trieb
Der traurigen Gedancken lieb.

3. Ich bin verliebt in meine Pein
Und nicht allein
In ihren hochgeschätzten Schein
Dann wann der Schlaf ein sanftes Ziel
In meinen Sorgen setzen wil
So stellt sich meine Mattigkeit
Noch immer in den Gegenstreit
Biß sich ein Traum ins Hertze spielt
Daß er mir die Gedancken stielt.

4. In diesem Schatten kömmet mir
Die liebste Zier
In ihrer höchsten Schönheit für
Und straalt mein Hertz dermassen an
Daß ich es kaum vertragen kann;
Jedoch wann ich ein gleiches Spiel
Mit meinen Armen machen wil
So greif ich an die kalte Wand
Und sie entwischt mir aus der Hand.

5. Itzt sehn ich mich nach meiner Ruh
Und schliesse nu
Die Augen von mir selber zu
Komm wider komm du süsser Traum
Und mache meiner Wollust Raum.
Dann wird der Kummer nicht gestillt
Durch ein erdichtes Schatten-Bild
So weicht auf eine kleine Zeit
Zum minsten die Empfindligkeit.

6. Ach aber ach es geht nicht an
Daß ich daran
Ein rechtes Labsal haben kan.
Mein Schmertzen geht mir viel zu nah
Ach wäre nur der Morgen da
Vielleicht ist diß der liebe Tag
Da ich mich wieder rühmen mag
Daß eine die mich sonst betrübt
Mir Ruh und Leben wieder gibt.

Eduard Mörike

Lied eines Verliebten

In aller Früh, ach, lang vor Tag,
Weckt mich mein Herz, an dich zu denken,
Da doch gesunde Jugend schlafen mag.

Hell ist mein Aug um Mitternacht,
Heller als frühe Morgenglocken:
Wann hättst du je am Tage mein gedacht?

Wär ich ein Fischer, stünd ich auf,
Trüge mein Netz hinab zum Flusse,
Trüg herzlich froh die Fische zum Verkauf.

In der Mühle, bei Licht, der Müllerknecht
Tummelt sich, alle Gänge klappern;
So rüstig Treiben wär mir eben recht!

Weh, aber ich! o armer Tropf!
Muß auf dem Lager mich müßig grämen,
Ein ungebärdig Mutterkind im Kopf.

Märchen

Ich hab vor deinem Hause still gestanden
In einer Nacht.
Und hatte ganz dich lieb und ohne Maßen;
Ich wies zu dir den Sternen goldne Straßen
Und habe selig stumm gelacht.

Ob meinem losen Haar hob ich die Arme
Wie Zweige, schlank und rund.
Da stürzte Regen in das Mainachtschweigen
Und rief sich zage Blüten aus den Zweigen,
Und jede war ein blasser Mund.

Du aber kamst nicht.

So streute ich mit lächelndem Verschwenden
Dem Mond die Blumen her.
Und spürte Treiben herber, dunkler Kräfte,
Mir ward die Frucht voll süßer, süßer Säfte;
Schon fiel sie, duftend, weich und schwer.

Du aber kamst nicht.

Eishagel tanzte höhnend auf den Steinen.
Da klaffte schwarz ein Schacht.
Drein ließ ich die zerbrochnen Arme hangen. –
Geblüht und Frucht getragen – und vergangen
In einer Nacht.

Dara Horn

Nachtgeheul

In weiter Ferne, hatte Leora einmal irgendwo gelesen, gab es zwei Länder, Tausende von Meilen voneinander entfernt, deren Bewohner das Schlafen verlernt hatten.

Bei Tageslicht vergessen sie ihre Schlaflosigkeit. Sie bemerken nicht die leichte Dumpfheit ihrer Blicke, geschäftliche Fehlkalkulationen, die traumlosen Fingerspitzen träger Liebender, zu müde, des anderen Haut zu erkunden. Doch sobald die Nacht hereinbricht – wenn sich die Sterne an winzigen unsichtbaren Fäden herabsenken, bis sie direkt über den höchsten Baumwipfeln schweben –, beginnen die Menschen in beiden Ländern zu heulen.

Das erste Wehgeschrei steigt aus einem der Länder auf und überwindet Tausende von Meilen, Berge und Täler und Städte und das Meer, bis es das stille Zwielicht des anderen Landes erreicht und die Luft zwischen Häusern, Türpfosten und Ohren erfüllt. Der Himmel stöhnt. Wenn die Menschen im zweiten Land das hören, erinnern sie sich an ihre Schlaflosigkeit und beginnen ihrerseits zu heulen, ein Geheul, das ungestüm durch die Luft wirbelt wie Federn, die aus einem unbenutzten Kissen geklopft werden. Sie klagen die ganze Nacht, Kinder und Erwachsene gleichermaßen, Alte, Junge und Säuglinge im Chor, klagen, das andere Land möge das Klagen lassen, und weinen um ihren verlorenen Schlaf. Wenn aber das erste taube Tageslicht durch das Dunkel blinzelt, verebben ihre Stimmen, sie reiben sich die Augen und kehren zu ihrem immerwachen Leben zurück.

Leora fiel diese Geschichte in einer ihrer langen, traumlosen Nächte ein – traumlose Nächte, die einsetzten, kurz nachdem sie Jake kennen gelernt hatte, und nur wenige Stunden, nachdem ihr klar geworden war, dass sie ihn liebte. Das hatte sie ihm nicht etwa erzählt. Schlaflose Wochen später hatte sie es ihm noch immer nicht erzählt. Doch jede Nacht beim Zubettgehen nahm sie sich vor, es ihm zu sagen, und verlernte darüber das Schlafen.

Es war eine Tortur, nicht schlafen zu können. Und noch beunruhigender war die Erkenntnis, dass es so einfach war, das Schlafen zu verlernen. Es ist keine angeborene Fähigkeit, dachte sie. Säuglinge müssen unter monatelangen Qualen lernen durchzuschlafen. In ihren Nächten der Schlaflosigkeit entdeckte Leora, dass der Schlaf eine zerbrechliche Gabe ist, derart zerbrechlich, dass selbst der flüchtigste Gedanke vor dem Zubettgehen ihn umstoßen und auf dem Boden unter den zerwühlten Laken zerschmettern kann. Leora lag im Bett und dachte an Jake, und sehr bald türmten sich die Gedanken, einer auf den anderen, und in ihrem Kopf knirschte und ächzte es wie die Zahnräder einer unaufhaltsamen Maschine.

Ihre Mutter hatte ihr einmal gesagt, dass ein Mensch Kind bliebe, bis die Eltern sterben. In den schlaflosen Nächten, seit sie das Foto von Jake mit seiner Mutter gesehen hatte, begriff sie allmählich, was ihre Mutter damit gemeint hatte. Wenn sie nicht schlafen konnte, ging sie manchmal ins Wohnzimmer und las eins der Frauenmagazine von Lauren oder Melanie, in der Hoffnung, vor Langeweile einzuschlafen. Als sie jünger war, hatte sie angenommen, diese Zeitschriften beschrieben ihr Leben in der nahen Zukunft. Doch jetzt erkannte sie ein merkwürdiges Muster: Die Zeitschriften richteten sich ganz offensichtlich an Kinder. Ein Magazin pries sich selbst als »die Zeitschrift für deine DU-Jahre«, Jahre, in denen »du« laut »Brief des Herausgebers« »nicht mehr bei den Eltern lebst, aber auch noch nicht gebunden bist, Jahre, in denen du ganz DU sein kannst«. Auf derselben Schiene fuhr ein anderes Magazin mit einer Rubrik, die sich »Du, ja, du!« nannte, entsprechend ein drittes Magazin mit »Ich, ja, ich!«. Stunden brachte Leora in ihren langen, schlaflosen Nächten mit diesen Zeitschriften zu, folgte den kreisenden Artikeln über Schuhe, Männer, Sex, Männer, Schuhe, und wartete auf ein Gefühl von Freiheit, das ihr diese Leute, die sie zur unabhängigen Frau erklärten, weil sie mit ihrer Zeit und ihrem Geld selbst bestimmen könne, welche Schuhe sie ausfüllen möchte, versprachen. Doch je mehr sie las, desto mehr fühlte sie sich wie ein Kind, dessen Welt durch jene Dinge definiert wurde, die sie in ihrem Patschefäustchen halten und auf die sie zeigen konnte: »Ich, ja, ich!« Danach konnte sie erst recht nicht mehr schlafen.

***

Leora nahm den Wecker zur Hand, den sie umgedreht hatte, um ihn nicht ständig anzustarren. Nach der letzten schlaflosen Nacht hatte sie die Uhren sogar ausgetauscht, hatte die grelle Digitaluhr weggepackt und stattdessen den kleinen Wecker hingestellt, den sie auf Reisen benutzte und dessen Zeiger im Dunkeln nur mit großer Mühe zu erkennen waren. Es nützte nichts. Als sie das letzte Mal geguckt hatte, war es halb vier gewesen. Seitdem hatte sie die Augen zugekniffen, dann in der Hoffnung aufgerissen, es möge sie ermüden, danach die Decke hochgezogen, dann wieder heruntergeschoben, schließlich versucht, all ihre Grundschullehrer aufzuzählen, danach versucht, alle Mitbewohnerinnen, die sie je gehabt hatte, aufzuzählen – angefangen beim Sommerlager, als sie fünfzehn war –, dann Panik bekommen, weil sie am Morgen mit weniger als fünf Stunden Schlaf drei Interviews zu führen hatte, sich anschließend vorzustellen versucht, ihr Bett sei ein Boot im Meer, einem grenzenlosen Meer mit endlosen Wellen; und schließlich kapituliert und den Wecker umgedreht. Sie war überzeugt, dass mindestens zwei Stunden vergangen waren. Als sie sah, dass es erst Viertel vor vier war, verlor sie beinahe den Verstand, und da Lauren und Melanie beide nicht da waren, fing sie an zu heulen.

Sie weinte und weinte, konnte nicht aufhören und wusste nicht mal, warum sie weinte, wusste nur, dass auf einmal alles erschreckend war – die Wohnung, ihr Schlafzimmer, die Dunkelheit, die Stille, das Bett, das halb verhangene Fenster, das einen viereckigen Lichtschein hereinließ, dem Eingang zu einer Grabstätte gleich. Sie heulte in die Dunkelheit, immer lauter, bis der leere Raum in ihrem Zimmer von ihrem Geheul widerhallte. Sie schluchzte in einem fort und fragte sich, ob sie jemand hörte; und dann wurde ihr klar, dass sie genau das hoffte. Noch immer weinend tastete sie im Dunkeln nach dem Telefon. Als sie den Hörer abnahm, wurde sie von den Leuchtziffern beinahe geblendet. Sie legte auf. Doch wenig später schwoll ihr Heulen derart an, dass sie Halsschmerzen bekam. Die Wände färbten sich mit ihrem Klagen, sie kam sich vor wie ein Wolf, der die Nacht anheult. Sie nahm das Telefon und wählte.

Nach zweimaligem Läuten hörte sie Jakes Stimme, die überraschend wach klang. »Hallo?« Es kam wie eine echte Frage, als interessierte es Jake ernsthaft, wer am anderen Ende sein könnte.

»Jake?«, fragte sie mit flattriger Stimme.

»Leora?«

»Hab ich dich geweckt?« Blöde Frage um vier Uhr morgens, dachte Leora gleich darauf.

Doch Jake überraschte sie. »Nein, ich«, er klang noch immer etwas durcheinander, und Leora hörte an seiner Stimme, dass er tatsächlich wach war. »Ich konnte nicht so gut schlafen, also bin ich aufgestanden und habe ein bisschen gelesen. Einen Anruf habe ich nicht unbedingt erwartet. Selbst die Telefonwerber warten bis zum Sonnenaufgang.« Sie hörte das Lächeln in seinem Gesicht. Doch plötzlich klang er besorgt, beinahe panisch. »Was ist los?«

»Ach, eigentlich nichts«, sagte sie so ruhig wie möglich, bevor die Stimme erneut brach. »Ich konnte nicht schlafen, das ist alles. Blöd von mir. Tut mir so Leid, dass ich dich angerufen habe – ich hätte nicht anrufen sollen. Ich bin nicht ganz klar im Kopf«, sprudelte es aus ihr hervor. Sie wünschte, sie hätte gar nichts gesagt, sie hätte aufgelegt, sobald er Hallo gesagt hatte.

»Das ist doch nicht blöd«, entgegnete er. Seine Stimme klang ganz und gar nicht herablassend, wie sie befürchtet hatte. »Ich habe das gleiche Problem gehabt vor ein paar Jahren.«

»Ehrlich?«

»Und wie. Ich konnte monatelang nicht schlafen, ich weiß nicht mal mehr, wie das kam. Irgendwas hat mich beschäftigt. Aber das Schlimmste daran ist das Gefühl, allein zu sein. Man liegt da und wartet drauf, dass die Zeit vergeht, und es ist, als wären alle auf der Welt tot außer man selbst. Ich weiß noch, das ist schrecklich beängstigend.«

»Allerdings«, hörte sie sich sagen. Obwohl ihre Angst bereits nachgelassen hatte.

Sie hörte, wie Jake etwas auf den Tisch legte. »Sag mal, Leora, würde es dir helfen, wenn ich vorbeikäme? Nur, um dir Gesellschaft zu leisten, meine ich. Ich glaube, mir hätte es damals geholfen, wenn jemand bei mir gewesen wäre.«

Sie schluckte schwer. »Das brauchst du nicht«, sagte sie und schämte sich noch mehr als vorher.
»Nein, im Ernst. Es ist überhaupt kein Problem. Meinst du, es würde dir helfen?«
Sie überlegte einen Augenblick und antwortete dann noch verschämter: »Ja, schon.«
Sie wollte sterben, sobald sie es ausgesprochen hatte, doch nun war es raus. »Schön«, sagte Jake. Seine Stimme verriet einen Eifer, der ungewöhnlich war für vier Uhr morgens. »Ich bin gleich da, okay?«
»Okay«, sagte sie. Es knackte in der Leitung, als er auflegte. Als sie das Knacken hörte, schluchzte sie noch einmal laut. Sie legte auf und heulte weiter.

Mit Max geht der Schlaf

Bei Hanna war nur noch die Frisur Punk. Sie trug keine Sicherheitsnadeln mehr, auch nicht an der Lederjacke, in der sie dann und wann in den *Dschungel* kam. Eines Nachts kreuzte sie im Designerkostüm auf, kühles Leinen, anthrazit, kniekurz der Rock, die Jacke ein Quadrat mit Ärmeln, zwei große Knöpfe aus Kuhhorn. Apothekenhelferin war sie in Neukölln und wohnte in Wilmersdorf in der Holsteinischen Straße. Sie war aus Celle nach Berlin gekommen, und zu Hause hatte sie höchstens einmal die Nacht durchgemacht, als sie mit der Schule fertig war. Schlaflosigkeit kannte sie nicht. Spätestens um kurz vor Mitternacht schloß sie die Augen und erinnerte sich dabei manchmal der Schlaflieder, die man ihr als Kind vorgesungen hatte. *Schlafe, Prinzessin, schlaf ein, Schäfchen ruhn und Vögelein…* oder *morgen früh, wenn Gott will, wirst du wieder geweckt…* Sie war sich immer sicher, daß Gott wollte, und hatte Vertrauen darin, daß in der Nacht alles gut war auch ohne sie.

Daran änderte sich auch im ersten halben Jahr in Berlin nichts, bis sie Max traf, zwei Monate von ihm geliebt und dann verlassen wurde. Zuerst tat sie Tag und Nacht kein Auge zu, und danach kam sie mit wenigen Stunden Schlaf aus, immer schon beim Einschlafen voller Angst vorm Erwachen, das ihr nur immer wieder sagte: Max ist nicht mehr da, Max ist fortgegangen.

Ich kann nicht schlafen, kann nachts nicht schlafen, der Wahnsinn liegt neben mir. Ich kann nicht schlafen, kann nachts nicht schlafen, mein Herz wird zum Vampir.

Dann kam die Erschöpfung und mit ihr die tiefe Sehnsucht nach Schlaf, nach Versinken und Vergessen. Manchmal war sie so müde, daß sie während der Arbeit Weinkrämpfe bekam. Zweimal schickte der Chef sie nach Hause, aber obwohl sie alles verdunkelte und die Decke über den Kopf zog, erreichte sie nur einen in viele kurze Phasen zerlegten nervösen Schlaf und fand nicht den Weg zu Morpheus und Lethe. Sie begann, Schlafmittel aus der Apotheke verschwinden zu lassen, vornehmlich Benzodiazopine, und ließ erst davon ab, als sie morgens immer verwirrter erwachte. Der Strom des Vergessens riß sie zu sehr mit, so weit hinunter hatte sie nicht fahren wollen. Sie kehrte nachts in den *Dschungel* zurück, in der Hoffnung, wenigstens gegen drei Uhr so müde zu sein, daß sie zu Hause noch ein paar Stunden Schlaf fand. Meistens gelang das, nur wenige Male kam sie erst gegen Morgen nach Hause und hielt sich wach bis zum Beginn der Arbeit. Die Mittel aus der Apotheke bunkerte sie trotzdem weiter zu Hause und brachte sie abends in den *Dschungel* mit, wo Bedürftige warteten.

So traf sie Heiner, der immer häufiger aus dem *Maître* herüberkam und einige Male bei ihr kaufte. Sie hatte ihre festen Preise und mußte bei vielen doch nachgeben; Heiner zahlte, was sie verlangte. Nach dem vierten Mal sagte er: »Das Zeug hilft auch nicht viel. Im ersten Moment ja, aber was habe ich davon, wenn ich am nächsten Tag eine Matschbirne habe und erst wieder klar bin, wenn ich zur Arbeit muß?«

Von nun an schlugen sie die nächtlichen Stunden gemeinsam tot.

Mascha Kaleko

Nacht ohne Schlaf

Ich weiß, daß du jetzt wachst in deiner Nacht,
So wie ich schlaflos wache in der meinen.
Der gleiche Mond, der mich so kühl verlacht,
Wird wohl auch jetzt dir Ruhelosem scheinen.

Ich weiß, das Leid, das ich dir nicht geklagt,
Wird mir im stillen Vers zur Ruhe gehen.
So mag dein Weh, das du mir nicht gesagt,
Dich tröstend wie ein Morgenwind umwehen.

In der Nacht dann war sie aufgewacht

In der Nacht dann war sie aufgewacht; wie von Schellengeklingel. Sie fühlte plötzlich, daß es schneite. Sie sah gegen das Fenster; weich und schwer wie eine Mauer stand es in der Luft. Sie schlich auf den Zehen, mit bloßen Füßen hin. Es geschah alles rasch hintereinander, dunkel kam ihr dabei vor, daß sie ihre nackten Füße wie ein Tier auf den Boden setzte. Dann starrte sie, nah und stumpf, in das dicke Gegitter der Flocken. Sie tat dies alles, wie man im Schlaf auffährt, mit dem engen Raum eines Bewußtseins, das wie eine kleine unbewohnte Insel herauftaucht. Es war ihr, als stünde sie sehr weit fort von sich. Und mit einemmal fiel ihr ein und die Betonung fiel ihr ein, mit der er gesagt hatte: wir werden hier eingeschneit werden.

Da versuchte sie sich zu besinnen und kehrte sich um. Eng lag das Zimmer hinter ihr und es war noch etwas Sonderbares in dieser Enge, wie ein Käfig oder wie Geschlagenwerden. Claudine zündete eine Kerze an und leuchtete über die Dinge; es begann langsam der Schlaf von ihnen abzufließen und sie waren noch, als hätten sie nicht genau in sich zurückgefunden, – Schrank, Kasten, Bett und doch etwas zu viel oder zu wenig, ein Nichts, ein rauhes, rieselndes Nichts; blind und eingefallen standen sie in der kahlen Dämmerung des flackernden Lichts, auf Tisch und Wänden lag noch ein endloses Gefühl von Staub und wie barfuß darüber gehen Müssen. Das Zimmer mündete auf einen schmalen, holzgedielten, weißgetünchten Gang; sie wußte, wo die Stiege heraufkam, hing in einem Ring aus Draht eine trübe Lampe, sie warf fünf helle, schwankende Kreise an die Decke, dann verrann ihr Licht wie Spuren schmierig tastender Hände auf dem Kalk der Wände. Wie eine Wache vor einer sonderbar erregten Leere waren diese fünf hellen, sinnlos schwankenden Kreise … Ringsum schliefen fremde Menschen. Claudine fühlte eine plötzliche phantastische Hitze. Sie hätte leise schreien mögen, wie Katzen schreien vor Angst und Begierde, wie sie so dastand, aufgewacht in der Nacht, während lautlos der letzte Schatten ihres seltsam empfundenen Tuns in die schon wieder glatten Wände ihres Innern schlüpfte. Und plötzlich dachte sie: wenn er nun käme und einfach zu tun versuchte, was er doch sicher wollte ....

Sie wußte nicht, wie sie erschrak. Wie eine heiße Kugel rollte etwas über sie hin; minutenlang war nichts als dieses seltsame Erschrecken und dahinter jene peitschengerade, schweigsame Enge. Dann machte sie den Versuch, sich den Menschen vorzustellen. Aber es gelang nicht; sie fühlte bloß den vorsichtig vorgedehnten, tierhaften Schritt ihrer Gedanken. Nur zuweilen sah sie etwas von ihm, wie es in Wirklichkeit war, seinen Bart, sein eines leuchtendes Auge ... Dann empfand sie Ekel. Sie fühlte, daß sie niemals mehr einem fremden Menschen gehören könnte. Und gerade da, gerade zugleich mit diesem Abscheu ihres, geheimnisvoll nur nach dem einen sehnsüchtigen, Körpers vor jedem andern, fühlte sie – wie in einer zweiten, tiefern Ebene – ein Hinabbeugen, ein Schwindeln, vielleicht eine Ahnung von menschlicher Unsicherheit, vielleicht ein Bangen vor sich, vielleicht nur ein unfaßbares, sinnloses, versuchendes dennoch jenen andern Herbeiwünschen und es floß ihre Angst durch sie wie die sengende Kälte, die eine zerstörende Lust nah vor sich hertreibt.

Gleichmütig begann einstweilen eine Uhr mit sich selbst irgendwo zu sprechen, Schritte gingen unter ihrem Fenster vorbei und verklangen, ruhige Stimmen ... Es war kühl im Zimmer, von ihrer Haut hob sich die Wärme des Schlafs, unbestimmt und widerstandslos schwang sie mit ihr wie in einer Wolke von Schwäche durch die Finsternis hin und her ... Sie schämte sich vor den Dingen, die hart und aufgerichtet und längst schon wieder belanglos und sich gleich rings um sie vor sich hinstarrten, während ihr wirr vor Bewußtsein war, daß sie dastand und auf einen Unbekannten wartete. Und doch begriff sie dunkel, daß es nicht jener Fremde war, der sie lockte, sondern nur dieses Dastehn und Warten, eine feinzahnige, wilde preisgegebene Seligkeit, sie zu sein, Mensch, in ihrem Erwachen zwischen den leblosen Dingen aufgesprungen wie eine Wunde. Und während sie ihr Herz schlagen fühlte, als trüge sie ein Tier in der Brust, – verstört, irgendwoher in sie verflogen, – hob sich seltsam ihr Leib in seinem stillen Schwanken und schloß sich wie eine große, fremde, nickende Blume darum, durch die plötzlich der in unsichtbare Weiten gespannte Rausch einer geheim-

nisvollen Vereinigung schaudert, und sie hörte leise das ferne Herz des Geliebten wandern, unstet, ruhelos, heimatlos in die Stille klingend wie ein Ton einer über Grenzen verwehten, fremdher wie Sternlicht flackernden Musik, von der unheimlichen Einsamkeit dieses sie suchenden Gleichklangs wie von einer ungeheuren Verschlingung ergriffen, weit über alles Wohnland der Seelen hinaus.
Da fühlte sie, daß hier sich etwas vollenden sollte, und wurde nicht gewahr, wie lange sie so stand; Viertelstunden, Stunden .. die Zeit lag reglos, von unsichtbaren Quellen gespeist, wie ein uferloser See ohne Mündung und Abfluß um sie. Nur einmal, irgendwann, glitt irgendwo von diesem unbegrenzten Horizont her etwas Dunkles durch ihr Bewußtsein, ein Gedanke, ein Einfall, .. und wie es an ihr vorbeizog, erkannte sie die Erinnerung darin an lang versunkene Träume ihres früheren Lebens – sie glaubte sich von Feinden gefangen und war gezwungen, demütige Dienste zu tun – und währenddessen begann es schon zu entschwinden und schrumpfte ein und aus der dunstigen Unklarheit der Weite hob sich ein letztesmal, wie gespenstisch klar geknotetes Stangen- und Tauwerk eins nach dem andern darüber hinaus, und es fiel ihr ein, wie sie sich nie wehren gekonnt, wie sie aus dem Schlaf schrie, wie sie schwer und dumpf gekämpft, bis ihr die Kraft und die Sinne schwanden, dieses ganze maßlose, formlose Elend ihres Lebens, .. und dann war es vorbei und in der wieder zusammenfließenden Stille war nur ein Leuchten, eine veratmend zurückstreichende Welle, als wäre ein Unsagbares gewesen, .. und da kam es jetzt plötzlich von dort über sie – wie einstens diese schreckliche Wehrlosigkeit ihres Daseins hinter den Träumen, fern, unfaßbar, im Imaginären, noch ein zweitesmal lebte – eine Verheißung, ein Sehnsuchtsschimmer, eine niemals gefühlte Weichheit, ein Ichgefühl, das – von der fürchterlichen Unwiderruflichkeit ihres Schicksals nackt, ausgezogen, seiner selbst entkleidet – während es taumelnd nach immer tieferen Entkräftungen verlangte, sie dabei seltsam wie der in sie verirrte, mit zielloser Zärtlichkeit seine Vollendung suchende Teil einer Liebe verwirrte, für die es in der Sprache des Tags und des harten, aufrechten Ganges noch kein Wort gab.
In diesem Augenblick wußte sie nicht mehr, ob sie nicht eben erst vor ihrem Erwachen zum letztenmal diesen Traum geträumt hatte. Seit

Jahren hatte sie ihn vergessen geglaubt und mit einemmal schien seine Zeit ganz nahe hinter ihr zu stehn, wie wenn man sich umkehrt und plötzlich in ein Antlitz starrt. Und ihr wurde so seltsam, als ob in diesem einsam abgesonderten Zimmer ihr Leben in sich selbst zurückliefe wie Spuren in eine verworrene Fläche. Hinter Claudinens Rücken brannte das kleine Licht, das sie angesteckt hatte, ihr Gesicht hielt sie ins Dunkel; und allmählich fühlte sie nicht mehr, wie sie aussah, wie ein absonderliches Loch im Finstern, im Gegenwärtigen erschien ihr ihr Umriß. Und ganz langsam wurde ihr, als sei sie in Wirklichkeit gar nicht hier, wie wenn nur irgend etwas von ihr gewandert und gewandert wäre, durch Raum und Jahre, und wachte nun auf, fern von ihr selbst und verstiegen, und sie stünde in Wirklichkeit immer noch bei jenem versunkenen Traumgefühl, .. irgendwo, .. eine Wohnung tauchte auf, .. Menschen, .. eine gräßliche, verstrickte Angst… Und dann ein Erröten, ein Weichwerden der Lippen .. und plötzlich das Bewußtsein, es wird wieder einer kommen, und ein anderes, vergangenes Gefühl von ihrem gelösten Haar, von ihren Armen, als wäre sie noch mit all dem untreu… Und da, mit einemmal, – mitten in dem ängstlich sich festklammernden Wunsch, sich dem Geliebten zu wahren, ihre bittend gehobenen Hände langsam ermüdend, – der Gedanke: wir waren einander untreu, bevor wir einander kannten… Es war nur ein in stillem Halbsein leuchtender Gedanke, fast nur ein Gefühl; eine wundersam liebliche Bitterkeit, wie im Wind, der sich vom Meer hebt, manchmal ein verwehender herber Atem säumt; fast nur der Gedanke, wir liebten einander, bevor wir einander kannten, – als dehnte sich plötzlich in ihr die unendliche Spannung ihrer Liebe weit über das Gegenwärtige in die Untreue hinaus, aus der sie einst zu ihnen beiden gekommen war wie aus einer früheren Form ihres ewigen Zwischenihnenseins.
Und sie ließ sich sinken und fühlte wie betäubt lange nichts, als daß sie auf einem kahlen Stuhl vor einem kahlen Tisch saß. Und dann war es wohl jener G., der ihr einfiel, und das Gespräch vor der Reise mit seinen verhüllten Worten; und niemals gesprochene Worte. Und dann, irgendeinmal, kam von einem Spalt des Fensters die feuchte, milde Luft der verschneiten Nacht und strich schweigsam und zärtlich an ihren nackten Schultern herab. Und da begann sie, ganz weh und

ferne, wie ein Wind über regenschwarze Felder kommt, begann sie zu denken, daß es eine regenleise, wie ein Himmel eine Landschaft überspannende Lust sein müßte, untreu zu sein, eine geheimnisvoll das Leben schließende Lust .....

Vom nächsten Morgen ab lag eine eigentümliche Luft von Vergangenheit über allem.

Agnies Fall

Die 35jährige Agnes hat sich in den jungen Pianisten Klett verliebt, der als Begleiter ihrer Schwester Margaret für einige Tage zu Besuch in ihr Haus gekommen ist.

Sie zog die Decke über ihre flache Taille nach oben und drehte das Licht herunter, bis es fast erloschen war. Erstaunt stellte sie fest, daß sie ziemlich müde war. Sie döste eine Weile, schlief halb, lag halb wach, bis ein plötzlicher Gedanke, neu und glasklar, sie hellwach werden ließ. Sie würde Klett und Margaret in ihr Zimmer rufen, und zu dritt würden sie entscheiden, was zu tun sei. Klett würde noch einmal erklären, daß er sie liebe, würde entschieden seine Absicht bekunden hierzubleiben. Daraufhin würde Margaret ihre Niederlage endgültig erkennen und sich bereit finden, sie beide ein für allemal in Ruhe zu lassen. Ihre Mutter wäre ebenfalls zugegen und würde natürlich für sie und Klett Partei ergreifen. Sie wußte, daß sich hinter der Reserviertheit ihrer Mutter eine ausgesprochen romantische Ader verbarg. Mit einem wohligen Schauder stellte sich Agnes die Freude ihrer Mutter vor, wenn diese von ihrer Liebe erfuhr.
Auf der Uhr mit dem vergoldeten Zifferblatt, die im Halbdunkel vom Bett aus gerade noch ablesbar war, sah Agnes, daß es zehn nach eins war. Mittlerweile waren natürlich alle im Bett und schliefen. Enttäuschung überkam sie, so als wäre sie zu einem erfreulichen gesellschaftlichen Ereignis zu spät gekommen. Die Stille des schlafenden Hauses ging ihr zunächst auf die Nerven, dann machte sie ihr angst. Sie stellte sich Klett, Margaret und ihre Mutter mit einem sanften Lächeln auf den ruhenden Gesichtern vor. Sie hatte das Gefühl, daß die Waage sich zu ihren Ungunsten geneigt und Klett beschlossen hatte, am Morgen abzureisen. Er hatte darüber nachgedacht, nachdem sie ihn verlassen hatte, und war dann mit seiner Entscheidung zu Bett gegangen. Auch Margaret war mit dem Entschluß abzureisen eingeschlafen. Hatten die beiden noch einmal miteinander gesprochen,

nachdem Agnes ins Bett gegangen war? Ihre Hände zupften nervös an der Tagesdecke. Dann war ihr plötzlich klar, was sie tun mußte, um das Gleichgewicht wiederherzustellen, um zu verhindern, daß Klett am Morgen abreiste. Margaret freilich würde abreisen, denn Margaret konnte Agnes nicht ausstehen, aber Klett würde bleiben. Und schon nach ein oder zwei Tagen wäre sich Agnes ihrer gegenseitigen Liebe gewiß. Sie war noch so jung, diese Liebe, wie konnte Klett, der selbst noch so jung war, da sicher sein? Daher fiel ihr die Aufgabe zu, den Beweis zu erbringen. Wenn sie starb, dachte sie, nun, die Liebe war stärker als der Tod. Klett würde sie dennoch lieben. Doch sie glaubte nicht, daß sie sterben würde, denn die Liebe würde sie davor bewahren.

Sie stand auf, ließ den Blick ein paar Sekunden auf ihrem alten rosafarbenen Morgenmantel ruhen und ging schließlich, nur mit ihrem hellen Nachthemd bekleidet, auf den Gang hinaus. Jetzt war dort kein Licht mehr zu sehen, bis auf den Mondschein, der durch das Fenster in der Tür am Ende des Flurs fiel. Sie machte die Tür auf und trat auf den großen Balkon mit den glatten Steinfliesen hinaus, bei deren Berührung es ihr einen kalten Schauder von den nackten Füßen bis in die Haarspitzen jagte. Sie stand aufrecht da und hob ihr Gesicht empor.

Der Nachthimmel war prächtig wie ein Gemälde. Ein runder gelblichweißer Mond zog rasch dahin, durch stahlblaue und königsblaue, mit Weiß durchsetzte Wolken, schien jedoch gleich links über dem Wipfel des Zedrachbaums innezuhalten. Der Himmel war von einem dunklen, von schwarzen Streifen durchzogenen Blau, auf dem die Sternbilder – Orion, Auriga, Kassiopeia, ein Teil von Perseus, Agnes kannte sie alle – neben den dicken, herangewehten Regenwolken blinkten, die sich in der Abenddämmerung nicht entladen hatten.

»Ich habe mir noch nie so wenig Gedanken um mich selbst gemacht«, flüsterte sie stolz. »Klett ist alles, worum ich mir Gedanken mache, alles, was wichtig ist.«

Sie stand auf der niedrigen Ziegelbrüstung, die den großen Balkon einfaßte. Die Ziegel fühlten sich bröselig an und noch lauwarm von der Nachmittagssonne. Das Zirpen der Grillen von unten wurde lauter, und sie vernahm das beinahe menschliche Wispern des Wasserhahns im Garten, der immer schon getropft hatte; er befand sich ganz in der Nähe, sie wußte genau, wo. Das hier war nicht Rebecca, auch nicht die Angelsächsin Ulrica auf den brennenden Zinnen von Torquilstone. Das hier war Agnes, die holde Agnes, in dem glorreichsten Augenblick, den sie je erlebt hatte. Nun war alles vollkommen, vollkommen wie Klett – die belebende Strenge der Nacht, die Reinheit ihrer Absicht, die schlanke Weiße ihres Körpers unter dem Nachthemd, nun, da sie sich auf den Rand der Brüstung stellte und ihn, wie ein Schwimmer den Startblock, mit ihren langen Zehen umschloß.

Die Luft empfing sie wie kühles Wasser. Obgleich sie viel angenehmer war als Wasser, ehe ein kurzer Schmerz einer Gefühllosigkeit wich, gegen die sie weder andenken noch sich bewegen konnte und es im Grunde auch gar nicht wollte, einer Leere ohne Mond und Sterne. Stille. Dann nichts.

Sie wachte in einem fremden Zimmer auf, in einem härteren Bett. Ihr linker Arm lag in einem steifen, dicken Etwas quer auf ihrem Leib. Mit einem Entsetzensschauder, der sogleich verebbte, wurde ihr bewußt, daß sie sich in einem Krankenhaus befand.

»Agnie?«

Sie wandte sich Margarets Stimme zu. Margaret stand in Hut und Mantel da und sah sie so mitfühlend an, daß nicht einmal Agnes die Kraft aufbringen konnte, sie dafür zu hassen.

»Was ist passiert, Liebes?« fragte Margaret. »Bist du … hinuntergefallen?«

Giuseppe Ungaretti

Juni

Wenn
diese Nacht
mir sterben wird
und ich sie wie ein anderer
werde betrachten können
und einschlafe
beim Rauschen
der Wellen
die dann aufhören
sich um den Gürtel
der Akazien meines Hauses
zu wälzen

Wenn ich wiedererwachen werde
in deinem Körper
der sich wandelt
wie die Stimme der Nachtigall

Sich entkräftet
wie die schimmernde Farbe
des reifen Korns

In der Durchsichtigkeit
des Wassers
betaut sich das seidige Gold
deiner Haut
mohrenfarben

Schweben gemacht
von den schallenden
Pflastern der Luft
wirst du sein
wie ein Panther

Entblättern wirst du dich
an der beweglichen
Schneide
des Schattens

Stumm
brüllend
in diesem Staub
wirst du mich ersticken

Dann
die Lider fast schließen

Wir werden unsre Liebe sich neigen sehen
wie Abend

Dann werde ich
endlich zufrieden
am asphaltenen Horizont
deiner Iris meine Pupille
sterben sehen

Jetzt
schließt sich die Helle
wie zu dieser Stunde
in meinem afrikanischen Land
die Jasmine

Ich habe den Schlaf verloren

Ich flackre
an einem Straßensaum
wie ein Glühwurm

Wird diese Nacht
mir sterben?

Nächtliche Paare

Hyazinthen.

Fern hallt Musik; doch hier ist stille Nacht,
Mit Schlummerduft anhauchen mich die Pflanzen;
Ich habe immer, immer dein gedacht,
Ich möchte schlafen; aber du mußt tanzen.

Es hört nicht auf, es ras't ohn' Unterlaß;
Die Kerzen brennen und die Geigen schreien,
Es theilen und es schließen sich die Reihen,
Und Alle glühen; aber du bist blaß.

Und du mußt tanzen; fremde Arme schmiegen
Sich an dein Herz: o leide nicht Gewalt!
Ich seh' dein weißes Kleid vorüberfliegen
Und deine leichte, zärtliche Gestalt. – –

Und süßer strömend quillt der Duft der Nacht
Und träumerischer aus dem Kelch der Pflanzen.
Ich habe immer, immer dein gedacht;
Ich möchte schlafen; aber du mußt tanzen.

Ruhegeld

Zwei Stunden später vielleicht wachte ich wieder auf. Seit der Hitzewelle ging es mir fast jede Nacht so. Ich fuhr mehrmals aus dem Schlaf auf, stets mit dem Gefühl, schon lange, sogar schon zu lange geschlafen zu haben, und sonderbar ausgeruht. Ein Wiedereinschlafen fiel schwer, war manchmal unmöglich. In der Flasche war noch ein Rest Bier. Ich trank ihn, dann stand ich auf und ging ans Fenster, wie ich es mir schon zur Gewohnheit gemacht hatte. Am anderen Flußufer war die Tanzerei in vollem Gange. Die Musik vom Plattenspieler drang bis ins Zimmer herüber. Ich fühlte mich überhaupt nicht mehr müde. Den Mond sah man nicht, aber er mußte hinter dem Berg stehen, die Nacht war heller als zur Zeit unserer Ankunft. Ein Fenster des Zimmers ging auf den Fluß, das andere aufs Meer. Vom ersten Stockwerk aus ließ sich die Umgegend besser überblicken, die Flußmündung vor allem. Etwas links von der Mündung zeichnete sich die weiße Form eines Schiffs ab. Das Zwischendeck war schwach erleuchtet. Das war die Jacht der Amerikanerin. Das Meer war ruhig, doch erschien seine Oberfläche rauh im Vergleich zu der vollkommen glatten des Flusses. Ein glänzender Schaumstreifen kündigte ihre Begegnung an. Ich hatte Landschaften solcher Art, sozusagen geographische Landschaften, immer gern gesehen, Kaps, Deltas, Zusammenflüsse und vor allem Mündungen, die Begegnung von Flüssen und Meeren. In allen Dörfern am Ufer brannten Lichter. Ich sah auf die Uhr. Es war gerade erst elf.

Ich legte mich wieder hin. Unter dem Moskitonetz war es viel wärmer als am Fenster. Zugleich mit mir war eine Mücke ins Bett gelangt. Er hatte mir nicht gesagt, daß es hier Mücken gab. Seit den Kolonien hatte ich nicht mehr unter einem Moskitonetz geschlafen. Hier mußte es viele Mücken geben. Der Fluß. Seine Böschungen mußten voll davon sein. Mir war es egal. Jacqueline lag mir zugewandt in tiefem Schlaf. Schlafend schien sie sehr klein, noch kleiner als sonst zu sein. Ihr Atem strich regelmäßig über meinen Arm. Ich schloß die Augen

und versuchte wieder einzuschlafen. Die Mücke meldete sich. Zu allem übrigen auch noch eine Mücke: nun war ich sicher, keinen Schlaf zu finden. Und Licht machen, um sie totzuschlagen, konnte ich nicht ohne Gefahr, daß Jacqueline aufwachte. Der Gedanke, mit ihr mitten in der Nacht im selben Bett zusammen wach zu liegen, hätte mich in die Flucht gejagt vor Scham, vielleicht sogar vor Angst. Das Paar, das sie und ich zwei Jahre lang gewesen waren, machte mir angst.
Es war einfach, ich hatte die Wahl zu glauben, daß entweder sie oder die Mücke oder der Ball mich am Einschlafen hinderte. Ich wählte den Ball. Von weitem, von einem Zimmer aus, wo man wach lag, allein im Dunkeln, konnte man glauben, daß es ein großer Ball sei, auf dem man sich amüsierte, mit jeder Menge Frauen. Bald hörte ich weder die Mücke noch Jacquelines Atem mehr, nur noch den Plattenspieler. Ich rührte mich nicht. Ich versuchte mit aller Macht wieder einzuschlafen, nicht auf den Plattenspieler zu hören, nur an Unverfängliches zu denken, nicht an ihn, vor allem nicht an ihn, nicht an den Fluß. Eine Stunde lang bemühte ich mich. Und dabei, im Bemühen, an nichts, an Unverfängliches zu denken, mich an das heutige Datum zu erinnern, begann die Hölle. Man fängt damit an, Schäfchen auf der grünen Weide zu zählen, doch das führt mitunter weit. Für arithmetische Rechnungen hatte ich schon immer eine besondere Neigung gezeigt. Einmal in Fahrt fing ich an, anderes als Schäfchen zu zählen. Wie viele Tage blieben mir bis zum Ende des Urlaubs, Jacquelines Abreise? Wieviel Geld hatte ich noch? Wie viele Monate, Wochen, Tage konnte ich von diesem Geld leben? Wie viele Jahre hatte ich eigentlich zusammen mit Jacqueline verbracht? Und im Ministerium? In dem Scheißbüro? Acht Jahre, drei Monate und sechs Tage. Mit Jacqueline zwei Jahre, drei Monate und zwei Tage. Sie hatten eine Samba aufgelegt, dieselbe wie vorhin, als ich aufgestanden war. Wie viele Jahre hätte ich noch weitermachen müssen, um das Anrecht auf meine Pension zu haben? Zwölf. Etwas mehr, als ich bereits für mich verbuchen konnte, anderthalb mal mehr. Meine Stirn bedeckte sich mit Schweiß. Auf welche Summe belief sich das entsprechende Ruhegehalt, auf das ich schon jetzt Anrecht hatte? Ich wußte es nicht genau, wahrscheinlich auf etwas weniger als die Hälfte meines regulären Ruhegehalts. Sollte ich es beantragen oder es verlieren? Muß-

te ich in meinem Alter solche Überlegungen anstellen? Wie alt war ich? Plötzlich fiel mir ein, daß ich vor drei Tagen, in Florenz, mitten in der Hundstagshitze, zweiunddreißig Jahre alt geworden war. Unverhofft sah ich mich meinem Geburtstag gegenüber. Eine Zahl erschien mir in Flammenzeichen und traf mich wie der Blitz. Ein weiteres Mal ertönte dieselbe Samba. Nein, beschloß ich, ich würde die meinen Dienstjahren entsprechende Pension nicht beantragen. Ich würde meinen Geburtstag feiern, indem ich es verschmähte, von der Kolonialverwaltung was auch immer zu verlangen. Und indem ich diese Art Überlegungen, diese Berechnungen einstellte, in deren Licht es selbstverständlich zu spät zu sein schien, um irgend etwas zu unternehmen, und sei es auch nur Paris, Jacqueline und die Standesamtsabteilung zu verlassen. Die Musik verstummte. Ich hörte Beifallklatschen. Dann setzte sie wieder ein. Wieder wurde ich die Beute höllischer Berechnungen. Mein Verstand verfing sich in unlösbaren Operationen. Durfte man in Anbetracht der durchschnittlichen menschlichen Lebensdauer auf eine dem Zehntel dieser Spanne entsprechende Pension verzichten? Mit anderen Worten, durfte man es sich erlauben, acht Jahre für nichts gearbeitet oder eigentlich für nichts gelebt zu haben? Besonders, wenn man die Dreißig erreicht hatte? Der Schweiß brach mir aus, aber ich fand zu keinem Entschluß. Wer auch hätte mich von diesen Berechnungen befreien können? Welches Ruhegehalt würde die acht Jahre aufwiegen, die ich im Ministerium ertragen hatte? Keines natürlich. Aber war das Grund genug, um den Versuch aufzugeben, sie ein klein wenig nachzuholen? Um auf Aperitifs, Zigaretten zu verzichten?

Das dauerte lange an, fast die ganze Zeit meiner Schlaflosigkeit. Dann fand ich die Lösung: Ich stand leise auf, um Jacqueline nicht zu wecken, zog mich im Dunkeln an und ging hinunter. Es war kühl. Vor der Trattoria breitete sich der Fluß in Höhe der Olivenfelder aus. Die beleuchtete Tanzfläche am anderen Ufer war deutlich zu erkennen. Da und dort in der Ebene sah man weitere ebenfalls beleuchtete Flächen. Überall wurde getanzt. Am Meer gingen die Leute im Sommer spät schlafen. Sie taten Recht daran. Ich blieb am Ufer stehen und betrachtete die Tanzerei. Meine Berechnungen hatte ich vergessen, ich dachte nur noch an den Ball. Von dort drüben strahlte es wie ein

Feuer. Wenn der Mensch inmitten von Musik und Lichtern allein ist, hat er Lust, einem zu begegnen, der ebenso allein ist wie er. Und das ist schwer zu ertragen. Ich merkte, daß ich einen Steifen kriegte. Das wunderte mich. Nein, sonderliche Lust auf eine Frau hatte ich nicht. War es die Wirkung der Tanzmusik? Die Nachwirkung meines Geburtstags? Die Genugtuung über das proportionelle Ruhegehalt? Aber ich kümmerte mich doch weder um meinen Geburtstag, noch um dieses proportionelle Gehalt. Meine früheren Geburtstage hatten bei mir zudem nie diese Reaktion bewirkt und mein proportionelles Ruhegehalt, das, sagte ich mir grinsend, hätte eher das Gegenteil bewirken müssen. Was dann? War es das Bedürfnis, jemandem zu begegnen? Mit jemandem zu sprechen? Die Verzweiflung, niemandem zu begegnen? Bei dieser Erklärung blieb ich. Im übrigen war mir die Sache nicht so wichtig. In der gleichen Verfassung, die Augen auf die Tanzerei gerichtet, ging ich vielleicht eine Viertelstunde spazieren. Dann, als ich bereits sicher war, mich auch an diesem Abend gedulden zu müssen, fand ich mich plötzlich dem alten Eolo gegenüber.

Nachts bricht sie auf

Ein wenig später erwachte sie. Rings um sie herrschte völlige Stille. Aber am Rand der Stadt heulten heisere Hunde in die stumme Nacht. Janine fröstelte. Sie drehte sich wieder um, spürte die harte Schulter ihres Mannes an der ihren und schmiegte sich plötzlich halb im Schlaf an ihn. Sie trieb an der Oberfläche des Schlafes dahin, ohne in ihn hinabzusinken, sie klammerte sich mit unbewußter Gier an diese Schulter wie an ihre sicherste Zuflucht. Sie sprach, aber kein Ton drang aus ihrem Mund. Sie sprach, aber sie hörte kaum selber, was sie sagte. Sie spürte nur die von Marcel ausgehende Wärme. Seit über zwanzig Jahren war es so, jede Nacht, immer in seiner Wärme, immer sie beide, selbst wenn sie krank waren, selbst auf Reisen wie heute… Was hätte sie übrigens allein zu Hause tun sollen? Kein Kind! War es nicht gerade das, was ihr fehlte? Sie wußte es nicht. Sie folgte Marcel, weiter nichts, und war froh, zu spüren, daß jemand sie nötig hatte. Er schenkte ihr keine andere Freude als das Bewußtsein ihrer Notwendigkeit.

Gewiß liebte er sie nicht. Die Liebe, selbst die Haßliebe, zeigt kein so mürrisches Gesicht. Aber welches ist ihr wahres Gesicht? Sie pflegten sich nachts zu lieben, tastend, ohne sich zu sehen. Gibt es eine andere Liebe als die der Dunkelheit, eine Liebe, die sich am hellheiteren Tag laut kundtäte? Sie wußte es nicht, aber sie wußte, daß Marcel sie nötig hatte und daß sie selbst dieses Nötigsein nötig hatte, daß es sie am Leben erhielt, in der Nacht wie am Tag, aber vor allem in der Nacht, jede Nacht, wenn er nicht allein sein wollte, nicht alt werden, nicht sterben, immer mit jenem eigensinnigen Ausdruck, den er anzunehmen pflegte und den sie manchmal in anderen Männergesichtern entdeckte – einziger gemeinsamer Ausdruck all dieser Narren, die sich mit dem Anschein der Vernunft tarnen, bis der Wahnsinn sie packt und verzweiflungsvoll dem Leib einer Frau entgegenschleudert, auf daß sie, ohne Verlangen zu spüren, all das Grauen in ihm verbergen, das Nacht und Einsamkeit ihnen zeigen.

Marcel bewegte sich ein wenig, wie um von ihr abzurücken. Nein, er hatte sie nicht lieb, er hatte bloß Angst vor allem, was nicht sie war, und sie und er hätten sich schon längst trennen sollen, um bis zum Ende allein zu schlafen. Aber wer vermag immer allein zu schlafen? Es gibt vereinzelt solche Menschen; sie hat Berufung oder Unglück von den anderen abgesondert, und nun schlafen sie jeden Abend im gleichen Bett wie der Tod. Marcel wäre nie dazu fähig, gerade er nicht, dieses schwache und wehrlose Kind, das jeder Schmerz verstörte, ihr Kind eben, das sie nötig hatte und das in diesem Augenblick eine Art Stöhnen vernehmen ließ. Sie schmiegte sich ein bißchen enger an ihn und legte ihm die Hand auf die Brust. Und still für sich rief sie ihn bei dem Kosenamen, den sie ihm in früheren Zeiten gegeben hatte und den sie noch hie und da ganz gedankenlos gebrauchten, wenn sie allein waren.

Sie rief ihn mit der ganzen Kraft ihres Herzens. Letzten Endes hatte auch sie ihn nötig, seine Kraft, seine kleinen Schrullen, auch sie hatte Angst vor dem Sterben. ›Wenn ich diese Angst überwinden könnte, wäre ich glücklich …‹ Alsogleich überflutete sie eine unnennbare Beklemmung. Sie rückte von Marcel ab. Nein, sie überwand nichts, sie war nicht glücklich, in Wahrheit würde sie sterben, ohne erlöst worden zu sein. Ihr Herz tat ihr weh, sie erstickte unter einem ungeheuren Gewicht, das sie, wie sie plötzlich entdeckte, seit zwanzig Jahren mit sich schleppte und gegen das sie sich nun mit aller Kraft wehrte. Sie wollte erlöst werden, selbst wenn Marcel, selbst wenn alle anderen der Erlösung nie teilhaftig werden sollten! Hellwach richtete sie sich im Bett auf und lauschte auf einen Ruf, der aus der nächsten Nähe zu kommen schien. Aber aus der Tiefe der Nacht drangen nur die erschöpften und unermüdlichen Stimmen der Hunde der Oase. Es war wieder ein schwacher Wind aufgekommen, und sie hörte sein leises Wispern in den Palmen. Er kam von Süden, von dort, wo Nacht und Wüste sich jetzt unter dem von neuem unbeweglichen Himmel vermengten, wo das Leben stillstand, wo niemand mehr alterte oder starb. Dann versiegten die Wasser des Windes, und sie war nicht einmal mehr sicher, überhaupt etwas gehört zu haben, außer einem stummen Ruf, den sie schließlich nach Belieben schweigen heißen oder wahrnehmen konnte, aber dessen Sinn sie nie mehr erfahren

würde, wenn sie ihm nicht augenblicklich folgte. Augenblicklich, ja, das wenigstens war gewiß!
Sie erhob sich leise und blieb unbeweglich neben dem Bett stehen, während sie auf den Atem ihres Mannes lauschte. Marcel schlief. Sogleich wich die Wärme des Bettes von ihr, und die Kälte überfiel sie. Sie tastete im schwachen Licht der Straßenlampen, das durch die geschlossenen Rolläden sickerte, nach ihren Kleidern und zog sich langsam an. Mit den Schuhen in der Hand schlich sie zur Tür. Sie verharrte noch ein paar Sekunden abwartend im Dunkeln, dann begann sie sachte zu öffnen. Der Türknauf quietschte, sie blieb wie erstarrt stehen. Ihr Herz schlug wild. Sie lauschte gespannt, nichts rührte sich; beruhigt drehte sie wieder ein wenig am Knauf. Das Öffnen schien endlos lange zu dauern. Endlich war es soweit: sie schlüpfte hinaus und schloß die Tür wieder mit derselben Behutsamkeit. Dann preßte sie die Wange gegen das Holz und wartete. Nach einem Weilchen vernahm sie Marcels ferne Atemzüge. Sie wandte sich um, die eisige Nachtluft peitschte ihr ins Gesicht, sie lief über die Galerie. Der Eingang des Hotels war geschlossen. Während sie sich mit dem Riegel abmühte, erschien mit verschlafenem Gesicht der Nachtportier oben an der Stiege und sagte etwas auf arabisch. »Ich bin gleich zurück«, erklärte Janine und stürzte sich in die Nacht.

Ich konnte die kleinsten Dinge erkennen

Ich war im Bett, als ich die Gartenpforte hörte. Ich lauschte aufmerksam. Ich hörte sonst nichts weiter. Aber das hatte ich gehört. Ich versuchte Cliff zu wecken. Er lag da wie ohnmächtig. Also stand ich auf und ging ans Fenster. Ein großer Mond lag über den Bergen, die sich rings um die Stadt zogen. Es war ein weißer Mond, und er war ganz mit Narben bedeckt. Jeder verdammte Idiot hätte sich ein Gesicht darin vorstellen können.

Es war so hell, dass ich alles im Garten sehen konnte – die Stühle auf dem Rasen, den Weidenbaum, die zwischen zwei Pfosten gespannte Wäscheleine, die Petunien, die Zäune, die Gartenpforte, die weit offen stand.

Aber niemand ging dort herum. Da waren keine unheimlichen Schatten. Alles lag im Mondlicht, und ich konnte die kleinsten Dinge erkennen. Die Wäscheklammern an der Leine zum Beispiel.

Ich hielt die Hände an die Fensterscheibe, um meine Augen gegen das Mondlicht abzuschirmen. Ich sah noch eine Weile hinaus. Ich horchte. Dann ging ich wieder ins Bett.

Aber ich konnte nicht einschlafen. Ich drehte und wälzte mich. Ich dachte an die offen stehende Gartenpforte. Es war wie eine Mutprobe.

Cliffs Atmen hörte sich furchtbar an. Sein Mund stand weit offen, und seine Arme umschlossen seine blasse Brust. Er nahm seine Seite des Bettes ein und den größten Teil von meiner.

Ich schob und stieß ihn. Aber er stöhnte nur.

Ich lag noch eine Weile still da, dann kam ich zu dem Schluss, dass es keinen Zweck hatte. Ich stand auf und zog mir die Hausschuhe an. Ich ging in die Küche und machte Tee und setzte mich damit an den Küchentisch. Ich rauchte eine von Cliffs filterlosen Zigaretten.

Es war spät. Ich wollte nicht auf die Uhr gucken. Ich trank den Tee und rauchte noch eine Zigarette. Nach einer Weile beschloss ich, nach draußen zu gehen und die Pforte zuzumachen.

Also zog ich mir den Bademantel an.
Der Mond erleuchtete alles – Häuser und Bäume, Masten und Überlandleitungen, die ganze Welt. Ich spähte ringsum in den Garten, ehe ich von der Veranda heruntertrat. Eine leichte Brise wehte herüber, so dass ich den Bademantel zumachte.
Ich ging auf die Pforte zu.
In diesem Augenblick hörte ich ein Geräusch bei den Zäunen, die unser Grundstück von Sam Lawtons Grundstück trennten. Ich sah genau hin. Sam lehnte mit den Armen auf seinem Zaun, es waren zwei Zäune da, auf die man sich lehnen konnte. Er hob die Faust an den Mund und hustete trocken.
»'n Abend, Nancy«, sagte Sam Lawton.
Ich sagte: »Sam, hast du mich erschreckt.« Ich sagte: »Wieso bist du auf?« Und: »Hast du was gehört?« sagte ich. »Ich hab gehört, wie meine Gartenpforte aufgeklinkt worden ist.«
Er sagte: »Ich hab nichts gehört. Hab auch nichts gesehen. Vielleicht war's der Wind.«
Er kaute etwas. Er blickte zu der offenen Gartenpforte hinüber und zuckte mit den Schultern.
Sein Haar war silbrig im Mondlicht und stand ihm vom Kopf ab. Ich sah seine lange Nase, die Falten in seinem großen traurigen Gesicht.
Ich sagte: »Sam, wieso bist du auf?« und trat dichter an den Zaun heran.
»Willst du mal was sehen?« sagte er.
»Ich komm rum«, sagte ich.
Ich ging hinaus und ein Stück den Fußweg entlang. Es war ein komisches Gefühl, in Nachthemd und Bademantel draußen herumzuspazieren. Ich dachte bei mir, das muss ich mir gut merken, wie es ist, draußen herumzuspazieren, einfach so.
Sam stand drüben an der Stirnseite seines Hauses, die Hosenbeine seines Pyjamas endeten weit über seinen braunweißen Schuhen. In der einen Hand hielt er eine Taschenlampe und in der anderen eine Dose mit irgendwas.

Sam und Cliff waren lange Zeit Freunde gewesen. Dann hatten sie eines Abends ziemlich viel getrunken. Es gab einen Wortwechsel. Als

Nächstes hatte Sam einen Zaun gebaut, und dann hatte Cliff auch einen gebaut.
Das war, nachdem Sam zuerst Millie verloren, dann wieder geheiratet hatte und wieder Vater geworden war, alles in ganz kurzer Zeit. Millie war mir eine gute Freundin gewesen, bis zu ihrem Tod. Sie war erst fünfundvierzig, als sie starb. Herzversagen. Es erwischte sie in dem Augenblick, in dem sie in die Einfahrt einbog. Das Auto fuhr weiter und brach durch die hintere Wand des Unterstands.
»Sieh dir das an«, sagte Sam, wobei er sich die Pyjamahose hochzog und niederhockte. Er richtete den Lichtstrahl auf den Boden.
Ich sah hin und erblickte einige wurmartige Dinger, die sich auf einem Fleckchen Erde ringelten.
»Schnecken«, sagte er. »Ich hab ihnen gerade eine Dosis von dem hier verabreicht«, sagte er und hielt mir eine Dose mit etwas, das wie Ajax aussah, entgegen. »Sie nehmen allmählich überhand«, sagte er und kaute auf irgendwas herum. Er wandte den Kopf zur Seite und spuckte aus – es könnte Kautabak gewesen sein. »Ich muss ganz schön hinterher sein, wenn ich einigermaßen mit ihnen Schritt halten will.« Er richtete seine Taschenlampe auf ein Einmachglas, das voll war von den Dingern. »Ich lege Köder aus, und dann nutze ich jede Gelegenheit und komme mit dem Zeug hier raus. Die Drecksdinger sind überall. Kriminell, was die so anrichten. Guck mal, hier«, sagte er.
Er richtete sich auf. Er fasste mich am Arm und führte mich rüber zu seinen Rosenstöcken. Er zeigte mir die kleinen Löcher in den Blättern.
»Schnecken«, sagte er. »Überall, wohin du hier bei Nacht auch schaust. Ich leg Köder aus, und dann komm ich raus und hol sie mir«, sagte er. »Eine furchtbare Erfindung, die Schnecke. Ich hebe sie in dem Glas hier auf.« Er richtete den Lichtstrahl unter einen der Rosenstöcke.
Ein Flugzeug glitt über den Himmel. Ich stellte mir die Leute darin vor, wie sie angeschnallt auf ihren Sitzen saßen, manche lasen, andere blickten nach unten auf die Erde.
»Sam«, sagte ich, »wie geht's den andern allen?«
»Es geht ihnen gut«, sagte er und zuckte mit den Schultern. Er kaute auf dem Zeug rum, was immer es war, worauf er kaute. »Wie geht's Clifford?« sagte er.

Ich sagte: »Wie immer.«
Sam sagte: »Manchmal, wenn ich hier draußen hinter den Schnecken her bin, guck ich rüber in eure Richtung.« Er sagte: »Ich wünschte, ich und Cliff wären wieder Freunde. Jetzt sieh dir das an«, sagte er und zog scharf die Luft ein. »Da ist wieder so ein Bursche. Siehst du ihn? Genau da, wo meine Lampe hinleuchtet.« Er hatte den Lichtstrahl auf die Erde unter dem Rosenstock gerichtet. »Jetzt pass auf«, sagte Sam.
Ich verschränkte die Arme unter den Brüsten und beugte mich in die Richtung, in die seine Taschenlampe leuchtete. Das Ding hielt in seiner Bewegung inne und wandte den Kopf von einer Seite zur andern. Dann fiel Sam mit seiner Pulverdose darüber her, streute sein Pulver aus.
»Schleimige Dinger«, sagte er.
Die Schnecke wand sich hin und her. Dann rollte sie sich zusammen und dann streckte sie sich.
Sam nahm eine Kinderschaufel, hob die Schnecke damit auf und warf sie in das Glas.
»Ich hab ganz aufgehört, verstehst du«, sagte Sam. »Musste. Eine Zeit lang ging es so weit, dass ich nicht mehr wusste, wo oben und unten war. Wir haben immer noch was im Haus, aber ich hab nicht mehr viel damit zu tun.«
Ich nickte. Er sah mich an, und er sah mich lange an.
»Ich geh besser wieder rüber«, sagte ich.
»Klar«, sagte er. »Ich mach hier noch ein bisschen weiter, und wenn ich fertig bin, geh ich auch rein.«
Ich sagte: »Gute Nacht, Sam.«
Er sagte: »Hör mal.« Er unterbrach sein Kauen. Mit der Zunge schob er, was immer es war, hinter die Unterlippe. »Sag Cliff hallo von mir.«
Ich sagte: »Ich werd ihm sagen, dass du das gesagt hast, Sam.«
Sam fuhr sich mit der Hand durch sein silbriges Haar, als wollte er, dass es sich ein für alle Mal legte, und dann winkte er mir mit der Hand.

Im Schlafzimmer zog ich den Bademantel aus, faltete ihn zusammen und legte ihn mir griffbereit hin. Ohne nach der Uhrzeit zu gucken, vergewisserte ich mich, dass der Knopf an dem Wecker rausgezogen

war. Dann legte ich mich ins Bett, zog die Decke hoch und schloss die Augen.
Und da fiel mir ein, dass ich vergessen hatte, die Gartenpforte zu schließen.
Ich machte die Augen auf und lag da. Ich rüttelte sachte an Cliff. Er räusperte sich. Er schluckte. Irgendetwas verfing sich in seiner Brust, es rasselte leise.
Ich weiß nicht. Ich musste dabei an die Dinger denken, auf die Sam Lawton sein Pulver schüttete.
Ich dachte einen Moment lang an die Welt außerhalb meines Hauses, und dann dachte ich gar nichts mehr, außer dass ich nun wirklich schlafen musste.

Er lacht

Auch in jener Nacht weckte den armen Herrn Anselmo seine Frau, ihn wütend am Arm zerrend, aus tiefem Schlaf.
»Du lachst!«
Betäubt, heftig schnaufend in der Erregung des plötzlichen Aufgeschrecktwerdens, schluckte er, kratzte sich die struppige Brust und sagte dann unwillig:
»Auch … zum Teufel … auch heute nacht?«
»Jede Nacht! Jede Nacht!« fauchte, bleich vor Ärger, seine Frau.
Herr Anselmo richtete sich auf einem Ellbogen auf und fragte, indem er fortfuhr, sich mit der andern Hand die Brust zu kratzen, gereizt: »Aber bist du denn auch sicher? Ich werde in irgendeinem Magenkrampf die Lippen verziehen; und dir scheint, daß ich lache.«
»Nein, du lachst, du lachst, du lachst«, bekräftigte sie dreimal. »Willst du hören, wie? So.«
Und sie ahmte das breite, gurgelnde Lachen nach, das ihr Gatte jede Nacht im Schlaf hören ließ.
Erstaunt, kleinlaut, fast ungläubig fragte Herr Anselmo von neuem:
»So?«
»So! So!«
Und seine Frau ließ, erschöpft durch diese Anstrengung, den Kopf auf die Kissen und die Arme auf die Decken sinken, indem sie seufzte: »O Gott, mein Kopf…«
Auf der Kommode des Zimmers verlöschte zuckend ein Nachtlicht vor einem Bild der Madonna von Loreto. Und bei jedem Aufflackern des Lichtleins schien es, als tanzten und hüpften alle Möbel mit.
So zuckten Gereiztheit und Beschämung, Zorn und Gram im gequälten Gemüt des Herrn Anselmo auf wegen dieses kaum glaubhaften, allnächtlichen Lachens im Schlaf, das bei seiner Frau den Verdacht entstehen ließ, er bade in wer weiß welchen Wonnen, während sie schlaflos an seiner Seite lag, wütend über ihr ewiges Kopfweh, an nervösem Asthma und Herzklopfen leidend, kurz an allen vorstellbaren

und unvorstellbaren Krankheiten, von denen eine empfindsame Frau um die Fünfzig geplagt wird.

»Soll ich die Kerze anzünden?«

»Ja, mach Licht, mach Licht! Und gib mir gleich die Tropfen: zwanzig in einem Schluck Wasser.«

Herr Anselmo entzündete die Kerze und stieg, so schnell er konnte, aus dem Bett. Während er am Schrank vorbeiging, um aus der Kommode das Fläschchen mit dem Baldrian und den Tropfenzähler zu nehmen, sah er sich, so im Hemd und barfuß, im Spiegel und hob instinktiv die Hand, um sich das lange Haarbüschel zurechtzustreichen, mit dessen Hilfe er irgendwie seine Glatze zu verbergen hoffte. Seine Frau bemerkte es vom Bett aus.

»Er ordnet seine Haare! Er hat den Mut, auch des Nachts im Hemd an seine Haare zu denken, während ich hier im Sterben liege!«

Herr Anselmo wandte sich um, als habe ihn eine Viper gestochen, richtete den Zeigefinger gegen seine Frau und schrie: »*Du* liegst im Sterben?«

»Ich möchte«, klagte diese, »daß unser Herrgott dich, ich sage nicht viel, aber doch ein wenig von dem fühlen ließe, was ich in diesem Augenblick leide!«

»Ah, meine Liebe, mach mir nichts vor«, brummte Herr Anselmo. »Wenn du dich wirklich schlecht fühltest, dann würdest du nicht auf den Einfall kommen, mir eine unfreiwillige Geste vorzuwerfen. Kaum die Hand habe ich gehoben... Verflucht! Wieviel habe ich wohl hineinfallen lassen?«

Und er schüttete mit einem wütenden Ruck das Wasser des Glases auf den Boden, in das, anstatt zwanzig, wer weiß wie viele Tropfen der Medizin gefallen waren. Und er mußte nun, barfuß und im Hemd, wie er war, in die Küche gehen, um frisches Wasser zu holen.

»Ich lache...! Herrschaften, ich lache...«, murmelte er vor sich hin, während er auf den Fußspitzen, die Kerze in der Hand, über den langen Korridor ging.

»Großpapa...«

Es war die Stimme eines seiner fünf Enkelkinder, die Stimme Susannas, der Ältesten, des Lieblings von Herrn Anselmo, der sie Susí nannte.

Er hatte vor zwei Jahren, beim Tode seines einzigen Sohnes, jene fünf Enkelchen und seine Schwiegertochter ins Haus genommen. Die Schwiegertochter, ein verkommenes Frauenzimmer, das seinen armen, damals achtzehnjährigen Jungen verführt gehabt hatte, war zum Glück mit ihrem Galan, einem intimen Freund ihres verstorbenen Gatten, vor ein paar Monaten spurlos verschwunden; und so war die Sorge für jene fünf Waisenkinder (deren ältestes, Susí, kaum acht zählte) Herrn Anselmo zugefallen, da die Großmutter, von all jenen Leiden geplagt, sich natürlich nicht mit ihnen befassen konnte: sie hatte ja nicht einmal die Kraft, für sich selbst zu sorgen.
Aber es entging ihr nicht, wenn Herr Anselmo unfreiwillig eine Hand hob, um sich die fünfundzwanzig Haare zurechtzustreichen, die ihm geblieben waren. Denn abgesehen von all jenen Krankheiten und Leiden hatte die Großmama den Mut, ihn mit einer rasenden Eifersucht zu verfolgen, als könne er im zarten Alter von sechsundfünfzig Jahren, mit seinem weißen Bart und kahlen Schädel, inmitten all der Wonnen, die ihm ein freundliches Geschick beschert hatte, mit den fünf Enkeln am Hals, für deren Unterhalt er mit seinem mageren Gehalt nicht auszukommen wußte, mit einem Herzen, das noch bei der Erinnerung an den Tod des unglücklichen Jungen blutete –, als könne er tatsächlich daran denken, hinter den Schürzen herzulaufen!
War das vielleicht nicht der Grund, weshalb er lachte? Aber freilich! Aber freilich! Wer weiß, von wieviel Frauen er sich jede Nacht im Traum abküssen ließ!
Die Raserei, mit der seine Frau ihn schüttelte, die blasse Wut, mit der sie ihm zuschrie: »Du lachst!« – sie hatten sicher keinen anderen Grund als ihre Eifersucht.
Welche … was war sie denn? Ach, nichts, ein lächerlicher Splitter Höllenstein, den sein freundliches Geschick der Gattin in die Hand gegeben, damit die sich vergnüge, ihm die Wunden aufzubrennen, alle Wunden, mit denen Fortuna liebevollerweise sein Dasein gespickt hatte.
Herr Anselmo setzte die Kerze bei der Tür zu Boden, um durch den Lichtschein nicht die andern Enkelkinder zu wecken, und betrat, dem Ruf Susís folgend, das Zimmerchen.
Susí war der erklärte Liebling des Großvaters: welch ein Trost für ihn,

daß sie so schlecht wuchs! Eine Schulter war schief und höher als die andere, und der Hals, von Tag zu Tag mehr einem Halm gleichend, war fast zu zart, um das allzu dicke Köpfchen zu tragen. Ah, jenes Köpfchen Susís…
Herr Anselmo beugte sich über das Bett, um sich von den mageren Ärmchen des Kindes umhalsen zu lassen.
»Weißt du, Susí, ich habe wieder gelacht!«
Susí schaute ihn mit schmerzlicher Verwunderung an.
»Auch heute nacht?« »Ja, auch heute nacht. Ein Lachen, sage ich dir… Genug, laß mich gehen, mein Liebes, ich muß Wasser für die Großmutter holen… Schlaf, schlaf, und versuche auch du zu lachen, weißt du? Gute Nacht.«
Er küßte das Enkelchen auf die Haare, schlug sorgfältig die Decken ein und ging nach der Küche.

Anton Tschechow

Eine langweilige Geschichte

Der Träger dieses Namens, das heißt ich, bin ein Mensch von zweiundsechzig Jahren, mit kahlem Kopf, mit künstlichem Gebiß und einem unheilbaren tic. So strahlend und schön mein Name, so glanzlos und häßlich bin ich selbst. Mein Kopf und meine Hände wackeln vor Schwäche; der Hals gleicht, wie der einer Turgenevschen Heldin, dem Griff eines Kontrabasses, die Brust ist eingefallen, der Rücken schmal. Wenn ich spreche oder lese, verzieht sich mein Mund zur Seite; wenn ich lächle – bedeckt sich das ganze Gesicht mit greisenhaften Totenrunzeln. Nichts Achtunggebietendes liegt in meiner jämmerlichen Gestalt; nur wenn ich an meinem tic leide, nehme ich einen besonderen Ausdruck an, der in jedem, der mich sieht, gewiß den grausamen, mahnenden Gedanken erweckt: »Dieser Mensch wird sicher bald sterben.«

Ich lese wie früher nicht schlecht; wie früher kann ich die Aufmerksamkeit der Hörer für den Verlauf zweier Stunden halten. Meine Leidenschaft, der literarische Charakter der Darlegung, mein Humor lassen die Mängel meiner Stimme kaum vermerken, und diese ist trocken, scharf und singend wie die eines Frömmlers. Aber ich schreibe schlecht. Jenes Stückchen meines Gehirns, das die Fähigkeit zu schreiben befehligt, versagt mir den Dienst. Mein Gedächtnis ist schwächer geworden, meinen Gedanken mangelt es an Folgerichtigkeit, und wenn ich sie auf dem Papier darlege, scheint mir jedesmal, als hätte ich das Gespür für ihren organischen Zusammenhang verloren, die Konstruktion ist einförmig, der Satz dürftig und mutlos. Oft schreibe ich nicht das, was ich will; wenn ich den Schluß schreibe, erinnere ich mich nicht an den Anfang. Oft vergesse ich die gewöhnlichsten Wörter, und immer muß ich viel Energie darauf verwenden, um im Geschriebenen überflüssige Sätze und unnötige einführende Worte zu vermeiden – das eine wie das andere bezeugen klar den Verfall der Geistestätigkeit. Und bemerkenswert, je einfacher der Brief, desto qualvoller meine Anstrengung. In einem wissenschaftlichen

Aufsatz fühle ich mich bei weitem freier und klüger als bei einem Glückwunschbrief oder einer amtlichen Notiz. Noch eines: deutsch oder englisch zu schreiben fällt mir leichter als russisch.

Was meine derzeitige Lebensweise betrifft, so muß ich vor allem die Schlaflosigkeit anführen, an der ich in letzter Zeit leide. Wenn man mich fragte: Was bildet heute den hauptsächlichen, den Grundzug deiner Existenz? Ich würde antworten: Schlaflosigkeit. Wie früher, aus Gewohnheit, ziehe ich mich um Punkt Mitternacht aus und lege mich zu Bett. Schnell schlafe ich ein, doch noch vor zwei Uhr wache ich auf, und zwar mit einem Gefühl, als hätte ich gar nicht geschlafen. Also muß ich vom Bett aufstehen und die Lampe anzünden. Eine Stunde oder zwei gehe ich im Zimmer auf und ab und betrachte die altbekannten Bilder und Photographien. Wenn ich es leid bin zu gehen, setze ich mich an meinen Tisch. Ich sitze regungslos, ohne an etwas zu denken und ohne irgendwelche Wünsche zu verspüren; wenn ein Buch vor mir liegt, so ziehe ich es automatisch zu mir heran und lese ohne jedes Interesse. So habe ich neulich binnen einer Nacht automatisch einen ganzen Roman gelesen mit dem merkwürdigen Titel: »Was die Schwalbe sang«. Oder aber ich zwinge mich, um meine Aufmerksamkeit zu beschäftigen, bis tausend zu zählen, oder stelle mir das Gesicht eines meiner Kollegen vor und beginne, mich zu erinnern: in welchem Jahr und unter welchen Umständen hat er den Dienst angetreten? Gern höre ich auf Geräusche. Mal spricht zwei Zimmer weiter im Schlaf meine Tochter Liza, mal geht meine Frau mit einer Kerze durch den Saal und läßt unweigerlich die Streichholzschachtel fallen, mal knarzt ein trockener Schrank oder beginnt plötzlich der Lampendocht zu knistern — und alle diese Geräusche erregen mich aus irgendeinem Grunde.

Nachts nicht zu schlafen bedeutet, sich jede Minute seiner Anomalie bewußt zu sein, deshalb erwarte ich voller Ungeduld den Morgen und den Tag, da ich das Recht habe, nicht zu schlafen. Es vergeht viel peinigende Zeit, bevor auf dem Hof der Hahn kräht. Er ist mein erster Freudenkünder. Sowie er kräht, weiß ich, erwacht einen Augenblick später unten der Portier und kommt, böse hustend, um etwas zu holen, die Treppe herauf. Dann wird vor den Fenstern die Luft allmählich bleich, auf der Straße ertönen Stimmen…

Mein Tag beginnt mit dem Besuch meiner Frau. Sie kommt zu mir im Unterrock herein, unfrisiert, doch bereits gewaschen, nach Eau de Cologne riechend und mit einem Ausdruck, als sei sie aus Versehen hereingekommen, und jedesmal sagt sie ein und dasselbe:
– Entschuldige, ich komme nur für einen Augenblick ... Hast du wieder nicht geschlafen?
Dann löscht sie die Lampe, setzt sich in der Nähe des Tischs und beginnt zu sprechen. Ich bin kein Prophet, doch weiß ich im voraus, wovon die Rede sein wird. Jeden Morgen ein und dasselbe. Gewöhnlich, auf die besorgten Fragereien nach meiner Gesundheit, erinnert sie sich plötzlich an unseren Sohn, der Offizier ist und in Warschau dient. Zum Zwanzigsten jeden Monats schicken wir ihm fünfzig Rubel – das vor allem dient als Thema unseres Gesprächs.
– Natürlich fällt uns das schwer, – seufzt meine Frau, – aber solange er nicht endgültig auf eigenen Füßen steht, sind wir verpflichtet, ihm zu helfen. Der Junge ist in der Fremde, das Gehalt klein ... Übrigens, wenn du willst, schicken wir ihm nächsten Monat nicht fünfzig, sondern vierzig. Was meinst du?
Die tägliche Erfahrung hätte meine Frau davon überzeugen können, daß sich die Ausgaben nicht deshalb verringern, weil wir oft über sie sprechen, doch meine Frau erkennt Erfahrung nicht an und erzählt pünktlich jeden Morgen entweder von unserem Offizier oder davon, daß das Brot Gott sei Dank billiger geworden sei, der Zucker dafür um zwei Kopeken teurer – und all das in einem Ton, als teile sie mir Neuigkeiten mit.
Ich höre zu, sage automatisch ja, und wahrscheinlich, weil ich die Nacht nicht geschlafen habe, bemächtigen sich meiner merkwürdige, überflüssige Gedanken. Ich schaue meine Frau an und staune wie ein Kind. Befremdet frage ich mich: ist diese alte, sehr füllige, plumpe Frau mit dem stumpfsinnigen Ausdruck kleinlicher Sorge und Angst um das liebe Stück Brot, mit dem Blick, der umnebelt ist vom beständigen Denken an Schulden und Not, die nur von Ausgaben zu sprechen imstande ist und zu lächeln nur, wenn etwas billiger geworden ist – war diese Frau einmal dieselbe schlanke Varja, die ich leidenschaftlich liebte wegen ihres guten, klaren Verstands, um ihrer reinen Seele, ihrer Schönheit und, wie Othello Desdemona, wegen ihres

»Mitleids« für meine Wissenschaft? Ist diese Ehefrau meine Varja, die mir damals meinen Sohn geboren hat?
Ich blicke angestrengt in das Gesicht dieser aufgedunsenen plumpen Alten, suche in ihr meine Varja, doch aus der Vergangenheit ist ihr nur die Angst um meine Gesundheit geblieben, außerdem noch die Manier, mein Gehalt unser Gehalt zu nennen, und meine Mütze – unsere Mütze. Es tut mir weh, sie anzusehen, und um sie zumindest ein wenig zu trösten, erlaube ich ihr, alles zu sagen, was ihr gerade einfällt, und schweige sogar, wenn sie ungerecht über Menschen urteilt oder mich dafür rüffelt, daß ich keine Praxis unterhalte und keine Lehrbücher herausgebe.
Das Ende unseres Gesprächs ist immer das gleiche. Meine Frau erinnert sich plötzlich, daß ich noch keinen Tee getrunken habe, und erschrickt.
– Was sitze ich hier? – sagt sie, sich erhebend. – Der Samovar steht längst auf dem Tisch, und ich verschwatze mich hier. Was bin ich nur vergeßlich geworden, mein Gott!
Sie geht schnellen Schrittes und bleibt an der Tür stehen, um zu sagen:
– Wir schulden Egor den Lohn für fünf Monate. Weißt du das? Man soll Dienstboten das Gehalt nicht schuldig bleiben, wie oft habe ich dir das gesagt. Für einen Monat zehn Rubel zu zahlen ist bei weitem leichter, als für fünf Monate fünfzig!
Zur Tür hinaus, bleibt sie wieder stehen und sagt:
– Um niemanden tut es mir so leid wie um unsere arme Liza. Das Mädchen studiert am Konservatorium, ist ständig in guter Gesellschaft und ist gekleidet weiß Gott wie. Ein ärmlicher Pelz, in dem man sich schämt, auf die Straße zu gehen. Wenn sie die Tochter eines anderen wäre, na schön, aber es wissen doch alle, daß ihr Vater ein berühmter Professor ist, Geheimrat!
Und nachdem sie mir meinen Namen und Rang vorgehalten hat, geht sie endlich. So beginnt mein Tag. Was danach kommt, ist nicht besser.

Rest der Nacht

Und jetzt erinnerte ich mich, daß der Rest der Nacht problematisch war, weil Demmie und ich Logiergäste waren, und als die Party auseinanderging, Littlewood mich beiseite nahm und von Mann zu Mann vorschlug, daß wir Partner tauschen sollten. »Ein Frauenhandel à la Eskimo. Was sagst du, machen wir uns 'ne tolle Nacht«, sagte er. »Eine Orgie.«

»Danke, nein, es ist nicht kalt genug für dieses Eskimozeug.«

»Du lehnst es auf eigene Kappe ab? Möchtest du nicht wenigstens Demmie fragen?«

»Die würde abhauen und mich verprügeln. Vielleicht versuchst du's mal bei ihr. Du würdest nicht glauben, wie fest die zuschlagen kann. Sie sieht aus wie eine modische und elegante Frau, aber sie ist in Wirklichkeit ein großes, ehrbares Kind vom Lande.«

Ich hatte meine eigenen Gründe, weshalb ich eine freundliche Antwort gab. Ich wollte nicht um zwei Uhr morgens im Warteraum der Pennsylvania Station sitzen. Da ich ein Recht auf meine acht Stunden Vergessenheit hatte und entschlossen war, sie mir zu verschaffen, ging ich in dem verräucherten Arbeitszimmer zu Bett, durch das die Party gewirbelt war. Aber jetzt hatte Demmie ihr Nachtgewand angezogen und war verwandelt. Noch vor einer Stunde im schwarzen Chiffonkleid und dem goldenen, glatt langgebürsteten Haar auf dem Kopf, das mit einem Ornament befestigt war, war sie eine junge Dame aus guter Familie. Wenn Humboldt in ausgeglichener Stimmung war, sagte er gern die sozialen Kategorien Amerikas her, und Demmie gehörte ihnen allen an. »Sie ist reines amerikanisches Qualitätsprodukt. Quäkerschulen, Bryn Mawr. Echt Klasse«, sagte Humboldt. Sie hatte mit Littlewood, dessen Fach Plautus war, über lateinische Übersetzungen und das Griechisch im Neuen Testament geplaudert. Ich liebte die Tochter des Landwirts in Demmie nicht weniger als das Mädchen der Gesellschaft. Sie saß jetzt auf dem Bett. Ihre Zehen waren von billigen Schuhen verunstaltet. Ihre großen Schlüsselbeine bildeten Höhlen.

Als sie Kinder waren, füllten sie und ihre Schwester, die ähnlich gebaut war, diese Schlüsselbeinhöhlen mit Wasser und veranstalteten Wettrennen.
Alles, um den Schlaf fernzuhalten. Demmie nahm Pillen, aber sie hatte tiefe Angst vor dem Schlaf. Sie sagte, sie hätte einen Niednagel, und saß auf dem Bett und feilte drauflos, wobei die lange, biegsame Feile zickzack ging. Plötzlich lebhaft, wandte sie sich mir im Schneidersitz mit runden Knien und etwas entblößten Schenkeln zu. In dieser Haltung gab sie den salzigen Frauengeruch von sich, den bakteriellen Hintergrund der tiefen Liebe. Sie sagte: »Kathleen hätte nicht nach Eubanks Streichhölzern greifen sollen. Ich hoffe, daß Humboldt ihr nicht weh getan hat, aber sie hätte's nicht tun sollen.«
»Aber Eubanks ist ein alter Freund.«
»Humboldts alter Freund? Er kennt ihn seit langer Zeit – das ist ein Unterschied. Es bedeutet etwas, wenn eine Frau einem Mann in die Tasche greift. Und wir haben gesehen, wie sie's getan hat… Ich kann Humboldt nicht völlig verdammen.«
So war Demmie oft. Wenn ich gerade im Begriff war, meine Augen für die Nacht zu schließen, da ich von meinem bewußten und tätigen Ich genug hatte, wollte Demmie reden. Zu dieser Stunde zog sie aufregende Themen vor – Krankheit, Mord, ewige Strafe und Höllenfeuer. Sie kriegte Zustände. Ihr Haar sträubte sich, und ihre Augen sanken tief vor panischer Angst, ihre verunstalteten Zehen bogen sich in alle Richtungen. Sie schloß dann ihre langen Hände über die kleingeratenen Brüste. Mit Babyzittern auf der Lippe versank sie zuweilen in ein präverbales Babygestammel. Es war nunmehr drei Uhr morgens, und ich glaubte, daß ich die lasterhaften Littlewoods über uns im ehelichen Schlafzimmer albern hörte, vielleicht um uns eine Vorstellung von dem zu geben, was wir versäumten. Das war vermutlich Einbildung.
Ich stand auf alle Fälle auf und nahm Demmie die Nagelfeile weg. Ich deckte sie zu. Ihr Mund war naiv geöffnet, als sie die Feile hergab. Ich brachte sie dazu, sich hinzulegen, aber sie war verstört. Das konnte ich sehen. Als sie ihren Kopf im Profil auf das Kissen legte, starrte ein großes reizendes Auge kindisch hervor. »Zu mit dir«, sagte ich. Sie schloß das starrende Auge. Ihr Schlaf kam sofort und schien tief.

Aber nach wenigen Minuten hörte ich, was ich erwartete – ihre Nachtstimme. Sie war leise, heiser, tief und fast männlich. Sie stöhnte. Sie sprach abgebrochene Wörter. Sie tat das fast jede Nacht. Die Stimme brachte das Grauen vor diesem fremden Ort, der Erde und vor diesem fremden Zustand, dem Sein, zum Ausdruck. Unter Mühen und Ächzen versuchte sie, da herauszukommen. Das war die Ur-Demmie, unter der Tochter des Landwirts, unter der Lehrerin, unter der eleganten Reiterin amerikanischer Aristokratie, der Latinistin, der vollendeten Cocktail-Schlürferin im schwarzen Chiffon mit der Himmelfahrtsnase, dieser Meisterin des modischen Gesprächs. Gedankenvoll hörte ich zu. Ich ließ sie eine Weile weitermachen. Weil ich versuchte zu verstehen. Ich bemitleidete sie und liebte sie. Aber dann machte ich dem ein Ende. Ich küßte sie. Sie wußte, wer es war. Sie drückte ihre Zehen an meine Schienbeine und hielt mich mit kräftigen Frauenarmen. Sie rief »Ich liebe dich« mit derselben tiefen Stimme, aber ihre Augen waren immer noch blind geschlossen. Ich glaube, sie ist gar nicht richtig aufgewacht.

Werner Koch

Die Nacht vorher

Es war die Nacht vorher. Ich entsinne mich, daß ich nicht schlafen konnte. Ich lag wach. Die Luft roch nach faulem Fleisch, und der Himmel lag auf den Dächern, als wolle er ganz Rom erdrücken. Seit Wochen kein Wind, die Straßen ausgestorben. Ich stand auf, weil ich keine Luft bekam, ging ans Fenster, aber draußen war es noch schwüler. Plötzlich dachte ich, meine Frau hätte mir etwas zugerufen; ich sah nach ihr, sie schlief. Also, dachte ich, hast du dich verhört. Schon in Palästina ist mir aufgefallen, daß mit meinen Ohren etwas nicht in Ordnung war, aber damals erschien mir die Sache nicht wichtig genug. Wenn man jünger ist, nimmt man den Körper nicht ernst. Ich lehnte mich hinaus, sah in den Himmel, rieb mir den Schweiß von der Stirn, schloß die Augen, rang nach Luft, aber nichts half. Da sah ich die Katze. Ich wußte nicht, wie sie dahin gekommen war, ich hatte sie vorher nicht bemerkt. Sie schleppte sich kriechend über die Erde, den Kopf dicht auf der Straße, ging ein Stück, wartete, horchte, wälzte sich weiter, blieb wieder liegen und kam dabei kaum vom Fleck. Dann krümmte sich ihr Rücken, der ganze Leib preßte sich zusammen, und nachdem sie so, als hinge sie frei in der Luft, einen Augenblick verharrt hatte, fiel sie wie tot um. Ich konnte mich nicht von ihr losreißen. Ich hätte gern fortgesehen, in den Himmel oder in die Nacht oder einfach die Augen geschlossen, aber das gelang mir nicht. Ich sah sie immerfort an. Ich dachte: vielleicht bewegt sie sich noch einmal; man kann doch nicht, dachte ich, direkt aus dem Nichts starr werden und sterben. Sie rührte sich nicht. Ich lehnte mich weiter hinaus, die Straße war tot. Ich hatte Angst. Der Schweiß auf meiner Stirn wurde kälter, trockener. Ich sah mich nach meiner Frau um; sie schlief. Ob sie wirklich tot war? Irgend etwas, ein Mensch oder ein Tier oder ein Windzug müßten doch bei ihr sein, dachte ich. Nein, nur ich hatte es mit angesehen, und ich wußte nicht einmal, ob sie gestöhnt hatte.

Meine Ohren taugen nicht mehr viel, und außer meiner Frau versteht es niemand, mit mir zu reden. Ich habe sie nicht wecken wollen.
Ich blickte hinaus, hinunter auf die Straße, und ich wußte, daß in dieser Nacht nichts auf der Welt war als sie und ich. Ihr Sterben und mein taubes Zusehen. Und wir hatten beide Angst.
Plötzlich bewegte sie sich wieder. Sie wälzte sich auf den Bauch und schleppte sich auf die andere Straßenseite. Ich hätte ihr helfen können, aber ich sah bloß zu. Sie schob sich ruckweise in den Tod wie eine Schnecke: stumpf und den Staub der Straße absaugend. Als sie gegenüber am Torbogen war, konnte ich sie kaum noch erkennen. Gegenüber bei Cassius war alles ruhig. Vielleicht will sie im Dunkeln sterben, dachte ich. Vielleicht auch war sie nur krank oder verseucht oder von der Hitze ausgelaugt. Es gibt so viele Möglichkeiten, elend zu sein. Die Hitze war furchtbar.
In diesem Augenblick muß es gewesen sein, daß ich vom Fenster zurücktrat. Meine Frau wird beim leisesten Geräusch wach, und durch meine fast tauben Ohren bin ich ein wenig laut geworden. Ich legte mich vorsichtig hin und sagte:
»Bist du bei mir?«
Sie schwieg. Immer, wenn ich wach werde, frage ich, ob sie bei mir ist, das ist eine Gewohnheit von mir. Sie kann schlafen, dachte ich. Ob sie mir antwortet oder nicht, das macht nichts, wichtig ist mir nur, daß ich sie gefragt habe. Um ihren Schlaf beneidete ich sie. Das tut mir jetzt weh.
Ich lag wach. Ob sie Angst hatte? Ob sie sich im Dunkel des Torbogens wohler fühlte? Vielleicht war sie schon tot? Ich möchte nicht vorm Hause des Cassius sterben, es wäre mir unangenehm. Ob es Katzen gibt, die kein Gehör mehr haben? Woran mochte sie jetzt denken? Ob sie wußte, was Sterben ist? Wenn sie keine Schmerzen hatte, war sie vielleicht zufrieden mit allem. Vielleicht hat sich nie jemand um sie gekümmert, und das Sterben machte ihr nichts? Wer aber kümmert sich um uns, und wem macht das Sterben gar nichts?
Ich machte mir zuviel Gedanken. Ich denke immer zuviel. Meine Gedanken sind kleine Tierchen, winzige Käfer, die mit spitzen Beinen auf meiner Schädeldecke herumtrampeln: tanzen, stechen, durch den Kopf krabbeln, kreuz und quer, hin und her; rastlose Käferchen, die in

bestimmten Abständen, als folgten sie einem Kommando, ihre Vorderbeine an meinem Gehirn reiben und dabei in hellen, schrillen Tönen zirpen; ein großes Heer hauchdünner Gedankentierchen mit winzigen Stimmchen. Ich will sie abschütteln, wasche mir den Kopf, stecke ihn in eiskaltes Wasser, presse die Augen zusammen, reibe mir die Stirn, schlage mit den Fäusten gegen meine Ohren, um nichts, nie wieder etwas zu hören, aber sie zirpen; es macht ihnen Spaß, ihre summenden Beinchen an meinem Gehirn zu wetzen; sie kichern; ihr hämisches Lachen, aus hunderttausend geifernden Kehlchen, zwickt in die Haut und beißt sich fest; mein Gesicht verzerrt sich, ich fühle, wie es sich entstellt; verrückt, denke ich; wirklich, es könnte sein, daß ich eines Tages verrückt werde, ein Idiot, der mit blöden Augen die Welt anstiert, im schiefen Maul ein paar grüne, wackelnde Zähne, nein!

Ich stand auf und ging ans Fenster. Ich konnte ja doch nicht schlafen. Wenn ich mit dem Handrücken über die Stirn fuhr oder mir die Augen abwischte, wurde der kalte Schweiß plötzlich glühend heiß und machte mich schlapp. Ich leckte mir die Lippen, doch die zogen sich zusammen, brannten und wurden ganz salzig. Dann kam die Angst und machte alles noch brennender. Es wurde immer elender mit mir, wieder rief ich nach meiner Frau, aber sie hörte mich nicht. Du mußt dich zusammennehmen und sie schlafen lassen, dachte ich.

Ich dachte an die Katze. Warum nur? Ob sie lebte oder nicht, ob sie Angst hatte, gedankenlos dahinstarb oder in der Hitze verdurstete: was ging das mich an? Ich hatte Kopfschmerzen. Ich dachte, jeden Augenblick würde mir die Stirnader platzen und dann, wie bei einem plötzlichen Stich in ein Eitergeschwür, langsam auslaufen. Ob es helfen würde, wenn ich die Stirn mit einem heftigen Ruck gegen die Wand stieß? Nein, gerade das würde nichts helfen, im Gegenteil. Nein, du mußt jetzt ganz ruhig werden, dachte ich. Dich ablenken. – An irgend etwas denken. – An Claudia. – Oder an ein Gewitter, ein eiskaltes Gewitter. – Ich mußte immer schlucken, aber es war nichts mehr zum Schlucken da; die Spucke war ausgetrocknet. Ich dachte: eigentlich hast du deine Frau lieb. Heute macht mich das ein wenig ruhiger, denn ich habe wirklich daran gedacht, ich rede es mir nicht ein.

Ich kann mir nicht vorstellen, was ohne meine Frau aus mir geworden wäre. Ich hätte es nie zu etwas gebracht, auch nicht zum Gouverneur. Ich hätte mein Leben lang am Tiber gesessen, dem Wasser zugesehen, in das die Fische Kreise beißen, die Zeit vertrödelt und ein bißchen spintisiert. Bestenfalls wäre ich Lehrer geworden oder Schauspieler. Man sagt zwar immer, das seien brotlose Berufe, aber brotlos hin oder her: von Titeln, öffentlichem Ansehen und großem Ruhm halte ich noch weniger, und das nicht, weil ich meines Postens in Palästina enthoben worden bin. Das hat ganz andere Gründe, ich will darüber nicht rechten, und ob ich nun ein guter Gouverneur und ein schlechter Mensch oder ein schlechter Gouverneur und ein guter Mensch gewesen bin, das mag ich nicht beurteilen, nur: beides zusammen verträgt sich nicht, das ist klar. Ich, Pontius Pilatus, habe stets neben dem Gouverneur gestanden, er gefiel mir nicht und zumeist mißachtete ich ihn; wir zwei waren verschiedene Leute, wir hatten ganz andere Ansichten, vertrugen uns nicht, und oft wußten wir nicht mehr ein noch aus.
Aber das tut ja nichts zur Sache.
Mein Kopfschmerz war kaum noch auszuhalten. Sobald ich mich bewegte, irgendeinen Arm, den kleinen Finger oder gar den Kopf, spürte ich das Krabbeln der Tierchen im Gehirn, und am liebsten hätte ich laut aufgeschrien. Ich konnte es nicht mehr ertragen. Schließlich war ich zu nichts anderem mehr fähig, als den einen Gedanken zu verfolgen: meine Frau wecken, sie würde mir helfen.
Was nun geschah, weiß ich nicht mehr. Ich weiß nur, daß sie tot ist.

Machnow und sein Hund

Machnow ist 75, sein Hund elf Jahre alt. Bei den Vorkehrungen, die Machnow für sich und das tägliche Leben seines Hundes trifft, spielt die Gewißheit eine Rolle, daß beide alt sind und es heute eher als morgen nicht mehr schaffen aufzustehen. Fritz Machnow kauft für drei, vier Tage auf einen Schlag zehn Brötchen, denn »wenn man se instippt, sind se ja wieder weich«.

Machnow hat einen Schlaganfall überlebt. Er schläft auch schlecht. Um der Nacht den Schrecken zu nehmen, um rundherum den Stillstand aufzufangen, läßt er das Radio laufen. Sackt er weg, ist es gut. Bleibt er wach, ist Musik und das Atmen von Lehmann da, der zum Fenster hin links neben ihm liegt wie eine Dichtungsmasse.

Als die Prostata anfing, ihm Beschwerden zu machen, und Machnow »für een, zwee Troppen« hochmußte und an den Wasserstein in die Küche ging, sagte er zu Lehmann: »Ick jib dir Rätsel uff, wa?« Seit der Zeit bringt Machnow ein Stück Zucker aus der Küche mit, um die Ruhestörung wiedergutzumachen.

Die Absage des musikalischen Nachtprogramms wirkt auf Fritz Machnow wie der Pfiff, der ein Spiel beendet. »Denn isses sechse.« Machnow kocht Kaffee, was innerhalb seiner fließenden, Tag und Nacht verwischenden Daseinsform die einzige Handlung ist, die ihn in den Rhythmus seiner Umwelt stellt. »Denn stippe ick 'ne Schrippe, rooche eene und wackle wieder ins Bette bei mein Lehmann.«

Jetzt erst, wo die Geräusche wieder von draußen kommen, kann Machnow schlafen. Auch der Hund schläft weiter, »det ham wa abjesprochen«.

François Villon

Eine kleine Ballade
von der Mäusefrau, die in Villons Zelle Junge bekam

Es schwamm der Mond in mein Gemach hinein,
weil er da draußen so allein
im Schneefeld bei den schwarzen Bäumen stand.
Ich habe ihm ein Kissen hingerückt,
damit er ruhen konnte, und er tats beglückt
sich untern Kopf. Ich legte ihm die Hand
schnell auf die Augen, und da schlief er auch.
Mich aber plagte schlechte Luft im Bauch.

Sie plagte mich, bis eine Uhr schon zwölfe schlug.
Da hatte ich verdammt genug
und ließ sie ab, die Luft. Davon ist zwar
der gute Mond nicht aufgewacht, doch in dem Fenstereck
die Mäusefrau. Sie hat im ersten Schreck
geboren, was noch gar nicht fällig war.
Die kleinen rosa Schnauzen piepsten da so nett,
daß ich sie zu mir nahm ins warme Bett.

Mein Gott, die lütten Dinger, noch ganz nackt
und auch noch blind dabei –: mich hat das Elend so gepackt,
daß mir was Nasses in die Augen kam.
Dabei hat manches Weib von mir
so unverhofft, wie dieses Mausetier
ein Kind gekriegt, doch niemand nahm
den Bastard auf… Die armen Würmer kuschten sich
in meine Hand, als wäre ich ihr Vater Mäuserich.

Zuletzt war auch die Mäusefrau so zahm
geworden, daß sie schwänzelnd zu mir kam.
Die schwarzen Augen glänzten froh und groß
in mein Gesicht hinein.
Und plötzlich war ich auch so mäuseklein
wie dieses Weib und nahm es auf den Schoß
und habe wohl die ganze Nacht bei ihr geruht.
… ich, Franz Villon, war Blut von ihrem Blut.

Nachgedanken

Im milden Licht der Winternacht
Hab ich mich zu den Mäusen aufgemacht.
Du aber fragst: warum denn nur?
Hör zu –: es ist kein Tier so klein,
das nicht von dir ein Bruder könnte sein.
Ich weiß die Spur … nicht erst seit gestern Nacht.
Mich hat schon manche Frau zum Tier gemacht.

Mittel und Listen

Radfahren

»Nein, nein«, widersprach Severin. »Es war vor allem die Schlaflosigkeit. Alles hat mit der Schlaflosigkeit angefangen.«

Ich hätte ihm sagen können, daß Schlaflosigkeit nach acht Jahren Ehe kaum der Rede wert ist. Wenn ich ihn damals gekannt hätte, hätte ich ihm ein paar weniger drastische Gegenmittel empfehlen können als das, das er sich aussuchte. (Als meine Tippse, die Sekretärin der Historischen Abteilung, das Manuskript meines dritten historischen Romans tippte, konnte ich nicht schlafen und wußte, daß ich es nicht können würde, bis es fertig war. Ich stellte fest, daß der einzige Ort, wo ich schlafen konnte, ihr winziges Apartment war, während ich zuhörte, wie sie weitere Seiten tippte. Sie hieß Miss Ronquist. Ich sagte Utsch, ich benützte die große Büromaschine der Historischen Abteilung, um das Manuskript selbst zu tippen, und könne die Schreibmaschine nur nachts benutzen, wenn das Büro geschlossen sei. Es sei unmöglich, mich telefonisch zu erreichen, da die Vermittlung der Universität nach Mitternacht keine Anrufe mehr durchstellte. Es dauerte lange, dieses Manuskript zu tippen. Miss Ronquist war ständig müde und schaffte nur ungefähr fünf Seiten pro Nacht. Langsam für eine Tippse, aber sie fand andere Möglichkeiten, mir einschlafen zu helfen. Und als das Buch fertig war, ging ich nach Hause und schlief sehr gut mit Utsch. Alles war bestens; keiner regte sich auf.)

Aber Severin hatte keine Erfahrung mit Schlaflosigkeit, und seine Reaktion war typisch unvernünftig. Man erfährt viel über jemanden durch die Art, wie er mit Schlaflosigkeit umgeht. Meine Reaktion – auf Schlaflosigkeit und auf das Leben im allgemeinen – besteht darin, nachzugeben. Meine am besten ausgebildeten Sinne sind passiv; mein Lieblingswort heißt sich fügen. Aber Severin Winter würde sich nichts und niemandem fügen, und als er unter Schlaflosigkeit litt, kämpfte er dagegen an.

Es begann eines Nachts, als er wach neben Edith lag, nachdem sie miteinander geschlafen hatten. Sie war schläfrig, aber er lag da wie eine

überladene Batterie. »Ich habe nichts zu tun«, verkündete er und stand auf.
»Wo gehst du hin?« fragte Edith.
»Ich kann nicht schlafen.«
»Lies doch was«, sagte Edith. »Das Licht stört mich nicht.«
»Es gibt nichts, was ich im Moment lesen will.«
»Schreib doch was und lies dann *das.*«
»Du bist die Schriftstellerin«, sagte er. »Eine reicht.«
»Warum wartest du nicht, bis ich einschlafe«, sagte Edith, »und probierst dann ganz vorsichtig, ob du mit mir schlafen kannst, ohne mich aufzuwecken.«
»Das hab ich letzte Nacht versucht.«
»Wirklich?« sagte Edith. »Was ist passiert?«
»Du bist nicht aufgewacht«, sagte er. Er zog seine Turnhose und seine Laufschuhe an und stand dann da, als ob er nicht wüßte, was er als nächstes tun sollte. »Ich fahre ein bißchen Fahrrad«, beschloß er. »Das wird mich müde machen.«
»Es ist nach Mitternacht«, sagte Edith, »und du hast kein Licht am Rad.«
»Ich kann die Autos kommen sehen, oder ich kann sie hören, wenn sie ohne Licht herumschleichen.«
»Warum sollten sie das tun?« fragte Edith.
»Ich weiß nicht!« bellte er. »Warum tue ich *das?*«
»Ich weiß nicht«, bekannte Edith. *Ich* bin die Schriftstellerin, dachte sie. Ich sollte seine Energie haben, ich sollte so verrückt sein.
Aber ich glaube nicht, daß es einer von ihnen wirklich verstand. Als ich Severin sagte, daß mir seine Schlaflosigkeit begreiflich sei, sagte er mir, daß ich gar nichts verstünde. »Ich bin nicht wie du«, sagte er. »Ich habe schlicht nicht schlafen können. Ich bin radfahren gegangen. So hat es angefangen.«
Es war eine warme, frühherbstliche Nacht. Er radelte durch die schlafenden Vorstädte, *tsik-tsik* glitt sein Rad an all den Menschen, die sicher in ihren Betten lagen, vorbei. Er passierte nur wenige erleuchtete Fenster, und an denen strampelte er langsam vorbei, aber er konnte selten etwas sehen. Er war froh, daß er kein Licht hatte; seine Fahrt war dadurch heimlicher. In der Stadt blieb er auf dem Bürgersteig; auf

dem Land konnte er die vereinzelten Autos kommen hören und sehen und einfach von der Straße heruntergehen. In dieser ersten Nacht radelte er meilenweit – über den ganzen Campus zur Stadt hinaus und wieder zurück. Es war fast Morgengrauen, als er die Sporthalle aufschloß und sein Rad in den Umkleideraum trug. Er schlüpfte in einen Ringermantel, ging in die Ringerhalle hinauf, legte sich auf die große, warme Matte und schlief, bis die durchs Oberlicht dringende Sonne ihn weckte. Er nahm eine Sauna, schwamm und radelte rechtzeitig nach Hause, um Edith das Frühstück ans Bett zu bringen.

»Es war herrlich!« sagte er ihr. »Genau das, was ich gebraucht habe.«

Aber das schuf auch keine Abhilfe. Ein paar Nächte später war er wieder auf und strich durchs Haus. Draußen, beim Geräteschuppen lauernd, schimmerte sein weißes Rennrad im Mondlicht wie ein geisterhaft dünner Hund. »Es wartet auf mich«, sagte er Edith. Bald radelte er drei bis vier Nächte die Woche. Zunächst, wie bei Severin häufig, machte er seine Gewohnheit zu einer Glanzleistung an Ausdauer. Er testete sich auf Entfernung hin, ging die entferntesten Städte an und schaffte es, vor Tagesanbruch zurück zu sein. Dann stellte er sich auf 40-Meilen-Spritztouren ein. Aber stets hielt er vor dem Morgengrauen in der Ringerhalle eine Stunde lang Tiefschlaf.

Edith hatte nichts dagegen. Er schlief mit ihr, ehe er aufbrach, und war wieder zu Hause, ehe sie wach war; von der Sauna und vom Schwimmen frisch, weckte er sie oft zärtlich auf, indem er noch einmal mit ihr schlief. Einmal in der Woche brach sein Schlafmangel über ihn herein, und er verfiel nach dem Abendessen in einen Dämmerzustand und döste bis Mitte des nächsten Tages im Haus herum. Aber das war lediglich sein Körper, der wußte, was er brauchte.

John Updike

Schlaftabletten

Einschlafen ist mir nie als etwas besonders Natürliches vorgekommen. Man hat es mit surrealen Tücken zu tun bei der Durchquerung der Zwischenzone, wenn der Griff des Bewußtseins lockerer wird, aber noch nicht ganz losläßt und merkwürdig mutierte Ideen als normale Gedanken durchgehen, es sei denn, sie werden durch das Knarren einer Tür, das Zucken des Bettgenossen oder die voreilig frohlockende Feststellung *Ich schlafe ein!* jäh in klares Licht gerückt. Für die kleinen tapsigen Unsinnslarven, die den freifliegenden Schmetterlingen der Träume vorausgehen, ist diese Helle katastrophal, sie überleben sie nicht, und man muß wieder von vorn anfangen, sich zu entspannen und den Geist sich aufräufeln zu lassen. Sich des Vorgangs bewußt zu sein wirkt sich hinderlich aus; das Gehirn beobachtet sich selbst und will seine tausend Augen nicht schließen. Es läuft in der Zelle des Wachseins im Kreis und gerät in Panik angesichts der Armseligkeit seines Reviers – all diese verschlissenen fixen Ideen, die abgedroschenen Wortklaubereien, die sinnlosen Ressentiments, die unerheblichen Pläne für morgen, die sich doch Stunden vor der Ausführung so bedeutungsschwer auftürmen. Bewußtsein, diese gleißende Frucht der Evolution, dieser Aufruhr elektrisch geladener Moleküle, wird zu einer Gefangenschaft – einem Höllenstrudel, in dem der Schlaflose so allein ist wie Satan und sich dreht und windet und ein kegelförmiges Loch ins Dunkel bohrt, während alle Welt ringsum selig und selbstvergessen schnarcht.

Eine solche Nacht gebiert die nächste; man stolpert müde durch den Tag, landet schließlich wieder im Bett, und dieselbe elektrische Schranke ist eingeschaltet und versperrt den Weg in den Schlaf. In Erinnerung ist mir geblieben, wie vor über zwanzig Jahren eine Spanne solcher schlaflosen Nächte ihr Ende fand. Es war 1967, ein Jahr der Unruhen und des sich ausbreitenden Sumpfs, in meiner persönlichen kleinen Nische nordamerikanischen Familienlebens jedoch bemerkenswert wegen der Expo 67, der Weltausstellung in Kanada, die zu besuchen meine Frau und ich unseren vielen kleinen Kindern versprochen hatten. Unsere Startrampe für die Fahrt nach Montreal war das Sommerhaus der Eltern meiner Frau in Vermont, ein altes Farmhaus oben an einer ungepflasterten Bergstraße, die so steil war, daß, wenn man nicht voll aufs Gaspedal trat und die Steigung in einem einzigen wüsten Anlauf nahm, die Räder durchdrehten, sich in den Schotter mahlten und man rückwärts wieder hinunterfahren und es noch einmal versuchen mußte. Das Haus war von Kiefernwäldern umgeben, in denen dem Vernehmen nach Bären ihr Spukwesen trieben, und mein Schwiegervater, ein Theologe, der so liberal war, daß er sowohl Paul Tillich als auch Reinhold Niebuhr für neoorthodox hielt, hatte sich in langen Jahren zarter Gesundheit daran gewöhnt, von einem Haushalt umgeben zu sein, der in jedem Augenblick respektvoll um sein Wohlergehen besorgt war. Das hatte viel Zehenspitzengetrippel und unterschwellige Spannungen zur Folge, doch ich konnte im Ernst weder Bären noch meinen Schwiegervater für meine Schlaflosigkeit verantwortlich machen. Vielleicht war's das harte Bett – eine Roßhaarmatratze, getragen von Gurten, die durch die Seitenleisten aus Ahornholz gezogen waren – oder die krasse mondgesättigte Berggipfelstille oder irgendein innerer romantischer Konflikt, dessen nähere Umstände ich vergessen habe. Ich war ein leidenschaftliches Wesen in jenen Jahren, mit aufwallenden Begierden, die meine Knochen durchschüttelten, als seien es lose Schrauben und Bolzen im Fahrgestell des alten Ford Fairlane, mit dem wir den kieseligen Berg hinaufpreschten. In meiner Schlaflosigkeit tat ich meiner Frau so leid, daß sie am zweiten Morgen ihre Mutter um eine Schlaftablette bat.

Ihre Mutter sagte, kein Problem. Sie fand nichts dabei. Schlaftabletten waren für sie das Selbstverständlichste von der Welt. Sie war, wie man es bei Theologenfrauen häufig findet, ein eigenartig freier Geist, ihr eines Auge war ständig zugekniffen zum Schutz gegen den Rauch, der von der permanent im Mund gehaltenen Zigarette aufstieg, und sie hatte das glückliche fortgeschrittene Alter erreicht, da die medizinische Wissenschaft keine Bedenken mehr hat, süchtig machende Medikamente zu verschreiben. Die Hausapotheke meiner Schwiegereltern – ein hübsches Schränkchen aus heller Eiche, mit einem Spiegel, dessen facettierte Umrandung schillernde Regenbögen in das sonnige ländliche Badezimmer warf, in die lange Metallwanne, diagonal über die leeren verputzten Wände und noppigen Gästehandtücher – quoll über von chemischen Linderungsmitteln. Sorglos winkte sie mich heran und zeigte auf die Flasche mit den zweifarbigen, schlafbringenden Kapseln. Ich nahm dankend eine an und stahl später noch zwei dazu, weil ich nicht glaubte, daß eine einzelne Pille den Aufruhr in meinem mitternächtlichen Gehirn bezwingen könne.

Habe ich das richtig in Erinnerung? Warum sollte ich es für nötig gehalten haben, etwas zu stehlen, was mir so leichten Herzens gegeben wurde, wie ich es geschildert habe? Die Zuneigung, die zwischen meiner Schwiegermutter und mir bestand, spielt eine Rolle bei dieser kleinen Begebenheit.

Sie war sexy, meine Schwiegermutter, mit ihrem schütter werdenden grauen Haar, das sich ihr in fester Dauerwelle auf der Kopfhaut lockte, und ihrem raschen, mit den Hacken klackenden, leicht schwankenden Gang und der kräuseligen Rauchfahne, die hinter ihr im Zimmer blieb, wie die letzte Spur einer Himmelsschrift. Auch ihre Handschrift war schnörklig bewegt, knisternd vor Energie. Es waren Schwingungen zwischen uns, wie es sie weder zwischen ihrer lieblichen, sinnlichen Tochter und mir gab noch (wie mir schien) zwischen ihr und ihrem distinguierten Gatten.

Wenn ich es mir recht überlege: die Schlaftablette in meiner gedachten Hand kann den geheimen Vorräten ihres Mannes entnommen sein. Es war in den drogenseligen Sechzigern, und beide hatten sie Pillen zum Einschlafen und Pillen zum Wachwerden, Pillen, um den Stuhlgang anzuregen, und Pillen, um den gegenteiligen Effekt zu erzielen, Pillen, die auf ihrem Nervensystem so geläufig spielten wie die Finger eines Harfenisten auf den straffen, mit Farben markierten Saiten. Fortgeschrittenes Alter, wie es sich in dem sonnenbeschienenen, Prismenglanz aussendenden Arzneischränkchen spiegelte, nahm sich wie eine Fete aus: alle Schranken waren gefallen, es gab keine Limits mehr. Mit denen von uns, die noch in einem Alter waren, da man Kinder bekommt, Kinder aufzieht, ging die Welt der Medizin knickeriger um, von uns verlangte sie, die Zähne zusammenzubeißen und ohne Chemie auszukommen, zum Nutzen der Art. Unsere Ärzte verweigerten uns überheblich alle Schlaf- und Beruhigungspillen, sosehr wir auch darum baten, *die* Pille aber war uns gestattet – die empfängnisverhütenden Dragees, die die sexuelle Revolution in Gang gebracht hatten, welche möglicherweise der Grund für meine Schlaflosigkeit war. Diese Pillen waren, einundzwanzig pro Zyklus, auf spielzeughaften kleinen Papprädern befestigt, die für die Frauen von Berkeley bis Burundi festlegten, wann sie schlucken und wann sie aussetzen sollten. Einmal gab mir eine Frau, mit der ich ein paar wunderbare sextouristische Tage verbracht hatte, im Augenblick, da wir uns für immer trennten, mit einem kleinen Lachen ihre leere Pillenscheibe. Wir hatte am Ende ihres Zyklus Liebe gemacht. Wir würden nie ein Kind machen. Sie war, wie meine ehemalige Schwiegermutter, winzig – gerade eben eins fünfzig groß. Kleine Frauen, pflegte meine große Mutter zu sagen, regieren die Welt. Der bloße Gedanke daran färbte ihr die Stirn und den Hals rot vor Zorn. Meine begrenzte Erfahrung hat bestätigt: kleine Frauen sind die besten, die konzentriertesten. Das Abschiedslachen dieser Frau war liebenswürdig-heiter, tapfer und traurig, denn wir hatten etwas Unvergeßliches füreinander getan, Touristen oder nicht.

Ich scheine die Schlaftablette meiner Schwiegermutter aber doch nicht genommen zu haben, denn als meine Frau und ich das Auto beluden und wir Vermont verließen, war ich noch immer halb betäubt vor Schlaflosigkeit; alles war mit einer Lasur überzogen, der Sommertag, die flache Landschaft von Quebec hatten einen halluzinatorischen Schimmer. Vermont und der äußerste Norden des Staates New York kommen einem wie das Ende der Welt vor, ein endgültiges Weniger-werden von allem, und dann taucht nördlich davon diese große Stadt auf, mit luxuriösen Restaurants und Kathedralen und schick aufgemachten Frauen, die zwei Sprachen sprechen. Provisorische Dörfer waren um die Stadt errichtet worden, um die Ausstellungsbesucher zu beherbergen: quadratmeilenweit in Reihen aufgestellte kleine Kästen, auf matschigen, ebenen Flächen, die vielleicht Golfplätze oder Rugbyfelder gewesen waren. Wir trafen gegen Abend ein, die vier Kinder zusammengepfercht und hungrig, aber eisern drauf aus, eine außergewöhnliche Zeit zu erleben, in einem richtigen Ausland, auf einer internationalen Ausstellung, von der in allen Zeitungen Photos zu sehen gewesen waren. Es regnete. Wir müssen irgendwo gegessen haben – keine ausgefallene Montreal-Cuisine, sondern etwas Freundliches, Schnelles. Woran ich mich erinnere, ist, daß ich mich in die mir zugewiesene Ecke unseres dünnwandigen Gehäuses verzog, den Regen auf das flache Dach über meinem Kopf trommeln hörte und, noch während meine Kinder herumtobten und sich gegenseitig ihre Gebietsansprüche streitig machten, Hals über Kopf in den erquickendsten Schlaf meines Lebens fiel. In dieser kleinen gemieteten Schachtel irgendwo nördlich der Wirklichkeit, um mich herum all meine engsten Angehörigen, fand ich schließlich Zugang zum streng bewachten Untergrundreich des Schlafs.

Anne Sexton

Süchtig

Schlafbringerin,
Todbringerin,
jede Nacht treff ich mit Kapseln in den Händen,
acht auf einmal aus süßen pharmazeutischen Flaschen,
Vorkehrung für eine klitzekleine Reise.
Ich bin die Königin dieses Zustands.
Ich bin Expertin für diesen Ausflug,
und jetzt sagen sie, ich sei süchtig.
Jetzt fragen sie, warum.
Warum!

Wissen sie denn nicht,
daß ich zu sterben versprach!
Ich bleibe in Übung.
Ich halte mich bloß in Form.
Die Pillen sind eine Mutter, nur besser,
alle Farben und so gut wie saure Drops.
Ich bin auf Entzug vom Tod.

Ich gebe ja zu,
es ist ein bißchen zur Gewohnheit geworden:
knallt acht auf einmal rein, genau aufs Auge,
wird fortgezerrt von den rosa, den orangen,
den grünen und den weißen Gutenachts.
Ich werde so etwas wie ein chemisches
Gemisch.
Gut so!

Mein Vorrat
an Tabletten
muß Jahre und Jahre reichen.
Ich mag sie mehr als mich selbst.

Ganz schön eigensinnig, lassen sie nicht los.
Es ist eine Art Ehe.
Es ist eine Art Krieg,
bei dem ich Bomben lege
in mir selbst.

Ja,
ich versuche
mich in kleinen Dosen zu töten,
eine harmlose Beschäftigung.
Im Grunde hänge ich daran.
Doch bedenkt, ich mache nicht zu viel Lärm.
Und, offen gesagt, niemand muß mich herausschleppen,
auch stehe ich nicht im Leichentuch da.
In meinem gelben Nachthemd bin ich eine kleine Butterblume,
esse meine acht Laib nacheinander
und in einer bestimmten Reihenfolge wie beim
Handauflegen
oder dem schwarzen Sakrament.

Es ist eine Zeremonie,
doch wie jeder andere Sport
verläuft sie nach Regeln.
Es ist wie ein musikalisches Tennismatch, bei dem
mein Mund jedesmal den Ball fängt.
Dann liege ich auf meinem Altar,
emporgehoben durch die acht chemischen Küsse.

Wie herrlich ist dies Zur-Ruhe-Legen
mit zwei rosa, zwei orangen,
zwei grünen und zwei weißen Gutenachts.
La-di-la und la-di-lu –
Jetzt bin ich auf Borg genommen.
Jetzt bin ich zu.

1. Februar 1966

Lars Gustafsson

Freundschaft mit dem Poolreiniger

Die Schlaflosigkeit, ein fremder Verwandter, den man wohl oder übel empfangen muß, obwohl man ihn eigentlich weder kennt noch weiß, wie man ihn unterhalten soll. Ein außerordentlich lästiger Verwandter, der sich irgendwann im Haus eingenistet hat und geblieben ist, ungebeten. Ich stelle mir einen Herrn mit einem grauen Gesicht vor und mit einem ganz bestimmten müden, vorwurfsvollen Blick, der von vornherein klarstellt, daß nichts, was ich eventuell zu sagen hätte, ihm wert wäre, mir auch nur eine Sekunde zuzuhören.
Dafür habe ich schließlich den *Poolreiniger*, ein stummes, nettes Monster, das sich meine Beichten anhören muß. Früher habe ich mich immer gefragt, wozu man einen Swimmingpool braucht, wenn man am See wohnt, einen eigenen Steg und all das kühle Wasser zur Verfügung hat, das aus der Tiefe des Mansfield-Damms kommt. Aber mit dem Baden haben die meisten aufgehört, seit diese verfluchten Schnellboote mit ihren Wasserskifahrern ihr Unwesen treiben. Wer würde es heute wagen, an einem Juniabend zum anderen Ufer zu schwimmen, was wir früher tatsächlich oft gemacht haben?
Jedenfalls gehörte der Swimmingpool zum Haus. Wir haben ihn fleißig benutzt. Besonders solange die Kinder noch zu Hause wohnten. Und ich schwimme immer noch täglich darin, wenn ich von der Arbeit heimkomme, so lange wie es die Jahreszeit erlaubt. Mir gefällt seine Nierenform, und ich mag die Rotholzroste, die ihn säumen, kühl, auch im Sommer für die Füße nicht zu heiß, und es gefällt mir, daß sein Boden aus schwarzen, nicht aus weißen oder grünen Kacheln besteht. An heißen Sommertagen sticht das weniger in die Augen. Das Laub ist im Herbst natürlich ein schreckliches Problem, aber noch schlimmer sind die Algen. Seit ich jedoch den elektrischen Poolreiniger habe, hat sich das geändert. Ein Wunderwerk! Er sieht aus wie ein weißer Krake mit zwei Armen, die er lässig zu den Poolwänden ausstreckt. Er liebkost den Boden und die Seitenwände, während er sich nach einem Muster bewegt, das total zufällig wirkt. Aber immer mit

dem Ergebnis, daß Boden und Wände des Beckens blitzblank sind. Es macht immensen Spaß zu beobachten, wie er sich nachts auf diese Weise bewegt, natürlich nur, wenn man die Beleuchtung im Becken eingeschaltet hat.

Er ist dann so etwas wie ein *mythologisches* Geschöpf, ja, etwas, das eher *in mein Inneres* gehört als in meine Außenwelt. Wenn ich manchmal spätabends dasitze und ihm zusehe, habe ich tatsächlich die Illusion, daß er eher mein Inneres putzt und säubert als das Schwimmbecken.

Claire und ich haben seit etlichen Jahren getrennte Schlafzimmer. Sie behauptet, ich würde neuerdings unausstehlich schnarchen. In meinem Schlafzimmer habe ich einen Wecker, der die Zeit in grünen, digitalen Ziffern an die Decke projiziert. In einem lautlosen, einsamen Tempo marschieren sie dahin. (Wie eine erschöpfte *Expedition* auf dem Weg durch die sterilste aller Wüsten.) Wenn die Schlaflosigkeit kommt – das ist, wie wenn im Mai in der zunehmenden Hitze das Wasser sich aus einem Sumpfgelände zurückzieht und alle möglichen Steine und schwarzen Tümpel sichtbar werden –, projiziere ich wieder und wieder die Zeit an die Decke, um zu sehen, wie sie sich bewegt. Ich versuche zu erraten, wie viele Minuten vergangen sind. Manchmal nicht einmal eine einzige. Manchmal sind zwanzig Minuten vergangen, und sie haben wie eine einzige gewirkt.

Zuweilen führt diese sonderbare Betätigung tatsächlich dazu, daß ich wieder einschlafe. Aber bei anderen Gelegenheiten – und das ist nicht selten –, wenn ich spüre, ich werde in dieser Nacht wirklich nicht mehr schlafen können, gehe ich in Morgenmantel und Pantoffeln mit leisen, behutsamen Schritten zum Schwimmbecken hinaus, lasse mich in einem der bequemen Liegestühle nieder, die ich dort stehen habe, schalte die Beleuchtung ein und werfe den Poolreiniger an.

Dann ist er wieder unterwegs mit seinen unwirklichen, überraschenden Bewegungen. Dämon, Diener, Haustier? Wie soll ich ihn nennen? In gewissen Nächten kommt gegen drei ein sanfter Wind über den See und streicht durch meine Eichen. Weit draußen im schwarzen Wasser flattert eine erschreckte Ente auf.

Für mich ist dieser merkwürdige Apparat eine Art Freund geworden, wenn auch ein ziemlich sonderbarer. Ein Freund, der seine Arbeit tut

und sich in nichts einmischt. Der unter der Oberfläche bleibt. Der aber um drei Uhr nachts zur Stelle ist, wenn all die anderen schlafen und ihre Ruhe haben wollen. Mit seinen eigentümlich tastenden Armen kriecht er Stück für Stück am Boden des Beckens entlang. Er tastet und tastet und ist selten zufrieden mit dem, was er findet.
Manchmal hat er mir bei dem einen oder anderen Problem geholfen. Irgendwie setzt er Ideen frei, die ich in meinem normalen Zustand nicht zulassen würde. Im Frühling oder Herbst sitze ich in meinem blauen Morgenmantel am Beckenrand, zum Schutz gegen den Nachtwind, und sonst, in warmen, feuchten Sommernächten, ganz nackt. Und ich sehe, wie er da unten in dem klaren grünen Wasser entlangkrebst, und konzentriere mich so stark darauf, daß ich zuweilen mit ihm identisch bin. *Ich* bin es, der sich da tief unter der Wasseroberfläche bewegt. Und wenn ich dort unten bin, denke ich Gedanken, die ich mir hier oben an der Oberfläche niemals gestatten würde. Habe ich gesagt »in meinem normalen Zustand«? Es ist schon richtig, daß das ein anderer Zustand ist als mein normaler.
Ich brauche diesen anderen Zustand. Ohne ihn wäre mein normaler Zustand (widerspruchsvoll und verwirrt) völlig unerträglich. Ich stelle dem Poolreiniger auch Fragen.
Seine Stärke ist, daß er keine dummen Antworten gibt.

Leon de Winter

Essen

Hoffman zog eine Schüssel mit frischen Entenlebern näher zu sich heran. Sie waren vakuumverpackt aus München gekommen, und der Koch, den er sich von den Franzosen ausleihen durfte, hatte sie am frühen Abend kurz angebraten, damit sie die Hitze besser überstanden. Unter der marmornen Tischplatte befand sich eine Besteckschublade. Er drückte ein Messer in ein Leberchen. Das zarte Fleisch zerging ihm auf der Zunge.

Hoffman hatte festgehalten, was er besaß. Auch wenn seine Schlaflosigkeit seine Ehe mit zerstört hatte, war er doch bei Marian geblieben. Sie hatten beschlossen zusammenzubleiben, wie Bruder und Schwester nach dem Tod der Eltern weiter zusammenleben konnten und dieselbe Küche und dasselbe Klo benutzten, ohne Intimität.

Es war jetzt halb vier, oben in ihrem Zimmer lag Marian in tiefem Schlaf. Abends zogen sie sich in verschiedene Zimmer zurück, und wo es die Möglichkeit gab, wie in diesem Haus, benutzten sie auch verschiedene Badezimmer. Er begrüßte sie beim Frühstück, und wenn er nicht irgendwo ein Abendessen hatte, sah er sie beim Abendbrot wieder. Sie begleitete ihn zu allen offiziellen Anlässen und kam ihren Pflichten nach, wie es sich für eine eingefleischte Diplomatenfrau gehörte. Sie blieben zusammen, weil ihre Vergangenheit eine endgültige Trennung verhinderte.

Hoffman war ein Feigling.

Er war nichts weiter als ein schlafloser Alkoholiker mit chronischem Hunger, der seine Daseinsberechtigung schon vor langer Zeit verspielt hatte. Er wußte, daß er sich auf niedrige Art von seinen Charakterschwächen leiten ließ, weswegen er auch jederzeit genügend Entschuldigungen fand, die erklärten, warum er Marian nicht verlassen konnte. Es war keine Leidenschaft mehr, die sie aneinander kettete. Es war Kummer, Kummer im Überfluß.

Er sah in die Schüssel und stellte fest, daß er gedankenlos drei ganze Entenlebern in sich hineingefressen hatte, ohne sie auch nur zu

schmecken. Er füllte sein Glas aufs neue mit Champagner. Das Getränk tanzte ihm auf der Zunge.
Noch gute drei Stunden, bis ihn der Morgen wieder von der Dunkelheit erlösen würde. Vor Jahren, irgendwann Anfang der siebziger Jahre, hatte er versucht, das neue Leben, das seine Schlaflosigkeit ihm eröffnete, dafür zu nutzen, ein umgekehrtes Geschichtsbuch zu schreiben, wie er es damals nannte, einen Essay-Band, worin er eine neue Form des Nihilismus predigen wollte, jenseits von allem Glauben und jeder Ideologie, zum höheren Ruhm des nüchternen Konsumententums. Er wollte Popper damit übertrumpfen. Er hatte haufenweise Notizen gemacht und sie auf große Pinnwände gesteckt. Nächtelang war er begeistert auf die Suche nach einer Struktur für den Band gegangen und hatte seine Karteikarten auf den Pinnwänden hin und her geschoben, als spielte er die schwierige Eröffnung eines Schachturnierspiels nach. Aber er merkte plötzlich, daß er damit nur versuchte, sein eigenes Leben zu rechtfertigen und daß er niemandem etwas mitzuteilen hatte.
Seit mehr als zwanzig Jahren konnte er nicht mehr schlafen. Am 6. September 1968 war Esther gestorben, Miriams Zwillingsschwester. Esther war die erste Tochter, die er begraben hatte. Sechzehn Jahre später hatte er den Sarg mit Miriam ins Grab sinken lassen, am 12. September 1984.
Als ihm ein paar Monate nach Esthers Tod klar wurde, daß der Schlaf auf Dauer auszubleiben drohte, hatte er professionelle Hilfe gesucht, wie man heute sagen würde. Die Ärzte probierten alles an ihm aus, vom Placebo bis zum Killermedikament, aber der Schlaf blieb weg, jedenfalls der Schlaf, den er gekannt hatte.
Er hatte vorher kaum Schwierigkeiten gehabt, sich von seinem Bewußtsein zu verabschieden, und mit Marian in seinen Armen (»komm Löffelchen liegen«, sagte sie damals) hatte er jahrelang tief und kräftig dem Morgen entgegengeschlummert.
Tagsüber hatte sich seine Haut an Marians Haut erinnert, und sein Bauch hungerte schon wieder nach der nächsten Nacht voll Wärme und Geborgenheit. Sein Geschlecht lag an ihrem weichen Hinterteil, seine Hände umschlossen ihre Brüste, seine Lippen ruhten an ihrer Schulter. Sie konnten sich gegenseitig mit einem Streicheln, mit einem

Augenaufschlag beruhigen. Intellektuell verband sie wenig. Sie war in einem fernen Jahrhundert zu Hause, und er las Akten über Handelsförderung. In ihren Träumen hatten sie die Unschuld neugeborener Kinder erlebt.

Es hatte ein chemisches Mittel gegeben, das ihn betäubte und in einen Zustand versetzte, der schlafähnlich war, aber die Sicherheit, die ein natürlicher Schlaf vermittelte – man war da und gleichzeitig nicht da, eine merkwürdige vorgeburtliche Erfahrung –, diese Sicherheit fehlte völlig. Der Schlaf, den dieses Mittel hervorbrachte, war karg und angsterzeugend, und man fühlte sich, auch wenn man *out and gone* war, nicht beschützt. Später hörte er, daß dieses Mittel vom Markt genommen worden war. Es gab Menschen, die davon in blinde Wut geraten waren, während sie schliefen, und angefangen hatten zu morden. Der amerikanische Hersteller mußte Schmerzensgelder in Millionenhöhe bezahlen.

Er hatte sich Morphin injiziert, aber der Schlaf, so wie er ihn früher gekannt hatte, war nicht kopierbar. Mit Opium entschwebte man in einen langgezogenen Traum voller Farben und Klänge, und die einzige Wirkung auf ihn war, daß er sich der vielen Kilo Körpergewicht bewußt wurde, die er über diese Erde schleppte. Opium machte einen faul.

Der echte Schlaf erlöste einen auch von der eigenen Identität und vom eigenen Charakter. Nur Rudimente blieben übrig, während man schlief, ein vages Bewußtsein von einer kreatürlichen Existenz, ohne die unmöglichen Paradoxe des menschlichen Geistes. Zwanzig Jahre war er nun schon ununterbrochen bei sich selbst zu Gast, und er hatte angefangen, den Gastgeber zu hassen.

Die Nächte waren endlos. Dubiose Ärzte verhalfen ihm zu Opium und Morphin. Eines Tages beschloß er, die Nacht dadurch zu bekämpfen, daß er sich mit der Schlaflosigkeit abfand und sie einfach als zweiten Tag betrachtete. Er fing an, nachts zu arbeiten, und versuchte, sich durchzuschlagen.

Vor ungefähr zehn Jahren, als Generalkonsul in Houston, dehnte er den Imbiß, den er manchmal nachts verzehrte, zu einer ganzen Mahlzeit aus. Sie bestand aus allem, was er im großen *Whirlpool*-Kühlschrank vorfand. Die Freßsucht, die in seiner unmittelbaren Umgebung herrschte, zerstörte seine schwache Selbstbeherrschung. Als er damit anfing, wußte er, daß er nicht mehr aufhören konnte. Er verschlang Vorspeisen und Desserts und ganze *tv-dinners*. Vor dem Fernseher sitzend, der in den USA rund um die Uhr sendete, verschlang er mit rasendem Hunger viele Teller voller Essen. Seine spezielle Art von Hunger wurde zusammen mit dem ersten Menschen geboren, vor vielen tausend Jahren, als Hunger und Angst noch ein einziges Wort waren. Mit vollgeschlagenem Bauch fühlte er sich wie der erste Mensch, der sich in der afrikanischen Savanne aufrichtete und droben über dem Gras gestraft wurde durch die Abwesenheit Gottes. Bang vor allem, was da kommen sollte. Nach einer Erfüllung verlangend, die er gar nicht fassen konnte.

Marian gab seinem Hunger einen Namen, so wie »Parkinson« oder »Alzheimer Krankheit« – sie nannte ihn »Hoffmans Hunger«.

Ohne zu lesen starrte er blind auf die Seiten von Spinoza. Die Erinnerungen trudelten auf den Boden seines Gedächtnisses. Die Wodkaflasche hatte er zur Hälfte leergetrunken, er betastete seinen aufgeblähten Magen.

Durch das Küchenfenster sah er, wie die Luft eine hellere Färbung annahm. Der Garten trat aus dem Dunkel, enthüllte einen ausgedehnten Rasen, stattliche Bäume, gepflegt und beschützt.

Er warf einen Blick auf den marmornen Küchentisch, auf die verdorbenen Reste dieser Nacht, und fühlte sich kaum fähig, aufzustehen und aufs Klo zu gehen. Er sammelte seine Kräfte und hörte das Gezeter der frühen Vögel, kleine Melodien, die den Sonnenaufgang ankündigten.

Er legte die Hände auf den Tisch und stemmte sich vom Stuhl hoch. Er hielt sich an der Anrichte fest und schwankte aus der Küche in die kleine Halle, die einen Ausgang zum Garten besaß. Aber erst öffnete er die Klotür und ließ sich auf die Knie nieder.

Schon der Anblick der Kloschüssel versetzte seinen Magen in Aufruhr. Er mußte nicht einmal seinen Finger in den Hals stecken, seine Speiseröhre begann von selbst zu pumpen, und die erste säuerliche Welle von Erbrochenem schoß ihm in die Kehle, überspülte seine Zunge und klatschte auf den weißen Grund der Schüssel.

Er sah hinunter auf den dampfenden grau-braunen Brei, und der merkwürdige Geruch, der daraus aufstieg, zugleich bitter und sauer, ekelhaft und aufregend, brachte eine zweite Welle nach oben. Er krümmte sich einen Augenblick lang zusammen vor der Gewalt in seiner Speiseröhre, fühlte den Brei nach oben schießen, erbrach wieder eine undefinierbare Mischung aus Brocken und Stückchen und Häppchen in die Schüssel, und ein prickelndes Gefühl der Befreiung ergriff ihn. Zwei weitere Wellen explodierten aus seinem Hals, zweimal ein Mundvoll mit saurem Brei, und er hielt sich an der Kloschüssel fest, während er erschöpft nach Atem rang und sich über die Befreiung in seinem Magen freute.

Mit Mühe stand er wieder auf. Er zog an der Klopapierrolle und wischte sich Mund und Kinn ab.

Als er in den Garten ging, war es schon wieder etwas heller, die Luft von einem schönen, tiefen, durchsichtigen Blau. Es war noch immer warm, aber frischer Tau lag auf dem Gras, und die Vögel riefen sich Neckereien zu, und er umarmte den Stamm eines Baumes und verlangte nach seinen Kindern.

Malen

Meine Mutter war Künstlerin. Meine Mutter war eine magersüchtige Künstlerin, die nicht schlafen konnte. Zu den prägenden Erlebnissen meiner Kindheit gehört der Anblick meiner Mutter, die abends gegen 10 Uhr anfing, unser Wohnzimmer in ihr Atelier zu verwandeln. Ich schlief damals noch auf dem Sofa neben der großen Stehlampe, bevor ich Jahre später endlich ein eigenes Zimmer bekam. Damals jedoch konnte ich noch beobachten, wie sie Farbentiegel und Töpfe auf ihrem Schreibtisch drapierte, um dann im Rausch der Farben unterzugehen.

Sie wiegte den Kopf und bewegte sich wie eine Tänzerin um die Staffelei. Sie war barfuß und hatte nackte Schultern, die kurzen braunen Locken waren unter einem Tuch verborgen. Das Tuch, wie auch ihr Negligé, das im Laufe der Jahre viel von seinem Glanz verlor und dessen Nähte mit hellrosa Faden ausgebessert waren, war schwarz. Obwohl unsere Heizung kaum funktionierte, habe ich meine Mutter mit ihren nackten Armen und Beinen nie auf unserem dunklen Holzboden frieren sehen. Sie gehörte zu den Menschen, denen es nie zu kalt ist und die einen gewissen Grad an Unterkühlung brauchen, um sich präsent zu fühlen. Manchmal denke ich, dass sie die Nacht hätte schlafend verbringen können, wenn sie sich von dieser Unterkühlung losgerissen hätte.

Die Bilder meiner Mutter habe ich nie verstanden. Sie waren wirr und, obwohl bunt, doch erschreckend farblos. Es war, als hätte jemand über die grellen Farben einen Schleier geworfen, um sie zu dämpfen und zurückzudrängen.

Später ist mir aufgefallen, dass meine Mutter sehr wenig gebraucht hat: Was sie an Nahrung benötigte, um nicht umzukippen und mit ihrem dürren Körper die Pinselhand zu führen, aß sie hektisch, am offenen Fenster stehend; ihre Kleidung waren gehauchte Grüße von Stoff und dienten mehr der Verhüllung als der Wärmehaltung. Meinen Vater habe ich spät kennen gelernt. Er durfte sich ihr noch weniger nähern als ich. Und auch dem Schlaf konnte sie sich nicht hingeben. Im Alltag wirkte sie plump, fahrig und vergaß fast alles, nur nachts erwachten die Sehnsüchte aus ihrem Körper und waren manchmal in der Lage, auf der Leinwand bestehen zu bleiben, selten länger, als bis die Ölfarbe getrocknet war.

Nacht mit einem Schlaflosen

Es gibt zwei Sorten von Schlaflosen: die armen und die reichen. Die armen gehen in die nächste Stehbierhalle und taumeln, wenn sie geschlossen wird, nach Hause, die reichen gehen in einen Nightclub wie die Copa Cabana, wo die Mächtigen dieser Welt sitzen, die Künstler und die Generäle, die Manager und die Generaldirektoren, und einander über die Tische hinweg zutrinken.

Ich hatte Erich Maria Remarque bei Erika Labrune kennengelernt. Eines Nachts, die meisten der Gäste waren bereits im Aufbruch, machte er Krauskopf und mir ein Zeichen:

»Wollt ihr mit mir kommen? Ich lade euch ein.«

Draußen stand eine Limousine. Ein Chauffeur in Livree hielt den Wagenschlag auf.

»Copa Cabana«, sagte Remarque und legte grüßend zwei Finger an den Hut. Remarque trug einen Derby und einen weißen Seidenschal. Er war von Beruf ein Freund, und er ließ es sich etwas kosten. Er liebte das gute Leben und schrieb darüber, als er noch jung war. Er hatte als Sportjournalist begonnen. Gern fuhr er im Rolls-Royce durch Südfrankreich, schrieb über Autorennen und über die Dolce Vita an der Riviera. Er war kein großer Schriftsteller, aber »Im Westen nichts Neues« war ein großes Buch gewesen. Es hatte eine ganze Literatur von Kriegsbüchern überflüssig gemacht, es hätte auch den Krieg selbst überflüssig machen können, aber der Krieg ist stärker als Literatur. Es war auch Remarques bestes Buch. Die anderen, die danach kamen, waren Pflichtaufgaben, die er seinem Gewissen schuldig war, seinem Anstand, seinen politischen Überzeugungen. Er war es seinem Ruhm schuldig, Bestseller gegen Hitler zu schreiben, Drehbücher gegen die Unmenschlichkeit. Außerdem brauchte er das Geld, viel Geld, er hatte das Haus im Tessin und die Hotelsuite in New York. Er war ein Nachtmensch, weil er an Schlaflosigkeit litt. In Ascona zog er von Taverne zu Taverne und trank und rauchte bis in den Morgen hinein. Er liebte es, Gäste zu haben, und er bewirtete sie fürstlich. Er liebte zwei der berühmtesten Frauen seiner Zeit, Marlene Dietrich und Paulette Goddard. Mit der einen lebte er und heiratete sie nicht. Die andere heiratete ihn und lebte nur selten mit ihm.

Er war nicht eitel, er bildete sich nichts auf seinen Ruhm ein, er nahm ihn entgegen, ohne viel Aufhebens davon zu machen. Er war kein Genie, und er wußte es. Aber er war wichtig, er war ein Stück Zeitgeschichte. Als sein Film »Im Westen nichts Neues« herauskam, warfen die Nazis Stinkbomben, das war kurz vor Hitlers Machtergreifung. Jemand hatte ein Buch geschrieben, und die Welt horchte auf. Das Ende der Republik war gekommen, und der Mann, der ihr Ende vorausgesagt hatte, fuhr durch die Straßen von New York und konnte nicht schlafen.

Unser Erscheinen in der Copa Cabana erregte dank der Popularität Remarques in der Welt der Mächtigen keinerlei Aufsehen. Die Begrüßung war herzlich wie unter alten Freunden, von der Garderobenfrau bis zum Oberkellner und bis zum Weinkellner, der in seiner Lederschürze und mit einer goldenen Kette um den Hals hereinkam und die Bestellung Remarques vorwegnahm mit der Bemerkung: »Das Übliche?«, was mit einem lässigen Kopfnicken beantwortet wurde. Die Lässigkeit schien Remarque angeboren zu sein. Man wußte, wie man sich in der großen Welt zu verhalten hatte. Nonchalance war geboten, ein herzliches Unbeteiligtsein, man spielt sich nicht auf, weil man weiß, daß man das hier nicht nötig hat. Man gibt sich, wie der andere einen zu sehen wünscht, schlicht, menschlich, einfach. Man bestellt sich auch nicht das Teuerste auf der Speisekarte, o nein, im Gegenteil. Er versorgte die Hungrigen, die er eingeladen hatte, mit den Reichtümern der »French Cuisine«, während er selbst nur eine Kartoffelsuppe bestellte, eine ganz bestimmte Kartoffelsuppe, die ganz besonders gut sei und die mit dem eigens dazu herbeigerufenen Küchenchef noch einmal durchgesprochen und feierlich bestätigt wurde. »Ich muß etwas aufpassen«, sagte er entschuldigend, während er mit der Hand auf die Magengegend deutete, »was euch jedoch nicht hindern soll, das zu bestellen, wonach ihr Lust habt, z. B. der Räucherlachs, ich meine als Vorgericht, der ist hier vorzüglich, Nova Scotia, und danach vielleicht ein Cordon Bleu, aber das überlaß ich natürlich ganz euch.«

Krauskopf, den die Armut in New York unsicher gemacht hatte, er war einmal in Berlin ein vermögender Mann gewesen, suchte zögernd auf der Speisekarte herum. »Was nimmst du?« fragte er mich, als wollte er auskundschaften, wie weit man gehen könne, dürfe, in diesem Augenblick. »Ich nehme ein Steak«, sagte ich bestimmt. »Ich auch«, sagte Krauskopf und schlug erleichtert die Speisekarte zu. Der Geschäftsführer kam, drückte die Hand des berühmten Gastes, und etwas von dessen Ruhm ging nun auch auf uns über.
»Erzähle mir ein bißchen von dir«, sagte Remarque, er suchte nach einem Gesprächsthema. Ich erzählte ihm, daß ich schrieb, woran ich arbeitete. Er hörte aufmerksam zu. »Das ist sehr interessant«, sagte er mehrmals. Inzwischen hatte sich Bruno etwas gelockert. Die Befangenheit, unter der er sichtlich gestanden hatte, war gewichen. Er lehnte sich zurück, rauchend. »Kinder, Kinder, ick sage euch, wenn ick mal abstrakt werde – dann könnt ihr was erleben!«
Die Erinnerung an den weiteren Verlauf jenes Abends in der Copa Cabana ist verblaßt, macht einer anderen Platz, nach der Remarque und ich uns zusammen in einer mit schweren Perserteppichen ausgelegten Wohnung befanden, in der es einige Tische gab, eine Bar und einen Mann, einen Flügel, an dem ein Mann saß und leise vor sich hin spielte. Krauskopf war gegangen. An unserem Tisch saß ein Mädchen, das kein Wort sagte. Es war mittlerweile vier Uhr geworden. Remarque trank und rauchte. Ich war todmüde, aber ich wollte ihn nicht allein lassen in seiner Schlaflosigkeit, die ihn durch die Lokale trieb. Er fürchtete, ich könnte ihn allein lassen, deshalb hatte er wohl auch das Mädchen an den Tisch gebeten. Es gab eine Reihe sehr schöner Mädchen, die wortlos herumsaßen und darauf warteten, daß man sie aufforderte, an einem Tisch Platz zu nehmen. Einige gingen mit den Gästen fort, andere blieben. Jetzt wurde es schon hell hinter den schweren Samtportieren, das Lokal war beinahe leer. Remarque trank das letzte Glas aus, rief den Kellner, ließ sich die Rechnung kommen und zahlte, natürlich nicht in bar, sondern indem er einen Scheck unterschrieb, wobei er das Auge etwas zusammenkniff, da ihn der Rauch der Zigarette beizte. Dann ließ er sich von dem Chauffeur, der inzwischen heraufgekommen war, den Mantel um die Schultern legen und den Hut auf den Kopf stülpen. Er brach auf, wobei er dem Mädchen

ein Zeichen gab, mitzukommen. Wir stiegen ein. Zuviel Sonne in den Straßen, zuviel Geschäftigkeit, zuviel Verkehr zu dieser frühen Morgenstunde. Drei, die das Nachtleben ausgespien hatte. Als die Limousine vor meinem Haus ankam und der schwarze Chauffeur den Wagenschlag öffnete, fühlte ich, daß alle Augen auf mich gerichtet waren. Die Augen des Portiers, dem ich noch die Miete für zwei Monate schuldig war. »Willst du sie haben?« fragte Remarque mich leise und deutete auf das Mädchen, als ich ausstieg. Ich schüttelte den Kopf. Er legte zwei Finger an den Hut, gab dem Chauffeur ein Zeichen zur Abfahrt, und sie fuhren davon.

Bedenken und Ergeben

In meinem achtundzwanzigsten Jahre hörte der ungehinderte Schlaf für mich auf, eine Selbstverständlichkeit zu sein und etwas, darauf ich Anspruch zu haben meinte. Von da an begannen Schlafarmut und Schlaflosigkeit zuzunehmen und sich zur Lebensbürde zu entwickeln. Schließlich stand ich vor der Notwendigkeit, diese Last in mein Leben hereinzunehmen, sie ihres Charakters als einer Kette unglücklicher, aber zufälliger Einzelumstände zu entkleiden, sie als Teil meines Selbst anzuerkennen und mich mit ihr abzufinden, nicht anders als mit der Kurzsichtigkeit oder mit sonstigen Unzulänglichkeiten des Körpers, ohne daß ich nun sagen dürfte, dies sei mir in vollem Umfange gelungen.

Aber erst von jener Zeit an hat sich mir der Sinn für das Phänomen des Schlafes geöffnet, und vielleicht kennt auch nur der schlechte Schläfer die ganze überwältigende Güte und Begnadung des Schlafes, wie nur der Verbannte die Süßigkeit der Heimat zu empfinden vermag. Mit welcher Hingabe kann, schläft er denn einmal, der schlechte Schläfer schlafen, und wieviel Essenz des Schlafes läßt sich mitunter in eine einzige Schlafstunde zusammenpressen! Der Schlaflose ist ausgeschlossen aus der Schöpfung, ausgeschlossen aus der Gemeinsamkeit einer allen Wesen gewährten Gnade. Aber welches Glück genießt er, wenn das Herrliche, das sich nicht herbeizwingen läßt, wenn der göttliche Gast sich freien Willens, sich geschenkweise bei ihm niederläßt! Es ist nicht von ungefähr, daß ich viele Schlaflieder geschrieben habe. Und wer außer dem schlechten Schläfer kann die ganze Tiefe des Psalmwortes fühlen: »Ich liege und schlafe ganz in Frieden, denn allein du, Herr, hilfst mir, daß ich sicher wohne!« Die glücklichen Neunstundenschläfer genießen jenes ungeheure Kraftreservoir, das allen denen offen steht, welche die Gabe haben, solange zu schlafen, bis sie geweckt werden. In Stunden nächtlicher Verzweiflungen neigt man dazu, sie zu beneiden. Aber vielleicht ist ihnen auch eine ganze Seite der Schöpfung verschlossen; sie kennen das Behagen, nicht das Glück des Schlafes. – Nun ist es nicht an dem, daß der verringerten Schlaffähigkeit auch ein vermindertes Schlafbedürfnis entspräche, was erst zu den unschätzbaren Vorteilen des Alters gehört, in welchem die Schlaflosigkeit nachläßt, eine Tortur zu sein. In jüngeren Jahren aber kommt man bald dahin, sich periodisch im Zustande eines fortwährenden Schlafdefizits zu befinden. Man sucht mit allerlei Kniffen den Schlaf herbeizunötigen oder herbeizulisten, man schluckt Tropfen und Tabletten, rammt sich Fremdkörper in die Ohren. Zuweilen hilft dergleichen. Doch zeigt es sich, daß es wichtiger ist, die Schlaflosigkeit entgiften als sie beseitigen zu wollen. Man soll brechen mit dem Zählen der geschlafenen Stunden, einer Art Bilanzfälschung, bei der man immer versucht ist, nach unten abzurunden. Diese Rechnungsergebnisse interessieren niemanden und sollten auch einen selber nicht über Gebühr interessieren.

Nun gibt es hier die absonderlichsten Meinungen. Gut schlafen ist eine Schande, schlecht schlafen in den Augen vieler schlechten, vieler angeblich oder doch vermeintlich schlechten Schläfer ein Ruhm, während es doch niemandem beikäme, mit seiner schlechten Verdauung zu renommieren. Gegenüber der Äußerung, man habe die ganze Nacht »kein Auge zugetan«, verhalte ich mich skeptisch. Von durchreisten, durchbummelten oder sonst aus irgendeinem Grunde außerhalb des Bettes verbrachten Nächten abgesehen, ist es mir nur zweimal in meinem Leben widerfahren, daß ich eine ganze Nacht lang ohne jeglichen Schlaf geblieben bin.

Ich erinnere mich einer Dame, mit der wir eine Zeit lang das Haus teilten. Dies Haus hatte dünne Holzwände, ich hörte sie oft schnarchen, und morgens erklärte sie, voller Vorwurf gegen das Universum, kein Auge geschlossen zu haben. Am Vorabend einer kleinen Reise, die ich zu machen hatte, verabschiedete ich mich von ihr und nahm verschiedene Besorgungsaufträge entgegen. An diesen Aufträgen wollte sie noch etwas ändern, und so fand ich in der Frühe einen Zettel von ihr auf dem Tisch. Er war überflüssigerweise datiert und trug den Vermerk »4½ Uhr morgens«. Zum Unglück hatte mein Sohn den Zettel mitsamt dem Zeitvermerk schon um elf Uhr abends auf dem Tische liegen sehen.

Das Schnarchen gilt als schimpflich, während den Husten niemand für schimpflich hält. Das Schnarchen verrät den Schläfer. Der Schnarcher tut nicht wohl, zu behaupten, er habe kein Auge zugetan. Im Schnarchen also liegt ein Moment der Indiskretion, denn der Mensch will und soll nun einmal im Schlafe nicht beobachtet sein. Die Aversion gegen das Schnarchen geht nicht zuvörderst vom störenden Übellaut dieses Geräusches aus, sondern von dem Umstande, daß hier eine Lebensäußerung vorliegt, die der Kontrolle des sie Ausübenden entzogen ist. Allzu deutlich manifestiert sie die Gebundenheit des Menschen. Er kann ein Schnarchen weder hervorbringen, – es sei denn imitatorisch, – noch es unterlassen, und so sieht sich an diesem Punkte alle Freiheit des Menschen in Frage gestellt. An den Ort dieser Freiheit aber tritt etwas unendlich Kostbareres, nämlich die Eingegliedertheit des Menschen in die Gesetzlichkeiten des Kosmos, welche nicht die Gesetzlichkeiten eines Diensthauses oder Gefängnisses, sondern die eines angestammten Vätersitzes sind.

Ein anderer Übelstand des Schnarchens mag der sein, daß sich an ihm die Ungerechtigkeit der Welt dokumentiert, die den Menschen mit Verantwortungen auch dort belegt, wo sein Handeln aller Verantwortung entzogen ist. Und doch tut sie mit solcher Ungerechtigkeit recht und verfährt konsequent. Sie legt es einem im Grunde ja nicht zur Last, daß man schnarcht, sondern daß man ein Schnarcher ist, von Geburt, Natur, Konstitution ein Schnarcher, gleich wie sie es einem zur Last rechnet, daß man mit Gebrechen des Gedächtnisses, der Auffassungsgabe oder des Ehrgefühls behaftet ist, für die man, vordergründig und unter Benutzung der gängigen Redensart gesprochen, ja auch »nichts kann«. Und so führt auch die Schnarchfrage auf die große Frage der Freiheit und Notwendigkeit zurück.

von schlafkunst

daß kunst nicht jeden zeits verfügbar ist,
weiß jedes christ/kind: der glaub bedarf
des gottes gunst (gnad auch geheißen); des
koochen kunst verdarb schon manchen brei
(von der kööchin garnicht zu reden). ein ei
ist eben kein ei, sondern ein vorbereit
auf das mensch und auf das henne. und wie
verschieden sie dann sind ... es merkt
das mensch vom menschen es, vom henne
das henne. hier aber sein, wie sagt das titel,
von schlafenskunst, schlafkunst, ein reden.
(es sein dies ein rhetoriken gedichten.)

allabends wähle ich, ein demokrat,
der unter bier, wein, schnaps bereits gewählet hat,
unter der schlafkunst mitteln sorgsam aus
und selten mehr als drei verschiedenes
(hoffend auf gegenseitig potenzierung,
abendgebetes nachfahr, später der impotenzangst),
a l s i m h a u s e d a s i n d (stand vom 27. 2. 78):
temesta 2,5; mozambin plus; betadorm n (in brd
rezeptfrei!); truxal, truxaletten (letztere bis zu
6 stück; auch 10 noch möglich); perdormal (achtung
barbiturat; 2 phiolen immer parat haben); valium 5;
limbitrol; sinebarbro; novo-dolestan (in brd rezeptfrei;
völlig gleiche zusammensetzung wie betadorm n, s. o.;
beiden wurde das brom entzogen; zwei verschiedene
firmen; völlig unterschiedliche packungen); valdispert
(baldrianzeug in drageeform ohne effekt); metodril;
adumbran; adalin (bromhältig; in brd bislang rezeptfrei).

zudem durchsuche ich, und segne, was
dr. med. paul lüths »medikamentenbuch«,
du uns, mein süßer poesieverlag (die luchterhand),
bescheret hast, nun schon im selbstgemachten bett
(geb gott, daß keinen hausfrau ich nie hätt),
nach den dies abends angewandten; den übrigen; zuletzt
den nie gehabten, zahlreich (hoffnungsstreif!),
und werde zürnend (scheucht selbst tablettenschlaf) ob
der unauffindbarkeit der meisten eigenen.

das bett nicht hütend (nicht permanent)
folge ich zwiefach mich-erhebens-zwang:
dem gang zum kücken (küchen), brot wurst obst zu schlingen,
und dem tabak-zwang, zigarett zu rauchen,
was ich, um nicht zu brennen, nur berauscht
im bett vollziehe, dann meist armgestützt,
ersehnte schlafkunst fünf minut zu hindern.
(nahezu nie kommt alkohol ans bett; nötiges füllen
zur kräftigung des denkens und der pillen
erfolgt des abends früher;
hab dann an bettlektüre wiederhol-genuß;
les mehrfach wort und satz, eh ich erfaß,
daß ich sie nicht versteh, verwandle so
jegliches buch in eins von gertrude stein.
erlern jedoch auch dadurch nicht die schlafkunst.)

der schlafkunst einzig sichres zeichen, und dazu
muß ich vom bett weg, nennt sich ATAXIE:
da geh ich langsam, kniescheib nicht zu schmettern,
da geh ich langsam langsam in die knie
und rutsch dann, wahnsinniger wallfahrtsweis,
mit händen fassend jedes feste stück,
denn auch auf knien fällt man vor, zurück
und seitwärts in dem zustand;
rutsch langsam darauf zu, was ich als bett,

mein bett, ganz klar erkenne; der denkwurm
ist nicht ausgestampft, im gegenteil:
könnte nicht klarer sein, könnte aber
durch ein gewaltsam hinfallen auf hartes
dieses in stiefel, sich in brei verwandeln.

folgenden morgens – gut war diese nacht –
werd ich von mir früh aus dem bett gebracht,
um sieben schon hör ich nachrichtendreck
taste ihn weg und schalte
zum beispiel sonny rollins ein, auf platte,
zum beispiel für das saxophon als latte, die nie
herunterfällt; was interessant für manchen
hausfrau wäre (ich habe nicht die ehre).

dann spüre, wenn ich mich abort- und waschwärts führe,
ich immer noch ein wenig ATAXIE,
nicht groß genug zum niedergang aufs knie
(kindes morgengebetes erinnerung),
doch groß genug zu vorsichtigem schritt
und händehalt an stuhl, tür, wanne, schrank.
drauf füll ich mich mit vitaminen, saridon,
antidepressiva, energetika, analeptika, kaffee, kaffee,
und werde bis zum abend nicht mehr krank (bis auf
pelzzunge und ausreichend hellen dumpfkopf,
die in meinem wachsystem
als gesundheitssymptome rangieren).

Heilung von Schlaflosigkeit und Alpträumen

Ebenso wie die schädliche Schlaflosigkeit mit allen Mitteln bekämpft werden muß, gilt es, den so wohltuenden Schlaf ›auf natürlichem oder künstlichem Weg, durch innere oder äußere Medizin, herbeizuführen, und ihn möglichst länger als gewöhnlich auszudehnen, da er besonders heilsam ist‹. Er feuchtet und fettet den Körper ein, mischt die Säfte und unterstützt die Verdauung, wie wir an Siebenschläfern sehen, oder jenen winterschlafenden Alpenmäusen, von denen Gesner sagt, wenn man sie im tiefsten Winter unter dem Schnee liegend findet, seien sie so fett wie Butter.

Die beste Schlafenszeit ist ›zwei bis drei Stunden nach dem Nachtmahl, wenn sich die Speisen auf dem Grund des Magens abgelagert haben; es empfiehlt sich dabei, zunächst auf der rechten Seite zu ruhen, weil in dieser Stellung die Leber unter dem Magen zu liegen kommt, und ihn nicht behindert, sondern erwärmt wie das Feuer einen Kessel, den man darüber setzt. Nach dem ersten Schlaf ist es angebracht, sich auf die linke Seite zu legen, damit das Essen besser absinkt‹; und manchmal dazu auf den Bauch, doch nie auf den Rücken. Sieben bis acht Stunden Schlaf reichen aus für einen Melancholiker, wie Crato meint; aber im Bett zu bleiben wie manche, ohne zu schlafen, einen ganzen oder halben Tag lang, und nur angenehmen Vorstellungen und leeren Hirngespinsten nachzuhängen, ist in vieler Hinsicht verderblich.

Um diesen köstlich feuchtenden Schlaf zu erreichen, ist es am besten, möglichst alle störenden Einflüsse zu entfernen, aber auch innere wie äußere Heilmittel einzusetzen, die ihn hervorrufen. Die Hauptgründe für schlechten Schlaf sind Hitze und Trockenheit: ein hitziger, ausgedörrter Kopf schläft nie; erst müssen Gram, Furcht, Sorge, Erwartung, Angst, dringliche Geschäfte, und alle heftigen Gemütsregungen, *in aurem utramque otiose ut dormias* [damit du auf beiden Ohren friedlich schläfst], irgendwie gemildert werden, ehe wir auf gute Nachtruhe hoffen dürfen. Wer tagsüber schläft, angespannt, angstvoll, oder irgendwie beunruhigt ist, oder mit vollem Magen zu Bett geht, kann niemals mit einer erholsamen Nacht rechnen. *Nec enim meritoria somnos admittunt*, wie der Dichter sagt[1]: Wirtshäuser und dergleichen unruhige Orte sind zum Schlafen wenig geeignet; der eine ruft ›Pferdeknecht!‹, ein anderer ›Kellner!‹, der schreit und brüllt, jener singt, lärmt, hallot:

absentem cantat amicam
multa prolutus vappa nauta atque viator[2].

[Im Fusel schwimmend, besingen Seemann und Wanderer die ferne Geliebte.] Wer, der solchen Krach ungewohnt ist, vermag dabei zu schlafen?

Wer wirklich Ruhe finden will, muß sich *animo securo, quieto et libero* niederlegen, ruhigen und gelassenen Sinnes[3], und an einem stillen Plätzchen: *omnia noctis erunt placida composta quiete* [dort kommt nachts alles friedlich zur Ruhe]. Doch wo das nichts hilft oder unerreichbar bleibt, heißt es nach angemessenen Mitteln suchen: in reinlichen, duftenden Linnen zu liegen; vor dem Zubettgehen oder im Bett ›süße Musik‹ zu hören (was Ficino, *lib.* 1, *cap.* 24, empfiehlt), oder aber (nach Jobertus, *Med. pract. lib.* 3, *cap.* 10), ›einen unterhaltsamen Autor zu lesen, bis man einschläft, oder eine ständig tropfende Schale mit Wasser neben dem Bett zu haben‹; nahe dem einschmeichelnden Ton *lene sonantis aquae* [eines sanft plätschernden Baches] zu liegen, bei einem Wehr, einem Aquädukt, am rauschenden Wasser (wie auf der Londoner Brücke), oder in der Begleitung eines anderen steten Geräusches, das einem die Sinne einlullt.

Piso rät zu Abreibungen, Andrew Borde zu einem kräftigen Schluck von starkem Gebräu vor dem Zubettgehen; mein Rezept ist Bier mit Muskat, oder ein guter Schluck Muskatellerwein mit Röstbrot und Muskat, oder ein Molkentrunk, gleichfalls mit Muskat, wie ihn viele am Morgen zu sich nehmen, wie er aber, meine ich, für trockene Hirne besser zur Nacht taugt.

Gegen schreckliche und peinigende Träume, *incubus* [Alpdrücken] und dergleichen Ungelegenheiten, von denen Melancholiker heimgesucht werden, ist das beste Mittel ein nur leichtes Nachtmahl, bestehend aus leichtverdaulicher Kost, keinerlei Hasenbraten, Wild, Rindfleisch, &c., nicht auf dem Rücken liegen, tagsüber nicht von schrecklichen Dingen sinnieren und meditieren, und ja nicht vor dem Schlafengehen darüber reden. Denn, wie einer bei Lukian nach solcher Unterhaltung sagt: *Hecates somniare mihi videor,* ich habe lauter Kobolde im Kopf. Lod. Vives ›wundert sich, wie die Schulmänner ruhig schlafen konnten und sich nicht vor der Finsternis oder Gängen im Dunklen ängstigten, wo sie doch den ganzen Tag lang über so monströsen Fragen und schrecklichen Themen brüteten.‹ Sie hätten es wohl, wie viele andere auch, nötig gehabt, dem Gott Morpheus zu opfern, den Philostratus in einem schwarzweißen Mantel malt, mit einem Horn und Elfenbeinschrein voller Träume, beide in den gleichen Farben, die gut und böse bedeuten.

1 Juvenal, *Satire* 3.

2 Horaz, *Satiren* I, 5.

3 *Sepositis curis omnibus quantum fieri potest, una cum vestibus, &c.* [wobei die Sorgen möglichst zugleich mit den Kleidern abgelegt werden sollten].

Von den Bedingungen des Schlafes

Was ferner die Frage nach den Bedingungen des Schlafes angeht, so liegen diese zu Folge der früheren Betrachtungen erstens im Gesetze der Polarität oder des Gegensatzes, vermöge dessen die Seele in ihrem zeitlichen Leben nur eine gewisse Zeit in dem einen Zustande, so wie in einer Vorstellung beharren kann und dann mit Gewalt zu einem andern gedrängt wird. Dabei ist freilich wieder die Modalität äußerst vielartig, und namentlich zeigt sich das Maß der psychischen Energie ebenso in dem Vermögen, den wachen bewußten Zustand lange fest zu halten, als es die höhere Energie des Geistes beurkundet, mit Stetigkeit in der Anschauung und Untersuchung einer einzigen Idee zu verweilen. Wenn daher das Kind, in welchem sich zuerst ein Bewußtsein von der Welt zu entwickeln beginnt, nur in kurzen, lichten Zwischenräumen wach ist und immer von neuem in den Schlaf sinkt, so bedarf der zur Lebenshöhe entwickelte Mensch nur etwa den vierten Teil seiner Zeit für den Schlaf. Wird indes seine Energie durch bedeutende Anstrengungen oder Kranksein erschöpft, so wird auch sein Bedürfnis des Schlafes größer, denn die Bedeutung der vom Schlafe zu erwartenden Stärkung ist, daß in demselben der Mensch rückkehrt in eine seinem Urzustande nahe Lebensform, in die, wo der Keim und Trieb seines ganzen Daseins wurzelt und aus welcher er deshalb bei jeder Rückkehr neue Lebenskraft schöpfen muß. Es geht den Menschen hier wie dem Sohne der Erde, Antäus, von welchem die alte bedeutsame Mythe sagt, daß er bei jeder Berührung seiner Mutter neue Kräfte erhalte. – Eine zweite Bedingung des Schlafes ist gegeben in jedem Indifferenzieren der Stimmung der Seele, dahingegen jedes Differenzieren, d. i. eine jede entschiedene Richtung der Seele gegen irgend ein gewähltes oder gegebenes Ziel, z. B. in einer leidenschaftlichen Erregung, oder auf ein innerhalb der Organisation erregtes fremdartiges Leben, wie etwa während des Krankseins, dem Schlafe mit Bestimmtheit entgegenwirkt. So läßt Shakespeare dem verbrecherischen Macbeth zurufen: »Macbeth soll nicht mehr schlafen!« und den sorgenvollen kranken König Heinrich IV. in der bekannten herrlichen Stelle den Schlaf vergebens beschwören, indem er sagt:

»O Schlaf, o holder Schlaf!
Du Pfleger der Natur, wie schreckt ich Dich,
Daß du nicht mehr zudrücken willst die Augen
Und meine Sinne tauchen in Vergessenheit? –
Was liegst du lieber, Schlaf! in rauch'gen Hütten
Auf unbequemer Streue hingestreckt,

Von summenden Nachtfliegen eingewiegt,
Als in der Großen duftenden Palästen,
Unter den Baldachinen reicher Pracht,
Und eingelullt von süßen Melodeien? – «

Jenes Indifferenzieren der Seele geschieht aber entweder, indem der Seele, bei nicht genugsamer Energie, durch eigne Kombinationen neue Ideen zu entwickeln und zu verfolgen, auch keine neuen Vorstellungen von außen zugeführt werden, wodurch sie zum Festhalten des Weltbewußtseins angeregt werden könnte, oder indem die Seele durch Aufnötigen einer gewissen, ihre innere Tätigkeit nicht ausfüllenden Vorstellungsreihe, ohne sich für diese Vorstellungen zu interessieren, nur die Länge der Zeit empfindet, welche diese Vorstellungen erfüllen, eine Empfindung, für welche wir denn deshalb auch den Ausdruck langweilig, Langweiligkeit brauchen. Auf willkürlicher Herbeiführung von Vorstellungen dieser Art beruht die Kunst einzuschlafen, über welche der verewigte J. Paul einmal eine ganz interessante Abhandlung geschrieben hat, worin er empfiehlt, zu diesem Zwecke nur immerfort gewisse ins Unendliche führende Vorstellungen zu denken, als etwa einen unermeßlichen Abgrund und einen Genius, welcher Blumen auf Blumen hinab wirft, ohne ihn je ausfüllen zu können u.s.w. – Endlich ist eine dritte Bedingung in gewissen auf die Organisation einwirkenden Einflüssen der sie umgebenden Natur gegründet. Dahin gehören zuvörderst schon die kosmischen Einflüsse, nämlich die Abwendung unsrer Erdhemisphäre von der Sonne, oder die Nacht, Extreme der Lufttemperatur sowohl in Kälte als Wärme, Mangel an Sinneseindrücken wie Stille, Dunkelheit u. s.w., und gewisse specifische Einflüsse, wie Gerüche und in die Säftemasse eingedrungene Substanzen, deren einwohnende Idee von der Art ist, die Seele in die Region des bewußtlosen pflanzenartigen Lebens hinwenden zu können, z. B. das Opium, als eine selbst auf der Höhe des pflanzlichen Lebens erzeugte Substanz. Endlich kann die eine Seele auf die andere wirken und Schlaf erzeugen, wie dieses stattfindet bei den Erscheinungen des Lebensmagnetismus oder animalen Magnetismus, bei welchem die eine Seele gegen die andre in ein gewisses abhängiges Verhältnis tritt, sich gleichsam wie die Seele des noch ungeborenen Kindes zur Seele der Mutter verhält, und eben dieser Abhängigkeit, dieses eigentümlichen Rapports wegen in einen bewußtlosen Zustand zurückkehrt, welcher zwar immer wesentlich von dem des ungeborenen Kindes sich unterscheidet, allein ihm doch in mancher Hinsicht auffallend nahe kommen muß, und namentlich wahrscheinlich darin, daß die Seele des in abhängigem Rapport sich befindenden Individuum von den Vorstellungen des den Rapport bedingenden träumend durchzogen wird. Merkwürdig ist hierbei, daß die verschiedenen Bedingungen, welche den Schlaf hervorrufen, auch auf die Art des Schlafes einen besondern Einfluß haben, denn allerdings ist es ein wesentlich andrer Schlaf, welcher rein in naturgemäßem Gegensatze zum Wachen und der in Wachen herangeführten Ermüdung eintritt, und ein anderer Schlaf, welcher durch Hitze oder Kälte, durch Opium oder durch Magnetismus herbeigeführt worten war, Unterschiede, welche wir durch die Benennungen ein gesunder, ein tiefer, ein betäubender, ein schwerer Schlaf u.s.w. zu bezeichnen pflegen. –

Die Kunst, einzuschlafen

Nicht Einschlafen, sondern Wiedereinschlafen ist schwer.
Dies ist ungemein verdrießlich, besonders wenn man keine Mittel dagegen weiß.
Ich weiß und gebe sie aber; sämtlich laufen sie in der Kunst zusammen, sich selber Langweile zu machen, eine Kunst, die bei gedachten logischen Köpfen auf die unlogische Kunst, nicht zu denken, hinauskommt.
1) Das erste Mittel, das schon Leibniz als ein gutes vorschlug, ist *Zählen.* Denn die ganze Philosophie, ja die Mathematik hat keine abstrakte Größe, die uns so wenig interessiert als die Zahl; nur aber kann man einem Einschläfer nicht genug einschärfen, das Zählen äußerst langsam und schläfrig zu verrichten. Indes diese Beobachtung höchstmöglicher Faultierlangsamkeit ist wohl Kardinalregel aller Einschläfermittel überhaupt.
2) Töne, sagt Bako, schläfern mehr ein als ungegliederte Schälle. Auch Töne zählen und werden gezählt. Da aber hier nicht von fremden, sondern von Selbentladungen – das Einschläfern ist der einzige schöne Selbermord – die Rede ist: so gehören nur Töne her, die man in sich selber hört und macht. Es gibt kein süßres Wiegenlied als dieses innere Hören des Hörens. Wer nicht musikalisch phantasieren kann, der höre sich wenigstens irgendein Lieblingslied oder eine Trauermusik in seinem Kopfe ab; der Schlaf wird kommen und vielleicht den Traum mitbringen, dessen Saiten in keiner Luft mehr zittern, sondern im Äther.
3) Vom zweiten Mittel ist das dritte nicht sehr verschieden, sich nämlich in gleichem Silben-Dreschen leere Schilderungen langsam innen vorzusagen, wie ich z. B. mir: wenn die Wolken fliegen, wenn die Nebel fliehen, wenn die Bäume blühen etc. Darauf lass' ich aufs *Wenn* kein *So* folgen, sondern nichts, nämlich Entschlafen; denn die kleinste Rücksicht auf Sinn oder Zusammenhang oder Silbenzahl würde, wie ein Nachtwächter-Gesang, alles wieder einreißen, was das poeti-

sche Selberwiegenlied aufgebaut. Da aber nicht jeder Talent zum Dichten hat – zumal so spät im Bette –: so kommen ja dem Nicht-Dichter zu Tausenden Bett-Lieder mit diesem poetischen faulen Trommelbaß entgegen, wovon er nur eines auswendig zu lernen braucht, um für alle Nächte damit sein Glück zu machen.

4) Ein gutes Mittel, einzuschlafen nicht sowohl als wieder einzuschlafen, ist, falls man aus einem Traum erwacht, sich in diesen mit den schläfrigen Augen, indem man ihm unaufhörlich nachschaut, wieder einzusenken; bald wird die Welle eines neuen Traumes wieder anfallen und dich in ihr Meer fortspülen und eintauchen. Der Traum sucht den Traum. Im großen Schatten der Nacht spielt jeder Schatten mit uns Sterblichen und hält uns für seinesgleichen.

5) Hefte dein inneres Nachtauge *lange* auf einen optischen Gegenstand, z. B. auf eine Morgenaue, auf einen Berggipfel, es wird sich schließen. Überhaupt sind Landschaften – weil sie unserm innern Menschen, der mehr Augen hat als Ohren, leicht zu erschaffen werden, und weil sie uns in keine mit Menschen bevölkerte und erweckende Zukunft ziehen – die beste Schaukel und Wiege des unruhigen Geistes.

6) Das sechste Mittel half mir mehre Nachmitternächte durch, aber es fodert Übung; man schaut nämlich bloß unverrückt in den leeren schwarzen Raum hinein, der sich vor den *zugeschloßnen* Augen ausstreckt. Nach einigen Minuten, wenn nicht Sekunden, wird sich das Schwarze färben und erleuchten und so den Chaos-Stoff zu den bunten Traum- oder Empfindbildern liefern, welche in den Schlaf hinüberführen.

7) Wer seine Augen schließen will, mache an seinem innern Januskopfe zuerst das Paar, das nach der *Zukunft* blicket, zu; das zweite, nach der *Vorzeit* gerichtet, lasse er immer offen. Am Tage *vor* einer Reise oder Haupttat schläft man so schwer als am Tage *nachher* so leicht; die Zukunft ergreift uns (so wie den Traum) mehr als die Gegenwart und Vergangenheit.

8) Für manche geübte gewandte Geister im Kopfe mag das wildeste Springen von Gegen- zu Gegenstand – aber ohne Vergleichungzweck –, mit welchem der Verfasser sich sonst einschläferte, von einiger Brauchbarkeit sein. Eigentlich ist dieses Springenlassen nichts

anders, wenn es gut sein will, als das obige Gehenlassen des Gehirns; der Geist läßt das Organ auszucken in Bildern.

9) Seelenlehrer und deren Seelenschüler schläfern sich ein – falls sie wollen – wenn sie geradezu jede Gedankenreihe ganz vorn abbrechen, die neue wieder und so fort, indem sie sich fragen bei jedem Mächtigen, was sie ausdenken und vollenden möchten: »Kann ich denn nicht morgen eine Stunde länger wach liegen und meine Kopfarbeit auf dem Kopfkissen verrichten? Und warum denn nicht?« – Wer aber so wenig Denkkraft hat, daß er sie damit nicht einmal hemmen kann, wo er will, der höre hier wieder ein Ausmittel; nämlich er horche sich innen zu, wie ihm *ohne sein Schaffen* ein Substantivum nach dem andern zutönt und zufliegt, z. B. mir gestern: »Kaiser – Rotmantel – Purpurschnecke – Stadtrecht – Donnersteine – Hunde – Blutscheu – atque – panis – piscis – crinis – Karol magnus –Partebona – et so weiter.«

10) Niemand merkte noch scharf genug darauf, daß er zwei der besten Säemaschinen der Schlummerkörner an seinem eignen Kopfe herumtrage, nämlich seine beiden Gehörgänge, nach außenhin Ohren genannt. Höchstens nahm vielleicht einer und der andere wahr, daß ihm Einschläferndes zufließe durch die Gehörgänge in Hofkirchen, in Redesälen akademischer Mitglieder, in Freimäurerlogen und in Theaterlogen, wiewohl er am hellen Tage wenig Gebrauch davon zu machen wußte; aber ich darf wohl mich als den Erfinder ansehen, welcher die eignen Gehörwerkzeuge, auch ohne alle Unterstützung fremder Sprachwerkzeuge und folglich in der Einsamkeit der Nacht und der Bettstelle, als die besten Schlaftrunkzubringer zuerst beobachtet hat. Wie nämlich Mäzen sich durch Wasserfälle einschläferte, oder wie in den achtziger Jahren der Wunderdoktor Schlippach in der Schweiz ein besonderes Schlafzimmer hatte, worin alle Kranke entschliefen an den um dasselbe niederrauschenden Strömen: so tragen wir alle ja ähnliche Wasserfälle in uns, ich meine die Pulsadern-Springbrunnen und Blutadern-Wasserfälle, welche unaufhörlich dicht neben unsern Ohrnerven rauschen, und die jeder – sogar am Tage mit einiger Aufmerksamkeit nach Innen, aber noch lauter in der Nacht auf dem Kopfkissen – vernehmen kann. Nun auf dieses innere Rauschen richte ein Beflißner des Wiedereinschlafens recht bestimmt sein See-

lenohr; – und er wird mir danken, wenn er erwacht, und es rühmen, daß er durch mich früher eingeschlafen. Noch trefflicher wirkt dieses zehnte Mittel ein, wenn man ihm noch das sechste als ein adjuvans beimischt, was ich in meiner nächtlichen Praxis selten vergesse.

11) Das eilfte Einschlafmittel ist irgendeine Historie, die man sich metrisch in den freiesten Silbenmaßen vorerzählt. Gewöhnlich nehm' ich des biblischen Josephs Geschichte dazu und halte damit gut sieben, ja bis zwölf Nächte Haus;

12) Kein gemeines Einschlafmittel – sondern vielmehr ein neues und das zwölfte – ist *Buchstabieren* unendlich langgestreckter Wörter, wie sie die Kanzleien des Reichstags, des Bundtags, die wienerischen sämtlich, ja die meisten deutschen als höhere bureaux des longitudes uns hinlänglich zulangen und schenken.

13) Das dreizehnte Seelen- und Bett-Laudanum kann jeder gebrauchen, er habe so viele Ideen, als er will, oder so wenige oder gar keine. Ich schäme mich, es aber anzugeben, da es in nichts Geistigerem besteht als darin, daß man die fünf Finger, einen nach dem andern, langsam auf oder unter dem Deckbette auf- und niederbewegt und fortfährt und daran so lange denkt, bis man, ohne daran zu denken, an kein Aufheben oder Achtgeben mehr denkt, sondern schnarcht. Es ist erbärmlich, daß unser Geist so oft der Mitbelehnte des Leibes ist und besonders hier das Faustrecht der toten Hand und deren Fingersetzung hat, und daß sein geistiger oder geistlicher Arm in der Armröhre des weltlichen steckt. Schlafdurstige, also Schlaftrunkene, z. B. Soldaten, Postillione, schlummern im Reiten und Marschieren halb ein, bloß weil gleiche Bewegungen des Körpers dieselben langweilig-geistigen, die das Gehirn wenig mehr reizen, in sich schließen. Läßt man aber den schlafenden Postillion die Pferde abspannen, einziehen, abschirren und füttern: so wird und bleibt der Mann ganz wach; bloß weil seine (körperlichen und geistigen) Bewegungen jetzt immer etwas anderes anzufangen und abzusetzen haben. Der Grund ist: die Einförmigkeit fehlt. Wenn man in Tangotaboo (nach Forster) die Großen dadurch einschläfert, daß man lange und linde auf ihrem Leibe trommelt: so ist der Grund gar nicht von diesem vorletzten Mittel verschieden. Denn das

14) ist das letzte. Da die Kunst, einzuschlafen, nichts ist als die Kunst,

sich selber auf die angenehmste Weise Langweile zu machen – denn im Bette oder Leibe findet man doch keinen andern Gesellschafter als sich –, so taugt alles dazu, was nicht aufhört und ohne Absätze wiederkehrt. Der eine stellt sich auf einen Stern und wirft aus einem Korbe voll Blumen eine nach der andern in den Weltabgrund, um ihn (hofft er) zu füllen; er entschläft aber vorher. Ein anderer stellt sich an eine Kirchentüre und zählt und sieht die Menge ohne Ende, die herauszieht. Ein dritter, z. B. ich selber, reitet um die Erde, eigentlich auf der Wolkenbergstraße des Dunstkreises, auf der wahren, um uns hängenden Bergkette von Riesengebirgen, und reitet (indem er unaufhörlich selber das Roß bewegt) von Wolke zu Wolke und zu Pol-Scheinen und Nebelfeldern, und dann schwimmt er durch langes Blau und durch Äquator-Güsse, und endlich sprengt er zum andern Pole wieder zu uns herauf. – Ein vierter Schlaflustiger setzt irgendeinen Genius bis an den halben Leib in eine lichte Wolke und will ihn mit Rosen rund umlegen und überdecken, die aber alle in die weiche Wolke untersinken; der Mann läßt indes nicht ab und umblümet weiter – in die Runde – und immer fort – und die Blumen weichen – und der Genius ragt – wahrhaftig ich schliefe hier, hielte mich nicht das Schreiben munter, unter demselben selber ein. So wird uns nun der Schlaf – dieses schöne Stilleben des Lebens – von allem zugeführt, was einförmig so fortgeht. So schlafen Menschen über dem Leben selber ein, wenn es kaum acht oder neun Jahrzehende gedauert hat. So könnte sogar dieser muntere Aufsatz den Lesern die Kunst, einzuschlafen, mitteilen, wenn er ganz und gar nicht aufhörte.

Giuseppe Ungaretti

Überdruss

Auch diese Nacht wird vorübergehen

Diese Einsamkeit ringsum
schwankender Schatten der Straßenbahndrähte
auf dem nassen Asphalt

Ich betrachte die Köpfe der Kutscher
wie sie im Halbschlaf
schwanken

Schreiber der Nacht

Schlaflos in Rom

Juvenals Leiden war die typische Berufskrankheit vieler Dichter: er litt unter Schlafstörungen. Das gehört zum Metier, Leute wie er sind extrem geräuschempfindliche Wesen. Von den Höllenqualen, die sie bei ihrer hochkonzentrierten Arbeit erleiden, weiß der robustere Teil der Menschheit nur wenig. Seit Wochen schon warf er sich nachts auf seinem Lager umher, unruhig zwischen Schlafstatt und Schreibtisch pendelnd, vom kleinsten Kratzgeräusch aufgeschreckt, ganz zu schweigen von den Foltern, die Kindergeschrei, Fuhrwerksrattern oder der Lärm der Zecher aus der Taverne von gegenüber verursachen.

***

»magnis opibus dormitur in urbe. / inde caput morbi ...«. (In der Stadt Schlaf zu finden, kostet viel Geld. Daher alle die Übel.) In diesen Verszeilen aus der Dritten Satire konvergieren so gut wie alle Probleme des entwickelten Großstadtlebens. Wer sich ihrer bewußt werden will, darf kein *dormitator* sein, kein Träumer oder Phantast. Auch dem *dormitor*, dem Schläfer, bleiben die Untiefen dieses unterseeischen Treibens verborgen. Allein der Schlaflose erwirbt sich, wenn auch unfreiwillig, ein Anrecht auf Zeugenschaft. Allnächtlich wird er zum Herkules, der mit den Ausgeburten der City ringt, zum Mythologen, der sich den Monstern an den Korallenriffen und Sandbänken da unten entgegenstellt. Nur er sieht von Angesicht zu Angesicht die schrecklich gorgonischen Fratzen der steinernen Tiefsee, all die Medusen und tausendarmigen Kraken, die erst nachts aus ihren Schlupflöchern kriechen. Daß es sich hierbei um leibhaftige Ungeheuer mit Körpern und Köpfen handelt, darauf deutet schon das symbolische *caput morbi.*

Und so war es gemeint, als Juvenal wie in jäher Einsicht aus den trüben Fluten der Metropole das Haupt der Krankheit auftauchen sah, den fürchterlichsten der Drachenköpfe – *caput morbi* – den Quell aller Übel. Was ihm entgegenglotzte, mit blutigen Augäpfeln, war nichts anderes als das Gespenst der Schlaflosigkeit. Wer auch nur einmal von ihm fixiert worden ist, den läßt es so schnell nicht mehr aus den Augen. Nacht für Nacht kehrt es pünktlich wieder, und statt Hypnose, erlösende Suggestion, bringt es immer nur diesen fiebrigen Zustand überwacher Bewußtheit. *Insomnia* – kein anderer Dämon ist so persönlich. Wohin man sich auch wendet, er bleibt einem auf den Fersen, stiehlt Energien und Zeit und zuletzt den Lebensmut selbst. Glaubt man, ihn ausgesperrt zu haben, abgeschüttelt hinter schalldichten Mauern, begraben in tiefster Matratzengruft, tritt er einem, ganz plötzlich, aus dem eigenen Körper entgegen. Nichts zerrt so sehr an den Nerven, kein Virus ist dem Immunsystem gefährlicher als dieser Quälgeist. Aufdringlicher als jeder Doppelgänger verwandelt er den Bewohner der Großstadt in einen chronisch Kranken. Migräne, Unlust, Dauermüdigkeit, physische wie geistige Zerrüttung sind die Folgen, die einem das Rendezvous mit dem Scheusal beschert. Nach Wochen der Schlaflosigkeit ist der Betroffene erledigt, ein wandelnder Leichnam. Doch wo wären beide, der Leichnam ebenso wie sein perfekter Mörder, der Dämon *insomnia*, besser aufgehoben gewesen als zwischen den Zeilen einer Satire? Waren Satiren nicht die geeignete Untermalung eines üppigen Festgelages? Und kam nicht nach der Speisung unweigerlich jedesmal der Heimweg, die Zeit der Gedankenspiele und der Verdauung? Während der Magen seine Arbeit verrichtete, kehrten die mit vollem Munde verspotteten Übel eins nach dem andern zurück. Die meisten Todesfälle unter den wohlhabenden Römern traten während der Nacht ein oder am Morgen nach solcher fettreichen Mahlzeit. Nach den Satiren – kamen die üblen Schatten zurück, die Echos all der Sarkasmen. Grund für die Schlaflosigkeit war neben vielem anderen auch ein voller Bauch. Überall Knochen und Rülpser, und die schöne Zeit war vorbei.

Wie aus dem stumpfen Geräusch einer Stadt, zumal am Morgen, unversehens eine festliche Ouvertüre wird, hat eindrucksvoll Marcel Proust beschrieben in der berühmten Sequenz über die *cris de Paris*. »Das Gehör, dieser köstliche Sinn, macht die Straße, die es mit ihren feinsten Linien nachzuzeichnen vermag, für uns unmittelbar gegenwärtig; es skizziert uns alle vorüberziehenden Formen und zeigt uns deren Farbe.« Was aber, wenn einer nicht mehr die Freiheit hat, all das zu empfinden? Wem das übertrieben vorkommt, der mache sich klar, welch grausame Spur die Schlaflosigkeit durch die Literatur aller Zeiten gezogen hat. Wohlgemerkt: nicht als Motiv nur, sondern als schrecklich persönliche Realität. Weniges hat so schlimme Verwüstungen angerichtet, zumal in den empfindsameren Gemütern. Es hat Jahrhunderte gedauert, bis man das Wirken des Dämons endgültig erkannte und systematisch zu erforschen begann, in schmerzlichen Strophen zuerst, später in medizinischen Studien. In der russischen Literatur wird aus der Schlaflosigkeit ein Topos, der keinen Dichter mehr unberührt ließ. Nichts war so sehr geschaffen, das Ende der Romantik auf den Punkt genau zu bestimmen und sie zugleich, im Bild der Auszehrung, hinüberzuretten in die nächste Epoche. Erst dort, unter den weiten Himmeln des Zarenreichs, war es das Kennwort, das die meisten Symptome der Krankheit Moderne umfaßte. Wer ihm nachging in seinen Gesängen, intonierte damit die Verlorenheit der Dichtung selbst, diesseits von bloßem Weltschmerz und expressionistischer Imponiersucht. Er besang die verstörte Hellsichtigkeit beim Wachträumen in einer Zeit, da der Schlaf der Vernunft sich der Gesellschaft bemächtigt hatte, als technischer Fortschritt, der Menschen wie Dinge gleichermaßen hypnotisierte. Der Naturversunkenheit, dem Unendlichkeitsschwindel der europäischen Romantik folgte die Nüchternheit traumlos durchwachter Nächte in den Labyrinthen der Industrie. Im Motiv der Schlaflosigkeit trat die Verlusterfahrung als physische Gegenwart auf. In ihm klang fort, was an innegewordener Welt zum Gehirnschmerz wurde. Empfindungen, die längst ortlos geworden waren: in diesem Topos fanden sie ihre Zuflucht. Was im Werk Baudelaires der *ennui* war, der *spleen* von Paris, ein pathologischer Befund für die Entzugserscheinungen des lyrischen Ichs, das riefen die Enkel Lermontows und Baratynskis unterm Namen der Schlaflosigkeit an, auf russisch: *bessonitsja.* Die Phantasien einer ganzen Dichtergeneration kreisten um dieses eine Zauberwort, und gemeint war nicht irgendein symbolistischer Slogan, sondern das Wort in seiner ursprünglichen Bedeutung. In ihm kam das Schwindelgefühl zur Geltung, das sie als *Kinder der Zivilisation*, als vorerst letzte Vertreter der griechisch-römischen Hochkultur im Zeitalter der Telephone,

Straßenbahnen und Flugzeuge erfaßt hatte. Am prägnantesten wohl in einem Gedicht des jungen Mandelstam. Es beginnt mit der erstaunlichen Zeile: »Schlaflosigkeit. Homer. Die Segel, die sich strecken«, und fährt dann fort: »Ich las im Schiffsverzeichnis, ich las, ich kam nicht weit: / Der Strich der Kraniche, der Zug der jungen Hecke / hoch über Hellas, einst, vor Zeit und Aberzeit.«
Hermetische Verse, die scheinbar ins Irreale weisen, und doch umschreiben sie eine familiäre Situation: die des Dichters, der staunend zwischen den Zeiten sitzt wie zwischen Stühlen. Seine Schlaflosigkeit hat mit dem geschärften Bewußtsein für das Transitorische unseres Daseins zu tun. In seiner Insistenz erst zeigt sich, was es mit den erzwungenen Nachtwachen immer schon auf sich hatte. Einer wie Mandelstam, weit entfernt vom Naturalismus des Satirikers Juvenal und doch nah dem gemeinsamen Ursprung, spricht aus, worum es bei diesem Nervenleiden von Anfang an ging. Vor dem inneren Auge des Insomnambulen gleiten ganze Zeitalter wie Zugvogelschwärme vorüber. Was im Vordergrund als bloße Ruhestörung erscheint draußen vorm Fenster, Gewühl und Verkehrslärm der Großstadt, ist im Grunde das *Rauschen der Zeit.* So lautete Mandelstams Formel für das fortwährende Vibrato des Raumes, das den meisten erspart bleibt, weshalb ihr Schlaf auch gesünder ist als der vieler Musensöhne. Den Dichter dagegen bringt das Getöse der Vergänglichkeit um den Schlaf. Seine Unruhe kommt daher, daß er Geschichts- und Lebenszeit nur selten im Einklang wahrnimmt. »Hören Sie denn nicht dieses entsetzliche Schreien, das man gewöhnlich die Stille heißt?«, fragt einer der ihren, den man getrost anonym halten kann, weil er für viele von seiner Art spricht. Die Welt des Schlaflosen ist eine andere als die des friedlich Schlummernden. Seit Homer ist sie das irdische Exil der Poeten, der Zeitreisenden mit dem absoluten Gehör.

SCHLAFLOSIGKEIT. HOMER. Die Segel, die sich strecken.
Ich las im Schiffsverzeichnis, ich las, ich kam nicht weit:
Der Strich der Kraniche, der Zug der jungen Hecke
hoch über Hellas, einst, vor Zeit und Aberzeit.

Wie jener Kranichkeil, in Fremdestes getrieben –
Die Köpfe, kaiserlich, der Gottesschaum drauf, feucht –
Ihr schwebt, ihr schwimmt – wohin? Wär Helena nicht drüben,
Achäer, solch ein Troja, ich frag, was gält es euch?

Homer, die Meere, beides: die Liebe, sie bewegt es.
Wem lausch ich und wen hör ich? Sieh da, er schweigt, Homer.
Das Meer, das schwarz beredte, an dieses Ufer schlägt es,
zu Häupten hör ichs tosen, es fand den Weg hierher.

André Gide

Von der Arbeit des Einschlafens und des Schreibens (I)

3. Mai 1906

Eine Methode – das ist es, was mir aufzuerlegen ich nicht fertig bringe, aus übermäßiger Lebhaftigkeit; nicht etwa, daß ich nicht wünschte, mich ihr zu unterwerfen, aber mein Körper sträubt sich unausgesetzt gegen das, was mein Geist vorschlägt.
Was ist mein Entschluß wert, bei Sonnenaufgang aufzustehen, wenn ich in der Nacht nicht schlafen konnte? Oder zu wachen, wenn ich vor Schlaf umsinke? Ich bin gezwungen, mich zu überlisten und das Gute zu nehmen, wie es kommt.

4. Mai 1906

Nach einer Nacht schrecklicher Schlaflosigkeit fühle ich mich beim Aufstehen mehr aufgeregt als müde.

Sonntag, 6. Mai 1906

Gestern um halb eins nach Hause gekommen – sofort schlafen gegangen. Habe leidlich geschlafen, bin kurz nach sieben Uhr aufgestanden; ein Bad genommen; an Gérard geschrieben; Jammes geantwortet und aus dem Gedächtnis meinen Brief aufgeschrieben (eine Übung, die ich ganz gern mache, die mir aber etwas zuviel Zeit genommen hat), der den veranlaßt hat, den ich heute morgen von ihm erhalte.
Ziemlich spaßig, die Geschichte von der Artikelfehlgeburt.
Ich schreite im *Mémorandum* voran und unterhalte mich besser, als ich mir zugestehen möchte, bei der fortwährenden Geschraubtheit dieses Stils, neben dem jeder andere *schwerfällig* erscheint.
Gehe aus, um mit den Ducotés zu essen.
Unmöglich, so weiterzumachen; ich muß zum Arzt. Diese furchtbare Müdigkeit macht mir allmählich eine Art Angst vor allen Äußerungen des Lebens. Am Abend nach dem Essen bei meiner Tante Charles ge-

he ich schon um neun Uhr nach Hause, den Kopf ganz verfinstert von Müdigkeit; nichts mehr wert. Gehe schlafen.

10. Mai 1906

In zwei Tagen muß ich mich nach Cuverville verziehen. Der Gedanke genügt, um meine Zeit durcheinanderzubringen. Gestern und vorgestern den ganzen Tag zu Besorgungen verwendet. Da ich das Oxfordheft abgeschlossen und dieses gräßliche kleine noch nicht hatte, habe ich seit dem 7. nichts mehr eingetragen; habe übrigens nichts getan, was Wert hätte; mein Geist hat sich locker vom Zufall treiben lassen. Ich muß mich entschließen, zum Arzt zu gehen. Schon vor drei oder vier Jahren hätte ich mich dazu entschließen sollen. Zu lange habe ich mich mit dieser Müdigkeit, mit diesem Nachlassen der Kraft abgefunden. Absurd! Was macht mir die Strenge einer Diät aus, wenn sie mir wenigstens erlaubt, wieder mehr zu arbeiten! Was habe ich bisher geleistet, verglichen mit dem, was ich hätte leisten können? Seit vier Jahren trete ich auf der Stelle.

Sonntag, 13. Mai 1906

Gestern in Cuverville angekommen. Es ist so schönes Wetter, daß dieser Tag den glücklichsten meiner Kindheit gleicht. Ich schreibe dies im großen Zimmer über der Küche, zwischen den zwei offenen Fenstern, durch die der Sonne laue Freude hereinströmt. Einzig mein müdes Ebenbild, das ich im Spiegel an der Wand über meinem Tisch erblicke, schadet der vollkommenen Entwicklung meines Glücks. (Ich muß wieder methodisch lernen, glücklich zu sein. Das ist eine Gymnastik, wie die der Hanteln; *das läßt sich machen.*)

***

Mich vor zehn Uhr niedergelegt; im Bett noch im *Mémorandum* gelesen. Schlaf von längeren Schlaflosigkeiten unterbrochen, wobei sich die Einbildungskraft erhitzt und mir absurde Gegenstände der Beunruhigung vorführt.

Samstag, 19. Mai 1906

Lange Schlaflosigkeit. Für meinen Hochmut ein bitteres Leiden, das

zum Wahnsinn führte, käme der Tag nicht noch eben recht. Ja, die Position ließ sich leicht einnehmen; sie ist grausam schwierig zu halten.
Aegri somnia.
Handwerker meiner Qual!
Wenn es mir wieder *gut*gehenwird, werde ich über solche Geständnisse erröten. Arbeiten wir.

Kopfschmerzen. Eine Art Schleier zwischen mir und den *Gedanken.* Ach! Sollte ich wirklich nicht mehr von mir verlangen können?

Montag, 21. Mai 1906

Furchtbare Nacht; ich war bis ein Uhr wach geblieben, hoffte, Müdigkeit werde der Schlaflosigkeit Herr werden. Nach ziemlich guter Arbeit lege ich mich ruhigen Geistes nieder. Unmöglich, zu schlafen, und fortschreitendes *Erkalten* des ganzen Körpers, trotz des Anhäufens von Decken. Vergeblich reibe ich mich, ziehe Kniewärmer an, lege noch die Überdecke auf mich. Eigentlich müßte ich ersticken; ich schlottere.
Gegen drei Uhr schlafe ich ein und erwache vor sieben – anscheinend nicht allzu müde, aber anfällig von überallher, der geringsten *Widrigkeit* ausgeliefert. Und gerade an diesem Morgen erhalte ich von Jammes einen äußerst verletzenden Brief. Und einen des kleinen Louis Rouart, so schrecklich agressiv (unter dem Deckmantel freundlicher Sympathie), daß ich meinen ganzen Morgen damit verbringen muß, ihm zu antworten. (Es handelt sich um den Artikel über *Amyntas,* den *L'Occident* von ihm verlangt und worin er zeigen will, daß … usw. …, usw. … den Sinn meines Buches, aller meiner Bücher, von mir selbst fürchterlich verfälschend …)
Nach dem Essen empfange ich, um mich zu entspannen, den Besuch Paul Valérys. Reizender Besuch, der mich aber erschöpft zurückläßt.

2. Januar 1907

Wichtig ist für mich zur Zeit nicht so sehr, was ich lese, als die Art, wie ich es lese, die Aufmerksamkeit, die ich darauf verwende. Ich muß mit allen Mitteln gegen das Abschweifen und die Zerstreutheit der Gedanken ankämpfen. Auch *deshalb* habe ich mich wieder in dieses

Tagebuch eingespannt; ohne viel Lust, aber als Übung für die Arbeit. Aber was kann ich zu erreichen hoffen, wenn mich, der Schlaf im Stich läßt, sobald ich wieder anfange zu arbeiten?

3. Januar 1907

Wie glücklich war die Zeit, als ich, Gebieter über alle meine Stunden, so gut über sie verfügt hatte, daß jede ganz erfüllt war; wo die geringste Viertelstunde nicht ohne ihre Fracht davoneilte. Meine ganze Arbeit war im voraus geregelt; ich wußte jeden Abend, ehe ich zu Bett ging, was ich am nächsten Morgen tun würde; bei der einen Arbeit erholte ich mich von der andern; ich liebte den Zwang dieser Methode und bemühte mich, mir selbst unverbrüchlich die Treue zu halten und so zu sein, wie ich es beschlossen hatte.
Vielleicht hätte ich nicht ohne eine gewisse Erstarrung so weitermachen können ...

5. Januar 1907

Gestern abend nichts geschrieben. Nichts gelesen. Habe ich deshalb besser geschlafen? Nachdem ich sehr bald nach dem Abendessen ins Bett gegangen war, konnte ich die weite Schale fast ganz mit Schlaf füllen und sie leeren, ohne allzuoft Atem zu schöpfen. Ich erhebe mich, heute morgen, den Kopf fest auf den Schultern.

Montag, 7. Januar 1907

Die Unordnung in meinen Gedanken spiegelt die Unordnung meines Hauses wider, wo jedes Zimmer »unerledigt bleibt«.
Gestern abend habe ich mich hingelegt, ohne irgend etwas zu schreiben, schon um halb neun Uhr von Schläfrigkeit überwältigt. Habe aber nicht einschlafen können ... Unmöglich zu entscheiden, ob ich nach Berlin fahren soll oder nicht; unmöglich auch nur zu entscheiden, ob ich Lust habe hinzufahren. Mich mitnehmen lassen, ja, das vielleicht. Mein schwankender Charakter hat wenigstens das eine Gute, daß er keine Reue kennt. Diese Unentschlossenheit ist gleichzeitig Wirkung und Ursache meiner Müdigkeit ... Dann ist es doch besser, in Paris zu bleiben. – Ich überlasse es meinen Freunden, meine Apathie als Hochmut und Stolz zu deuten.

Donnerstag, 17. Januar 1907

Aufnahme von Barrès in die Académie.
Was für eine banale Rede hat er uns gehalten! Wie habe ich unter den Feigheiten, den Schmeicheleien, den Verbeugungen vor den Ansichten der Versammlung gelitten, die ihm vielleicht ganz natürlich sind, womit ich sagen will, daß er darum sein Denken nicht zu fälschen brauchte, die aber hier allzu billigen Beifall fanden; wie auch sein Hieb gegen Zola.
Ganz demoralisiert von Erschöpfung und Traurigkeit da herausgekommen. Noch so ein Tag, und ich bin reif für die Religion.

21. Januar 1908

Copeau kommt zum Abendessen; Marcel stößt nach dem Abendessen zu uns, und wir beschäftigen uns bis ein Uhr morgens damit, mit Hilfe von Zitaten einen *Brief aus Deutschland* zu verfertigen, den ich am Sonntag morgen ins reine schreibe, am Sonntag abend Coupeau vorlesen gehe und am Montag zum *Mercure* bringe. Ich halte ihn für … comme il faut.
Etwas mehr Mut, Freude, *Druck* in diesen letzten Tagen. Wenn ich nur schlafen könnte! Schon betrachte ich mich als *fast* befriedigt von diesen Nächten in Fetzen, wenn nur das häufige Aufwachen ohne Ängste abläuft und den Schlaf nicht zu lange unterbricht.
Ich habe zwei Nächte hintereinander besser geschlafen, nachdem ich wie ein Kind um halb neun Uhr zu Bett gegangen war; aber wie das – regelmäßig – von sich erreichen! Auf alle abendliche Arbeit, alle Lektüre verzichten! …

26. Januar 1908

Jean Schlumberger ist mit uns; Ghéon hat seinen Zug um elf Uhr nehmen müssen. Vielé-Griffin und Souza schleppen uns ins *Weber*, wo der Abend sich bis nach Mitternacht hinzieht. Es ist halb zwei Uhr, als ich nach Hause komme. Abscheuliche Nacht; konnte nicht einen Augenblick einschlummern. Öfter als …

27. Januar 1908

Mein Temperament lehnt sich beklagenswerterweise gegen jede Beschränkung auf, die mein Geist ihm auferlegen möchte. Was tun, angesichts der Schlaflosigkeit, oder jener namenlosen Nervosität, die mich am Einschlafen hindert? Weiß ich denn, in welcher Stimmung ich morgen früh aufwachen werde? Kann ich es nach einer Nacht voller Ängste wagen, mich mit demselben Schwung an die Arbeit zu machen, wie ich es ausgeruht täte? Ich träume – habe immer geträumt – von einer Methode, die, bis hin zu meinen Launen alles regelte und mir erlaubte, ein Maximum von mir zu erhalten; und eine solche Methode muß ich nun jeden Tag abändern. Hätte ich gestern nicht zwei Stunden nach Mittag geschlafen, hätte ich nicht bis abends durchgehalten. – Und so fort.

2. Februar 1908

Gräßliche Nacht; nicht aufgehört zu reden, mir endlos Blödsinn ins Gedächtnis zurückzurufen (Besessensein von Satzgliedern, von Wörtern, die man sich idiotisch, unwiderstehlich wiederholt, ich weiß nicht wieviele Male) und in einem offenen Buch neue Texte zu lesen, die ich erfand! Zudem war mir sehr kalt, trotz Bettflasche und Anhäufung von Decken. Gestern hatte ich mich zweifellos erkältet; Halsweh und Leibschmerzen; aber die Nerven verstärken das alles noch. Dann war ich, ohne mir Bewegung zu verschaffen, den ganzen Tag, oder fast den ganzen, bei der Arbeit geblieben … Das darf ich noch nicht.

Von der Arbeit des Einschlafens und des Schreibens (II)

2 Oktober ‹1911› Schlaflose Nacht. Schon die dritte in einer Reihe. Ich schlafe gut ein, nach einer Stunde aber wache ich auf, als hätte ich den Kopf in ein falsches Loch gelegt. Ich bin vollständig wach, habe das Gefühl gar nicht oder nur unter einer dünnen Haut geschlafen zu haben, habe die Arbeit des Einschlafens von neuem vor mir und fühle mich vom Schlaf zurückgewiesen. Und von jetzt an bleibt es die ganze Nacht bis gegen 5 so, daß ich zwar schlafe daß aber starke Träume mich gleichzeitig wach halten. Neben mir schlafe ich förmlich, während ich selbst mit Träumen mich herumschlagen muß. Gegen 5 ist die letzte Spur von Schlaf verbraucht, ich träume nur, was anstrengender ist als Wachen. Kurz ich verbringe die ganze Nacht in dem Zustand, in dem sich ein gesunder Mensch ein Weilchen lang vor dem eigentlichen Einschlafen befindet. Wenn ich erwache sind alle Träume um mich versammelt aber ich hüte mich, sie zu durchdenken. Gegen Früh seufze ich in den Polster, weil für diese Nacht alle Hoffnung vorüber ist. Ich denke an jene Nächte, an deren Ende ich aus dem tiefen Schlaf gehoben wurde und erwachte, als wäre ich in einer Nuß eingesperrt gewesen. Eine schreckliche Erscheinung war heute in der Nacht ein blindes Kind scheinbar die Tochter meiner Leitmeritzer Tante die übrigens keine Tochter hat sondern nur Söhne, von denen einer einmal den Fuß gebrochen hatte. Dagegen waren zwischen diesem Kind und der Tochter Dr. Marschners Beziehungen, die, wie ich letzthin gesehen habe, auf dem Wege ist, aus einem hübschen Kind ein dickes steif angezogenes kleines Mädchen zu werden. Dieses blinde oder schwachsichtige Kind hatte beide Augen von einer Brille bedeckt, das linke unter dem ziemlich weit entfernten Augenglas war milchgrau und rund vortretend, das andere trat zurück und war von einem anliegenden Augenglas verdeckt. Damit dieses Augenglas optisch richtig eingesetzt sei, war es nötig, statt des gewöhnlichen über das Ohr zurückgehenden Halters, einen Hebel anzuwenden, dessen Kopf nicht anders befestigt werden konnte als am

Wangenknochen, so daß von diesem Augenglas ein Stäbchen zur Wange hinuntergieng, dort im durchlöcherten Fleisch verschwand und am Knochen endete, während ein neues Dratstäbchen heraustrat und über das Ohr zurückgieng. – Ich glaube, diese Schlaflosigkeit kommt nur daher, daß ich schreibe. Denn so wenig und so schlecht ich schreibe, ich werde doch durch diese kleinen Erschütterungen empfindlich, spüre besonders gegen Abend und noch mehr am Morgen, das Wehen, die nahe Möglichkeit großer mich aufreißender Zustände, die mich zu allem fähig machen könnten und bekomme dann in dem allgemeinen Lärm der in mir ist und dem zu befehlen ich nicht Zeit habe, keine Ruhe. Schließlich ist dieser Lärm nur eine bedrückte, zurückgehaltene Harmonie, die freigelassen mich ganz erfüllen, ja sogar noch in die Weite spannen und dann noch erfüllen würde. Jetzt aber verursacht mir dieser Zustand neben schwachen Hoffnungen nur Schaden, da mein Wesen nicht genug Fassungskraft hat, die gegenwärtige Mischung zu ertragen, bei Tag hilft mir die sichtbare Welt, in der Nacht zerschneidet es mich ungehindert.

3 Oktober ‹1911› Die gleiche Nacht, nur noch schwerer eingeschlafen. Beim Einschlafen ein vertikal gehender Schmerz im Kopf über der Nasenwurzel, wie von einer zu scharf gepreßten Stirnfalte. Um möglichst schwer zu sein, was ich für das Einschlafen für gut halte, hatte ich die Arme gekreuzt und die Hände auf die Schultern gelegt, so daß ich dalag wie ein bepackter Soldat. Wieder war es die Kraft meiner Träume, die schon ins Wachsein vor dem Einschlafen strahlen, die mich nicht schlafen ließ. Das Bewußtsein meiner dichterischen Fähigkeiten ist am Abend und am Morgen unüberblickbar. Ich fühle mich gelockert bis auf den Boden meines Wesens und kann aus mir heben, was ich nur will. Dieses Hervorlocken solcher Kräfte, die man dann nicht arbeiten läßt, erinnern mich an mein Verhältnis zur B. Auch hier sind Ergießungen, die nicht entlassen werden, sondern im Rückstoß sich selbst vernichten müssen, nur daß es sich hier – das ist der Unterschied – um geheimnisvollere Kräfte und um mein Letztes handelt.

15 XI 11 Gestern abend schon mit einem Vorgefühl die Decke vom Bett gezogen, mich gelegt und wieder aller meiner Fähigkeiten mir bewußt geworden, als hielte ich sie in der Hand; sie spannten mir die Brust, sie entflammten mir den Kopf, ein Weilchen wiederholte ich, um mich darüber zu trösten, daß ich nicht aufstand um zu arbeiten: Das kann nicht gesund sein, das kann nicht gesund sein und wollte den Schlaf mit fast sichtbarer Absicht mir über den Kopf ziehn. Immer dachte ich an eine Mütze mit Schirm, die ich um mich zu schützen, mit starker Hand mir in die Stirne drücke. Wie viel habe ich gestern verloren, wie drückte sich das Blut im engen Kopf, fähig zu allem, und nur gehalten von Kräften, die für mein bloßes Leben unentbehrlich sind und hier verschwendet werden.

21 X 11 Nun liege ich aber hier auf dem Kanapee, mit einem Fußtritt aus der Welt geworfen, passe auf den Schlaf auf der nicht kommen will und wenn er kommt mich nur streifen wird, die Gelenke habe ich wund vor Müdigkeit, mein dürrer Körper zittert sich zugrunde in Aufregungen, derer er sich nicht klar bewußt werden darf, im Kopf zuckt es zum Erstaunen. Und da stehen die 3 Frauen vor meiner Tür, eine lobt mich wie ich war, zwei wie ich bin. Die Köchin sagt, ich werde gleich, sie meint ohne jeden Umweg in den Himmel kommen. So wird es sein.

22 XI 11 Sicher ist, daß ein Haupthindernis meines Fortschritts mein körperlicher Zustand bildet. Mit einem solchen Körper läßt sich nichts erreichen. Ich werde mich an sein fortwährendes Versagen gewöhnen müssen. Von den letzten wild durchträumten, aber kaum weilchenweise durchschlafenen Nächten bin ich heute früh so ohne Zusammenhang gewesen, fühlte nichts anderes als meine Stirn, sah einen halbwegs erträglichen Zustand erst weit über dem gegenwärtigen und hätte mich einmal gerne vor lauter Todesbereitschaft mit den Akten in der Hand auf den Cementplatten des Korridors zusammengerollt. Mein Körper ist zu lang für seine Schwäche, er hat nicht das geringste Fett zur Erzeugung einer segensreichen Wärme, zur Bewahrung inneren Feuers, kein Fett von dem sich einmal der Geist über seine Tagesnotdurft hinaus ohne Schädigung des Ganzen nähren könnte. Wie soll das schwache Herz, das mich in der letzten Zeit öfters gestochen hat, das Blut über die ganze Länge dieser Beine hin stoßen können. Bis zum Knie wäre genug Arbeit, dann aber wird es nur noch mit Greisenkraft in die kalten Unterschenkel gespült. Nun ist es aber schon wieder oben nötig, man wartet darauf, während es sich unten verzettelt. Durch die Länge des Körpers ist alles auseinandergezogen. Was kann er da leisten, da er doch vielleicht, selbst wenn er zusammengedrängt wäre, zuwenig Kraft hätte für das, was ich erreichen will.

23 XI 11 Von was für Zuständen ich durch meine Lebensweise abhängig werde! Heute nacht habe ich etwas besser als in der letzten Woche geschlafen, heute nachmittag sogar ziemlich gut, ich habe sogar jene Verschlafenheit die auf mittelguten Schlaf folgt, infolgedessen befürchte ich, weniger gut schreiben zu können, fühle, wie sich einzelne Fähigkeiten tiefer ins Innere schlagen und bin auf alle Überraschungen vorbereitet d. h. sehe sie schon.

21 I 22 Ich schlief nach Mitternacht ein, erwachte um 5, eine außergewöhnliche Leistung, außergewöhnliches Glück, außerdem war ich noch schläfrig. Das Glück war aber mein Unglück, denn nun kam der nicht abzuwehrende Gedanke: soviel Glück verdienst Du nicht, alle Götter der Rache stürzten auf mich herab, ich sah ihren wütenden Obersten die Finger wild spreizen und mir drohen oder fürchterlich Cymbel schlagen. Die Aufregung der 2 Stunden bis 7 Uhr verzehrte nicht nur den Schlafgewinn, sondern machte mich den ganzen Tag über zittrig und unruhig.

Hans-Erich Nossack

Aus den Tagebüchern 1950/51

17. 12. 1950
(eigentlich: 18. 12. morgens 3 h)

Schreibe dies nur, um den vergeblichen Versuch einzuschlafen ein wenig zu unterbrechen.
Hatte den ganzen Tag Kopfschmerzen, wie immer, wenn ich am Abend vorher ein Bad nehme, mag ich das Wasser noch so lau nehmen. Danach den ganzen Tag gearbeitet und nicht einmal schlecht, wie mir scheint. Auch das ist eine Erfahrung, daß durch irgendwelche Mittel herabgedämpfte Kopfschmerzen wenn nicht die Arbeit, doch die Voraussetzungen zur Arbeit fördern.

25. 12. 1950

Zu müde, um hier etwas zu schreiben. Habe immerhin an der Erzählung weitergearbeitet. Es fehlen nur noch eine Handvoll Zeilen, die ich aber wegen der Müdigkeit zu schreiben unterließ. Man gerät so leicht auf eine falsche Fährte, wenn man nicht wach genug ist, und die Folge ist dann gleich ein großer Ekel. Wird ca. 40 Buchseiten lang. In acht Tagen, davon zwei obligate bürgerliche Feiertage, das ist keine schlechte Leistung.
Nachts zu wenig Schlaf, da ich gegen 3 h den kleinen Hund runterführen mußte, der Durchfall hatte. Aber wie lange hat es gedauert, bis ich begriff. Er heulte ein paar Mal mit Zurückhaltung auf. Ich schalt ihn, ermahnte ihn, in seinem Korb zu bleiben, und ging wieder zu Bett. Eine Viertelstunde blieb er ruhig, dann wieder dies hilflose Aufschluchzen. Und dazu der ängstliche Blick, wenn man Licht macht und fragt, was los ist. Ich kleidete mich notdürftig an. O wie zog er mich an der Leine die Treppe hinunter. Kaum daß ich die Haustür aufschließen durfte. Dann auf die Straße, und es platzte ihm heraus. Welche Not muß das kleine Wesen ausgestanden haben, eh er uns zu wecken wagte.

Sicher, wenn man dies jemandem erzählt, wird es genügend Leute geben, die sagen: »Was für Sorgen der Mann hat!« – Nun ja, was läßt sich darauf antworten. Eigentlich nichts. Höchstens, daß es immer ein wenig verdächtig ist, wenn sich jemand gar zu laut auf die Tatsache berufen muß, daß ein Mensch wichtiger sei als ein Tier.

19. 6. 1951

Dies Gezappel an der Oberfläche führt zu nichts. Um sich über Wasser zu halten, greift man nach jedem Strohhalm und weiß vorher, daß es nur ein Strohhalm ist und daß man schon nach dem nächsten Ausschau halten muß und nach dem übernächsten. Welch ein klägliches Schauspiel!

Ich habe es soweit gebracht, daß ich vor Angst zu zittern oder mit mir selbst zu reden beginne, wenn ich morgens in der Zeitung eine Todesanzeige von irgendeiner wildfremden Persönlichkeit lese. Nicht aus Angst vor dem Tode, sondern davor, daß ich vor meinem Tode nie – nie wieder etwas Gültiges zustande kriege. Mit andern Worten: daß es schon jetzt ›aus‹ ist mit mir und daß die Gabe des Schreibens in mir versiegt ist. Nur weil ich das nicht wahrhaben will, beginne ich Abend für Abend von neuem, und weiß schon vorher, daß es nichts wird, und setze mich dennoch immer wieder hin und suche und warte und halte Umschau, bis mir schwindelig wird von all dem Leerlauf. Und dann gehe ich zu Bett, und es kommt der Schlaf, nicht als Erholung, sondern als ein Laster und als Flucht.

Die Zustände der Verlorenheit lassen sich mit keinen Worten schildern. Ja, schon jetzt verloren, und doch immer so tun, als wäre man nicht verloren! Ausgerüstet mit der geschicktesten Schauspielerei vor anderen und vor sich selbst. Nie wird es einer merken, und doch ausgeschlossen sein von allem, was man mitmacht. Ja, und ein Zurück gibt es nicht, da man alle Glücksmöglichkeiten vorher in Zahlung gegeben hat.

17. 7. 1951

Der Grund, warum ich wiederum einen Monat lang nichts aufgezeichnet habe, ist ganz einfach der, daß es mir so schlecht ging, daß meinem Munde nur Seufzer oder Verzweiflungsschreie entwischt wären. Und das darf nicht sein. Niemand weiß davon. Ich lege nach wie vor Wert darauf, der Bestgetarnte von meinen Kollegen zu sein. Praktisch ist mir nichts gelungen. Vielversprechende und manchmal wunderbare Anfänge, und dann – nach 10, 50 oder 80 Buchseiten versandet es.

24. 7. 1951

Es kann doch nicht sein, daß dies entsetzliche Leiden, dem ich mich stelle und das ich so ehrlich, wie mir möglich ist, zu bestehen versuche, ganz umsonst sein soll. Daß es nur ganz sinnloses Leid bleiben soll!

– Ich wage nicht, zu Bett zu gehen. Ich könnte im Schlaf sterben, und wenn ich dann aufwache, müßte ich zugeben: Also doch umsonst!

Vielleicht liegt der Fehler darin, daß ich vom Leid einen Ertrag erwarte. Es ist noch nicht einmal das allerechteste Leid, sondern ein hochmütiges Experiment.

17. 9. 1951

Ich muß noch ungefähr fünf Jahre durchhalten. Wird mir das gelingen? Und wieviel Tage und Nächte von diesen fünf Jahren werden wegen Kopfschmerzen verloren sein?

18. 9. 1951

– Spät nachts, wenn man von der Arbeit aufsteht, um sich endlich ins Bett zu legen, dann kommen immer diese Momente, in denen man endgültig aufgehört hat, Individuum zu sein, sondern nur noch klingendes Instrument für alle Gedanken ist, die in der Welt zahllos wie die Sterne umherschwirren und sich niederlassen möchten. Wer das zu Papier bringen könnte, der wäre kein Mensch mehr, der wäre ein Engel oder ich weiß nicht was. Aber es ist nicht möglich. Es sind ihrer zu viele, und sie sind zu rasch. Es bleibt eine ganz kurze Seligkeit, von ihnen benutzt und gebraucht zu werden, – dann ist es vorbei. Man hat Angst, in Verwirrung zu geraten.

22. 9. 1951

Vier Nächte Schlaflosigkeit. Auch am Tag gelang es nicht.

23. 9. 1951

In dem Buch von Béarn fiel mir auf, wie oft er Sätze mit der Wendung »soudain« beginnt. Das störte mich: es ist auch ungeschickt und ein wenig primitiv.

– Leser von Tagebüchern leben in ihrer Art das Leben des Tagebuchschreibers nach. Sie lernen Leute kennen und sind mit ihnen zusammen, die sie selbst nicht kennenlernen konnten. Es ist ein Ausgleich für die Ereignislosigkeit ihres eigenen Lebens. Und dagegen ist auch nichts zu sagen. Insofern sind Tagebücher berechtigt, indem sie anderen Teilnahme gewähren an Nöten und Problemen, an Gedanken etc., die der Leser vielleicht auch selbst hat, deren er sich aber wegen der Gebundenheit an sein Milieu nie bewußt werden würde.

In diesem Sinne ist im Grunde jedes Kunstwerk Tagebuchnotiz, d. h. die Spur eines zu Ende gelebten Gedankens. Nicht mehr als eine Spur, die aber den, der sie betrachtet, zu der Entscheidung zwingt, ob er für sich dieser Spur folgen will oder lieber eine andere Richtung einschlagen soll. Insofern ist sogar das Einseitige und Fehlerhafte, was jedem Tagebuch eigen ist, von Nutzen.

Freilich, der Schreiber des Tagebuchs darf nicht an diesen Nutzen für andere denken: sonst wird er sofort eine Pose einnehmen. Für ihn ist das Tagebuch nichts als eine Art Verdauung.

– Ich sehe, daß ich soeben das Wort »freilich« benutzt habe. Es muß dazu bemerkt werden, daß es ein mir fremdes und nur angelesenes Wort ist. Es ist mir so fremd, daß es mich sogar stört und mir affektiert vorkommt, wenn ich es bei anderen lese. Z. B. bei Jünger, der sich viel darauf zugute tut, aber es paßt auch zu ihm, bei dem alles Tarnung ist.

25. 9. 1951

Brief an Hermann Hakel, Wien, der mir seine Bücher schickte. Sonst nichts. Immer noch Schlaflosigkeit. Den Vortrag liegen gelassen, da noch nicht ganz sicher ist, ob ich ihn halten muß. Aber wie schon allein das Bewußtsein, daß ich ihn vielleicht halten muß, alles andere in mir paralysiert.

26. 9. 1951

Heute einmal wieder an meine Mutter geschrieben. Ach, das sind nur taktische Briefe, defensive Briefe, um die Hand, die vielleicht bei ihr gerade Böses tun will, im voraus zu lähmen oder wenigstens ihre Bewegungen unsicher zu machen. Aber die Gefahr besteht, daß man dann nachts die wirklichen Worte träumt, die man sagen müßte, oder daß diese zurückgedämmten Worte einen nicht schlafen lassen. –

2. 10. 1951

Traum der letzten Nacht: Stand auf dem Balkon irgendeines Gebäudes – eines Hotels oder so – unmittelbar am Meer. Schaute nach Westen, ich weiß nicht wieso und woher ich das weiß. Es erhob sich eine riesige Flutwelle, zehnmal so hoch wie das Haus, so daß ich steil nach oben blicken mußte. Auf ihrem Kamm sah man einen großen Schiffskörper, der schon herunterzustürzen drohte. Das Wasser war schwarzgrau. Da sagte ich zu einem, der neben mir stand: »Sie wird sich brechen, bevor sie das Ufer erreicht hat.«
Anscheinend verschluckte ich mich dabei und wachte auf. Wer sich im Schlaf verschluckt, der tut es gründlich und hat lange zu husten.

Die Mitternachtskrankheit

Der erste richtige Schriftsteller, den ich kennenlernte, war ein Mann, der alle seine Werke unter dem Namen August Van Zorn veröffentlichte. Er bewohnte im McClelland-Hotel, das meiner Großmutter gehörte, das Zimmer ganz oben im Türmchen und unterrichtete englische Literatur am Coxley, einem kleinen College auf der anderen Seite des unbedeutenden Pennsylvania River, der unsere Stadt in zwei Hälften teilte. Eigentlich hieß er Albert Vetch, und sein Spezialgebiet war, glaube ich, Blake; ich weiß noch, daß er immer einen gerahmten Druck des »Ancient of Days« an der verblaßten Textiltapete seines Zimmers hängen hatte, direkt über einem krummen hölzernen Kleiderständer, der einst meinem Vater gehört hatte. Mr. Vetchs Frau lebte, nachdem ihre Söhne ein paar Jahre vorher im Teenageralter bei einer Explosion hinterm Haus ums Leben gekommen waren, in einem Sanatorium oben in der Nähe von Erie, und ich hatte immer den Eindruck, daß er zum Teil auch des Geldes wegen schrieb, das er brauchte, damit sie dort bleiben konnten. Er schrieb Hunderte von Horrorgeschichten, von denen viele schließlich in Zeitschriften von damals – *Weird Tales, Strange Stories* oder *Black Tower* – veröffentlicht wurden. Es waren Schauergeschichten in der Art, wie Lovecraft sie geschrieben hatte, und sie spielten in ruhigen kleinen Orten in Pennsylvania, die das Pech hatten, an Stätten längst vergessener Erscheinungen von blutrünstigen fremden Göttern und irokesischer Folterkulte erbaut worden zu sein; geschrieben waren diese Geschichten jedoch in einem trockenen, ironischen, zuweilen fast schrulligen Ton, den ich in ähnlicher Form später im Werk John Colliers entdecken sollte. Er arbeitete nachts und benutzte stets einen Füllhalter; in eine Hudson-Bay-Decke gewickelt, saß er in einem Schaukelstuhl aus Rattan, und vor ihm auf dem Tisch stand eine Flasche Bourbon. Wenn ihm die Arbeit gut von der Hand ging, war in jeder Ecke des schlafenden Hotels zu hören, wie er schaukelte, irre schaukelte, während er seine Helden den grauenhaften Vergeltungen aussetzte,

die sie sich mit ihrer Leidenschaft für unbeschreibliche Dinge einhandelten.
Als aber der Markt für billige Horrormagazine in den Jahren nach dem Zweiten Weltkrieg schrumpfte, erschienen die marmorierten weißen Umschläge mit ihren fabelhaften New Yorker Adressen nicht mehr so regelmäßig auf dem Belleek-Teebrett auf dem Klavier meiner Großmutter; bald darauf blieben sie ganz aus. Ich weiß, daß August Van Zorn versuchte, sich umzustellen. Er siedelte seine Geschichten nun in den Randbezirken von Städten an und legte größeren Wert auf Humor, und er bemühte sich vergeblich, diese braven und spaßigen Geschichten an *Collier's* und die *Saturday Evening Post* zu verkaufen.
Eines Montagmorgens dann, als ich vierzehn Jahre und damit in einem Alter war, in dem ich die Arbeit des namenlosen, liebenswürdigen, sich selbst hassenden Mannes, der zwölf Jahre lang mit mir und meiner Großmutter unter einem Dach gelebt hatte, allmählich besser zu würdigen wußte, warf sich Honoria Vetch in das muntere Flüßchen, das am Sanatorium vorbei und durch unsere Stadt hinunter in den gelben Allegheny floß. Ihr Leichnam wurde nicht geborgen. Als am darauffolgenden Sonntag meine Großmutter und ich von der Kirche zurück waren, wies sie mich an, Mr. Vetch das Essen hinaufzubringen. Normalerweise hätte sie das selber gemacht – sie sagte immer, man könne weder bei Mr. Vetch noch bei mir sicher sein, daß der eine nicht dem anderen die Zeit stahl –, aber sie war mit ihm böse, weil er es abgelehnt hatte, an diesem einen von all den leeren Sonntagen seines Lebens zur Kirche zu gehen. Sie schnitt also die Rinde von zwei mit Hühnerfleisch belegten Sandwiches und legte sie zusammen mit einem Salzstreuer, einem weißen Pfirsich und einer King-James-Bibel auf ein Tablett, und ich stieg die Treppen zu seinem Zimmer hinauf, wo ich ihn in seinem immer noch leicht schaukelnden Rattanstuhl fand; in der linken Schläfe hatte er ein winziges schwarz umrandetes Loch. Trotz seiner Vorliebe für blutige Szenen und im Unterschied zu meinem Vater, der eine beträchtliche Schweinerei angerichtet haben mußte, verabschiedete sich Albert Vetch sauber und mit einem Minimum an Blut.
Wenn ich sage, Albert Vetch sei der erste richtige Schriftsteller gewesen, den ich kennenlernte, dann nicht, weil es ihm eine Zeitlang ge-

lang, seine Arbeiten an Zeitschriften zu verkaufen, sondern weil er der erste war, der die Mitternachtskrankheit hatte, den Schaukelstuhl und die verläßliche Bourbonflasche und den stieren Blick, der selbst am Tage von Schlaflosigkeit kündete. Jedenfalls war er, wenn ich es mir recht überlege, überhaupt der erste Schriftsteller – ob nun ein richtiger oder nicht –, der meinen Weg kreuzte, in einem Leben, das alles in allem von zu vielen Vertretern dieser sauertöpfischen und verhuschten Gattung bevölkert war. Er hat ein Beispiel gegeben, dem ich, als Schriftsteller, seit der Zeit nachgeeifert habe. Ich hoffe nur, ich habe ihn nicht erfunden.

Im Unterricht kam mir erstmals der Gedanke, ob nicht Menschen, die literarische Texte schrieben, an einer gewissen Störung litten – an einer Krankheit, die ich dann in Erinnerung an Albert Vetchs wildes nächtliches Schaukeln die Mitternachtskrankheit nannte. Dabei handelt es sich um so etwas wie emotionale Schlaflosigkeit; in jedem bewußten Augenblick fühlt sich das Opfer – selbst wenn er oder sie im Morgengrauen oder am hellichten Nachmittag schreibt – wie ein Mensch, der bei aufgerissenem Fenster in einem drückend heißen Schlafzimmer liegt, zu einem Himmel voller Sterne und Flugzeuge aufblickt und den Erzählungen einer klappernden Jalousie, einer Ambulanz, einer in einer Colaflasche gefangenen Fliege lauscht, während die Nachbarn rings um ihn fest schlafen. Meiner Meinung nach ist das der Grund, weshalb Schriftsteller – wie alle, die an Schlaflosigkeit leiden – so unfallgefährdet sind, so sehr darauf fixiert, Pech und verpaßte Gelegenheiten zu analysieren, so anfällig für endloses Grübeln und – damit einhergehend – die Unfähigkeit, von einem Thema abzulassen, selbst wenn sie immer wieder dazu aufgefordert werden.

Doch diese Beobachtungen machte ich erst später, als ich viele Jahre lang den Symptomen der Mitternachtskrankheit ausgeliefert war.

Wachliegen

»Mein Onkel lag mit halbgeschlossenen Augen da, die Nachtmütze fast bis zur Nase herabgezogen. Seine Phantasie schweifte schon und begann die gegenwärtige Szene mit dem Krater des Vesuv, der französischen Oper, dem Kolosseum in Rom, Dollies Wurstküche in London und all dem Mischmasch zu verbinden, womit das Hirn des Reisenden vollgestopft ist; mit einem Wort, er war gerade dabei einzuschlafen!«

So der vergnügliche Schriftsteller Washington Irving in seinen »Geschichten eines Reisenden«. Letzte Nacht allerdings widerfuhr es mir, dass ich nicht mit halbgeschlossenen, sondern mit weit offenen Augen dalag; nicht mit fast bis zur Nase herabgezogener Nachtmütze, da ich aus hygienischen Gründen nie eine solche trage, sondern mit zerzausten, wie von einer Heugabel aufgeworfenen Haaren auf dem Kopfkissen, ganz und gar nicht in den Schlaf sinkend, sondern vollständig, anhaltend und hartnäckig hellwach. Vielleicht war ich ohne jegliche wissenschaftliche Absichten oder Einsichten dabei, die Theorie der zwei Gehirnhälften zu illustrieren; vielleicht war der eine Teil meines Gehirns, hellwach, damit beschäftigt, den anderen zu bewachen, der schläfrig war. Sei es, wie es wolle, etwas in mir sehnte sich dringend nach Schlaf, aber etwas anderes in mir wollte partout nicht schlafen und war so halsstarrig wie Georg III.

Apropros – ich werde diese Aufzeichnungen dem Schweifen meiner Gedanken widmen, während ich wache. Die meisten Menschen, die hin und wieder wachliegen, lassen mich an Benjamin Franklin denken, und so kommen mir Benjamin Franklins Ausführungen über die Kunst, für angenehme Träume Vorsorge zu treffen, in den Sinn, die notwendigerweise die Kunst des Einschlafens umfassen müssten. Nun, da ich jene Abhandlung häufig als sehr kleiner Junge gelesen hatte, und da ich alles, was ich damals las, so vollständig erinnere, wie ich alles heute Gelesene vergesse, zitierte ich aus dem Gedächtnis: »Verlasse das Bett, schüttle dein Kissen auf, schüttle die Bettdecken

gut durch – mindestens zwanzigmal – dann decke das Bett auf und lasse es auskühlen. In der Zwischenzeit – immer noch unangezogen – laufe im Zimmer auf und ab. Wenn die kalte Luft dir unangenehm wird, dann gehe wieder in dein Bett, und dein Schlaf wird wohlig und süß sein.« Ganz und gar nicht! Ich führte die ganze Zeremonie durch, und wäre es mir möglich gewesen, noch telleräugiger zu sein als zuvor, war das das einzige Ergebnis meiner Bemühungen.
Außer Niagara. Die beiden Passagen aus Washington Irving und Benjamin Franklin mögen sie mittels einer amerikanischen Gedankenverbindung in meinen Kopf gebracht haben; doch da war ich, und der Hufeisenfall stürzte und donnerte in meinen Augen und Ohren, und eben jene Regenbogen, die ich in dem Wasserdunst zurückgelassen hatte, als ich sie das letzte Mal wirklich betrachtet hatte, waren wunderschön anzuschauen. Da das Nachtlicht immer noch schmucklos einfarbig war und der Schlaf mehrere tausend Meilen weiter entfernt schien als die Niagarafälle, entschloss ich mich, etwas über Schlaf nachzudenken. Kaum tat ich das, da wurde ich gegen meinen Willen ins Dury Lane Theater fortgetragen und sah dort einen großen Schauspieler und Freund (an den ich während des Tages gedacht hatte), wie er Macbeth spielte, und hörte ihn den ›alltäglichen Tod‹ zitieren, wie ich das viele Male gehört hatte in jenen vergangenen Tagen.
Aber Schlaf, ich will über Schlaf nachdenken. Ich bin wild entschlossen (so fuhr ich fort), über Schlaf nachzudenken. Ich muss das Wort Schlaf ganz festhalten oder ich bin in nullkommanichts auf Abwegen. Ohne mir Rechenschaft geben zu können, fühle ich mich schon im Abschweifen begriffen, nach Clare Market. Schlaf. Was die Gleichheit vor dem Schlaf betrifft, so wäre es gut zu wissen, wie viele seiner Phänomene allen Klassen gemeinsam sind, jeden Grad von Reichtum oder Armut, jeden Grad von Bildung oder Unwissenheit betreffen. Hier zum Beispiel ist Ihre Majestät, Königin Viktoria, in ihrem Palast, in eben dieser gesegneten Nacht, und hier ist Blinzel Charley, ein stämmiger Landstreicher im Gefängnis Ihrer Majestät. Ihre Majestät ist viele tausend Mal von demselben Turm gefallen, von dem ich hin und wieder zu fallen für mich selbst beanspruche. Ebenso Blinzel Charley. Ihre Majestät hat im Schlaf das Parlament eröffnet oder vertagt, oder sie hat eine Soiree gegeben, mit einem Nichts bekleidet, und

die Mängel und die Unschicklichkeiten ihres spärlichen Aufzugs haben ihr große Peinlichkeit verursacht. Ich, auf meinem Grad, habe unsägliche Erregungsstürme erfahren, indem ich den Vorsitz bei einem offiziellen Abendessen in der London Tavern, mit dem Nachthemd bekleidet, übernahm, und alle freundlichen Redekünste meines Gastgebers und Freundes Mr. Bathe konnten mich nicht überzeugen, dass es der Gelegenheit angemessen war. Blinzel Charley ist mehrfach in schlimmerer Lage vor Gericht gestanden. Ihre Majestät ist mit einem Gewölbe oder Firmament aus einer Art von Putzlumpen vertraut, mit einem verschwommenen Muster, das entfernt an Augen erinnert und sich hin und wieder ihrem Frieden aufdrängt. So geht es mir, so geht es Blinzel Charley. Für uns drei ist es recht gewöhnlich, dass wir mit luftigen Schritten flüchtig über den Erdboden dahinstreifen; auch, dass wir mit größter Intensität mit verschiedenen Leuten Gespräche führen, die wir alle selbst verkörpern, und zugleich am Ende unserer Möglichkeiten sind, zu erfahren, was sie uns sagen wollen; um dann unbeschreiblich erstaunt zu sein über die Geheimnisse, die sie uns enthüllen. Es ist wahrscheinlich, dass wir alle drei gemordet und Leichen versteckt haben. Es ist sehr wahrscheinlich, dass wir alle verzweifelt aufschreien wollten und keine Stimme hatten; dass wir alle ins Theater gegangen sind und nicht hinein kamen; dass wir viel mehr von unserer Jugend geträumt haben als von unserem späteren Leben. Dass – ich habe ihn verloren! Der Faden ist abgerissen.

Den Großen Sankt Bernhard hinauf

Und hinauf gehe ich. Ich, der ich hier mit dem Nachtlicht vor mir liege, hinauf gehe ich, ohne dass ich den geringsten Grund dafür finden kann; ich kann keine Verbindungen finden, die mich dazu veranlassen. Hinauf den Großen Sankt Bernhard! Ich habe einmal in der Schweiz gelebt und bin in den Bergen herumgewandert; aber warum ich da jetzt hingehen soll, und warum auf den Großen Sankt Bernhard vor allen anderen Bergen, das weiß ich nicht. Wie ich hier so hellwach liege, alle Sinne geschärft, so dass ich ganz deutlich entfernte Geräusche vernehme, die ich zu anderen Zeiten nicht höre, unternehme ich diese Reise, wie sie tatsächlich stattfand, an demselben Sommertag, mit derselben fröhlichen Gesellschaft – ah – zwei sind inzwischen tot, denke ich bekümmert –, und da ist derselbe Pfad mit denselben schwarzen hölzernen Armen, die den Weg weisen, und dieselben Schutzhütten hier und da; und derselbe Schnee fällt auf dem Gipfel und dieselben eisigen Nebel, da ist dasselbe eiskalte Kloster mit seinem Tiergeruch, dieselbe Hunderasse, die dabei ist auszusterben, und dieselbe Rasse von netten jungen Mönchen, in denen ich mit Bedauern die Schwindler erkenne, die sie sind, dieselbe Klosterstube mit dem Klavier und der Runde ums Feuer, dasselbe Abendbrot, dieselbe einsame Nacht in einer Zelle und derselbe klare frische Morgen, an dem das Hinausgehen in die äußerst verdünnte Luft wie ein Eintauchen in ein eisiges Bad war. Nun schau mal an, was jetzt daherkommt; und warum stolziert das in meinen Kopf, auf dem Gipfel eines Schweizer Berges!

Es ist eine Gestalt, die ich einmal sah, nach Einbruch der Dunkelheit, mit Kreide auf eine Tür gemalt, in einer kleinen dunklen Gasse nahe der Dorfkirche – meine erste Kirche. Wie klein ich zu jener Zeit war, weiß ich nicht, aber sie erschreckte mich so fürchterlich – in Verbindung mit dem Friedhof wahrscheinlich, denn sie raucht eine Pfeife und hat einen großen Hut auf, unter dem die beiden Ohren waagerecht unter der Krempe abstehen, und für sich betrachtet ist sie nicht bedrückender als ein Mund von Ohr zu Ohr, ein Paar Glubschaugen und Hände, wie ein Bund Möhren, fünf Stück in jedem Bund, sie machen können –, dass es immer noch leicht beunruhigend für mich ist, mir in Erinnerung zu rufen (was ich häufig tat, wenn ich wach lag), wie ich nach Hause lief, mich ständig umdrehte, die Angst davor, sie könne mir folgen, ob von der Tür abgelöst oder mit der Tür und allem, das kann ich nicht sagen, und ich konnte es wohl nie. Sie setzt Unangenehmes in Gang. Ich muss den Entschluss fassen, aus freien Stücken an etwas zu denken.

Die Ballonaufstiege der vergangenen Saison. Sie sind gut genug zum Drübernachdenken, während ich wachliege, wie irgendetwas anderes auch. Ich muss sie kräftig festhalten, denn ich merke schon, wie sie davongleiten, und da sind an ihrer Stelle die Mannings, Mann und Frau, und sie hängen oben über dem Gefängnis in der Pferdehändler-Gasse. In Verbindung mit diesem unerfreulichen Schauspiel erinnere ich die folgende seltsame Phantasie. Dass ich, nachdem ich die Hinrichtung gesehen und die beiden Gestalten da über dem Eingangstor baumelnd verlassen hatte – die des Mannes schlaff, ein loser Kleiderhaufen, als hätte der Mensch ihn verlassen; die der Frau eine feine Gestalt, so kunstvoll ins Korsett geschnürt und gekleidet, dass sie kaum verändert schien, ihre propre Erscheinung, wie sie da langsam hin- und herschwang –, dass ich wochenlang trotz größter Bemühungen das Äußere dieses Gefängnisses mir nicht vorstellen konnte (und der schreckliche Eindruck, den ich empfangen hatte, zwang mich ständig dazu), ohne dass jene zwei Figuren noch in der Morgenluft hingen. Bis meine Einbildungskraft – während ich eines Nachts an dem düsteren Ort vorbeischlenderte, die Straße ruhig und verlassen, und tatsächlich sah, dass die Leichen nicht da waren – überzeugt werden konnte, sie abzunehmen und sie auf dem Gefängnisgelände zu beerdigen, wo sie seither ruhen.

Gefährliche Veranstaltungen

Die Ballonaufstiege der letzten Saison. Ich will sie aufzählen. Da waren das Pferd, der Bulle, der Fallschirm und der Akrobat, der unter dem Korb hing, hauptsächlich, glaube ich, an seinen Zehen. Ganz falsch natürlich, und es musste entschieden aufhören. Aber im Zusammenhang mit diesen und ähnlichen gefährlichen Veranstaltungen habe ich den Verdacht, dass derjenige Teil des Publikums, der durch solcherlei unterhalten wird, zu Unrecht getadelt wird. Ihr Vergnügen liegt in der glücklich überwundenen Schwierigkeit. Sie sind ein Publikum mit großer Glaubenskraft, und sie sind sehr zuversichtlich, dass der Mann nicht vom Pferd fallen wird oder die Dame vom Bullen oder vom Fallschirm und dass der Akrobat festen Halt mit seinen Zehen hat. Sie gehen nicht hin, um den Abenteurer besiegt zu sehen, sondern triumphierend. Es gibt keine Parallelen zwischen Tier und Mensch bei öffentlichen Auseinandersetzungen, denn keiner kann für das je besondere Tier geradestehen – es sei denn, es wäre immer dasselbe Tier, in welchem Falle es nichts als ein Bühnenstück wäre, welches ein und dasselbe Publikum in ein und demselben Geisteszustand sehen würde, ganz davon überzeugt, dass das wilde Tier zuvor vom Menschen gezähmt worden war. Dass sie nicht daran gewöhnt sind, Zufälle und Gefahren mit einiger Genauigkeit zu berechnen, das kön-

nen wir daraus schließen, wie sie sich aussetzen, indem sie sich auf überfüllte Dampfschiffe stürzen, auf unsichere Beförderungsmittel und Plätze jeglicher Art. Und ich kann nicht umhin zu denken, dass es besser wäre, anstatt das Volk zu beschimpfen und ihm barbarische Beweggründe zu unterstellen, einem Volk, das von Natur aus freundlich gesinnt und menschlich ist, dass es besser wäre, sie zu belehren und sie durch Argumente und Vernunftgründe – denn sie sind sehr vernünftig, wenn man die Sache mit ihnen bespricht – zu überlegteren und klügeren Schlüssen zu führen.
Hier kommt eine unangenehme Störung. Da ist ein Mann mit durchgeschnittener Kehle, der auf mich zustürzt, wie ich wach daliege. Eine Erinnerung an die alte Geschichte eines Verwandten, dem, als er in einer nebligen Winternacht nach Hampstead heimging (London war noch viel kleiner und die Straße einsam), plötzlich eine Gestalt begegnete, an ihm vorbeieilte und kurz darauf in seiner Verfolgung zwei Wärter aus dem Irrenhaus. Eine sehr unerfreuliche Kreatur, die da ungebeten in meinen Kopf eintrat, als ich wachlag.
[...]
Soweit war ich gekommen, als ich feststellte, dass ich schon so lange wachlag, dass die Toten anfingen, aufzuwachen und sich sorgenvoll in meine Gedanken zu drängen. Deswegen beschloss ich, nicht länger wachzuliegen, sondern aufzustehen und einen Nachtspaziergang zu machen – ein Entschluss, der mich annehmbar erleichterte, und ich wage zu sagen, dass es vielen anderen nun ebenso ergehen wird.

Christoph Meckel

Schlaflos

Da der Sandmann seinen Sack verlor,
werde ich dieses Jahrtausend schlaflos sein,
werde des Bösen zertanzte Sandalen flicken
mit denen er auf gedämpften Teppichen geht.

Dafür, daß mich seine düsteren Blumen,
seine wilden Gelächter erheitern,
dafür, daß seine Hölle mir Schlaf verspricht,
warmen, braunen, rauchenden Schlaf verspricht,
will ich ihm meinen Tod als Trinkgeld geben.

Furien

Odysseus allein mit so vielen

Der griechische Held Odysseus kommt nach zehnjähriger Irrfahrt wieder zu Hause in Ithaka an. Sein Palast ist während seiner Abwesenheit zur Wohnstätte zahlreicher Freier geworden, die seine Ehefrau Penelope heiraten und damit selbst König werden wollen. In der ersten Nacht sinnt Odysseus auf Rache:

Aber im Vorsaal lagerte sich der edle Odysseus.
Über die rohe Haut des Stieres breitet' er viele
Wollichte Felle der Schafe vom üppigen Schmause der Freier:
Und Eurynome deckte den Ruhenden zu mit dem Mantel.
Allda lag Odysseus, und sann dem Verderben der Freier
Wachend nach. Nun gingen die Weiber aus dem Palaste,
Welche schon ehemals mit den Freiern hatten geschaltet,
Und belustigten sich, und lachten untereinander.
Aber dem Könige ward sein Herz im Busen erreget;
Und er bedachte sich hin und her mit wankendem Vorsatz:
Ob er sich plötzlich erhübe, die Frechen alle zu töten;
Oder ihnen noch einmal zum allerletzten erlaubte,
Mit den Freiern zu schalten. Im Innersten bellte sein Herz ihm:
So wie die mutige Hündin, die zarten Jungen umwandelnd,
Jemand, den sie nicht kennt, anbellt, und zum Kampfe
hervorspringt.
Also bellte sein Herz, durch die schändlichen Greuel erbittert.
Aber er schlug an die Brust, und sprach die zürnenden Worte:

Dulde, mein Herz! Du hast noch härtere Kränkung erduldet,
Damals, als der Kyklop, das Ungeheuer! die lieben
Tapfern Freunde dir fraß. Du duldetest, bis dich ein Anschlag
Aus der Höhle befreite, wo dir dein Tod schon bestimmt war.

Also strafte der Edle sein Herz im wallenden Busen;
Und sein empörtes Herz ermannte sich schnell, und harrte
Standhaft aus. Allein er wandte sich hiehin und dorthin.
Also wendet der Pflüger am großen brennenden Feuer
Einen Ziegenmagen, mit Fett und Blute gefüllet,
Hin und her, und erwartet es kaum, ihn gebraten zu sehen:
Also wandte der Held sich hin und wieder, bekümmert,
Wie er den schrecklichen Kampf mit den schamlosen Freiern
begönne,

Er allein mit so vielen.

Die Nachtmaschine

In dieser Nacht ließ der Schlaf, der ihm seit der Dämmerung versprochen schien, David im Stich. David schlief zwar schon, als Useppe das Zimmer verließ; und so, wie Useppe ihn zurückgelassen hatte, ganz angekleidet und mit den Schuhen an den Füßen, schlief er auf seinem Bett auch bis zum Morgen weiter. Doch es war nur ein vorgetäuschter Schlaf, krankhaft, unterbrochen und erschöpfend, schlimmer als Schlaflosigkeit. Es war, als behaupte sich das Wachsein, das sein Gehirn schon seit dem Vortag besetzt hielt, hartnäckig gegen alle schlafbringenden Mittel und die lethargische Trägheit seines Körpers, bereit, zuzuschlagen wie eine Peitsche, um den Bewachten an jedem Fluchtversuch zu hindern. Wenn David anfing, in den Grund seines Unterbewußtseins zu sinken, rüttelten ihn mitten in der Nacht Blitze oder halluzinierte Glöcklein auf. Und andauernd, im Wachen und im Schlaf, sah er sich einem lächerlichen kleinen Schauspiel gegenüber, einem täuschenden Surrogat jener Visionen, die er sich vor noch nicht langer Zeit von den Drogen ersehnt hatte und mit denen er seit einiger Zeit nicht mehr rechnete. Er hatte inzwischen ein für allemal die Hoffnung aufgegeben, die vom Aussatz Genesenen aus den Lagern oder einen unverletzten Ninnuzzu wiederzusehen (wenn auch nur in der Form offenkundiger Halluzinationen) oder der Zeuge himmlischer Erscheinungen zu werden, die ihm wenigstens behelfsweise irgendeine Offenbarung oder besondere Gnade vorspiegelten. Was sich ihm zeigte, waren minderwertige Erzeugnisse, die ihn in ihrer unverhüllten Falschheit und Dummheit peinigten. Heute nacht aber beschränkten sich diese Fälschungen nicht auf die gewohnten Verzerrungen von Möbeln oder Schatten, die er sonst durch das Auslöschen der Lampe hatte vertreiben können; und auch nicht auf die üblichen Seifenfarben, die, nicht sonderlich beängstigend, in dem dunklen Zimmer aufleuchteten und sich beim ersten Schlaf auflösten. Weder im Licht noch im Dunkeln hörte die Maschine, die seit dem Abend in seinem Hirn installiert war, auf zu arbeiten. Bald lief sie sinn- und ziellos, bald schien es, als sei sie von einer unbeirrbaren, wenn auch dunklen Absicht gesteuert. Eine Zeitlang trieb sie nur ihre Späße mit ihm, die so belanglos waren, daß er sich selbst nicht erklären konnte, weshalb sie ihn so sehr quälten. Kaum löschte er zum Beispiel die Lampe, überfielen ihn im Leeren ganz gewöhnliche geometrische Figuren: Rhomben, Dreiecke, Quadrate, welche sich in einem Tumult von absurden Farben zu Tausenden vervielfachten. Und wenn er die Lampe wieder anzündete, sah er das vertraute Kämmerchen, nur daß alles ins Gegenteil verkehrt war: Der Fußboden war eine weiche, bewegte Masse, die Wände schwollen an und bedeckten sich mit Krusten und Geschwüren oder wurden von plötzlichen Rissen gespalten. Und das Verrückte war, daß er auf dieses Blendwerk hereinfiel, und zwar im gleichen Augenblick, in dem er dessen Albernheit erkannte. Er wußte, daß es sich um nichts als billige Effekte handelte, und dennoch empfand er sie als namenlose Greuel, und das in einem Maße, daß die schlimmsten Ungeheuer der Apokalypse ihm nicht abstoßender hätten erscheinen können. Da er nicht wußte, an wen er sich wenden sollte, murmelte er wie ein Kind in seiner Panik: »Gott, ach Gott!« und bedeckte sich die Augen mit den Händen … Und Gott zeigte sich ihm in Gestalt der Öldrucke des heiligen Herzens und des heiligen Bischofs, die er, um Santina nicht zu kränken, über dem Bett hatte hängen lassen und die er lediglich mit Zeitungen überdeckt hatte. Auf seinen Ruf hin sprangen die beiden Öldruckgestalten von ihren Plätzen herab. Und Gott war ein dümmlicher, rosiger Jüngling mit einem blonden Bärtchen und einem Stück Herzmuskel in den Händen sowie ein alter Dummkopf mit all dem Zaumzeug institutionalisierter Macht und Autorität. »Wenn du wirklich ein Heiliger wärest«, wandte sich David an ihn, »würdest du dich nicht als Hohepriester verkleiden und die Insignien und den Krummstab tragen …« Und dann schläft er zum zwanzigsten Mal in dieser Nacht wieder ein.

***

Die Lampe war angezündet geblieben, und er lag ausgestreckt auf dem zerwühlten Bett, wie vorher. An den Füßen trug er beide Schuhe. Es war immer noch tiefe Nacht. Doch konnte er nicht wissen, wieviel Uhr es genau war, denn er hatte am Abend vergessen, die Uhr auf-

zuziehen. Und sein Schlaf hatte nicht länger als drei Minuten gedauert, während ihm sein geträumtes Abenteuer in der Erinnerung eher lang und weiträumig vorkam.
Jetzt begann eine andere Phase seiner endlosen Nacht. Er sah weder Abstraktes noch Konkretes mehr; seine Sinne blieben inaktiv. Sein Hirn aber arbeitete ununterbrochen und fiebrig an gewissen komplizierten, mühseligen Aufgaben und Auseinandersetzungen. Er wußte nicht genau, ob er wachte oder schlief oder ob die beiden Zustände miteinander abwechselten. Es schien ihm, er rede über die ewigen Probleme hoher Philosophie. Doch dann merkte er, daß es sich nur um seine Ausgabenrechnung handelte, um Wäschezettel, Berechnungen von Daten oder Entfernungen usw. Er quälte sich damit herum, daß er dem König der Stadt nicht geantwortet hatte. Seine Antwort präsentierte sich ihm, wenn auch verspätet, ganz klar: »Was du sagst, ist falsch, ja die Wahrheit liegt genau im Gegenteil. Gott ist die wirkliche Intimität aller existierenden Dinge, die uns sein Geheimnis mittels der Schönheit anvertrauen. Die Schönheit ist die Schamhaftigkeit Gottes …« Worauf sein Hirn, um dieses Prinzip zu demonstrieren, in eine ermüdende Untersuchung über den Oktangehalt des Benzins und über Gradierungen alkoholischer Getränke eintrat … Die Frage, die sich ihm jetzt stellte, war die menschliche *Überlegenheit*, die im Geist besteht. Und er mußte seinem Gefährten Ninnuzzu die verschiedenen Arten der Gewalttätigkeit vorführen und daß die schlimmste Gewalttätigkeit gegen den Menschen die Degradierung des Geistes sei. Von da ging er zur Unterscheidung zwischen Geist und Materie oder Gott und Natur über, welche Davids Gehirn in dieser Nacht Hegel und Marx zuschrieb und zu einer manichäischen, das heißt gottlosen Unterscheidung erklärte, wie es übrigens auch die Wissenschaft inzwischen bestätigte. Und in diesem Augenblick trat, von irgendwoher, Bakunin dazwischen, demzufolge – so behauptete es Davids Gehirn – die Atomwaffe auch den Geist spaltete … Darauf begann er eine neue Diskussion mit Ninnuzzu, nur daß sie jetzt die verschiedenen Bauarten der Maschinenpistole und des Revolvers betraf sowie Fragen des Kalibers und Schußbahnberechnungen. Mit einemmal warf David Ninnuzzu vor, er habe seinen eigenen Tod beschleunigt. Nun ja, schien Ninnuzzu zurückzugeben, *wenn man*

nicht ›fast‹ krepiert, dann krepiert man ›slow‹. Für mich ist ›slow‹ ein Scheißdreck. Und dann kam ein wirrer Disput über Bälle, mit einer Menge amerikanischer, spanischer, portugiesischer und afrokubanischer Ausdrücke … untermischt mit Klatschgeschichten über den Sexus der Kreolinnen … Das alles häufte und stieß sich in Davids Hirn, ruhelos und in zusammenhangloser Betriebsamkeit. Bald drehten sich die Argumente wie Räder, bald platzten sie wie Blasen. Und diese geschmacklose Geschäftigkeit, der er sich nicht entziehen konnte, empfand er als eine skandalöse Demütigung. Er erinnerte sich, irgendwo gelesen zu haben, daß es in Zukunft den Gelehrten gelingen werde, ein menschliches Hirn getrennt vom Körper unbeschränkt weiterleben zu lassen. Und er stellte sich die unaufhörliche Tätigkeit dieser nervösen, isolierten und völlig beziehungslosen Masse so vor: als ein fiebriges Kauen von Residuen und Abfällen, dann und wann durchquert von irgendwelchen erleuchtenden Reminiszenzen, welche um so schmerzlicher strahlten, als sie sogleich mit dem Rest zermahlen wurden. Zu einem solch elenden Schicksal verurteilt zu sein, das empfand er als Demütigung. Und da entsann er sich, daß er gehört hatte, in einem Institut in Turin behalte man ein weibliches *Geschöpf* am Leben, in dem alle Organe sich in embryonalem Zustand befänden, ausgenommen der untere Teil des Rumpfes und die Geschlechtsteile … Das Wort *Demütigung* erinnerte ihn mit einem Mal an den gräßlichsten Klang, den er je vernommen hatte: das Weinen des jungen Deutschen, als er ihm das Gesicht mit dem Stiefel zerstampfte. Dieser Ton kehrte oft zurück und verfolgte ihn bei Tag und bei Nacht. Es war eine elende weibische Stimme, der flehende Orgasmus der Materie, die sich auflöst. *Die schlimmste Gewalttätigkeit gegen den Menschen ist die Erniedrigung des Geistes* … Jetzt ist in seinem Hirn, in einem Lichtbündel, die G. erschienen, wie sie ohne Haar, in ihrem Arbeiterkittel, der bis über die Hüften hinaufgezogen ist, sich am Boden mit gespreizten Beinen wehrt. Dann, als neues Bild, sieht man einen schwankenden Schubkarren vorüberziehen, beladen mit Armen und Beinen aus Gips wie Votivbilder, von einem fahlen, abstoßenden Weiß. Und darauf folgt der Alte mit der Medaille, mit zwei Hörnern am Kopf wie Moses, der Karten hinwirft und sagt: *Hier ist nichts zu machen, mein Junge. Es gibt keine Handlung, die dir, wenn du sie ausführst, nicht das Gewissen umstülpt.* Jetzt ist wieder der Gefährte Ninnuzzu aufgetaucht, der lacht und nach allen Seiten schießt … Aber kurz darauf erscheint unerwartet die Photographie der Tante Tildina, die sich windet und die Physiognomie Clementes annimmt … *Ich will schlafen, ich will schlafen*, sagt David. Die Unmöglichkeit eines richtigen, leeren, erquickenden Schlafes quält ihn wie ein neues Gesetz, das durch Sondererlaß eigens für ihn gilt. Es leuchten große plakatartige Zettel und Schilder vor ihm auf: *Coca-Cola – die erfrischende Pause.* Oder: *Schlaf auf Piuma, und du wirst schlafen wie ein Engel.* Er merkt, daß er alle die bekannten Gottheiten anfleht: Christus, Brahma, Buddha und schließlich Jehova, der ihm jedoch unsympathisch ist. In seine innere Erregung mischt sich unaufhörlich der gewohnte Bazar aus kunterbunten Sätzen und Wörtern: *Ich will nicht denken. Ich will schlafen. Der verfluchte Baum. Gute Nacht. Die Syrinx. Der Nachttopf. Die Polizeistunde. In die Vene oder durch den Mund.* Und immer öfter das Wort GOTTESGERICHT. Es scheint kaum möglich, aber mit diesem leeren Gewäsch seines Gehirns hat David mindestens ein Viertel der Erdumdrehung mitgemacht.

Jorge Luis Borges

Schlaflosigkeit

Aus Eisen,
aus krummen Zugriemen aus ungeheurem Eisen
muß die Nacht sein,
um nicht zerfetzt und durchlöchert zu werden
von all den Dingen, die meine überfüllten Augen gesehen haben,
den harten Dingen, die sie unerträglich bevölkern.

Mein Körper hat die Ebenen, die Temperaturen,
die Lichter erschöpft:
in Wagen einer langen Eisenbahn,
bei einem Bankett von Menschen, die einander hassen,
auf der stumpfen Schneide der Vororte,
in einem überhitzten Landhaus mit feuchten Statuen,
in der übervollen Nacht mit Überfluß an Pferd und Mensch.

In dieser Nacht hat das Universum die Weite
des Vergessens und die Genauigkeit des Fiebers.

Vergebens will ich mich von meinem Körper ablenken
und von der Schlaflosigkeit eines unaufhörlichen Spiegels,
der ihn vergeudet und belauert,
und vom Haus, das seine Patios wiederholt,
und von der Welt, die verläuft bis zu einem zerstückelten Vorort
aus Gassen trägen Lehms, in denen der Wind ermüdet.

Vergebens erhoffe ich
die Auflösung und Symbole, die dem Schlaf vorangehen.

Die Universalgeschichte geht weiter:
die winziggenauen Wege des Todes in der Zahnfäule,
die Kreisbahn meines Bluts und der Planeten.
(Ich habe das schlemmerische Wasser einer Pfütze gehaßt,
ich habe mich geekelt, abends, vor dem Gesang des Vogels.)

Die erschöpften Meilen der Südstadt,
Meilen obszöner Müllpampa, Meilen von Kot,
wollen nicht aus meinem Gedächtnis verschwinden.
Überschwemmte Parzellen, Hütten in Rudeln wie Köter,
Pfützen stinkigen Silbers.

Ich bin der abscheuliche Posten dieser unbeweglichen
Anordnungen.
Stacheldraht, Erdwälle, totes Papier, Abfall von Buenos Aires.

In dieser Nacht glaubte ich an die schreckliche Unsterblichkeit:
kein Mann ist in der Zeit gestorben, keine Frau, kein Toter,
denn diese unausweichliche Wirklichkeit von Eisen und Lehm
muß die Gleichgültigkeit aller durchdringen, die schlafen
oder tot sind
– wenn sie sich auch in der Verwesung und den Jahrhunderten
verbergen –,
und sie zu entsetzlicher Wacht verdammen.

Plumpe weinsteinfarbene Wolken werden den Himmel schänden;
unter meinen zusammengepreßten Lidern wird es tagen.

Adrogué, 1936

Alter Schlaf, wo hast du deine Söhne?
Junge, starke Söhne sollst du haben,
solche Kerle, die noch mehr vermögen
als bloß kommen und die Lampe löschen.

Einer soll zu meiner Angst sich legen,
einer sich auf meine Sehnsucht knieen,
feste Fäuste müssen beide haben
daß die Nachbarn keine Schreie hören.

Was willst du in meine Augen streuen?
Sand? – Ich lache! – eine ganze Wüste
kann ich dir für solche Augen schenken,
die damit sich schon zufrieden geben.

Meine, weißt du, sind zwei Feuersäulen,
einmal wird der Himmel davon brennen!
Aber vorher möcht ich endlich schlafen.
Alter, Alter, hast du keine Söhne?

Hugo von Hofmannsthal

Die schlaflose Mörderin

Die Königin Klytaimnestra schildert ihrer Tochter die nächtlichen Angstzustände, die sie verfolgen, seit sie gemeinsam mit Ägisth ihren Ehemann Agamemnon umgebracht hat:

Du könntest vieles sagen, was mir nützt.
Wenn auch ein Wort nichts weiter ist! Was ist denn
ein Hauch! und doch kriecht zwischen Nacht und Tag,
wenn ich mit offnen Augen lieg, ein Etwas
hin über mich, es ist kein Wort, es ist
kein Schmerz, es drückt mich nicht, es würgt mich nicht,
es läßt mich liegen, wie ich bin, und da
an meiner Seite liegt Ägisth und dort,
dort ist der Vorhang: alles sieht mich an,
als wärs von Ewigkeit zu Ewigkeit:
nichts ist es, nicht einmal ein Alp, und dennoch,
es ist so fürchterlich, daß meine Seele
sich wünscht, erhängt zu sein, und jedes Glied
an mir lechzt nach dem Tod, und dabei leb ich
und bin nicht einmal krank: du siehst mich doch:
seh ich wie eine Kranke? Kann man denn
vergehen, lebend, wie ein faules Aas?
kann man zerfallen, wenn man gar nicht krank ist?
zerfallen wachen Sinnes, wie ein Kleid,
zerfressen von den Motten? Und dann schlaf ich
und träume, träume! daß mir in den Knochen
das Mark sich löst, und taumle wieder auf,
und nicht der zehnte Teil der Wasseruhr
ist abgelaufen, und was unterm Vorhang
hereingrinst, ist noch nicht der fahle Morgen,
nein, immer noch die Fackel vor der Tür,
die gräßlich zuckt wie ein Lebendiges

und meinen Schlaf belauert.
Ich weiß nicht, wer die sind, die mir das antun,
und ob sie droben oder drunten wo
zu Hause sind

William Shakespeare

Der schlaflose Mörder

Der einst loyale Feldherr Macbeth beschließt, König Duncan zu ermorden, um selbst den Thron zu besteigen.

Macbeth: Gute Nacht indes!
Sag deiner Herrin, wenn mein Trank bereit,
Soll sie die Glocke ziehn. Geh du zu Bett. *(Der Diener geht ab)*
Ist das ein Dolch, was ich vor mir erblicke,
Der Griff mir zugekehrt? Komm, laß dich packen –
Ich fass' dich nicht, und doch seh' ich dich immer.
Bist du, Unglücksgebild, so fühlbar nicht
Der Hand, gleich wie dem Aug'? oder bist du nur
Ein Dolch der Einbildung, ein nichtig Blendwerk,
Das aus dem heiß gequälten Hirn erwächst?
Ich seh' dich noch, so greifbar von Gestalt
Wie der, den jetzt ich zücke.
Du gehst mir vor den Weg, den ich will schreiten,
Und eben solche Waffe wollt' ich brauchen.
Mein Auge ward der Narr der andern Sinne,
Oder mehr als alle wert. – Ich seh' dich stets,
Und dir an Griff und Klinge Tropfen Bluts,
Was erst nicht war. – Es ist nicht wirklich da:
Es ist die blut'ge Arbeit, die mein Auge
So in die Lehre nimmt. – Jetzt auf der halben Erde
Scheint tot Natur, und den verhangnen Schlaf
Quälen Versucherträume; Hexenkunst
Begeht den Dienst der bleichen Hekate;
Und dürrer Mord,
Durch seine Schildwacht aufgeschreckt, den Wolf,
Der ihm das Wachtwort heult, – so dieb'schen Schrittes,
Wie wild entbrannt Tarquin, dem Ziel entgegen,
Schreitet gespenstisch. –

Du festgefugte Erde, leicht verwundbar,
Hör' meine Schritte nicht, wo sie auch wandeln,
Daß nicht ausschwatzen selber deine Steine
Mein Wohinaus und von der Stunde nehmen
Den jetz'gen stummen Graus, der so ihr ziemt. –
Hier droh' ich, er lebt dort;
Für heiße Tat zu kalt das müß'ge Wort!
(Die Glocke wird angeschlagen)
Ich geh', und 's ist getan: die Glocke mahnt.
Hör' sie nicht, Duncan, 's ist ein Grabgeläut',
Das dich zu Himmel oder Höll' entbeut. *(Er steigt hinauf)*
(Lady Macbeth tritt unten auf)
Lady Macbeth: Was sie betäubte, hat mich stark gemacht,
Und was sie dämpft', hat mich entflammt. – Still, horch! –
Die Eule war's, die schrie, der traur'ge Wächter,
Der gräßlich gute Nacht wünscht. – Er ist dran: –
Die Türen sind geöffnet, schnarchend spotten
Die überladnen Diener ihres Amts;
Ich würzte ihren Schlaftrunk, daß Natur
Und Tod sich streiten, wem sie angehören.
Macbeth (der oben erscheint): Ha! wie? wer ist da?
(Er geht wieder hinein)
Lady Macbeth: O weh! ich fürchte, sie sind aufgewacht,
Und es ist nicht geschehn: – der Anschlag, nicht die Tat
Verdirbt uns. – Horch! – Ich legt' ihm ihre Dolche
Bereit, die mußt' er finden. – Hätt' er nicht
Geglichen meinem Vater, wie er schlief,
So hätt' ich's selbst getan. – *(Macbeth tritt auf)*
Nun, mein Gemahl!
Macbeth: Ich hab' die Tat getan – hört'st du nicht was?
Lady Macbeth: – Die Eule hört' ich schrein, und Heimchen zirpen.
Sprachst du nichts?
Macbeth: Wann?
Lady Macbeth: Jetzt.
Macbeth: Wie ich 'runter kam?
Lady Macbeth: Ja.

Macbeth: Horch! wer schläft im zweiten Zimmer?
Lady Macbeth: Donalbain.
Macbeth: Dort sieht's erbärmlich aus.
Lady Macbeth: Wie wunderlich,
Erbärmlich das zu nennen! –
Macbeth: Der eine lacht' im Schlaf – und »Mord!« schrie einer,
Daß sie einander weckten; ich stand und hört' es,
Sie aber sprachen ihr Gebet und legten
Zum Schlaf sich wieder.
Lady Macbeth: Dort wohnen zwei beisammen.
Macbeth: Der schrie, »Gott sei uns gnädig!« – jener, »Amen!«
Als säh'n sie mich mit diesen Henkershänden.
Behorchend ihre Angst, konnt' ich nicht sagen
»Amen«, als jener sprach: »Gott sei uns gnädig!«
Lady Macbeth: Denkt nicht so tief darüber!
Macbeth: Doch warum
Konnt' ich nicht »Amen« sprechen? War mir doch
Die Gnad' am meisten not, und »Amen« stockte
Mir in der Kehle.
Lady Macbeth: Dieser Taten muß
Man so nicht denken; so macht es uns toll.
Macbeth: Mir war, als rief es: »Schlaft nicht mehr! Macbeth
Mordet den Schlaf!« Ihn, den unschuld'gen Schlaf;
Schlaf, der des Grams verworr'n Gespinst entwirrt,
Den Tod von jedem Lebenstag, das Bad
Der wunden Müh', den Balsam kranker Seelen,
Den zweiten Gang im Gastmahl der Natur,
Das nährendste Gericht beim Fest des Lebens.
Lady Macbeth: Was meinst du?
Macbeth: Stets rief es: »Schlaft nicht mehr!« durchs ganze Haus;
»Glamis mordet den Schlaf!« und drum wird Cawdor
Nicht schlafen mehr, Macbeth nicht schlafen mehr.

Georg Büchner

Lenz

Der junge, hochbegabte Dichter Lenz flieht nach einer unglücklichen Liebesgeschichte ins Elsaß zum Pfarrer Oberlin, von dem er sich Hilfe gegen eine aufsteigende psychische Krankheit erhofft.

Beim Nachtessen war er wie gewöhnlich etwas tiefsinnig. Doch sprach er von allerlei, aber mit ängstlicher Hast. Um Mitternacht wurde Oberlin durch ein Geräusch geweckt. Lenz rannte durch den Hof, rief mit hohler, harter Stimme den Namen Friederike, mit äußerster Schnelle, Verwirrung und Verzweiflung ausgesprochen; er stürzte sich dann in den Brunnentrog, patschte darin, wieder heraus und herauf in sein Zimmer, wieder herunter in den Trog, und so einigemal – endlich wurde er still. Die Mägde, die in der Kinderstube unter ihm schliefen, sagten, sie hätten oft, insonderheit aber in selbiger Nacht, ein Brummen gehört, das sie mit nichts als mit dem Tone einer Haberpfeife zu vergleichen wüßten. Vielleicht war es sein Winseln, mit hohler, fürchterlicher, verzweifelnder Stimme.
Am folgenden Morgen kam Lenz lange nicht. Endlich ging Oberlin hinauf in sein Zimmer: er lag im Bett, ruhig und unbeweglich. Oberlin mußte lange fragen, ehe er Antwort bekam; endlich sagte er: »Ja, Herr Pfarrer, sehen Sie, die Langeweile! die Langeweile! o, so langweilig! Ich weiß gar nicht mehr, was ich sagen soll; ich habe schon allerlei Figuren an die Wand gezeichnet.« Oberlin sagte ihm, er möge sich zu Gott wenden; da lachte er und sagte: »Ja, wenn ich so glücklich wäre wie Sie, einen so behaglichen Zeitvertreib aufzufinden, ja, man könnte sich die Zeit schon so ausfüllen. Alles aus Müßiggang. Denn die meisten beten aus Langeweile, die andern verlieben sich aus Langeweile, die dritten sind tugendhaft, die vierten lasterhaft, und ich gar nichts, gar nichts, ich mag mich nicht einmal umbringen: es ist zu langweilig!

O Gott! in deines Lichtes Welle,
In deines glühnden Mittags Helle,

Sind meine Augen wund gewacht.
Wird es denn niemals wieder Nacht?«

Oberlin blickte ihn unwillig an und wollte gehen. Lenz huschte ihm nach, und indem er ihn mit unheimlichen Augen ansah: »Sehn Sie, jetzt kommt mir doch was ein, wenn ich nur unterscheiden könnte, ob ich träume oder wache; sehn Sie, das ist sehr wichtig, wir wollen es untersuchen« – er huschte dann wieder ins Bett.

Den Nachmittag wollte Oberlin in der Nähe einen Besuch machen; seine Frau war schon fort. Er war im Begriff wegzugehen, als es an seine Tür klopfte und Lenz hereintrat mit vorwärts gebogenem Leib, niederwärts hängendem Haupt, das Gesicht über und über und das Kleid hie und da mit Asche bestreut, mit der rechten Hand den linken Arm haltend. Er bat Oberlin, ihm den Arm zu ziehen: er hätte ihn verrenkt, er hätte sich zum Fenster heruntergestürzt; weil es aber niemand gesehen, wolle er es auch niemand sagen. Oberlin erschrak heftig, doch sagte er nichts; er tat, was Lenz begehrte. Zugleich schrieb er an den Schulmeister Sebastian Scheidecker von Bellefosse, er möge herunterkommen, und gab ihm Instruktionen. Dann ritt er weg.

Der Mann kam. Lenz hatte ihn schon oft gesehen und hatte sich an ihn attachiert. Er tat, als hätte er mit Oberlin etwas reden wollen, wollte dann wieder weg. Lenz bat ihn zu bleiben, und so blieben sie beisammen. Lenz schlug noch einen Spaziergang nach Fouday vor. Er besuchte das Grab des Kindes, das er hatte erwecken wollen, kniete zu verschiedenen Malen nieder, küßte die Erde des Grabes, schien betend, doch mit großer Verwirrung, riß etwas von der auf dem Grab stehenden Krone ab, als ein Andenken, ging wieder zurück nach Waldbach, kehrte wieder um, und Sebastian mit. Bald ging er langsam und klagte über große Schwäche in den Gliedern, dann ging er mit verzweifelnder Schnelligkeit; die Landschaft beängstigte ihn, sie war so eng, daß er an alles zu stoßen fürchtete. Ein unbeschreibliches Gefühl des Mißbehagens befiel ihn; sein Begleiter ward ihm endlich lästig, auch mochte er seine Absicht erraten und suchte Mittel, ihn zu entfernen. Sebastian schien ihm nachzugeben, fand aber heimlich Mittel, seinen Bruder von der Gefahr zu benachrichtigen, und nun hatte Lenz zwei Aufseher, statt einen. Er zog sie wacker herum; endlich ging er nach Waldbach zurück, und da sie nahe am Dorfe waren, kehrte er wie ein Blitz wieder um und sprang wie ein Hirsch gen Fouday zurück. Die Männer setzten ihm nach. Indem sie ihn in Fouday suchten, kamen zwei Krämer und erzählten ihnen, man hätte in einem Hause einen Fremden gefunden, der sich für einen Mörder ausgäbe, der aber gewiß kein Mörder sein könne. Sie liefen in dies Haus und fanden es so. Ein junger Mensch hatte ihn, auf sein ungestümes Dringen, in der Angst gebunden. Sie banden ihn los und brachten ihn glücklich nach Waldbach, wohin Oberlin indessen mit seiner Frau zurückgekommen war. Er sah verwirrt aus. Da er aber merkte, daß er liebreich und freundlich empfangen wurde, bekam er wieder Mut; sein Gesicht veränderte sich vorteilhaft, er dankte seinen beiden Begleitern freundlich und zärtlich, und der Abend ging ruhig herum. Oberlin bat ihn inständig, nicht mehr zu baden, die Nacht ruhig im Bette zu bleiben, und wenn er nicht schlafen könne, sich mit Gott zu unterhalten. Er versprachs und tat es so die folgende Nacht; die Mägde hörten ihn fast die ganze Nacht hindurch beten.

Den folgenden Morgen kam er mit vergnügter Miene auf Oberlins Zimmer. Nachdem sie verschiedenes gesprochen hatten, sagte er mit ausnehmender Freundlichkeit: »Liebster Herr Pfarrer, das Frauenzimmer, wovon ich Ihnen sagte, ist gestorben, ja, gestorben – der Engel!« – »Woher wissen Sie das?« – »Hieroglyphen, Hieroglyphen!« und dann zum Himmel geschaut und wieder: »Ja, gestorben – Hieroglyphen!« Es war dann nichts weiter aus ihm zu bringen. Er setzte sich und schrieb einige Briefe, gab sie sodann Oberlin mit der Bitte, einige Zeilen dazu zu setzen.

Sein Zustand war indessen immer trostloser geworden. Alles, was er an Ruhe aus der Nähe Oberlins und aus der Stille des Tals geschöpft hatte, war weg; die Welt, die er hatte nutzen wollen, hatte einen ungeheuern Riß; er hatte keinen Haß, keine Liebe, keine Hoffnung – eine schreckliche Leere, und doch eine folternde Unruhe, sie auszufüllen. Er hatte *nichts.* Was er tat, tat er nicht mit Bewußtsein, und doch zwang ihn ein innerlicher Instinkt. Wenn er allein war, war es ihm so entsetzlich einsam, daß er beständig laut mit sich redete, rief, und dann erschrak er wieder, und es war ihm, als hätte eine fremde Stimme mit ihm gesprochen. Im Gespräch stockte er oft, eine unbeschreibliche Angst befiel ihn, er hatte das Ende seines Satzes verloren;

dann meinte er, er müsse das zuletzt gesprochene Wort behalten und immer sprechen, nur mit großer Anstrengung unterdrückte er diese Gelüste. Es bekümmerte die guten Leute tief, wenn er manchmal in ruhigen Augenblicken bei ihnen saß und unbefangen sprach, und er dann stockte und eine unaussprechliche Angst sich in seinen Zügen malte, er die Personen, die ihm zunächst saßen, krampfhaft am Arm faßte und erst nach und nach wieder zu sich kam. War er allein oder las er, wars noch ärger; all seine geistige Tätigkeit blieb manchmal in einem Gedanken hängen. Dachte er an eine fremde Person, oder stellte er sie sich lebhaft vor, so war es ihm, als würde er sie selbst; er verwirrte sich ganz, und dabei hatte er einen unendlichen Trieb, mit allem um ihn im Geiste willkürlich umzugehen – die Natur, Menschen, nur Oberlin ausgenommen, alles traumartig, kalt. Er amüsierte sich, die Häuser auf die Dächer zu stellen, die Menschen an- und auszukleiden, die wahnwitzigsten Possen auszusinnen. Manchmal fühlte er einen unwiderstehlichen Drang, das Ding, das er gerade im Sinne hatte, auszuführen, und dann schnitt er entsetzliche Fratzen. Einst saß er neben Oberlin, die Katze lag gegenüber auf einem Stuhl. Plötzlich wurden seine Augen starr, er hielt sie unverrückt auf das Tier gerichtet; dann glitt er langsam den Stuhl herunter, die Katze ebenfalls: sie war wie bezaubert von seinem Blick, sie geriet in ungeheure Angst, sie sträubte sich scheu; Lenz mit den nämlichen Tönen, mit fürchterlich entstelltem Gesicht; wie in Verzweiflung stürzten beide aufeinander los – da endlich erhob sich Madame Oberlin, um sie zu trennen. Dann war er wieder tief beschämt. Die Zufälle des Nachts steigerten sich aufs schrecklichste. Nur mit der größten Mühe schlief er ein, während er zuvor noch die schreckliche Leere zu füllen versucht hatte. Dann geriet er zwischen Schlaf und Wachen in einen entsetzlichen Zustand: er stieß an etwas Grauenhaftes, Entsetzliches, der Wahnsinn packte ihn; er fuhr mit fürchterlichem Schreien, in Schweiß gebadet, auf, und erst nach und nach fand er sich wieder. Er mußte dann mit den einfachsten Dingen anfangen, um wieder zu sich zu kommen. Eigentlich nicht er selbst tat es, sondern ein mächtiger Erhaltungstrieb: es war, als sei er doppelt, und der eine Teil suche den andern zu retten und riefe sich selbst zu; er erzählte, er sagte in der heftigsten Angst Gedichte her, bis er wieder zu sich kam.

Legende

Der Mensch fror auf dem Lager. Denn ein Maul,
Ein Widdermaul, das weiß durchs Finstre schien,
Zog seine Decke. Abgehärmter Gaul
Schnob leis am Bett, lag plötzlich auf den Knien,

Und jenes hingeworfne Kissen trug
In seinen Buchten wie vereister See
Ein Entenpaar; aus klaffendem Bezug
Quoll Daune, schwoll in einen Hügel Schnee.

Den kleinen fellgewirkten Teppich riß
Der Wolf, geschunden, häutig, blutendrot,
Aufröchelnd, zuckend mit gefletschtem Biß:
»Dies war mein Kleid! Und darum bin ich tot?«

Der Mensch im Schlafe murrte. Durch den Hauf
Der Tücher floß verloren blauer Schein;
Die seelenleeren Stengel wallten auf
Und wuchsen licht. Er schläft in blühndem Lein.

Ein Strudeln hebt am offnen Fenster sich.
Das Meer, das Meer! Die Zunge leckt und kriecht
Und läßt ein plumpes Tier, das weinerlich
Die Seehundstasche hinterm Schrank beriecht.

Und tiefer strahlt der Lein und tiefer sinkt
Der Träumer ein. Gehöhltes Riesenherz,
Hockt neben ihm ein Berg und greift und trinkt
Das mählich Tropfende, der Bettstatt Erz.

Die Diele drunter wölbt sich abwärts, birst
Zum Baum, der tausendblättrig lebt und lacht.
Die Mauer knirscht. Sie wankt vom Grund zum First
Und rieselt nieder. Einer ist erwacht;

Er findet Dunkel und ihm ist sehr kalt,
Und sein vergangner Tag ward fernes Klirrn. –
Der Mensch stand nackt. Und um ihn stand der Wald
Und über ihm ein schweigendes Gestirn.

August Strindberg

Inferno

August Strindberg hat in einer Lebenskrise das Schreiben aufgegeben und ist nach Paris gezogen, wo er in wechselnden Hotelzimmern chemische Versuche anstellt. In dieser Zeit befällt ihn ein schwerer Verfolgungswahn, der in der Vision gipfelt, ein »Unbekannter« attackiere ihn jede Nacht mit einer »Elektrisiermaschine«. Es dauert lange, bis er wieder schlafen kann.

Anfang Juli gehen die Studenten in die Ferien und lassen das Hotel leer.

Darum erregt ein Fremder, der in das Zimmer neben meinem Arbeitstisch einzieht, meine Neugier. Der Unbekannte spricht niemals; er scheint sich hinter der Wand, die uns trennt, mit schreiben zu beschäftigen. Seltsam ist jedenfalls, dass er seinen Stuhl zurückschiebt, wenn ich meinen bewege; dass er meine Bewegungen wiederholt, als wolle er mich durch seine Nachahmung necken.

Das dauert drei Tage. Am vierten mache ich diese Beobachtung: wenn ich schlafen gehe, legt sich der andere in dem Zimmer neben meinem Tisch nieder; bin ich aber im Bett, so höre ich, wie er sich in das andere Zimmer begibt und das Bett neben meinem Bett einnimmt. Ich höre ihn, wie er sich parallel mit mir ausstreckt: er blättert in einem Buch, löscht dann die Lampe, holt tief Atem, dreht sich auf die Seite und schläft ein.

Eine vollständige Stille herrscht in dem Zimmer neben meinem Tisch. Er bewohnt also beide Zimmer. Es ist unangenehm, von zwei Seiten belagert zu werden.

***

Abends wage ich aus Furcht nicht mehr an meinem Tisch zu bleiben. Ich lege mich zu Bett, ohne dass ich mich getraue einzuschlafen. Es ist Nacht, und die Lampe ist angesteckt. Auf der Mauer, meinem Fenster gegenüber, sehe ich den Schatten einer menschlichen Gestalt sich abzeichnen. Ob Mann oder Weib, ich wusste es nicht zu sagen, aber der Eindruck, der mir geblieben ist, war der eines Weibes.

Als ich aufstehe, um nachzusehen, wird die Gardine mit einem kurzen Geräusch herabgelassen. Dann höre ich den Unbekannten in das Zimmer eintreten, das neben meinem Alkoven liegt, und Stille tritt ein.

Drei Stunden liege ich wach da, ohne den Schlaf zu finden, der sonst nicht auf sich warten lässt.

Da schleicht sich ein beunruhigendes Gefühl durch meinen Körper: ich bin das Opfer eines elektrischen Stroms, der zwischen den beiden benachbarten Zimmern läuft. Die Spannung wächst, und trotzdem ich Widerstand leiste, verlasse ich das Bett, von diesem Gedanken besessen:

– Man tötet mich! Ich will mich nicht töten lassen!

Ich gehe hinaus, um den Diener in seiner Zelle am Ende des Korridors zu suchen. Aber, ach, er ist nicht da. Also entfernt, fortgeschickt, geheimer Mitschuldiger, gekauft.

Ich steige die Treppe hinab und durchschreite den Korridor, um den Pensionsvorsteher zu wecken.

Mit einer Geistesgegenwart, deren ich mich nicht für fähig gehalten, schütze ich ein Unwohlsein vor, das von den Ausdünstungen der Chemikalien komme, und bitte um ein anderes Zimmer für die Nacht.

Infolge eines Zufalls, den die zornige Vorsehung herbeigeführt hat, liegt das einzige verfügbare Zimmer unter dem meines Feindes.

Sobald ich allein bin, öffne ich das Fenster und atme die frische Luft einer sternklaren Nacht ein. Über den Dächern der Rue d'Assas und der Rue Madame leuchten der grosse Bär und der Polarstern.

– Gegen Norden also! Omen accipio!

Als ich die Vorhänge des Alkovens zurückziehe, höre ich über mir meinen Feind, wie er aus dem Bett steigt und einen schweren Gegenstand in einen Koffer fallen lässt, dessen Deckel er mit einem Schlüssel abschliesst.

Er verbirgt also etwas; vielleicht die Elektrisiermaschine.

***

Ich erwache; eine Uhr schlägt zwei, eine Tür wird zugemacht, und …

ich bin aus dem Bett, wie gehoben durch eine Saugpumpe, die mir das Herz aussaugt. Als ich auf den Füssen bin, trifft eine elektrische Dusche meinen Nacken und drückt mich zu Boden.
Ich erhebe mich wieder, fasse meine Kleider und stürze in den Garten hinaus, ein Raub des furchtbarsten Herzklopfens.
Als ich mich angekleidet habe, ist mein erster klarer Gedanke, die Polizei zu rufen, um eine Haussuchung vornehmen zu lassen.
Aber die Haustür ist verschlossen, ebenso die Portierloge; ich tappe mich im Finstern vorwärts, öffne eine Tür rechts und trete in die Küche, wo ein Nachtlicht brennt. Ich stosse es um und stehe in tiefster Dunkelheit.
Die Furcht bringt mich wieder zur Besinnung, und von dem Gedanken, wenn ich mich täusche, bin ich verloren, geleitet, kehre ich in mein Zimmer zurück.
Ich schleppe einen Sessel in den Garten und, unter dem Sterngewölbe sitzend, denke ich an das, was sich zugetragen hat.
Eine Krankheit? Unmöglich, da es mir gut ging, bis ich mein Inkognito lüftete. – Ein Attentat? Offenbar, da ich selber die Vorbereitungen gesehen habe. Übrigens, hier in diesem Garten, ausser Bereich meiner Feinde, bin ich wieder hergestellt, und mein Herz funktioniert vollkommen normal.
Während ich diese Überlegungen anstelle, höre ich in dem Zimmer, das an meines stösst, jemand husten. Kurz darauf antwortet ein leises Husten im Zimmer, das darüber liegt. Wahrscheinlich sind es Zeichen, und sie gleichen genau denen, die ich in der letzten Nacht im Hotel Orfila gehört hatte.
Ich mache mich an die Glastür des Zimmers im Erdgeschoss, um das Schloss aufzubrechen, aber es ist vergebens.
Vom nutzlosen Kampf gegen die Unsichtbaren ermüdet, sinke ich in den Sessel nieder; der Schlaf erbarmt sich meiner, ich schlummere ein, unter den Sternen einer schönen Sommernacht, während die Stockrosen sich im lauen Juliwind wiegen.

***

Es ist die Nacht vom 25. auf den 26. Juli 1896. Meine Freunde haben ihr Möglichstes getan, um mich zu beruhigen; wir haben zusammen alle Dachkammern, die neben meinem Zimmer liegen, sogar den Boden untersucht, damit ich sicher sei, dass sich niemand in strafbarer Absicht dort versteckt habe. Als man aber die Tür einer Rumpelkammer öffnet, macht ein an sich gleichgültiger Gegenstand einen entmutigenden Eindruck auf mich. Es ist ein Eisbär, der als Teppich dient; aber der gähnende Rachen, die drohenden Eckzähne, die funkelnden Augen reizen mich. Warum muss dieses Tier gerade in diesem Augenblick dort liegen?

Ohne mich auszuziehen, lege ich mich aufs Bett, entschlossen, den verhängnisvollen Glockenschlag der zweiten Stunde abzuwarten.

Ich warte bis Mitternacht, mit Lesen beschäftigt.

Ein Uhr ist vorbei, und das ganze Haus schläft ruhig.

Endlich schlägt es zwei Uhr! Nichts geschieht! Da, in einem Anfall von Anmassung, und um die Unsichtbaren herauszufordern, vielleicht auch in der Absicht, ein physikalisches Experiment zu machen, stehe ich auf, öffne die beiden Fenster, stecke zwei Kerzen an. Ich setze mich an den Tisch hinter die Leuchter und biete mich mit unbedeckter Brust als Zielscheibe dar und fordere die Unbekannten heraus.

– Hier bin ich, ihr Einfältigen!

Da macht sich ein Fluidum, wie ein elektrisches, fühlbar, zuerst schwach. Ich blicke auf meine Magnetnadel, die ich als Zeuge aufgestellt habe; aber nicht die Spur einer Abweichung: also keine Elektrizität.

Aber die Spannung nimmt zu, mein Herz schlägt kräftig; ich widerstehe, aber schnell wie ein Blitz erfüllt ein Fluidum meinen Körper, erstickt mich und saugt an meinem Herzen …

Ich stürze die Treppe hinunter, um den Salon im Erdgeschoss zu erreichen, wo man mir für den Fall der Not ein provisorisches Bett bereitet hat. Da liege ich fünf Minuten und denke nach. Ist es strahlende Elektrizität? Nein, da die Magnetnadel nichts angezeigt hat. Eine Krankheit, veranlasst durch die Furcht vor der zweiten Stunde? Auch nicht, da mir nicht der Mut fehlt, den Angriffen zu trotzen. Warum musste ich denn die Kerzen anstecken, die das unbekannte Fluidum, dessen Opfer ich war, anzogen?

Ohne Antwort zu erhalten, in einem endlosen Labyrinth verirrt, zwinge ich mich, einzuschlafen; da aber greift mich eine neue Entladung an, gleich einem Zyklon, reisst mich aus dem Bett, und die Jagd beginnt wieder. Ich ducke mich hinter der Wand, ich lege mich unter das Gesims der Türen, vor die Kamine. Überall, überall finden mich die Furien. Die Seelenangst nimmt überhand, der panische Schrecken vor allem und nichts ergreift mich so, dass ich von Zimmer zu Zimmer fliehe; schliesslich flüchte ich mich auf den Balkon, wo ich mich zusammenkauere.

***

17. September. – Ich erwache in der Nacht davon, dass ich die Dorfkirche dreizehn Male schlagen höre. Sofort fühle ich die elektrische Einwirkung, und auf dem Boden über meinem Kopfe wird ein Geräusch hervorgebracht.

19. September. – Als ich den Boden durchsuche, entdecke ich ein Dutzend Spinnrocken, deren Räder mich an Elektrisiermaschinen erinnern. Ich öffne einen grossen Koffer: er ist beinahe leer und enthält nur fünf schwarz gestrichene Stäbe, deren Gebrauch mir unbekannt ist; in der Form eines Pentagramms liegen sie auf dem Boden. Wer hat mir diesen Streich gespielt, und was hat das zu bedeuten? Ich wage nicht danach zu fragen, und die Sache bleibt rätselhaft.

In der Nacht wütet ein furchtbares Gewitter zwischen Mitternacht und zwei Uhr. Gewöhnlich erschöpft sich ein Gewitter in kurzer Zeit und zieht davon; dieses bleibt zwei Stunden über dem Dorfe stehen. Ich empfinde das wie einen persönlichen Angriff: jeder Blitz zielt auf mich, ohne mich zu treffen.

An den Abenden erzählt mir meine Schwiegermutter die gegenwärtige Chronik der Gegend. Welche ungeheure Sammlung Tragödien, häuslicher und anderer! Ehebruch, Scheidung, Familienprozesse, Mord, Diebstahl, Vergewaltigung, Blutschande, Verleumdung. Die Schlösser, die Villen, die Hütten bergen Unglückliche aller Art, Bettler, Irre, Kranke, Krüppel halten die Gräben der grossen Landstrasse besetzt, zu Füssen eines Gekreuzigten, einer Madonna, eines Märtyrers kniend.

In der Nacht irren diese Unglücklichen, die unter Schlaflosigkeit und Alpdrücken leiden, auf den Wiesen und in den Wäldern umher, um die Müdigkeit zu finden, die ihnen Schlaf geben wird. Unter diesen

Heimgesuchten sind Leute aus der guten Gesellschaft, wohlerzogene Damen, sogar ein Pfarrer.

***

Ein junger Mensch besucht mich.
– Was muss man tun, um nachts ruhig zu schlafen?
– Was ist geschehen?
– Ich weiss es wahrhaftig nicht zu sagen, aber ich habe einen Schrecken vor meinem Schlafzimmer bekommen, und ich ziehe morgen aus.
– Junger Mann, Atheist und Realist, was ist geschehen?
– Als ich heute nacht die Tür öffnete, um einzutreten, fasste mich jemand beim Arm und schüttelte mich.
– Es ist also jemand in Ihrem Zimmer?
– Aber nein! Ich habe die Kerzen angezündet und ich habe niemand gesehen.
– Junger Mann, es gibt jemand, den man bei Kerzenlicht nicht sieht.
– Wer ist das?
– Das ist der Unsichtbare, junger Mann. Haben Sie Sulfonal, Bromkalium, Morphium, Chloral genommen?
– Ich habe alles versucht!
– Und der Unsichtbare räumt nicht das Feld. Sie wollen nachts ruhig schlafen und Sie verlangen von mir ein Mittel. Hören Sie, junger Mann, ich bin weder ein Arzt noch ein Prophet; ich bin ein alter Sünder, der Busse tut. Verlangen Sie weder Predigten noch Prophezeiungen von einem Schächer, der kaum Zeit genug hat, sich selber zu predigen. Ich habe an Schlaflosigkeit und Niedergeschlagenheit gelitten, ich habe Körper an Körper mit dem Unsichtbaren gerungen, und ich habe endlich Schlaf und Gesundheit wiedergewonnen. Wissen Sie, wie? Raten Sie?
Der junge Mann errät mich und schlägt die Augen nieder.
– Sie erraten es! Dann gehen Sie in Frieden und schlafen Sie gut!

Desintegration

Und das war geschehen: Nach einer kleineren Knieoperation waren meine Schmerzen, statt sich im Verlauf der Wochen nach dem Eingriff zu lindern, immer schlimmer geworden und weit über die lang anhaltenden Beschwerden hinausgegangen, die mich überhaupt veranlaßt hatten, eine Operation vornehmen zu lassen. Als ich meinen jungen Chirurgen wegen des sich verschlimmernden Zustandes aufsuchte, sagte er bloß: »Das kommt schon mal vor«, und mit der Bemerkung, er habe mich zuvor darüber aufgeklärt, daß die Operation möglicherweise keinen Erfolg zeitigen werde, entließ er mich als seinen Patienten. Ich stand da, nur mit ein paar Tabletten, um mein Erstaunen zu mäßigen und mit den Schmerzen fertig zu werden. Ein derartig überraschendes Ergebnis einer kurzen ambulanten Prozedur könnte jeden wütend und niedergeschlagen machen; was in meinem Falle geschah, war schlimmer.

Eine Desintegration meines Verstandes trat ein. Das Wort DESINTEGRATION schien selbst die Substanz zu bilden, aus welcher mein Hirn bestand, und die Auflösung setzte ganz spontan ein. Die vierzehn Buchstaben, große, klumpige, verschieden große Bestandteile meines Hirns, die kompliziert miteinander verschränkt waren, rissen in zackige Fetzen auseinander, manchmal nur das Bruchstück eines Buchstabens auf einmal, gewöhnlich jedoch in schmerzlich unaussprechliche, nichtsyllabische Folgen von zwei oder drei Buchstaben mit grob zerfransten Umrissen. Diese geistige Auflösung war eine so deutliche physische Realität wie ein Zahn, der einem gezogen wird, und der Schmerz dabei war unerträglich.

Halluzinationen solcher und schlimmerer Art durchjagten mich Tag und Nacht, eine Herde wildgewordener Tiere, die ich durch nichts zum Stillstand bringen konnte. Nichts konnte ich zum Stillstand bringen, da mein Wille durch die Riesenhaftigkeit noch des kleinsten, idiotischsten Gedankens ausgelöscht wurde. Zwei-, drei-, viermal am Tag brach ich ohne Anlaß oder Ankündigung in Tränen aus. Es spielte keine Rolle, ob ich allein in meinem Studio war und wieder einmal in einem Buch blätterte, das ich ohnehin nicht lesen konnte, oder ob ich mit Claire beim Abendessen saß und mutlos die Mahlzeit betrachtete, die sie zubereitet hatte und die zu essen ich keinen Grund sah – ich weinte. Ich weinte vor Freunden, ich weinte vor Fremden; selbst wenn ich allein auf der Toilette saß, löste ich mich auf, weinte ich mir die Tränen aus dem Leib, Tränenergüsse, nach denen ich mich ganz und gar wund fühlte – von Tränen um fünf Jahrzehnte Lebenszeit gebracht, lag mein Innerstes in all seiner mickrigen Dürftigkeit für jedermann offen. Ich konnte meine Hemdsärmel nicht zwei Minuten lang in Ruhe lassen. Ich konnte mich anscheinend nicht davon abbringen, die Hemdsärmel fieberhaft hochzukrempeln und sie dann ebenso fieberhaft wieder herunterzukrempeln und sorgfältig die Manschetten zuzuknöpfen, nur um sie sogleich wieder aufzuknöpfen und den sinnlosen Vorgang von vorne zu beginnen, als reiche seine Bedeutung tatsächlich bis ins Mark meiner Existenz. Ich konnte nicht aufhören, die Fenster aufzureißen und, wenn mein klaustrophobischer Anfall einem Frösteln gewichen war, sie wieder zuzuknallen, als hätte nicht ich, sondern jemand anders sie alle aufgerissen. Mein Puls schnellte immer wieder auf 120 Schläge in der Minute hinauf, selbst wenn ich, hirntot, vor den abendlichen Fernsehnachrichten saß, als ein Leichnam, wäre nicht das heftig hämmernde Herz gewesen, das auf einmal dem Rhythmus einer Uhr folgte, die doppelt so schnell tickte wie jede andere auf Erden. So manifestierte sich auf andere Weise die Panik, die ich in keiner Weise unter Kontrolle bringen konnte: eine Panik, die sich während des Tages sporadisch zeigte, und dann bei Nacht unablässig und gigantisch.

Voller Schrecken erwartete ich die Stunden der Dunkelheit. Wenn ich den Hindernis-Parcours von Stufen zu unserem Schlafzimmer einen schmerzerfüllten Schritt nach dem anderen hinaufkletterte – indem ich das gute Bein anwinkelte und das schlimme Bein nachzog –, dann fühlte ich mich, als wäre ich auf dem Weg zu einer Folter, die ich diesmal nicht überleben würde. Meine einzige Chance, bis zur Morgendämmerung durchzuhalten, ohne daß ich völlig den Verstand verlor, bestand darin, mich an einer glückverheißenden Vorstellung aus meiner unschuldigsten Vergangenheit festzuklammern und zu versuchen, an den Mastbaum dieser Erinnerung geschnallt die Drohung der langen Nacht durchzustehen. Eine solche Erinnerung, die ich in einer Art von Konvulsion der Sehnsucht hysterisch zu meiner Rettung heraufzubeschwören versuchte, bestand darin, daß mein älterer Bruder mich an der Hand nahm und unsere aus Pensionen und Sommerhäusern bestehende Straße entlang zur Promenade und die Holztreppe hinab zum Strand der Stadt am Jersey-Ufer führte, wo unsere Familie jeden Sommer einen Monat lang ein Zimmer mietete. *Nimm mich mit, Sandy, bitte.* Wenn ich (oftmals fälschlich) annahm, daß Claire schlief, sang ich diese Beschwörungsformel laut vor mich hin, fünf kindliche Worte, die ich so leidenschaftlich, wenn überhaupt je, seit 1938 nicht mehr geäußert hatte, als ich fünf Jahre und mein fürsorglicher, mich beschützender Bruder zehn Jahre alt war.

Ich ließ nicht zu, daß Claire bei Nacht die Jalousien herunterzog, denn ich mußte mich vergewissern, daß die Sonne aufging, und zwar noch in derselben Sekunde, da der Sonnenaufgang begann; doch jeden Morgen, wenn die Scheiben der nach Osten gehenden Fenster an meiner Bettseite hell zu werden begannen, wurde, was immer an Erleichterung von dem Schrecken der gerade zu Ende gegangenen Nacht ich empfand, reichlich verdrängt von dem Schrecken des anbrechenden Tages. Die Nacht war unendlich und unerträglich, der Tag war unendlich und unerträglich, und wenn ich in meine Pillendose nach der Kapsel griff, die ein kleines Loch graben sollte, in dem ich mich ein paar Stunden lang vor dem ganzen Schmerz, der mich in Schach hielt, verstecken konnte, vermochte ich nicht zu glauben (obwohl ich gar keine Wahl hatte, als es zu glauben), daß die in der Pillendose zitternden Finger die meinen waren. »Wo ist Philip?« fragte ich Claire mit hohler Stimme, während ich an ihre Hand geklammert am Rande des Swimmingpools stand. Während unzähliger Sommer hatte ich regelmäßig am Ende jeden Tages dreißig Minuten lang in diesem Pool geschwommen; jetzt hatte ich Angst, auch nur eine Zehe hineinzustecken, überwältigt von dem schönen sommerlichen Oberflächenschimmer jener Tausende Gallonen Wasser, in die ich nun gewiß endgültig hinabgesaugt werden würde. »Wo ist Philip Roth?« fragte ich laut. »Wo ist er hingegangen?« Ich sagte das nicht als Rollenspiel. Ich stellte die Frage, weil ich es wissen wollte. – Das und ähnliches mehr währte einhundert Tage und einhundert Nächte.

Erscheinung gegen Morgen

Gerhard Tersteegen

Andacht bei nächtlichem Wachen

Nun schläfet man,
und wer nicht schlafen kann,
der bete mit mir an
den großen Namen,
dem Tag und Nacht
wird von der Himmelswacht
Preis, Lob und Ehr gebracht:
o Jesu, Amen.

Weg, Phantasie!
mein Herr und Gott ist hie.
Du schläfst, mein Wächter, nie,
dir will ich wachen.
Ich liebe dich,
ich geb' zum Opfer mich
und lasse ewiglich
dich mit mir machen.

Es leuchte dir
der Himmelslichter Zier;
ich sei dein Sternlein, hier
und dort zu funkeln.
Nun kehr ich ein;
Herr, rede du allein
beim tiefsten Stillesein
zu mir im Dunkeln.

Eduard Mörike

In der Frühe

Kein Schlaf noch kühlt das Auge mir,
Dort gehet schon der Tag herfür
An meinem Kammerfenster.
Es wühlet mein verstörter Sinn
Noch zwischen Zweifeln her und hin
Und schaffet Nachtgespenster.

– Ängste, quäle
Dich nicht länger, meine Seele!
Freu dich, schon sind da und dorten
Morgenglocken wachgeworden.

Das nächtliche Geheimniss.

Gestern Nachts, als Alles schlief,
Kaum der Wind mit ungewissen
Seufzern durch die Gassen lief,
Gab mir Ruhe nicht das Kissen,
Noch der Mohn, noch, was sonst tief
Schlafen macht – ein gut Gewissen.

Endlich schlug ich mir den Schlaf
Aus dem Sinn und lief zum Strande.
Mondhell war's und mild – ich traf
Mann und Kahn auf warmem Sande,
Schläfrig beide, Hirt und Schaf: –
Schläfrig stiess der Kahn vom Lande.

Eine Stunde, leicht auch zwei,
Oder war's ein Jahr? – da sanken
Plötzlich mir Sinn und Gedanken
In ein ew'ges Einerlei,
Und ein Abgrund ohne Schranken
That sich auf: – da war's vorbei! –

Morgen kam: auf schwarzen Tiefen
Steht ein Kahn und ruht und ruht – –
Was geschah? so riefs, so riefen
Hundert bald – was gab es? Blut? –
Nichts geschah! Wir schliefen, schliefen
Alle – ach, so gut! so gut!

Richard Frost

Der Nachtmensch

> Ich hörte eine Nachtschwalbe und einen Hund weinen
> über einen, der bald sterben wird *(Huckleberry Finn)*

Er knipst die Leselampe aus, und es ist fast Morgen.
Schon rufen und antworten einander die Krähen
und schaffen ihren eigenen vollkommenen Sinn, und die Sonne
steigt stetig, unmerklich die östlichen Hügel hinauf,
um die dunkle Nacht der Wörter fortzuwaschen,
diese alten Litaneien von Schmerz und Tod,
kaum unterbrochen durch den vereinzelten Schrei
eines angeketteten Nachbarhundes oder einer nahen Eule.
Bald wird alles sicher sein, denn die Welt wird
wieder hineinsteigen
in ihre Gewänder, und das Licht wird jeden Winkel aufspüren,
jede Ecke, jede schwarze universelle Wahrheit,
die ihn verfolgt. Hat, wie lange? Der Tag wird sich erheben
zu seinem obskuren strahlenden Werk, und er kann schlafen.

Der dankbare Kuß der Dinge

Heute bin ich sehr früh aufgewacht in einer verwirrten plötzlichen Bewegung und habe mich langsam aus dem Bett erhoben, stranguliert von einem unbegreiflichen Überdruß. Kein Traum hatte ihn verursacht, keine Wirklichkeit hätte ihn auslösen können. Es war ein absoluter, vollständiger Überdruß, aber er hatte seinen Grund. In der dunklen Tiefe meiner Seele trugen unsichtbar unbekannte Kräfte eine Schlacht aus, bei der mein Wesen das Schlachtfeld hergab, und ich erbebte ganz von dem unbekannten Zusammenprall. Ein physischer Ekel vor dem ganzen Leben stieg mit meinem Erwachen auf. Ein Entsetzen, leben zu müssen, erhob sich mit mir aus dem Bett. Alles kam mir hohl vor, und ich hatte den kühlen Eindruck, daß es für kein Problem auf der Welt eine Lösung gibt.

Eine gewaltige Beunruhigung ließ meine geringfügigsten Gesten erbeben. Ich hatte Angst, in den Wahnsinn zu verfallen, nicht wegen des Wahnsinns, sondern wegen meiner Lage. Mein Herz schlug, als ob es sprechen könnte.

Mit langen falschen Schritten, die ich vergeblich zu anderen zu machen suchte, durchlief ich barfuß die kleine Ausdehnung meines Zimmers und die leere Diagonale des Innenzimmers, dessen Tür an der Ecke zum Korridor liegt. Mit unzusammenhängenden, ungenauen Bewegungen berührte ich die Bürsten auf der Kommode, stellte einen Stuhl um, und einmal schlug ich mit meiner schaukelnden Hand auf das scharfe Eisen am Fuß des englischen Bettes. Ich steckte mir eine Zigarette an, die ich im Unterbewußtsein rauchte und, erst als ich sah, daß Asche auf das Kopfende meines Bettes gefallen war – wie eigentlich, wenn ich mich gar nicht darüber gebeugt hatte? – begriff ich, daß ich besessen war oder etwas Ähnliches dem Sein, wenn auch nicht dem Namen nach, und daß mein Bewußtsein meiner selbst, das ich haben sollte, vom Abgrund unterbrochen worden war.

Ich erhielt die Ankündigung des Morgens, das wenige kühle Licht, das ein verschwommenes Weißblau dem sich enthüllenden Horizont mit-

teilt, wie ein dankbarer Kuß der Dinge. Denn dieses Licht, dieser wahre Tag befreite mich, befreite mich ich weiß nicht wovon, reichte meinen Arm dem unbekannten Alter, streichelte die trügerische Kindheit, stützte die bettlerhafte Ruhe meiner überströmenden Sensibilität. Ach, was ist das für ein Morgen, der mich für die Dummheit des Lebens weckt und für seine große Zärtlichkeit! Fast muß ich weinen, wenn ich vor mir unter mir die alte enge Straße heller werden sehe, wenn die Jalousien des Lebensmittelgeschäfts an der Straßenecke sich schon schmutzig braun im Licht enthüllen, das ein wenig überfließt. Mein Herz spürt die Erleichterung eines Märchens mit wirklichen Feen und beginnt die Sicherheit zu kennen, sich nicht mehr zu fühlen.
Welch ein Morgen, dieser Kummer! Und was für Schatten entfernen sich? Welche Geheimnisse tragen sich zu? Nichts: das Kreischen der ersten Elektrischen wie ein Streichholz, das die Dunkelheit der Seele erhellen wird und die lauten Schritte meines ersten Vorübergehenden: Die konkrete Wirklichkeit, die mir mit Freundesstimme sagen möchte, daß ich nicht so sein sollte, wie ich bin.

E. M. Cioran

Die letzte Nacht

Diese Raserei mitten in der Nacht, dieses Bedürfnis einer letzten Auseinandersetzung mit sich, mit den Elementen. Mit einem Mal wallt das Blut auf, man zittert, man erhebt sich, man sagt sich nochmals, daß es keinen Grund mehr gibt, den Rückzug anzutreten: diesmal gilt's. Kaum ist man draußen – eine unmerkliche Beruhigung. Man schreitet, durchdrungen von der Geste, die man vollbringen wird, von der Mission, die man sich angemaßt hat. Eine Spur von Jubel tritt an die Stelle der Raserei, wenn man sich sagt, daß man endlich ans Ziel gelangt ist, daß die Zukunft sich auf wenige Minuten beschränkt, auf eine Stunde höchstens, und daß man aus eigener Befugnis die Aufhebung der Gesamtheit der Augenblicke entschieden hat.

Dann folgt der beruhigende Eindruck, den die Abwesenheit des Nächsten hervorruft. Alle schlafen. Wie soll man eine Welt verlassen, in der man noch allein sein kann? Diese Nacht, die die letzte sein sollte, man bringt es nicht fertig, sich von ihr zu trennen, man kann nicht begreifen, daß sie schwinden kann, und man möchte sie gegen den Tag verteidigen, der sie untergräbt und bald überflutet.

Wache

Eine ganze Nacht lang
hingeworfen
neben einen hingemetzelten
Kameraden
mit seinem gefletschten
Mund
dem Vollmond zugewandt
mit dem Blutandrang
seiner Hände
der in mein Schweigen
einbrach
habe ich Briefe geschrieben
voll von Liebe

Nie bin ich so sehr
am Leben
gehangen

Epilog

Das Eine Buch

Ich sah, wie die schwarzen Veden, / wie Koran und Evangelium / und die in Seide gebundenen / Bücher der Mongolen / hingingen und aus dem Staub der Steppen, / aus duftendem Trockenmist / – nach Art / der Kalmückenfrauen bei Tagesanbruch – / einen Scheiterhaufen errichteten / und sich drauflegten, zuhöchst. / Weiße Witwen hüllten sich ein in Rauchgewölk, / auf daß beschleunigt sei die Heraufkunft / des Einen Buches, / des Buchs mit den Seiten, die größer sind als das Meer, / die da beben mit Blaufalterflügeln, / des Buchs mit dem Seidenfaden als Lesezeichen an der Stelle, / wo der Blick des Lesenden stehnblieb. / Es kommen die Flüsse, es kommen die großen geströmt, eine tiefblaue Flut: / die Wolga, wo nachts die Lieder von Rasin erklingen, / der Gelbe Nil, wo sie beten zur Sonne, / der Jangtsekiang mit der dicken Jauche von Volk, / und du, Mississippi mit deinen Yankees, / die sich den Sternenhimmel an die Hosen nähn, / die ihre Beine in Himmelstuch wickeln, / und Ganges, du, mit deinen dunklen Menschen – den Geist-Bäumen, / und die Donau, wo weiß im Weiß / Weißhemdige stehn überm Wasser, / und der Sambesi, wo die Menschen schwärzer sind als der schwärzeste Stiefel, / und der stürmische Ob, wo sie den Götzen geißeln / und mit den Augen zur Wand stellen, / wenn Fettes gegessen wird, / und die Themse mit ihrem Grauspleen. / Das Geschlecht der Menschen ist dieses Buches Leser. / Auf dem Umschlag, geschrieben von des Schöpfers Hand: / mein Name, in hellblauen Lettern. / Jaja, du bist nicht achtsam beim Lesen – / sieh näher hin, schärfer / zerstreut, das bist du, du liest mit Tagedieb-Augen. / Gleichwie Lektionen in Gottes Gesetz / sind diese Gebirgsketten, diese riesigen Meere. / Dies Eine Buch: / bald liest du's, bald. / In diesen Seiten schnellt der Wal, / der Adler umsegelt das Eckblatt und kommt / niedergeschwebt auf die Wellen des Meers, auf die Brüste der Meere, / um auszuruhn auf des Seeadlers Bettstatt.

Nachwort

Glauben Sie also nicht ohne weiteres an das Unglück der Menschen. Fragen Sie sie nur, ob sie noch schlafen können oder nicht? ... Wenn ja, ist alles gut. Das reicht.
(Louis-Ferdinand Céline)

I To sleep or not to sleep

Ein Riss geht durch die Menschheit. Er trennt nicht Arme und Reiche, Männer und Frauen, Schwarze und Weiße. Er wurde auf keinem emanzipatorischen Forum thematisiert und war nie Gegenstand einer politischen Versammlung, keine Gewerkschaft nimmt ihn ernst, er ist kein Horizont von Parolen oder Petitionen. Und doch trennt er ungerecht und unbarmherzig Privilegierte und Unterprivilegierte. Er markiert eine Grenze, die mitunter mehr als Geld oder Geschlecht oder Hautfarbe das Leben eines Individuums bestimmt. Kann es schlafen – dann ist schon einiges gut. Kann es nicht schlafen – dann kann manches nicht recht gut werden, und das Schlechte gerät leicht zur Katastrophe. Schlaflose zumindest wissen das.

Dass Schlaf ein Geschenk ist, vergessen nur gute Schläfer. Selbst wer vorübergehend, während einer besonderen Phase seines Lebens, um den Schlaf gebracht wird, erfährt sofort, wie sich seine Wahrnehmung verschiebt, wie er für sich und die Welt ein anderer wird. Junge Eltern können die lähmende Erfahrung machen, nach einigen Wochen des Schlafentzugs zu hypernervösen alltagsuntauglichen Lemuren zu mutieren – während ihr krähendes Glück gedeiht. Das nimmt sich unversehens tags, was es nachts nicht braucht. Denn das, was wir einen »natürlichen« Schlaf nennen, ist eine oft schmerzlich errungene Kulturleistung. Kleine Kinder müssen das zivilisierte Schlafen, das nächtliche Durchschlafen erst lernen. Oft lässt man sie schreien: Soll die Unvernunft im Windelpaket doch begreifen, dass die Nacht keine Zeit für Spiel und Tand ist, sondern für Stunden des erquickenden Schlafs.

In dieser Mischung aus verordnetem Zwang und propagierter Lust wird manchmal schon früh das Bett zu einer Zone von Schrecken und Leid. Die weltweit, zu allen Zeiten und in allen Kulturen verbreitete Tradition des Schlaf- und Wiegenlieds ist nur der zarte Nimbus eines heftigen Problems.

II Schlaflos: ein modernes Tabu?

Großwerden heißt Schlafen lernen. Und Erwachsensein kann heißen, den Schlaf wieder zu verlieren.

Unser Schlafverhalten gehört zu uns wie unsere Handschrift. Wenn Wissenschaftler in Schlaflabors die Protokolle eines Nachtprobanden auswerten, dann sitzen sie vor einer etwa 300 Meter langen Papierrolle, die gut 1000 Blätter umfasst. Diese Schlafschrift ist so individuell, dass sie kein Computer lesen kann. Einen denkenden Interpreten beschäftigt sie gut 15 Stunden. Jeder Schlaflose weiß, dass auch die Schrift seiner Nacht einzigartig ist.

Offiziell bekennt sich in unserm Kulturkreis etwa ein Drittel der Bevölkerung zu Schlafstörungen. Die Dunkelziffer ist wesentlich höher, denn an Schlaflosigkeit zu leiden gehört weiterhin in die moderaten Tabuzonen des modernen Lebens, über die ein souveränes Individuum nicht unbedingt spricht. Wer gibt schon gerne zu, dass er seinen normalen Alltag seit langem nur noch mit Schlafmitteln bewältigt? Wer outet sich selbstbewusst als unfreiwilliger Nachtmensch? Wer gesteht ein, dass er ein Doppelleben führt: als ein sicher agierender Leistungsträger des Tags und als ein ausgesetztes, von wirren Ängsten und Unruhen bedrohtes, einsames Ich der Nacht?

Es gibt unnennbar viele Gründe, nicht zu schlafen. Wer nicht einschlafen kann, wer nachts aufwacht, kennt mindestens einen davon. Ungezählt sind auch die Mittel, die den Schlaf versprechen. Neben beeindruckenden Sortimenten chemischer Schlaf- und Beruhigungstabletten gibt es die harmlosere Palette von Kräutertees und Kügelchen und Kuren: Sole- oder Schwefelbäder, körperliche Ermüdungsprogramme, darunter vornehmlich Schwimmen und Laufen. Auch Yoga und autogenes Training dürfen nicht unerwähnt bleiben und nicht das warme oder kalte Bier mit oder ohne Ei schon am Nachmittag oder erst um Mitternacht. Schlafstrategen raten je nach Konstitution zu unterkühlten oder überhitzten Zimmern mit oder ohne Zugluft, zur Hängematte, oder der besonders harten oder besonders weichen Matratze. Und natürlich – das wissen Wünschelrutengänger und Fengshui-Spezialisten – ist keineswegs egal, wo das Haupt des Schlafwilligen ruht. Nur sind sich beide Fraktionen über den rechten Ort durchaus nicht einig. Manch Schlafloser machte sich übermüdet auf, bis hoch in die reinere Luft der Alpen, und er versuchte es in der Schwüle der Tropen. Voll Schlafessehnsucht schaukelte er über die Meere oder lag erwartungsruhig unterm Sternenhimmel unendlicher Wüsten. Und er schlief nicht.

Eines immerhin lässt sich auch daraus lernen: mit Gewalt ist diesem Problem nicht beizukommen. Ganz im Gegenteil. Je mehr sich der Übermüdete darauf kapriziert, jetzt und sofort einzuschlafen, umso wahrscheinlicher ist er auch für diese Nacht verloren. Anders als sein Bruder Tod lässt sich der Schlaf nicht erzwingen. Aber vielleicht liegt hier die einzige schwache Hoffnung, die den Schlaflosen aller Länder bleibt.

III Gute Nacht, Insomnia!

So paradox es klingen mag: ein Schlafloser ist nie allein. Seine vermeintliche Einsamkeit ist ein kollektiver Zustand. Mit ihm – nur räumlich getrennt – wachen Millionen von tapferen Alltagsstrategen, die eigentlich nur den einen Wunsch haben zu schlafen. Die Sehnsucht nach dem erlösenden Schlaf, der eine Ruhepause zwischen dem vergangenen und dem kommenden Tag schenken soll, mischt sich spätestens in der aufziehenden Dämmerung mit der Verzweiflung darüber, dass die Unruhe nie aufhört, dass die Tagesreste weiterhin vorlaut hineinsprechen in jenes Andere, das nun beginnen sollte. Schlafen wäre Loslassenkönnen, endlich Eintauchen in ein Bewusstsein, von dem wir nichts mehr wissen müssen. Der Schlaflose aber weiß weiter von sich – bis zum Entsetzen.

Seinem Schlaf kann man sich nicht bewusst nähern, seiner Schlaflosigkeit schon. Übermüdet wach und sinnenwund hat, wer nicht schläft, doch die Möglichkeit, abzusehen vom scheinbar nur individuellen Leid und sich hinzuwenden zu jener metaphysischen Gemeinschaft, der er angehört! Das setzt nicht einmal viel Mut voraus, nur einen, zugegeben entscheidenden, Perspektivwechsel: Wer nicht schläft, soll einmal ablassen vom Schlaf! Er möge seine zärtliche Aufmerksamkeit Schlafes Schwester schenken, der so schillernden Insomnie, und die stillen Gebete seiner Seele, sagen wir eine Nacht lang, an sie, die Schlaflosigkeit, richten. Einen Versuch immerhin wäre es wert. Und er ist dabei in bester Gesellschaft. Schon nimmt er teil an jenem imaginären weltweiten »Kongreß der Schlaflosen« (Simic), in einem prunkvollen alten Hotel, dessen zentraler Ort ein: Lesepult ist.

Eines der ältesten Zeugnisse unserer Kultur ist das lyrische Fragment einer Schlaflosen. Zwischen Sapphos nachtwachem »Und ich, ich liege allein« und Lutz Seilers »sagte, dass ich schlafen soll« liegen etwa 2600 Jahre literarischer Bewältigungsversuche. Schlaflos: das Buch der hellen Nächte versammelt eine kleine Auswahl davon. Es ist das Buch für eine Nacht. Wer nie ein Dunkel durchwachte, dem öffnen sich hier ungeahnte Räume. Wer dieses Dunkel leidvoll kennt, dem kann es sich erhellen durch die nächtlichen Erschütterungen, von denen die anderen Initiierten wissen. Auch liegt ein nicht zu unterschätzender Trost darin, die eigene Erfahrung in Spiegel und Kaleidoskop wieder zu entdecken. Wem die Hingabe an den Schlaf nicht gelingen mag, der versuche es also mit der Hingabe an die Schlaflosigkeit.

Es ist nicht auszuschließen, dass gerade der Schlaflose in der sicheren Nähe unter seinesgleichen dann doch ein wenig schlafen kann. So mag dieses Buch zum heimlichen Übergang werden von der wachen Imagination in die dunklere des Traums.

IV Anatomie der durchwachten Nacht

Das Buch versucht, sich in Stufen dem Phänomen der durchwachten Nacht zu nähern. Ohne Zweifel ist es eine Anthologie, eine Versammlung der nächtlichen Ängste und Eingebungen, der gehetzten und der rettenden Bettfluchten. Es versteht sich dabei aber auch als ein Lesebuch mit Lehrbuchcharakter. Wer verstehen möchte, was es heißt, schlaflos zu sein, tut gut daran, es von vorne nach hinten durchzulesen. Noch etwas anderes unterscheidet das Buch von konventionellen Anthologien. Es lebt sehr stark von seinem Montagecharakter. Das ist in der Thematik begründet. Zwar ist der Verlust des Nachtschlafs weit verbreitet, aber nicht alle Autoren thematisieren ihn so direkt, dass der Leser einen Einblick in das Wesen der Schlaflosigkeit bekommen könnte. So sind hier beispielweise keine Texte von zwei großen Schlaflosen zu finden: Heinrich Heine und Virginia Woolf; auch Schiller, den Goethe den »Heiligen aller Schlaflosen« nannte, ist nicht vertreten. Selbst wenn Texte von der Schlaflosigkeit sprechen, ist sie oft nur ein Hintergrundthema. Die Herausgeber haben deshalb manche Prosastücke in sich stark gekürzt, um das Phänomen deutlicher zu profilieren. In der Auswahl haben sie darauf geachtet, Texte zu finden, die miteinander korrespondieren, die sich also, indem sie sich antworten, wiederum zum Thema hin erweitern.

Nachtgeräusche

Mit dem Dunkelwerden beginnt die Herrschaft der Geräusche. Was das Licht des Tages überblendet, erhält nun eine überscharfe akustische Kontur, an der sich die Vorstellung entzündet. So kann ein Hahn zu einer »allnächtlich erwarteten« Lautsensation werden, zu einem alter ego: »Mein Gefährte, du ferner guter Gesell« (Hildesheimer). Mit dem Schlaflosen teilt er die Angst, indem er kräht, und er nimmt sie ihm, indem er mit anderen Hähnen ein Gespräch beginnt, bis ihre weltumspannende Kommunikation zur Nachtmesse wird für die planetarische Brüderschaft der Schlaflosen. Wer übrigens die von Hildesheimer angedeutete, von Patrick Leigh Fermor über viele Seiten detailreich ausgeführte Lautkette der nächtlichen, sich über den Erdball fortsetzenden Hahnenschreie zu memorieren versuchte, hätte nach Jean Paul (Kapitel: Mittel und Listen) eine schöne Gelegenheit, sich in der »Kunst des Einschlafens« zu üben.
Ist es der Lerchengesang im Zwielicht zwischen Traum und Wachen

oder das Scharren eines obskuren »Nachtvogels« in der Hitze Roms oder nur der Regen: das psychische Pendant des Gehörten bleibt Angst. Sie ist der basso continuo, der die Nachtgeräusche begleitet. Ihre Tonarten sind so verschieden wie die Belästigungen durch mögliche Nachbarn in möglichen fremden Zimmern. Die Nacht des Schlaflosen ist heikel. Er ist nicht nur störanfällig; über dem Hören wird er zum Phantasten und gebiert sich die marginalen oder monströsen Wirklichkeiten seiner Not.

Frühes Leid der Nacht

Vielleicht steckt in jeder Schlaflosigkeit eine Kindernacht. Immer wieder thematisieren Autoren das frühe Leid des Nicht-schlafen-Könnens. »Diese Nachtstunden, die einen wachhielten bis zum Morgen, an den man nicht mehr geglaubt hatte, haben Rückstände hinterlassen: schwarze Kapseln im Gemüt, Samen, aus denen taubes krauses Gewächs hervorgeht« (Erika Burkart). Kinder kennen genau die Bangigkeit vor dem Dunkel und das Erwachen der Gespenster. Der Schlaf ist der erste Ort, zu dem sie alleine aufbrechen sollen. Später wird das Dämmerlicht zwischen Tag und Nacht zur Atmosphäre, in der sich Kindsein vom Erwachsenwerden zu trennen beginnt. An den Rändern der Nacht brechen sich Verlassenheit, Eifersucht und erste Sexualität. Im Rückblick sind es die Rituale des Schlafengehens, die am leichtesten den verlorenen Raum der Kindheit zu öffnen scheinen.

Ausgesetzt

Im eigenen Bett hat die wache Not ein vertrautes Kissen. Schwieriger wird es, wenn Reisen, Krankheit, gar Krieg oder Exil, den nächtlich Unbehausten doppelt vertreiben. Schon ein harmloser Schlafwagen kann zur Folterkammer werden (Josephine Tey), ein fremdes Zimmer ein Ort zum Sterben (Proust). Die Nacht radikalisiert das Leid der Hospitalisierten (Sylvia Plath, Christine Lavant). Manchmal hält sich ein Wacher an den schlafenden Gesichtern seiner Kameraden fest (Hofmannsthal), oder es ergibt sich ein unverhofftes Gespräch, wenn zwei Schlaflose sich finden (Hemingway).

Schlafbewusst

Schlaflose wissen, in welchem Zustand gesteigerter Selbstempfindung sie sich befinden. Manche wollen ihn auch wahrhaben. Dann reflektieren sie diese »intensive Müdigkeit des Geistes und die perverse Wachheit des Nervensystems« (Fitzgerald). Ein Schlafloser ist auch tags ein Schlafloser. Manche durchstreifen ihren Alltag wie Schlafwandler (Cheever), andere haben die erstaunlichsten Metamorphosen erfahren: »Ich bin ein verwaistes, klosterähnliches Haus, von scheuen, verstohlenen Gespenstern in Schatten getaucht« (Pessoa). Dabei kann das Sprechen über die durchwachte Nacht die vertrauten Kommunikationsbahnen verlassen und zu einem monologischen Bewusstseinsstrom anschwellen (Beckett) oder – scheinbar den konkreten Realia verhaftet – doch heimlich zu einem Psychogramm der Wachenden geraten (Droste).

Liebeswach

Unter allen Gründen, nicht zu schlafen, ist Verliebtsein der bittersüßeste. Überall und zu allen Zeiten blieben zwischen Sehnsucht und Raserei, Bangen und Verlangen Liebende wach. In einem weltliterarischen Chor antwortet Djuna Barnes auf Sappho, zu Petrarca hallt ein Echo zurück von Shakespeare, und an beide knüpft Christian Weise mit seiner nächtlichen Liebesnot an. Man kann über der Liebe das Schlafen ganz verlernen und dann an die Geschichte zweier Länder denken, deren Bewohner nicht mehr schlafen konnten und deshalb die ganze Nacht einander zuheulten (Dara Horn). Manche Liebende werden symbiotisch schlaflos und in diesem Leid immerhin vereint (Mascha Kaleko). Denn, auch dies ist ein Moment der Schlaflosigkeit, nur dem Wachen lebt die Nacht (Ungaretti)

Nächtliche Paare

Für Paare kann es schlimmer kommen. Wer kennt die Qualen jener Schlaflosen, die an der Seite eines guten Schläfers wachen und mit jedem Atemzug spüren, wie der andere an ihrer Seite sie selig mit dem

Schlummer betrügt? Und welche giftigen Abgründe öffnen sich, wenn die Herzensdame im verführerischen Blumenduft nicht aufhören will, unter anderen zu tanzen, während das liebende Herz sich nach Ruhe mit ihr sehnt (Theodor Storm)? Nächtliche Verlassenheit kennt viele Varianten, die Paarsituation steigert sie. Schließlich kann es sein, dass der überwache Ehemann sich vom Fenster umdreht und erkennt, dass seine Gattin nicht schlief, sondern bereits tot ist.

Mittel und Listen

Wer nachts nicht schlafen kann, kann sich hilflos bis souverän dazu verhalten. Die Grenzen sind fließend. Die einen fahren Rad (Irving), andere meditieren vor dem Swimmingpool (Lars Gustafsson), mancher findet einen guten Freund, der sich mit ihm die Nacht um die Ohren schlägt (Hans Sahl). Alkohol und Tabletten können helfen, manches durchzustehen, was wiederum hinterher ertragen werden muss (Updike, Sexton, Jandl). Freilich lässt sich das Problem mit gewissem Erfolg auch intellektuell angehen. Man kann sich in »Bedenken und Ergeben« üben (Bergengruen), einem Spezialisten für Melancholie folgen (Robert Burton) oder sich die praktischen Einschlafratschläge eines Dichters zu Herzen nehmen (Jean Paul). Am Ende bleibt ein schimmernder Trost: »Auch diese Nacht wird vorübergehen« (Ungaretti).

Schreiber der Nacht

Einst sollen die Musen im Schlaf gekommen sein. Schlaflose zweifeln daran. Ein alter Topos sagt, dass der König nicht schläft, weil er die Verantwortung für sein Reich trägt. Spätestens in der Moderne wird die Schlaflosigkeit zur Berufskrankheit der Dichter. Sie hat mit dem geschärften Bewusstsein für das »Rauschen der Zeit und das fortwährende Vibrato des Raums« zu tun (Durs Grünbein); freilich auch damit, dass für einen, der von seiner Empfindlichkeit lebt, die Großstadt zu laut und zu hell ist, um Ruhe zu finden. Stürzten sich die Romantiker noch in die Nacht, um mit geweiteten Augen einen neuen blauen Erlebnisraum zu entdecken, so zögen die Dichter der Moderne es vor zu schlafen, um, von ihrer Überwachheit erlöst, besser schreiben zu können. Ihre Tagebücher geben Einblick in die mühsame Arbeitsweise der »Mitternachtskranken« (Michael Chabon), die neben dem Schreiben die »Arbeit des Einschlafens« (Kafka) leisten müssen. Manch einer betrachtet sich schon »als *fast* befriedigt von diesen Nächten in Fetzen, wenn nur das häufige Aufwachen ohne Ängste abläuft und den Schlaf nicht zu lange unterbricht« (Gide). Denn wo der Schlaf nicht kommen mag, kann ungefragt sein Bruder erscheinen und das Trinkgeld einfordern (Meckel).

Furien

Der Schatten, den der Schlaf, der nicht kommen mag, vorauswirft, ist Gewalt. »Dann fühlte ich mich, als wäre ich auf dem Weg zu einer Folter, die ich diesmal nicht überleben würde« (Philip Roth). Eine eigenmächtige Maschine im Hirn kommt in Gang und hört nicht mehr auf zu arbeiten. »Bald drehten sich die Argumente wie Räder, bald platzten sie wie Blasen. Und diese geschmacklose Geschäftigkeit, der er sich nicht entziehen konnte, empfand er als eine skandalöse Demütigung« (Elsa Morante). In solchen Nächten wächst die Forderung nach einer Nacht, die »aus ungeheurem Eisen« (Borges) sei, der Schrei nach dem Schlaf, der kommen möge als eine Vergewaltigung (Christine Lavant). Die Angst vor dem Tod und die Angst des Mörders jagen sich (Hofmannsthal, Shakespeare, Strindberg). Sie sind das äußerste Gegenteil von Schlaf.

Erscheinung gegen Morgen

Beten und Lesen müssen keine unterschiedlichen Tätigkeiten sein. Andacht oder Aufmerksamkeit verlangen Götter wie Bücher, wenn sie helfen sollen, die Nacht zu bewältigen. (Die Gifte sind nur scheinbar billiger zu haben.) Wenn der Schlaflose die Leselampe ausknipst, ist es schon fast Morgen (Richard Frost). Auch die längste Nacht mündet in einen lichthellen Alltag, den der Schlaflose freilich anders erlebt als der traumsatte Schläfer. Die Morgenglocken sind ein Grund zur Freude (Mörike), das kühle Morgenlicht wird zum »dankbaren Kuß der

Dinge«, der den Leidenden der Nacht endlich befreit (Pessoa). Was zwischen Wachen und Schlafen geschehen ist, mag nun ein Geheimnis bleiben (Nietzsche). Und der aus der Nacht Auferstandene bekennt sich zum neuen Tag (Cioran, Ungaretti).

V Das Doppelgesicht des Märchens

Das Märchen kennt zwei sich über ihren Schlaf auszeichnende Prinzessinnen. Die eine findet schlafend zu ihrer Identität als Frau, die andere beweist wachend ihre aristokratische Herkunft. Dornröschen sticht sich an der Spindel und fällt in den langen Schlaf der Pubertät; das fremde, vom Regen durchnässte Kind verbringt die Nacht in einem Bett, in das man ihm unter viele Matratzen eine einzige Erbse gelegt hat. Am Morgen zeigen ihre grünen und blauen Flecken, dass sie die wahre Königstochter ist.
Doch für beide beginnt der neue Morgen mit einem Königssohn.

Dank

Nicht zuletzt verdankt sich dieses Lesebuch zur Schlaflosigkeit dem empfindlichen Interesse von kundigen Kollegen und Freunden. Es sind:

Gerhard Adler (Baden-Baden), *Ursula Beitz* (Heidelberg), *Klaus-Arnim Benkendorff* (Tübingen), *Cornelia Blasberg* (Hamburg), *Renate Böschenstein* (Vevey), *Ruth Domke und Eberhard Müller* (Tübingen), *Hans Magnus Enzensberger* (München), *Irene Ferchl und Peter Jakobeit* (Gerlingen), *Angelica Haubner* (Heidelberg), *Eva Hoffmann* (Tübingen), *Margret Mellert* (Zürich), *Ralf Neubauer* (Tübingen), *Ursula Reinard* (Gießen), *Thomas Scheuffelen* (Marbach), *Clemens A. Sekanina* (Solothurn), *Markus Wieser* (Zürich), *Hans Woller* (Paris).

Besonderer Dank gilt *Elisabeth Tschiemer* und *Ekkehard Faude*, ohne deren Tat und Rat dieses Buch nicht hätte entstehen können.

Quellenverzeichnis

*Kürzere Auslassungen in den abgedruckten Texten sind nicht verzeichnet. Längere Auslassungen sind durch *** angegeben. Manche Texte wurden, wie aus den Quellenangaben ersichtlich, in sich gekürzt. Originaltitel, die nicht von den Herausgebern stammen, sind mit * markiert. Orthographie und Zeichensetzung folgen dem jeweiligen Urtext.*

Konstantin Bal'mont, Regen*. In: Russische Lyrik. Zweisprachig. Herausgegeben und übersetzt von Ludolf Müller und Kay Borowsky. Stuttgart: Reclam, 1983, S. 247 u. 249.

Djuna Barnes, Meine Robin. Aus: Nachtgewächs. Deutsch von Wolfgang Hildesheimer. © Suhrkamp Verlag Frankfurt am Main 1971.

Samuel Beckett, Mein Gebet an den Schlaf. Aus: Wie es ist. Deutsch von Elmar Tophoven. © Suhrkamp Verlag Frankfurt 1969, S. 46; 52f.; 54–57.

Saul Bellow, Rest der Nacht. Aus: Humboldts Vermächtnis. Deutsch von Walter Hasenclever. © 1976 by Verlag Kiepenheuer & Witsch Köln.

Werner Bergengruen, Bedenken und Ergeben. Aus: Dichtergehäuse. Zürich: Arche, 1966, S. 300–303 (vergriffen). Abdruckgenehmigung: Werner Bergengruen-Archiv, Dr. Hackelsberger.

Jorge Luis Borges: Schlaflosigkeit*. Aus: Gesammelte Werke, Gedichte 1923–1965. Herausgegeben und übersetzt von Gisbert Haefs. © 1982 Carl Hanser Verlag München Wien.

Georg Büchner, Lenz*. In: Werke und Briefe. Nach der historisch-kritischen Ausgabe von Werner R. Lehmann. München: Hanser, S. 84–87.

Erika Burkart, Der Jäger vor der Tür. Aus: Das Schimmern der Flügel. Jugendmythen. © 1994 Ammann Verlag & Co., Zürich, S. 52f.

Robert Burton, Heilung von Schlaflosigkeit und Alpträumen. Aus: Die Anatomie der Melancholie. Ausgewählt und übertragen von Werner v. Koppenfels. Dieterich'sche Verlagsbuchhandlung Mainz 1988.

Albert Camus, Nachts bricht sie auf. Aus: Die Ehebrecherin. (Auszug) aus: Albert Camus, Jonas oder der Künstler bei der Arbeit. Übersetzung ins Deutsche von Guido G. Meister. © 1988 Rowohlt Verlag GmbH, Reinbek bei Hamburg, S. 121–124.

Carl Gustav Carus, Von den Bedingungen des Schlafes. In: Vorlesungen über Psychologie. Herausgegeben von Friedrich Arnold. Darmstadt: Geutner, 1958, S. 307ff.

Raymond Carver, Ich konnte die kleinsten Dinge erkennen*. Aus: Wovon wir reden, wenn wir von Liebe reden. Erzählungen. Übersetzt von Helmut Frielingshaus, Berlin Verlag 2000, S. 42–52.

Michael Chabon, Die Mitternachtskrankheit. Aus: Wonderboys. Deutsch von Hans Hermann. © by Verlag Kiepenheuer & Witsch Köln.

John Cheever, Nächtliche Inventur. Aus: Tagebücher. (Auszug) © 1984 by Rowohlt Taschenbuch GmbH, Reinbek bei Hamburg für die deutsche Übersetzung von Matthias Müller, 1994, S. 101f.; 105–107.

Velimir Chlebnikov, Das Eine Buch*. In: Russische Lyrik. Zweisprachig. Herausgegeben und übersetzt von Ludolf Müller und Kay Borowsky. Stuttgart: Reclam, 1983, S. 311; 313.

E. M. Cioran, Die letzte Nacht. Aus: Die verfehlte Schöpfung. Deutsch von François Bondy. © Suhrkamp Verlag Frankfurt 1979.

Charles Dickens, Wachliegen. Aus: The uncommercial traveller. Deutsch von Ute Oelmann.

Alfred Döblin, Unter Emigranten. Aus: Autobiographische Schriften und letzte Aufzeichnungen. Herausgegeben von Edgar Pässler. Olten: Walter, 1980, S. 195f.; 220f.

Annette von Droste-Hülshoff, Durchwachte Nacht*. In: Gedichte. Herausgegeben von Bodo Plachta und Winfried Woesler. Frankfurt/M.: Deutscher Klassiker Verlag, 1994, S. 329–332.

Marguerite Duras, Ruhegeld. Aus: Der Matrose von Gibraltar. Deutsch von Maria Dessauer. © Suhrkamp Verlag 1989, S. 54–58.

Patrick Leigh Fermor, Hahnennacht (II). Aus: Mani. Deutsch von Hermann Stiehl und Richard Moissl. 4. Aufl. Salzburg: Otto Müller Verlag, 2001, S. 170–175.

F. Scott Fitzgerald, Wachen und Schlafen. Aus dem Amerikanischen von Ute Oelmann. Aus: Sleeping and Waking. © 1934 by Esquire Inc., Copyright renewed 1962. Abdruck mit Genehmigung von Harold Ober Associates Inc. New York und der Liepman AG Zürich.

Richard Frost: Der Nachtmensch*. Aus dem Amerikanischen von Angelika Overath und Manfred Koch. © 1998 by The Gettysburg Review (vol. II no. 3).

André Gide, Von der Arbeit des Einschlafens und des Schreibens (I). Aus: Gesammelte Werke in zwölf Bänden. Band II: Autobiographisches, Tagebuch 1903-1922. Aus dem Französischen von Maria Schäfer-Rümelin. © 1999 Deutsche Verlagsanstalt GmbH, Stuttgart.

Witold Gombrowicz, Knabennacht (II). Aus: Ferdydurke. Aus dem Polnischen von Walter Tiel. © 1983 Carl Hanser Verlag München, S. 7f.

Durs Grünbein, Schlaflos in Rom*. In: Akzente. Heft 6, Dez. 2001, S. 498; 511; 512–515. © Durs Grünbein.

Lars Gustafsson, Freundschaft mit dem Poolreiniger. Aus: Die Sache mit dem

Hund. Aus dem Schwedischen von Verena Reichel. © 1994 Carl Hanser Verlag München.

Ernest Hemingway, Soldatenlager (II). Aus: Müde bin ich, geh zur Ruh (Auszug). Aus: Ernest Hemingway, 49 Stories. Übersetzung ins Deutsche von Annemarie Horschitz-Horst. © 1950, 1977 by Rowohlt Verlag GmbH, Reinbek bei Hamburg.

Max Herrmann-Neiße, Angst der Nächte*; Nacht in der Emigration*. Aus: Um uns die Fremde. Gedichte 2. © 1986 by www.Zweitausendeins.de, Postfach 610 637, D-60381 Frankfurt am Main; S. 432; 377.

Hermann Hesse, Der Nachbar (II). Aus: Kurgast. Aus: Sämtliche Werke, Band 12: Kurgast; Der Holländer. © Suhrkamp Verlag Frankfurt am Main, S. 15–17; 52–55; 58–61; 63f.; 65–67.

Patricia Highsmith, Agnies Fall. Aus: Patricia Highsmith, Die stille Mitte der Welt. Stories. Aus dem Amerikanischen von Melanie Walz. © 2002 Diogenes Verlag AG Zürich, S. 307–312.

Wolfgang Hildesheimer, Hahnennacht (I). Aus: Tynset. © Suhrkamp Verlag Frankfurt am Main, 1992, S. 37–39.

Hugo v. Hofmannsthal, Die schlaflose Mörderin. Aus: Elektra; Soldatenlager (I). Aus: Soldatengeschichte. In: Gesammelte Werke in zehn Einzelbänden. Herausgegeben von Bernd Schöller. Frankfurt/M.: Fischer, 1979. Dramen II, S. 203f.; Erzählungen – Erfundene Gespräche und Briefe – Reisen, S. 75–78.

Homer, Odysseus allein mit so vielen. Aus: Homer, Odyssee. Anfang XX. Gesang. In: Homer, Ilias/Odyssee. In der Übertragung von Johann Heinrich Voß. Nach dem Text der Erstausgaben 1793 und 1781. München: Winkler, 1976, S. 713f.

Dara Horn: Nachtgeheul. Aus: Ausgelöscht sei der Tag, S. 228–237. © 2002 Nagel & Kimche AG Verlag Zürich.

John Irving, Radfahren. Aus: Eine Mittelgewichts-Ehe. Aus dem Amerikanischen von Nikolaus Stingl. © 1986 Diogenes Verlag AG Zürich, S. 205–208.

Ernst Jandl, von schlafkunst*. Aus: Ernst Jandl, poetische Werke, herausgegeben von Klaus Siblewski, Band 5 die bearbeitung der mütze & der versteckte hirte & verstreute gedichte © 1997 by Luchterhand Literaturverlag, München, einem Unternehmen der Verlagsgruppe Random House GmbH.

Jean Paul, Die Kunst, einzuschlafen. (Auszug aus: Werke, 6. Band, S. 238ff. Herausgegeben von Norbert Miller. Carl Hanser Verlag München 1963.

Franz Kafka, Von der Arbeit des Einschlafens und des Schreibens (II). Aus: Tagebücher. In der Fassung der Handschrift. Herausgegeben von Hans-Gerd Koch u. a. Frankfurt/M.: Fischer, 1990, S. 49–51; 52; 250; 261f.; 263f.; 265; 884 (Copyright Schocken Books New York 1990).

Mascha Kaleko, Unter fremdem Dach*; Nachts gegen drei*; Nacht ohne Schlaf*. Aus: Mascha Kaleko, In meinen Träumen läutet es Sturm. Gedichte, S. 50; 73; 34. © 1997 Deutscher Taschenbuch Verlag, München.

Marie Luise Kaschnitz, Römischer Nachtvogel; In der Hitze der Nacht. Aus: Tage, Tage, Jahre. © Insel Verlag Frankfurt am Main 1968, S. 355–357; 287–289; Mädchennacht (II). Aus: Marie Luise Kaschnitz, Gesammelte Werke, herausgegeben von Christian Büttrich / Norbert Miller, Bd. 2: Die autobiographische Prosa, S. 363f. © Insel Verlag Frankfurt am Main 1981.

Garrison Keillor / Jenny Lind Nilsson, Mädchennacht (I). Aus: Sommerstücke. Deutsch von Birgitt Kollmann. © der deutschen Übersetzung: Carlsen Verlag GmbH, Hamburg 1998, S. 57–60; 63; 172f.

Werner Koch, Die Nacht vorher. Aus: Pilatus. © Suhrkamp Verlag Frankfurt, S. 7–10.

Gertrud Kolmar, Legende*; Märchen*. Aus: Sämtliche Gedichte. © Suhrkamp Verlag Frankfurt 1996.

Christine Lavant, Alter Schlaf*; Mein Schlaf ist ins Wasser gegangen*. © Otto Müller Verlag Salzburg; In der Irrenanstalt. Aus: Aufzeichnungen aus einem Irrenhaus. Otto Müller Verlag, Salzburg/Wien 2001, S. 79; 80f.; 83.

Ossip Mandelstam, Schlaflosigkeit. Homer*. Deutsch von Paul Celan. Aus: Paul Celan: Gesammelte Werke Bd. 5. © Suhrkamp Verlag Frankfurt 1986, S. 91.

Klaus Mann, Unter Emigranten (II). Aus: Der Wendepunkt. © 1989 by edition spangenberg, München.

Thomas Mann, Der Mond der scheint, das Kindlein weint. Aus: Buddenbrooks. © S. Fischer Verlag, Berlin, 1901.

Christoph Meckel, Schlaflos*. Mit freundlicher Erlaubnis von Christoph Meckel.

Pascal Mercier, Der Nachbar (III). Aus: Perlmanns Schweigen. © 1995 Albrecht Knaus Verlag, München, einem Unternehmen der Verlagsgruppe Random House GmbH, S. 62–64; 67.

Eduard Mörike, Lied eines Verliebten*; In der Frühe*. In: Sämtliche Gedichte. Herausgegeben von Herbert G. Göpfert. München: Hanser, 3. Aufl. 1964, S. 90f. u. 29.

Elsa Morante, Die Nachtmaschine. Aus: La Storia. Aus dem Italienischen von Hannelise Hinderberger. © Piper Verlag GmbH, München 1976, S. 581ff.

Adolf Muschg, Knabennacht (I). Aus: Entfernte Bekannte. Suhrkamp Verlag Frankfurt am Main 1976, S. 135; 138–140.

Robert Musil, In der Nacht dann war sie aufgewacht. Aus: Vereinigungen – Die

Vollendung der Liebe. (Auszug) aus: Robert Musil, Gesammelte Werke, © 1978 by Rowohlt Verlag GmbH, Reinbek bei Hamburg, S. 171–175.

Friedrich Nietzsche, Das nächtliche Geheimnis*. In: Kritische Studienausgabe. Hg. v. Giorgio Colli und Mazzino Montinari. München: dtv, 1988. Bd. 3, S. 340.

Hans Erich Nossack, Aus den Tagebüchern 1950/51. Aus: Die Tagebücher. Hrsg. von Gabriele Söhling.© Suhrkamp Verlag Frankfurt 1997. Bd. 1: S. 177; 181; 204; 208; 210; 211; 214; 217.

Silvia Overath, Malen. Erstdruck.

Fernando Pessoa, Der Tag danach; Der dankbare Kuß der Dinge. Aus: Das Buch der Unruhe. Aus dem Portugiesischen übersetzt von Georg Rudolf Lind. © 1985 by Ammann Verlag & Co., Zürich, S. 76f.; 80f.

(Petrarca): Karlheinz Stierle, So viele Fische leben nicht im Meer*. Aus: Petrarca. © 1998 Carl Hanser Verlag München Wien, S. 124.

Luigi Pirandello, Er lacht. Aus: Du lachst. Deutsch von Hans Hinterhäuser. In: Die Wirklichkeit des Traums und andere Novellen. Ges. Werke Bd. 4. Berlin: Propyläen, 1997, S. 425–429 (Copyright der deutschsprachigen Ausgabe Ullstein-Verlag Berlin, 1997).

Sylvia Plath, Im Krankenhaus. Aus: Die Tagebücher. Deutsch von Alissa Walser. © 1995 by Frieda and Nicholas Hughes, © der deutschen Ausgabe Frankfurter Verlagsanstalt GmbH, Frankfurt am Main, 1997.

Marcel Proust, Lange Zeit bin ich früh schlafen gegangen; Im fremden Zimmer. Aus: Auf der Suche nach der verlorenen Zeit. Deutsch von Eva Rechel-Mertens. © Suhrkamp Verlag Frankfurt 1979, S. 9f.; 876–878.

Rainer Maria Rilke, Der Nachbar (I). Aus: Die Aufzeichnungen des Malte Laurids Brigge. Sämtliche Werke. Herausgegeben von Ernst Zinn. Bd. 6. Frankfurt/M.: Insel 1966, S. 871–875.

Joseph Roth, Der Kaiser an der Grenze. Aus: »Radetzkymarsch« von Joseph Roth © 1978, 1989, 1999 by Verlag Kiepenheuer & Witsch Köln und Verlag Allert de Lange Amsterdam (Romane und Erzählungen 1930-1936. Herausgegeben von Fritz Hackert. Köln, 1990, S. 345f.

Philip Roth, Desintegration. Aus: Operation Shylock. Aus dem Amerikanischen von Jörg Trobitius. © Carl Hanser Verlag München Wien, S. 16–19.

Hans Sahl, Nacht mit einem Schlaflosen*. Aus: Das Exil im Exil. 2. Aufl. Frankfurt/M.: Luchterhand Literaturverlag, 1990, S. 142–145.

Sappho, Hinabgetaucht. Erstdruck einer Übersetzung von Paul Hoffmann (mit freundlicher Erlaubnis von Eva Hoffmann).

Marie-Luise Scherer, Machnow und sein Hund. Aus: Ungeheurer Alltag. S. 16; 18f.

Jochen Schimmang, Lange Zeit bin ich nicht mehr früh schlafen gegangen; Mit Max geht der Schlaf. Aus: Die Murnausche Lücke. Heidelberg: Wunderhorn, 2002, S. 14–17; 53f.

Lutz Seiler, Müde bin ich*. Aus: Pech & Blende. , S. 66.

Anne Sexton, Süchtig*. Aus: dies., All meine Lieben. Lebe oder stirb. Gedichte. Hg. und übertragen von Silvia Morawetz. , S. 365.

William Shakespeare, Sonette um Schlaf und Wachen. Aus : The Sonnets – Die Sonette. (XXVII, XXVIII, LXI). Deutsch von Christa Schuenke. Straelen: Straelener Manuskripte Verlag, 3. Auflage 1998, S. 35; 69.

William Shakespeare, Der schlaflose Mörder. Aus: Macbeth (2. Aufzug, 1. Szene). In: Skakespeare, Dramatische Werke. Übersetzt von August Wilhelm Schlegel und Ludwig Tieck. Bd. 3: Tragödien. Frankfurt/M: Büchergilde Gutenberg o. J., S. 424–427.

Charles Simic, Hotel Insomnia*. Aus: Ein Buch von Göttern und Teufeln. Aus dem Amerikanischen von Hans Magnus Enzensberger.

Charles Simic: Der Kongreß der Schlaflosen*. (The Congress of the Insomniacs.) Aus: Hotel Insomnia. Aus dem Amerikanischen von Manfred Koch und Angelika Overath.

Theodor Storm, Schlaflos*; Hyazinthen*. In: Gedichte – Novellen 1848–1867. Herausgegeben von Dieter Lohmeier. Frankfurt/M.: Deutscher Klassiker Verlag, 1987, S. 71; 89.

August Strindberg, Inferno*. In: Strindbergs Werke. Deutsche Gesamtausgabe. Inferno – Legende. Deutsch von Emil Schering. München: Georg Müller Verlag, 1920, S. 89; 92f.; 101f.; 104f.; 146f.; 205f.

Wislawa Szymborska, Vier Uhr am Morgen*. Aus: Hundert Freuden. Gedichte. Übertragen von Karl Dedecius, S. 185.

Gerhard Tersteegen, Andacht bei nächtlichem Wachen*. In: Gerhard Tersteegens Geistliches Blumengärtlein. Stuttgart: Steinkopf, 1956, S. 569f.

Josephine Tey, Im Schlafwagen. Aus: Der singende Sand, aus dem Englischen übersetzt von Manfred Allié, DuMont Literatur und Kunst Verlag, Köln 1988, S. 7; 8–10.

Anton Tschechow, Eine langweilige Geschichte*. Aus: Eine langweilige Geschichte. In: Drei kleine Romane. Deutsch von Peter Urban. Berlin: Friedenauer Presse, 1997, S. 8–12.

Giuseppe Ungaretti, Juni*; Wache*. Gedichte. Deutsch von Ingeborg Bachmann. © Suhrkamp Verlag Frankfurt 1974, S. 81; 83; 85; 27; 133.

Giuseppe Ungaretti, Überdruss.* Aus: Giuseppe Ungaretti, Vita d'un uomo – Ein Menschenleben. Werke in 6 Bänden, Band 1: L'Allegria – Die Freude. Hrsg. und übersetzt von Michael Killisch-Horn unter Mitarbeit von Angelika Baader, Peter Kirchheim Verlag Münche 1993.

John Updike, Schlaftabletten. Aus: Einschlafen im Norden. (Auszug). Aus: Updike, Der Mann, der ins Sopranfach wechselte. Deutsch von Maria Carlsson. © 1997 by Rowohlt Verlag GmbH, Reinbek bei Hamburg, S. 262–264; 265–267.

François Villon, Eine kleine Ballade von der Mäusefrau, die in Villons Zelle Junge bekam*. Übersetzt von Paul Zech. Aus: Die lasterhaften Balladen des François Villon, dtv, München 2000, S. 89.

Christian Weise, Als er vor betrübten Liebes-Grillen nicht schlaffen konnte*. In: Gedichte des Barock. Herausgegeben von Ulrich Maché und Volker Meid. Stuttgart: Reclam, 1980, S. 234–236.

Peter Weiss, Nachtgespenster. Aus: Abschied von den Eltern. © Suhrkamp Verlag Frankfurt 1974, S. 43–46.

Leon de Winter, Essen. Aus: Hoffmanns Hunger. Aus dem Niederländischen von Sibylle Mulot. © 1994 Diogenes Verlag AG Zürich, S. 46–48; 64–66; 81–83.

Marina Zwetajewa, Heut nacht bin ich in dieser Nacht allein*. Deutsch von Elke Erb. In: Vogelbeerbaum. Ausgewählte Gedichte. Herausgegeben von Fritz Mierau. Berlin: Wagenbach 1986, S. 23.

Wir danken allen Rechteinhabern für die freundliche Abdruckgenehmigung. Fast alle konnten ermittelt werden. Wo dies nicht gelang, bitten wir um entsprechende Nachricht, damit wir wieder ruhig schlafen können…

Literatur für schön schlaflose Stunden

Angelika Overath
Vom Sekundenglück brennender Papierchen
Wahre Geschichten
260 S., engl. Broschur, mit einem Titelbild von Matthias Holländer
ISBN 3-909081-27-4

* * *

Angelika Overath
Händler der verlorenen Farben
Wahre Geschichten
176 S., engl. Broschur, mit einem Titelbild von Matthias Holländer
ISBN 3-909081-11-8

* * *

Hermann Kinder
Himmelhohes Krähengeschrei
Drei Tage auf dem Jakobsweg, beginnend am Bodensee,
weit vor Compostela endend mit dem Versuch, rasch das Glück zu packen.
Kammerprosa
136 S., geb., mit Überraschungen im Schutzumschlag
ISBN 3-909081-21-5

* * *

Ulrich Ritzel
Schwemmholz
Roman. 416 S., geb.,
ausgezeichnet mit dem »Deutschen Krimi-Preis«
ISBN 3-909081-89-4

* * *

Katrin Seebacher
Morgen oder Abend
Roman. 316 Seiten, Leinen,
ausgezeichnet mit dem »Rauriser Literaturpreis«,
französische Übersetzung bei Gallimard
ISBN 3-909081-76-2

* * *

Peter Stobbe
Nach Delft gehen
Eine Erzählung vom Malen
128 S., geb., mit einem Umschlagbild des Autors
ISBN 3-909081-91-6

*»Tief in der Nacht bin ich nur einer unter jenen dunklen Millionen,
die in schwarzen Bussen ins Unbekannte fahren.«*

Die Verlegerei schickt besondere Grüße an die geduldigen Kolleginnen in den Lizenzabteilungen anderer Verlage, die uns bei den Wirren unseres Vorhabens geholfen haben.

Diese Sammlung literarischer Unruhe aus drei Jahrtausenden kam im Frühjahr 2001 als eine Idee von Angelika Overath und Manfred Koch und wurde sogleich begrüßt. Denn der Flug der Libelle führt seit langem durch Randzonen zwischen Überwach und Schlummernah. Weswegen wir ja auch fast einen Buchtitel gewählt hätten nah am schön ambivalenten Mitternachtsseufzer der Droste (s. o. S. 115) »O wunderliches Schlummerwachen«. (Eigentlich schade. Und warum ist Volker Kriegels hoch poetische Phantasie um eine ganz andere durchwachte Nacht (»Wie sich das nackte Schaf mal schwer gehen ließ«) nicht aufgenommen? Wo doch die Anfangszeilen schon in medias res zielen: »Eins von den splitternackten Schafen, / das konnte nachts partout nicht schlafen …« und das Ganze erst morgens um sieben endet? Warum?) In strenger Gereiztheit, gelockerter Ergebung und vergnüglicher Genauigkeit unterhalten sich so manche der hier versammelten Texte – für erfahrene LeserInnen unseres Programms unüberhörbar – mit bereits früher gedruckten Schlaflosigkeiten: Die überwachen Nachtstunden des Malers Hieronymus vor seinem Selbstporträt in Peter Stobbes »Nach Delft gehen« (ISBN 3-909081-91-6). Die Stille nach Albas Lachkrampf, den in der Hochzeitsnacht der Anblick ihres Amedeo ausgelöst hat, in Katrin Seebachers »Morgen oder Abend« (ISBN 3-909081-76-2). Die Schlafversuche des Jakobswegwanderers auf dem Friedhof von Fischingen in Hermann Kinders »Himmelhohes Krähengeschrei« (ISBN 3-909081-21-5). Die durchwachten Nächte der Emma Herwegh im Lager badischer Revoluzzertruppen (»Im Interesse der Wahrheit«, ISBN 3-909081-08-8). Und nicht zuletzt die Prozesse um nächtliche Unruhe wegen entgangenem Beischlaf in unzureichenden Hotelbetten, in Heinrich Staders »Ob eine einzige Kakerlake in Hawaii einen Reisemangel darstellt …« (ISBN 3-909081-32-0).

Eingearbeitet, gescannt, nachgebessert im Sommer 2002, als wir bei der Herstellung von Werner Vordtriedes Tagebuch aus dem amerikanischen Exil »Das verlassene Haus« (ISBN 3-909081-92-4) auf S. 225 den Satz lasen: »Mallarmé hat öfter gesagt, er habe seit zwanzig Jahren nicht geschlafen.« Die Illustrationen auf den Kapitelseiten sind Werken von Jules Vernes entnommen, deren Reisebilder dem versuchten drifting away unseres Themas seltsam nah sind: Hector Servadac. Voyages et Aventures à travers le Monde Solaire (Paris ca. 1886); Cinque Semaines en Ballon. Voyages de Découvertes en Afrique (Paris 1867).

Satz und Buchgestaltung: Philomena Phlox

Gedruckt und gebunden bei Pustet in Regensburg

1. Auflage September 2002

ISBN 3-909081- 47-9